伊坂幸太郎
Kotaro Isaka
2
死神の浮力
BUOYANCY OF DEATH
「死亡就是一切的盡頭嗎？」
死神的浮力
伊坂幸太郎——著
李彥樺——譯

目錄

台灣版序

關於《死神的精確度》與《死神的浮力》

伊坂幸太郎

《死神的精確度》原本只是一則短篇作品。當初雜誌向我邀稿時，我想寫的是完全不同的故事（一個高中生有四個父親的奇妙家庭），但內容愈寫愈多，遠遠超出雜誌所需的篇幅（後來成爲長篇小說《OH! FATHER》）。總之，我陷入「得趕緊再寫出一則短篇」的窘境，加上距離和編輯約定的交稿日僅剩一星期，只好拚命構思。我記得很清楚，那是在假日的星巴克裡，我坐在喝著咖啡的妻子面前，絞盡腦汁思考，腦袋忽然迸出「死神在唱片行試聽音樂」的情景。

於是，〈死神的精確度〉就這麼誕生了。我接著又想，要是讓千葉在各種不同類型的電影中登場，一定很有意思，例如「黑道電影」、「本格推理式的暴風雪山莊」、「戀愛電影」等等。在大家熟悉的電影故事模式裡，加入死神千葉這個調味料，或許就能變成只屬於我的奇妙故事。責任編輯大表贊同，所以我共寫了六則短篇，最後集結成書。

雖然相當喜愛千葉這個角色，但我認爲繼續寫短篇只是舊酒裝新瓶，沒打算延伸成系列作品。不過，我同時也想，還沒嘗試讓千葉出現在長篇故事中，倘若眞的要寫，我會挑戰長篇故事。之後，這個念頭便化爲《死神的浮力》。

寫《死神的精確度》時，我才三十幾歲，也沒有小孩，感覺「死亡」有些遙遠。我只是就事論事，認爲有生必有死，沒必要太嚴肅看待「死亡」。因此，千葉總是維持冷靜的態度。然而，寫《死神的浮力》時，我突然察覺死亡近在咫尺。一想到自己或最珍愛的人總有一天會面臨死亡，就害怕得不得了，或許有人會笑我後知後覺吧。撰寫千葉的故事的過程中，我滿腦子都在思索如何才能消除對死亡的恐懼。當然，我始終沒找到答案。這樣的心情，我相信已全部融入《死神的浮力》。另一方面，爲了創造出足夠的娛樂效果，我也穿插各式各樣有趣的點子。

値得一提的是，《死神的浮力》在日本出版不久，連大眾的評價如何都不清楚，我便飛往台灣，與台灣的讀者見面。由於這樣的機緣，每當我想起這部作品，便會伴隨著在台灣點點滴滴的回憶。

台灣的讀者若能喜歡這部作品，將是我最大的榮幸。

導讀

奇想・天才・傳說

張筱森

雖然是篇談論伊坂幸太郎的文章，不過請先讓我稍微離題談一下二〇〇六年的第一百三十四屆直木獎。這屆的大事當然是東野圭吾在五度鎩羽而歸之後，終於以《嫌疑犯X的獻身》獲獎；可說是了卻他一樁心願，也替其出道二十年錦上添花一番。東野連續五度提名五度落選的事蹟，讓日本大眾文壇和讀者之間開始悄悄地流傳著一個聽來有點辛酸的名詞「東野圭吾路線」，意指不斷被提名、不斷落選，然後過了該得直木獎年紀的作家。而東野總算在第六次的提名擺脫了這個看似不太名譽，不過差一步就會變成傳說的不幸陰影。但是在東野終於獲獎的這樣可喜可賀的事實背後，其實也存在著一名極爲有力的「東野圭吾路線」候選人，那就是本文主角——伊坂幸太郎。

伊坂幸太郎，一九七一年出生於千葉，畢業於位在仙台的東北大學法學部。小學時和一般小孩一樣閱讀各式各樣的兒童讀物，年紀稍長之後開始看當時流行的國產娛樂小說，如：都築道夫、夢枕獏、平井正和等人的作品，高中時因爲看了島田莊司的《北方夕鶴2/3殺人》後，成了島田書迷。而在高中時，因爲一本名爲《何謂繪畫》的美術評論集，啓發伊坂認爲能使用想像力生存是件非常幸福的事情，而小說恰好可以一人獨立從頭開始，自己應該也辦得到；因此他決定在進入大學之後開始創作，再加上喜愛島田的作品，便選擇了寫推理小說。進入大學之後則開始閱讀純文學，尤其喜愛諾貝爾文學獎得主大江健三郎的作品。

也因爲他將對運用想像力的憧憬著力於小說創作上，於是各項具有想像力的元素都漂浮在其作品中，如法國藝術電影、音樂、繪畫、建築設計等等，使得讀者在閱讀推理小說的同時，也彷彿看了一場交織著奇異幻境寓言、生命哲思與青春況味的文藝表演。

巧妙地融合脫離現實生活的特殊經歷以及不可思議的冒險活動，一向是伊坂作品的創作主軸，這種奇妙組合，正是伊坂風靡了無數熱愛文學藝術的青年讀者的重要原因。

這樣的他，在一九九六年曾經以《凝眼的壞蛋們》獲得山多利推理小說大獎佳作，不過一直要到二〇〇〇年以《奧杜邦的祈禱》獲得第五屆新潮推理小說俱樂部獎後，才正式踏上文壇。奇特的故事風格、明朗輕快的筆觸，讓他迅速獲得評論家和讀者的熱烈歡迎，不光是在年度推理小說排行榜上大有斬獲。二〇〇三年以《家鴨與野鴨的投幣式置物櫃》拿下吉川英治文學新人獎，二〇〇四年則以《死神的精確度》獲得日本推理作家協會短篇部門獎，更在二〇〇三到二〇〇六年間以《重力小丑》、《孩子們》、《死神的精確度》、《沙漠》四度獲得直木獎提名，可以看出日本文壇對他的期待和重視。

伊坂到二〇〇六年爲止總共發表了八部長篇、四部短篇連作集和一篇短篇愛情小說。因爲喜歡島田，而決定創作推理小說的伊坂，打從一出道就以推理小說新人獎得獎作《奧杜邦的祈禱》獲得各方注意；然而《奧杜邦的祈禱》卻長得一點都不像讀者們所熟悉的推理小說模樣。伊坂曾經說過，「寫作的時候，我並不喜歡描寫眞實的現實生活，而是想寫十分荒唐無稽的故事。」《奧杜邦的祈禱》正是這樣特殊，有著前所未有的奇特設定的一部作品。一個因爲一時無聊跑去搶便利商店的年輕人伊藤，意外來到一座和日本本土隔絕一百五十年的孤島，孤島上有個會說話、會預言未來的稻草人優午。優午告訴伊藤，自己已經等了他一百五十年，而伊藤這個外來者將會帶來島上的人所欠缺的東西。留下這般謎樣話語之後，優午就死了，而且還是身首異處、死得相當悽慘。這短短幾句描寫，就能夠看出伊坂作品最顯而易見的特殊之處：「嶄新的發想」，我想很難有讀者在看了這樣奇異至極的開頭，而不繼續往下翻去，畢竟「會講話的稻草人謀殺案」實在太過特殊。而這種異想天開、奇特的發想，就成了伊坂作品中一個非常重要而且難以模仿的特色，在他往後的作品當中都可以看到這樣的特色，以死神爲主角的《死神的精確度》便是個好例子。

然而空有奇特的發想，沒有優秀的寫作能力也無法讓伊坂獲得現在的地位。第二作《Lush Life》便是讓讀者更認識伊坂深厚筆力的作品，畫家、小偷、失業者、學生、神、心理諮商師等等眾多人物各自在五個故事線中登場、彼此的人生互相交錯。如何將這五條線各自寫得精采絕倫，而在彼此交錯時又不落入混亂龐雜的境地，最後將所有故事線收束於一個點上。伊坂在敘事文脈構成上展現了高超的操控能力，就像不斷地在本作出現的艾雪的畫一般地令人目眩神迷。複雜的敘事方式中包含著精巧縝密的伏線，並且前後呼應，而此極爲高明的寫作方式，在第四作《重力小丑》、第五作《家鴨與野鴨的投幣式置物櫃》中也明顯可見。

筆者和大部分的台灣讀者一樣對伊坂最早的認識來自於《重力小丑》一作，對於本作中那幾乎只能以毫無章法來形容、或者可說是某種文字遊戲的章節名稱印象深刻。但在閱讀了伊坂的其他作品之後，便能夠理解日本文藝評論家吉野仁所指出的伊坂作品的一種極爲另類的魅力來源——「將毫無關聯的事物組合在一起」，像是「鴨子」和「投幣式置物櫃」明明是毫無關聯的東西，卻成了小說。或是書名爲《蚱蜢》內容卻是殺手的故事，這樣的奇妙組合讓伊坂的作品乍看書名就能吸引讀者的目光一探究竟。而更引人注意的是，這樣看似胡鬧的作法，也散見於每部作品的內容和登場人物的言行之中。在《家鴨與野鴨的投幣式置物櫃》中，主角的鄰居甫一登場就邀他一起去搶書店，而目標僅僅是一本《廣辭苑》!?在《重力小丑》中，春劈頭就叫哥哥泉水一起去揍人。然而在這些登場人物的異常行動，或是令人不由得笑出聲來的詞句背後，其實隱藏著各種人性的黑暗面。《奧杜邦的祈禱》中，仙台的惡劣警察城山毫無理由的殘虐行徑、《重力小丑》中的強暴事件、《魔王》中甚至讓這樣的黑暗面以法西斯主義的樣貌出現。伊坂總以十分明朗、輕快並且淡薄的筆觸，描寫人生很多時候總會碰上的毫無來由的暴力。如此高度的反差，點出了一個伊坂作品世界中的重要價值觀——在面對突如其來的暴力時，該如何自處？該怎麼找出最不會令自己後悔的生存方式？

如果將毫無理由的暴力推到最極致，莫過於「死亡」了，只要是人，難免一死，那麼人類該怎麼和終將來臨的死亡相處？從《奧杜邦的祈禱》中的稻草人謀殺案起，這個問題意識就一直在伊坂作品的底層流動，筆者想隨著此次伊坂作品集出版，讀者在全部讀過一遍之後，應該也都能得出屬於自己的答案。

而在熟讀伊坂作品之後，讀者便會發現伊坂習慣讓他筆下所有人物產生關聯，先出現的人物一定會在之後的作品登場。像是深受台灣讀者喜愛的《重力小丑》兩兄弟，也會在之後的某部作品中出現，這樣的驚喜也十足地展現了伊坂旺盛的服務精神。

在文章開頭提到伊坂是極有力「東野圭吾路線」候選人，如實地反應出日本讀者和評論家對於伊坂遲遲不能獲獎的難以理解。但是筆者忍不住想，就這樣成爲直木獎史上的傳說，似乎無損於伊坂的成就。畢竟就像日本推理天后宮部美幸說的：「伊坂幸太郎是天才，他將會改變日本文學的面貌。」做爲一名讀者，能夠和一位不斷替我們帶來全新小說的天才作家相遇，就是一種十足的幸福。

作者介紹

張筱森，推理小說愛好者，推理文學研究會（ＭＬＲ）成員。結束了日本囤積推理小說的留學生涯後，回到台灣繼續囤積。

Prologue

有人按了。雖然對講機設爲靜音，還是能察覺有人按下門鈴。不過，或許是我的錯覺。這一年來，粗魯的拜訪、失禮的電話及自以爲是的善意訊息不斷湧入家中，我們變得非常敏感。

客廳門邊的監視螢幕上，肯定映著站在對講機前的人，八成是記者。

剛剛從二樓寢室旁的窗戶往外窺望，大門前聚集幾個扛著攝影機的男人和記者。天空陰沉沉的，彷彿隨時會下雨，那些人卻守在沒屋簷的地方，甚至自備雨衣。一年前，媒體窮追不捨帶來莫大的精神壓力，導致我一看見人影便會噁心胃痛，如今我習慣許多。胸口雖然有股遭受擠壓的緊張感，但厭惡情緒減輕不少。媒體的關注降溫也是原因之一吧。案發後，我光是碰觸窗簾，樓下眾人便會一陣騷動，迅速舉起攝影機。現在氣氛沒那麼劍拔弩張，電視台播報員還會跟其他播報員閒聊。原本唯恐遭人搶先一步的記者，像是吱吱喳喳來參觀的遊客。

二十三歲時，我成爲一名職業小說家，至今執筆超過十多個年頭。憑藉踏實地描繪活躍於十八世紀的英國風景畫家一生的中篇小說（現下看來也只有「踏實」一個優點），我拿到知名度頗高的文學獎，獲得許多與出版業人士合作的機會。不僅如此，我常在電視節目中亮相，跟電視台的人也有些交情，可惜，這些對把我當成獵物的記者及攝影師發揮不了作用。他們與我的認知差距太大，我根本手足無措。跟我合作過的文藝編輯或電視台員工，或多或少都對小說抱持興趣。然而，追逐案件的記者完全不一樣。文藝編輯若是「房車」，專門追逐案件的週刊雜誌記者和播報員便是「跑車」。他們只有一個存在目的，就是「比其他人更早抵達終點，炒熱觀眾的情緒」，房車根本不是對手。他們擅長挖掘案件，引發社會大眾的好奇心。

不過，這一年來，我對電視台、報社及週刊雜誌記者的刻板印象有些改變，不再像以往那般深惡痛絕。因爲我學到一件事，就是不能一竿子打翻一船人。同樣是「追逐新聞的媒體工作者」，還是有許多差異。聽起來理所當然，我卻是最近才體會到這一點。舉例來說，請求採訪的記者中，有些人對「採訪失去獨生女的雙親」毫無罪惡感，而他們的理由又各自不同。有些人秉持「只要有助於破案，不惜在受害家屬傷口撒鹽」的信念；有些人嫉惡如仇，以致忽略受害者家屬的心情。有些人根本不在乎案件背後的意義，只是盡職地完成工作；有些人滿腦子想搶獨家報導，爲前程鋪路；有些人純粹是好奇心旺盛。這些人往往無視我哀慟的表情，振振有詞道：「山野邊先生，您身爲作家，又常上電視，相當於公眾人物。既然如此，就得有接受採訪的覺悟，畢竟民眾有知的權利。何況，您的一句話，或許將成爲破案的關鍵線索。」

他們不是刻意爲難我，而是依各自的理念採取行動。最重要的是，他們並非初次處理這樣的工作。對於「強迫陷入悲傷的公眾人物發表言論」，他們經驗豐富。

相較之下，我和妻子美樹如同剛入行的菜鳥。我們初次體會失去女兒的痛苦，彷彿連皮膚內側都暴露在外，承受喪失感的煎熬。我們夫婦與媒體對抗，簡直像剛學相撲的新力士與身經百戰的橫綱交手。

面對媒體壓倒性的攻勢，我們拚命打起精神應付。

有一次，一名長期守在家門外的記者忽然拿東西扔窗戶。對方虎背熊腰，我們以爲他扔的是石頭，但感覺不像。不知他扔到第幾遍時，我決定打開窗戶瞧個究竟。記者拍下我俯身撿拾的動作，我強忍不快，仔細一看，原來是白色的小糕餅，包裝紙上印著「菜摘糕餅」的字樣，我頓時怒火中燒。我女兒的名字正是「菜摘」，這不可能是巧合。對方居然將印著她名字的食物扔向我家窗戶，遇上這種情況誰能保持冷靜？於是，我對著窗外破口大罵。

那記者毫無愧疚之意，反而大聲報出雜誌名及他的姓名，接著喊道：「請接受採訪！」對方不斷打手機騷擾我，由於我不理不睬，他便想出這樣的手段。我咬緊牙關，壓下想跑出去對他拳打腳踢的衝動。

「那是我老家附近糕餅店賣的點心，味道非常棒。經營糕餅店的老爺爺和老奶奶，每天從早忙到晚。」然後，對方忽然唱起：「美味又好吃，菜摘的糕餅，快來嘗一口！」不曉得是不是糕餅店的宣傳歌。唱完，他哈哈大笑。

他以爲這麼做我就會接受採訪？我實在無法理解，於是將他的手機號碼設爲拒接黑名單。他是我第一個封鎖的對象。

當然，並非所有記者都和他一樣。有的記者打從心底表現出「爲何我得將麥克風對著一個女兒慘遭殺害的父親」的痛苦矛盾。有的記者在離去前，一臉哀傷地說：「您不是加害者，而是受害者。即使是公眾人物，也不該受到這種對待。」有的記者不僅溫言安慰我妻子，還勸其他同業別再纏著我們不放。

默劇演員卓別林認爲，所謂的「媒體」是「名爲群眾的無頭怪物」。其實，他們有著不同的性格與理念，價值觀也大相逕庭。

剛開始的幾個月，我曾後悔自己成爲作家。我不是加害者，而是受害者。若非作家身分，我不會遭受如此肆無忌憚的採訪攻勢。事態演變到這個地步，全是我的特殊職業所致。

另一方面，我也明白作家身分在某些時候形成助益。從前合作過的出版社雜誌記者，多少留了情面。

仔細想想，最可怕的或許不是媒體工作者。儘管不乏高傲自大、咄咄逼人的記者，畢竟不是全部。而且，確定加害者的身分後，新聞媒體對我的興趣大大減退。

直到最近，我才曉得他們糾纏不清的理由，原來是懷疑「作家父親其實是凶手」。眞正的凶手落網後，一名認識的記者告訴我：「坦白講，我也是身不由己。每當孩童遭到殺害，我們總會把雙親當成頭號嫌犯，社會大眾也一樣。雖然我時時提醒自己不能有先入爲主的偏見，卻難以完全拋開這個疑念。」

「我明白，雙親就是凶手的案例實在太多。」

「或許在您聽來，這只是藉口。」比我年輕的記者皺起眉，一臉沉痛。

「但……」我發出不知能傳遞到何方的話聲，感覺像出鞘的刀刺入對方側腹，補上一句：「但這次不同，我們夫婦不是凶手。」

「我知道。」對方難過地點點頭。

「我們不可能殺害親生女兒。」

不僅是媒體，我們還受到許多不露面、不具名的惡意攻擊。有時是郵件，有時是電話騷擾，網路上恐怕也充斥著超乎想像的大量流言。雖然凶手落網，社會大眾仍不死心，反覆叫囂「你們夫婦才是眞凶吧」。

此外，我收到不少讀者來信。絕大部分是透過出版社轉交的實體信件，及一些電子郵件。剛出道時，由於我寫的是類似風景畫家傳記的枯燥小說，感興趣的讀者不多。我必須再次強調，那些小說只能以「踏實」形容。我個人非常喜歡這種踏實的風格，不過坦白講，就是賣不出去。然而，隨著上電視的頻率增加，小說賣得愈來愈好，加上改編成影視作品的效應，讀者更是多到我無法掌握的地步。儘管都是讀者，感受力與認定的常識卻各不相同。案發後，他們寄給我的信中包含不少令我無法承受的言詞。不論鼓勵或批判，於我都太過沉重，看了兩封便再也看不下去。

這一年來，我與妻子在家裡淋著惡意形成的傾盆大雨，每天都像落湯雞。雨滴穿透屋頂，直接打在我們身上。

我們愈來愈深入思考何謂「良心」。

「你知道嗎？在美國，每二十五人，就有一人不具備良心。」美樹那天對我說。

她跟我一樣，承受媒體與一般民眾的無情對待，當然也對「良心」這個議題產生興趣。

「之前我在有線電視頻道上看到的。」她接著解釋。

「新聞節目嗎？」從一年前起，我們幾乎不看新聞節目。

「不，是往昔某個搖滾樂團的紀錄片。那個樂團的鼓手在接受採訪時咕噥：『聽說在美國，每二十五人就有一人不把良心當回事，不曉得是不是眞的？』」

「這種人被稱爲『精神病態者』（Psychopath）。」我想起早年爲了寫小說閱讀的幾本書籍。「有些書上說，他們擁有冷酷的大腦。」

表面上，這種人與一般人並無不同。他們一樣會生兒育女或飼養寵物。不僅如此，他們多半擁有一定程度的社會地位，不少人成就卓越。只是，他們沒辦法和他人產生共鳴，遵守社會規範的意願極低，毫無「良心」，完全不在乎自身的行動會造成多大危害。

「這些人『沒有做不到的事情』。」

「咦？」

「這是書上寫的。一般人怕傷害別人或逾越規範，不敢放縱自己的欲望，但『精神病態者』不受良心鉗制，他們是無敵的。世上沒有他們做不到的事情。」

「原來如此。」美樹不帶情感地低喃。

「這種人根本不在意別人的痛苦。」

「即使再怎麼給別人添麻煩？」

「是的，他們不痛不癢。不過，這不代表他們都會犯罪。雖然他們會傷害、利用別人，卻不見得會做出世人容易理解的犯罪行爲。」

「世人容易理解的犯罪行爲？」

「這是書上的用語。那書上說，因精神病態遭到逮捕的只是少數特例。」

「好比那些將我們當罪犯看待的記者，也沒遭到逮捕？」

「沒錯。」我點點頭。

「二十五人中就有一個……」美樹若有所思。從她的表情，無法判斷是震驚於比例之高，抑或認爲這是合理的數字。

「不過，這類統計數字的可信度頗低。這種人多半是一般百姓，搞不好就是隔壁鄰居。他們過著普通生活，大多具有魅力且天資聰穎……」

說到這裡，我不由得發出呻吟，妻子也不禁皺眉。儘管不是我們談起這個話題的目的，一張面孔仍浮現眼前。

那個毫無良知，完全不在乎傷害他人的男人。終結女兒人生的那個年輕男人。

我察覺又有人按鈴。

要是打開大門，記者會有什麼反應？他們會氣勢洶洶地衝到我身旁，還是戰戰兢兢地緩緩靠近？「山野邊先生，抱歉在您如此疲倦的時候登門打擾。能不能請您針對判決結果發表一點感想？」他們或許會這樣開場。

若是「一點感想」，踏出法院時我早就發表過。

這種判決實在難以置信，我非常錯愕。沒想到法官會判無罪。

我照本宣科般說出這兩句話。

這樣大概無法滿足記者。或許，此時聚集在家門前的是不同批記者，需要我重複相同的台詞。無數想法在腦海擴散，一層疊著一層，宛如不斷推向沙灘的重重波浪。各種念頭互相交錯、堆疊。

我坐在客廳沙發上，試著調整呼吸。深吸一口氣，緩緩吐出。雙手輕輕交握，閉上雙眼，放空腦袋，讓自己處於「除了活著什麼也不做」的狀態。這一年來，我都是如此緩和情緒。

腦海響起吉米·罕醉克斯（註）的曲子。「我沒辦法活在今天。不管是今天或是明天。我在今天找不到任何樂趣。」

吉米．罕醉克斯如今已不在，無法「活在今天」。

去年夏天女兒慘遭殺害後，「今天」便不曾造訪這個家。

不僅是二樓的女兒房間，家裡處處都殘留她的身影。

她曾坐在客廳的桌前，看著電視，邊拿湯匙舀食物。有一次，她嘴裡塞太多小番茄，連連眨眼，慌得不知所措。當時她五歲。

她曾揹書包站在玄關，明明根本不懂意思，卻嚷著「爸爸，我要出征了」。當時她正要去參加入學典禮。

她曾半夜起床上廁所，太怕黑而故意大聲唱歌。當時她就讀小學三年級。

她曾失足摔下樓梯，痛得嚎啕大哭，被嚇得面無血色的我及妻子抱在懷裡。當時她才上幼稚園。

家中的牆壁、柱子、榻榻米、紙拉門、地板、冰箱、洗衣機、窗戶、窗簾、電視、書架、天花板的花紋，甚至是馬桶上的缺角，都殘留著關於女兒的記憶。我不禁產生錯覺，彷彿將其中一樣切下來，用自己的身體給予溫暖，女兒就能重獲生命。

關於女兒的回憶，並非僅限重大節慶或特別的日子。更多是在日常生活中，女兒說過的每句話、做過的每件事，她的一顰一笑，生氣的神情，認真踩腳踏車的背影，及感冒躺在棉被裡的模

註：Jimi Hendrix（一九四二～一九七〇），美國著名吉他歌手，其音樂及吉他技巧對後世影響深遠。

樣，塡滿我們的內心。然而，她已不存在這個世界。十歲那年，她的生命消逝，我們痛切體會到何謂「失去生存的希望」。

妻子美樹曾說，倘若活著就得承受這種煎熬，她寧願不要出生。那是黑暗眞實的懊悔。只是，沒人能決定自己要不要被生下來。我也有相同的感受。再想深一點，任何人都有死亡的一天。既然得面對這樣的恐懼，既然死亡遲早會降臨，不如一開始便不存在。

「外頭那些媒體記者，搞不好今晚就會離開。」我開口。稱呼那些人爲「媒體記者」算是很大的進步，以前我都叫他們「混蛋」。

美樹坐在沙發上玩著桌上的數字遊戲。有點類似塡字遊戲，必須計算數字，塡滿每個方格。這一年來，我們經常玩那個遊戲。爲了消磨時間，我們不斷塡著數字。進行「計算」時，腦袋便會屏除不必要的思緒。

「那些媒體記者幹嘛纏著我們不放？你不是早就發表過感想？」妻子並未生氣，純粹提出內心的疑惑。

「我是在走出法院時說的。」

妻子不想待在宣判現場，我將她留在家中，獨自前往法院。

「既然如此，外頭那些人到底還想要什麼？」

「大概是期待我講出不同的感想。不，他們只是擔心其他記者搶到獨家報導。害怕前腳一離開，我便發表新的言論，到時就糗大了。」

「我們不是在門外貼了張聲明？」

「是啊。」那張聲明上寫著「我們夫婦身心俱疲，恕不接受任何採訪」。

「都怪你愛跟媒體作對，才落得這個下場。」美樹顯然是在取笑我。這幾乎成爲我們日常的話題。

數年前，我常上電視新聞節目。針對社會局勢、生活瑣事、刑事案件或災害發表評論，不僅能舒緩寫小說的壓力，還能達到宣傳效果，所以我輕鬆接下通告。由於太過輕鬆，我往往想到什麼就說什麼，未經深思熟慮，觸怒媒體的發言自然不在少數。

我後來才知道，那些粗魯幼稚的言論在電視台工作者心中留下極壞的印象。朋友曾給我忠告：「他們對你十分不滿，礙於你是暢銷作家才忍氣吞聲。要是哪天你過氣了，恐怕會遭到報復。」

沒想到，朋友一語成讖。三年前起，我不再發表新作，舊作的銷量也逐漸下滑。不久，女兒的命案發生了。媒體採高壓攻勢窮追猛打，或許正是對我的報復。有時我不禁暗自揣測，電視台早視我爲眼中釘。

邊櫃上的電話，不斷接到新來電。儘管設爲靜音，液晶螢幕仍閃個不停。手機也一樣，新訊息一封又一封湧入。世上太多人基於不同的動機想與我們夫婦對話。面對現況，我甚至不知該心懷感激，還是失控抓狂。

我和妻子有時會接電話，有時不會。原本我們決定不理會任何來電，但最近心境有些改變。不管是「你女兒遭姦殺而死」之類了無新意的毀謗中傷，或是答錄機中充滿惡意的留言，經過一次次傷心與折磨，我們逐漸習慣。

更重要的是，如今我們找到明確的目標，那些看熱鬧的外人永遠不會知道。他們圍觀起鬨時，我和妻子早就踏上只屬於我們的另一條道路，不會輕易被惡意的言行擊倒。

「老公……」美樹走到客廳的窗邊，搭著窗簾。「我們能度過這一關嗎？」

我們夫婦能不能度過這一關？我也想知道。美樹並非希望從我口中聽到答案，她沉默半晌，忽然輕快地說「嗯，根本沒什麼大不了」，彷彿想起這是早已解決的問題。

我明白美樹話中的含意。跟女兒遇害的憤恨相比，其餘根本都是微不足道的小事。

外頭終於下起雨。

美樹將窗簾拉開一道縫隙，窺望門前的馬路。我坐在沙發上，也瞥向窗外，看見烏雲密布的天空。

「要是下大雨，記者或許會離開。」我開口。

「希望如此。」

「我打開電視喔。」

「好。」美樹的語氣中有所覺悟。

我拿起遙控器，按下電源。畫面一亮，出現烹飪節目的食譜，於是我切換頻道。明知看電視心情會更糟，我還是打開電視。我曉得這是必要的抉擇。

畫面上出現傍晚的新聞節目。若是平時，我會立刻轉台，但今天狀況較特殊。新聞正在報導我女兒的案子，字幕打出「嫌犯獲判無罪」。幾個大字經過特殊設計，簡直像電影《無仁義戰爭》的標題，我不斷提醒自己「保持平常心」。這一年來，我的心肌及精神應該鍛練得頗強韌，可是當那男人露面，我依然感到五臟六腑在燃燒。心臟劇烈跳動，胸口好似壓著巨石。我不由得按住腹部，彎下腰。美樹表現得比我冷靜，但她的憤怒並未消失，只是強忍著不讓怒火衝破皮膚。

美樹大概是這麼想的。

畫面上這個二十八歲的男人，是她最憎恨、最無法原諒的人。然而，見我們任由憎恨的情緒爆發，是那男人最享受的事。不願讓他稱心如意就必須壓抑憤怒。美樹恐怕不斷如此告誡自己，才能維持冷靜。

美樹或許記得我以前說的話。談論「沒有良心的人」這個話題，幾乎成爲我們夫婦間的一種儀式。

「一般人會試圖在人際關係中尋求滿足，例如互相幫助，或是互相關愛。即使是優越感或嫉妒之類負面情感也是生存的原動力之一。然而，在『沒有良心的人』眼裡，這些情感毫無意義，他們唯一的樂趣……」

「是什麼？」

「在遊戲中獲得勝利。在控制遊戲中成爲贏家，是他們唯一的目的。」

「控制遊戲？」

「當然，或許連他們都沒意識到自己在進行這樣的遊戲。總之，根據書上的解釋，只有控制他人並獲得勝利，才能成爲他們生存的原動力。」

書上寫著，這種人長期處於枯燥無聊的狀態。爲了追求刺激，他們會不擇手段贏得遊戲。由於沒有良心，任何事都做得出來。

「要是那男人也抱著這種念頭……」美樹微弱卻堅毅地說：「我們絕不能輸給他。」

此時，我的腦海閃過另一個問題，差點脫口而出。「寬容的人爲了保護自己，是否該對不寬容的人採取不寬容的態度？」這是渡邊老師，也就是文學家渡邊一夫在著作中拋出的議題。

可惜，我們夫婦內心的寬容，早蒸發殆盡。

那男人出現在電視畫面。「就算照到臉，我也不在乎。因爲我不是凶手。」他淡淡說著。

我無法看清男人的神情，太過強烈的恨意妨礙視神經的運作。只見他朝麥克風繼續道：「清白獲得證實，我鬆了口氣。希望對方不要上訴。」

「有沒有什麼話想對山野邊夫婦說？」一名記者提問，聲音有點耳熟。以前參加電視節目時，或許見過面。

我的腦袋一片空白，盯著電視，卻無法思考。

我忍不住移開視線。

客廳的柱子有一道痕跡，女兒替玩偶量身高畫下記號的身影浮現眼前。

空洞的腦袋裡，彷彿注入滾燙的岩漿。

「沒特別想說的。」那男人故意目不轉睛地凝視鏡頭。「法院證明我是對的，他們是錯的。」

畫面逐漸褪色，愈來愈白。視野像罩著一層薄膜，我愈來愈看不清男人的模樣，辨識不出高挺的鼻子，及透著冷漠的雙眼皮。可是，不知爲何，我清楚瞧見他的嘴角微微上揚，露出潔白的牙齒。恐怕是心中的種種思緒令我產生幻覺。

外頭傳來笑聲。門前某個嗓音粗獷的記者或播報員喊著「眞是傑作」。大概只是閒聊中冒出的一句話，不是針對我們夫婦，也不是因爲聽到那男人在電視上的發言。然而，他的笑聲還是激起我心中的波浪。

「下雨了。」美樹看著窗外。

我有些暈眩，搖搖晃晃走到她身旁。透過窗簾縫隙窺望，外頭下起毛毛細雨，乾燥的路面逐漸改變顏色。

一名記者注意到我們，猶如玩捉迷藏的孩童般，無禮地指著窗戶嚷嚷「在那裡」，隨即起身，將巨大攝影機對準我們。周圍的人跟著喧鬧起來，攝影鏡頭恍若瞄準我們心臟的槍口。

「拉上窗簾吧。」我說，但美樹仍盯著窗外。

「怎麼？」我問。

「有個怪人。」美樹回答。

我湊近美樹，往狹窄的窗簾縫隙望去，一輛腳踏車通過門前。那是俗稱「淑女車」的腳踏車，平凡無奇，可是跨坐在車上的，是年約三十五的西裝男子，顯得相當衝突。他的腰桿挺得筆直，宛如教養良好的小孩。騎腳踏車的方式一板一眼，簡直像示範教學，令人不禁懷疑他剛學不久。他在雨中緩緩騎來，停在門口附近，然後蹲下身，愼重爲腳踏車上鎖。

「認識的人？」美樹看著穿黑西裝、打細領帶的高瘦男子，但我毫無印象。「他也是記者？」美樹接著問。「大概吧。」我只能這麼回應。可是，對方怎麼瞧都不像記者。季節剛入秋，他卻戴著黑手套。

一身黑的男子走向守在門口的記者及攝影師，登時遭到包圍。記者以為男子是我認識的人，立刻舉起麥克風。

美樹的反應非常快。她步向對講機，按下監視螢幕旁的按鈕。如此一來，我們便能掌握外頭的動靜。

不曉得美樹為何採取這樣的行動，或許是很在意男子的來意。事後想想，那真是重要的瞬間。若不是她按下監視螢幕旁的按鈕，我們就不會聽見外頭的交談，當然也不會對男子產生興趣，甚至允許他進入家中。那麼，往後的發展將截然不同。

「能不能請你們讓條路？」男子開口，打算走近裝設門鈴的柱子。

「您是山野邊先生的朋友嗎？」某記者問。

「你們呢？你們是山野邊先生的朋友嗎？」

「我們只是來採訪。」

男子數數在場的記者及攝影師，「總共十人？你們準備在這裡待多久？」

此時，記者群似乎察覺男子行跡可疑，並非尋常人物。約莫是判斷機不可失，期待男子帶來一些意外插曲，口吻頗為興奮。「這不算什麼，一年前這裡擠滿記者，簡直像大名出巡。」一個記者大剌剌地說。

「大名出巡？」男子極為不快地咕噥：「啊，是指『參勤交代』（註）嗎？還真是懷念。」

「懷念？」

「我參加過三次，那檔事實在麻煩透頂。」

不僅是我，外頭的記者也聽得一頭霧水。

「什麼『參勤交代』很麻煩，你在講哪個時代的事情？少開無聊的玩笑。」一個記者氣沖沖地問。

「我參加過路程最長的一次，是從盛岡出發，連續走五百五十六公里，大概要花十二天十一夜。不過，我半途就離開了。比起來，在奧入瀨散步兩小時還有意義得多。知道嗎？大名坐的轎子其實相當不舒服。」

我從螢幕上移開視線，覷向身旁的美樹。聽著男子的話，我有如丈二金剛摸不著腦袋。

此時，頭頂上傳來劈里啪啦的劇烈聲響。雨突然變大，以驚人的氣勢擊打屋頂。我望向螢幕，外頭的記者全慌了手腳，各自逃散，連早穿妥雨衣的人也露出不知所措的神情。

門鈴響起。我與美樹錯愕地面面相覷。我按下回應鈕，說一聲「喂」。若是平常，我根本不會理睬，但雨聲牽動了我的情緒。

滂沱大雨中，響起男子沉穩的話聲。「我帶來重要的消息，能不能進屋詳談？」

「您是哪位？」美樹試探地問。

「敝姓千葉。」對方回答。

註：江户時代的幕府對諸大名（藩主）訂下的規矩。每隔一年，大名就須率眾前往江户居住一段時間，以示忠誠。

Day 1

第一天

「前陣子，來了個幼稚園的小男孩。」

以前，一名牙醫助理跟我聊起這件事。她是我的調查對象，二十五歲，家境頗富裕，任職牙醫診所。結束調查後，她遭到殺害。凶手親口告訴我，殺人動機是爲了遺產。

不過，這不是重點。總之，她根本不曉得只剩三天壽命，語氣相當開朗。

「小男孩問醫生：『我會蛀牙是不是你的關係？』他認爲先有牙醫，人們才會蛀牙。」

「跟軍火商引發戰爭是相同的道理吧。」我隨口回答。

從前，我負責調查一個將地對空飛彈賣往中東的美國人。交易後，他旋即命喪一場爆炸攻擊。「要是不賣武器，或許根本不會有戰爭。」他生前經常如此自嘲。「就算沒有武器，人類還是會開戰。」聽到我這麼說，他像是稍稍鬆了口氣。

「軍火商引發戰爭？」牙醫助理笑道：「跟牙醫是兩回事吧。把蛀牙怪在牙醫頭上，未免太沒道理。」

「是嗎？」

「你是認眞的嗎？」她哈哈大笑。「千葉先生，你果然有點少根筋。」

我沒生氣。在人類眼中，我的言行舉止似乎非常奇特。我早習慣被人類當成怪胎，畢竟以人類的時間概念計算，我幹這行超過上千年。

「妳會不會覺得來治療蛀牙的患者很可憐？」我問。

「唔……」她思索片刻，「看到患者的蛀牙，我頂多會感嘆『蛀得眞嚴重』，但不會感到同情。一樣的道理，面對嚴重的蛀牙，我也不會興奮地認爲『可以大顯身手』。說穿了，這純粹是工作，過程中只需要技術與知識。」

我十分認同這個觀點。人類在眼前死去，我會覺得「眞是遺憾」，但不會產生其他感情。既沒有同情，也不會感到寂寞，就像牙醫不會對磨掉的蛀牙抱持特殊感情。我僅僅是調查負責的目標，並就「此人該不該死」進行回報。

爲何我要做這種事？

這是我的工作。跟牙醫助理的差異在於，我不需要技術與知識。嚴格來說，我只需要毅力與耐心。因爲和人類相處一個星期，實在無聊得難以忍受。

我造訪的那戶人家，位在東京世田谷區南方的住宅區。不久前，我才爲另一件調查工作來過附近。當時，這一帶還是茂密的森林，棲息著各種昆蟲，幾乎看不到人類的屋舍。沒想到，短短數十年竟蓋起這麼宏偉的房子。以「宏偉」形容，並非我眞正的感受，而是站在人類的立場，揣測這屋子應該算是宏偉。總之，此地的房屋外觀都極爲氣派。

「按門鈴後，說句『我帶來重要的消息』，對方大概就會開門。」情報部下達指示。

「這算哪門子指示？」我忍不住抱怨，「聽起來只是抽象的預測或希望。何況我連那是什麼『消息』都不清楚。」

於是，情報部的負責人告訴我「消息」的內容。除非我提出要求，否則情報部不會主動提供任何情報。面對情報部的老毛病，我頗無奈。

更過分的是，負責人竟然接著問：「這次你打算如何回報？」

我幾乎要懷疑自己的耳朵，「調查還沒開始，怎麼就問結果？」

「心裡總有個底吧？」

「你在說哪門子蠢話？我的工作靠的是判斷，不是推測。你到底想表達什麼？」

「如果認爲調查對象不該死，不用勉強。」

「不用勉強？什麼意思？」

「不用勉強讓調查對象死亡。」

「這又算哪門子指示？爲何我非得讓這個人活下去不可？難道他是特殊人物？」問歸問，但我很清楚，根本沒有所謂的「特殊人物」。果然，對方回答：「不是的，我這麼說與目標本身毫無關係。只是想告訴你，要是希望他活久一點，不必顧慮太多。」

「希望他活久一點？你是指誰的希望？那個人類，還是我？」

「雙方。」

「你到底在講什麼？」我聽得一頭霧水，不由得加重語氣。對方一副「早知道就不跟你扯這些」的表情，放棄似地應道：「沒什麼，忘掉剛剛的對話吧。千葉，專心做好你的工作就行。」

「不用吩咐，我也明白。難道就不能給些對工作有幫助的建議？」

「倘若目標產生戒心，反覆強調你是他的幼稚園同學就沒問題。人類的記性很差，幾乎不會記得以前的事。這樣做就不會遭到懷疑，不用擔心。」

「千葉？我念幼稚園時，認識姓千葉的同學嗎？」山野邊遼立刻感到不太對勁。根據情報部提供的資料，他今年三十五歲。不過，人類的年齡和品質不見得成正比。年紀大不代表優秀，只代表血管、內臟等肉體器官的使用時間較長。

依過往的經驗，人類的本質在五歲後幾乎不會改變。

比起我見過的「三十五歲男人」，山野邊遼更顯蒼老。他的眼窩微微泛黑，眉頭之間皺紋不少。

「畢竟是幼稚園的朋友，難怪你不記得。」我應道。

「不，我的記性很好，幼稚園的朋友大都記得。」

「小時候的事，你眞的記得？」

「不久前，爲了替小說中的角色取名字，我才翻過幼稚園名冊。」

怎麼跟當初講的完全不一樣？我忍不住吐槽情報部。去他的「不用擔心」，最後還是現場調查人員收爛攤子。

「千葉、千葉……」山野邊遼歪著頭喃喃自語，彷彿想喚醒腦海的回憶。

「請用茶。」身旁傳來微弱的話聲。山野邊的妻子美樹在我面前放一杯茶。她穿黑毛衣搭黑長褲，似乎在哀悼去年過世的女兒。據我所知，人類的生死與衣服顏色並無直接關聯，黑衣沒有緩和悲傷的效果，鮮豔衣服亦不會傷害死者，但我不打算探究人類這種習性。人類重視「科學」與「資訊」，卻又放不開「運勢」與「迷信」。爲了「六輝」（註一）信仰，病患不肯輕易出院，導致空不出床位，醫院亂成一團的情景，我早就見怪不怪。從前的時代還流行過「方違」（註二）、「靈驗」（註三）。

山野邊美樹露出袖口的手腕相當纖細。她比山野邊遼小一歲，眼白布滿血絲，不曉得是睡眠不足、情緒亢奮，或是過敏造成的發炎。

「幼稚園時，我們一起玩過黏土，然後我去過你家一次。」在不引起懷疑的範圍內，我補充一些情報部提供的資訊。「你家的書櫃很多，堆滿伯父的藏書，還掛著好幾張獎狀。」

「啊……」山野邊遼頗爲驚訝。「家父因工作上的表現領過不少獎。他在通訊公司負責技術研發，幾乎全年無休。每天從早到晚都待在公司研究和實驗，是徹頭徹尾的工作機器。」

「他不是人，而是機器嗎？」

山野邊遼一愣，應道：「不，他是人。」

「他是人？」

「在我心中，他不是稱職的父親。雖然不會在家裡動粗或作威作福，可是他滿腦子只想著工作。」

「工作總是辛苦的。」我當然是聯想到自己的工作。看見同事混水摸魚，我就不禁浮現「不辛苦的工作沒資格稱爲工作」的想法。

「這一點我當然明白。但父親簡直生來就爲了工作。他非常認眞地研究，檢驗新技術，在商品開發上發揮所長。他親口說過喜歡工作，相當樂在其中。」

「工作不可能快樂。」這是我的肺腑之言。

「不僅平日，連假日他也老往公司跑。我和父親難得見一次面，每次遇上他，我都像跟遠親打招呼一樣緊張。面對我時，他總板著臉，一副百無聊賴的神情。」山野邊遼揚起嘴角，「不過，後來我才曉得，事實並非如此。」

「不然呢？」

「父親是在害怕。」山野邊遼的笑容消失。

「害怕什麼？」

山野邊遼沒回答，只說：「他努力摘取每一天。」

「什麼意思？」

「『努力摘取每一天』，這是古羅馬人的詩句。父親奉爲座右銘。」

「喔……」我聽不懂，還是隨口附和。在我的工作中，這是單調卻重要的基本程序之一。

註一：或稱「六曜」，是指「先勝」、「友引」、「先負」、「佛滅」、「大安」及「赤口」，分別表示當天宜行何事，爲曆法中的吉凶信仰。

註二：自平安時代流傳下來的陰陽道方位吉凶信仰。

註三：泛指通靈者或僧侶藉神佛之力爲人趨吉避凶、實現願望的作法儀式。

「對了，千葉先生，你帶來什麼消息？」美樹在山野邊遼身旁坐下。

「那男人的藏身地點。」

坐在右側的山野邊遼一聽，頓時有些緊張。

「山野邊，你曉得那男人離開法院後，去了哪裡嗎？」

山野邊遼的臉忽然皺成一團。我十分錯愕，無法理解他爲何如此痛苦，但稍加思索，馬上恍然大悟。看來，本城崇不必現身就能傷害山野邊夫婦。在山野邊夫婦眼中，本城崇如同侵蝕肉體的病毒或惡性腫瘤。

「你應該知道本城的下落吧？」我追問。

「怎麼說？」

「你們自認掌握那男人的行蹤，可惜，我得告訴你們，他根本不會回到你們想的那個地方。」

山野邊遼的目光游移。原來情報部給的資料也不是毫無用處，剛剛那句話發揮效果了。

我試著整理發生在山野邊夫婦身上的這起案子。以人類的術語來說，應該稱爲「複習」。不，稱爲「預習」更恰當。起初，我默默在腦中爬梳來龍去脈，遇上不明白的部分便詢問山野邊夫婦。

這對夫婦顯然對我抱持戒心，礙於想知道我的「消息」才沒惡言相向，也沒將我趕出家門。或者，他們只是失去發怒的力氣。

去年夏天，山野邊夫婦的獨生女菜摘身亡。那一天，山野邊在家裡看書。他家位於世田谷的僻靜住宅區，是獨棟建築。

「隔天我預定參加一個談論美術史的電視節目，正在臨時抱佛腳地將一些相關知識塞進腦袋。女兒命在旦夕，我卻捧著美術入門書不放。」案發後，山野邊遼在唯一發表的手記中寫道。當時，妻子美樹不在家，她開車到影音出租店。那天新動畫片開放租借，她想借幾片回來給女兒一個驚喜。

小學下課後，菜摘與兩名住在附近的同學一起走回家。然而，菜摘沒踏進家門。在離山野邊家約一百公尺的路口，菜摘向同學道別。一男一女兩名同學揮揮手，和菜摘互道「明天見」，轉往另一條路。

菜摘根本不用轉彎，筆直前進就能抵達家門，她卻始終沒回家。

山野邊夫婦擔心遲遲未歸的女兒，在住宅區內奔走察看，甚至前往學校，幾乎找遍每個角落。

晚上九點，夫婦倆報警。之後，有週刊雜誌針對「太晚報警」這一點提出質疑，山野邊在手記中回應：「一旦報警，等於承認女兒失蹤，所以我一直無法下定決心。當時我抱著一絲期待，希望不必驚動警察。」

我不認爲山野邊遼的行爲有什麼不對，畢竟人類原本就不是理性的動物。週刊雜誌上寫下

「山野邊夫婦的行動匪夷所思」的人倘若遭遇相同情況，多半也會做出匪夷所思的舉動。

接獲報案後，警方的表現還算稱職。至少我聽到的評價是如此。他們立刻派員搜索住家附近，設法安撫山野邊夫婦。顧及可能會接到勒索贖金的電話，家裡也配置警力。

隔天，山野邊菜摘的屍體在郊區河中被發現。從山野邊家前往該處，徒步約需三十分鐘。屍體並非自上游漂下，而是直接棄置。

死因是窒息，但脖子上並無勒痕。據報章雜誌的推測，菜摘可能遭塑膠袋套住頭，或關進缺乏氧氣的空間。

數天後，警方宣稱屍體內檢測出生物鹼毒素。由此推斷，菜摘遭注射藥物，引發呼吸困難，終至缺氧身亡。另有報導指出，南美的原住民族會使用類似的毒藥製成毒箭，進行狩獵。看到這則報導，我想起曾受同一種毒箭攻擊。當然，這只是毫不相干的回憶。

「我聽見你和外頭記者的談話。」山野邊遼望著門旁牆上的對講機螢幕。原來如此，透過那玩意可得知外頭動靜。「之前，我家門口跟大名出巡一樣，隨時有人輪班看守，簡直像『參勤交代』的落腳歇息時間。」

「差得遠了。」我脫口而出。

「差得遠了？」

「跟『參勤交代』差得遠了。」我回想親身參與「參勤交代」的情景。那項制度在人類歷史上持續約兩個半世紀，我曾為工作參與數次。「起先，我認為那非常麻煩又不符合經濟效益……」

「千葉先生，你爲何能一臉認眞說出這麼怪的話？」山野邊遼苦笑。

我早就習慣這樣的評價。

「以前學校教過，江戶時代的『參勤交代』制度，害各地方大名無法專心在領土內發展勢力。既然能持續兩百年以上，可見相當有效。」美樹開口。

「沒錯。」我點頭同意。「不過，這也造成江戶人滿爲患，形成另一種負擔。爲了應付『參勤交代』的需求，旅店不能擅自歇業。當時，恐怕很多旅店是迫不得已繼續營業。不僅如此，來到江戶的人往往喜愛江戶更勝故鄉。跟現在一樣，一旦習慣都市的刺激生活，就很難再回去鄉下過日子。」

「千葉先生，你怎麼好像曾親眼目睹？」

「我確實親眼目睹。那種簇擁著大名前進的隊伍會產生我最討厭的現象。」

「何種現象？」

「壅塞。」最嚴重的一次，動員高達數千人，隊伍綿延數公里。想到那幕景象，我忍不住嘆氣，脫口道：「壅塞是人類最糟糕的發明。」

「那最好的發明是什麼？」美樹問。

「當然是音樂。」我不假思索地回答。

山野邊夫婦面面相覷。

「江戶時代有音樂嗎？」美樹問身旁的丈夫。

「千葉先生，江戶時代有音樂嗎？」山野邊轉頭問我。

「鋼琴在十八世紀初誕生，之前便存在各式各樣的樂器。每個時代都有屬於自己的流行音樂，江戶時期大概是『清元』或『小唄』（註）吧。」

「剛開始，消息很多很雜。」山野邊遼皺著眉回憶當時的混亂。「有人看見魁梧的男子在街上鬼鬼祟祟徘徊，有人看見外國綁架集團的車子疾馳而過。我們像無頭蒼蠅般追著這些消息。」

「那個時候……」美樹也一臉苦澀，「連菜摘的同學也好意提供各式各樣的情報。例如，案發數天前，有人看見菜摘在回家途中，遇到一名中年大叔……」

「我想起來了，」山野邊聳聳肩，「那個男的在路上攔住孩童，提到毒蛇之類的。大夥聯想到菜摘中的毒，都認爲他就是凶手。」

「後來發現是誤會？」

「嗯，其實是有爬蟲類從某戶人家逃走，對方四處張貼傳單，警告路人。」

「爬蟲類？」

「大概是蛇吧。」美樹說。「要不然就是鱷魚。」山野邊接著說。

「鱷魚這麼大隻，怎麼逃走的？」

「搞不好是透過管道弄來的鱷魚蛋或小鱷魚。」

「凶手會不會是鱷魚？」我一臉認眞。

山野邊夫婦無奈地搖頭，「不，約莫三星期後，警察逮到眞凶。」

凶手是個二十七歲的男人，名叫本城崇，住在河川另一岸的公寓。

「要是我沒記錯，這個人沒工作？」我回想情報部提供的資料。

「對。」山野邊遼壓抑著情緒，低喃：「他沒工作，卻過著富裕的生活。」

本城崇十幾歲時，家中發生火災，擔任官員的父親與經營投資公司的母親葬身火窟。本城崇獲得雙親的存款、股票及外幣等遺產，不必工作便能優雅過活。以上是來自情報部的資訊。

我原本想問「他有沒有莊園」，最後沒開口。人類的時間概念和我們不同，這種差異經常反映在「從前」、「現在」、「古代」、「不久前」之類字眼的定義上。人類的世界裡，恐怕已沒有莊園制度。

「本城怎麼會遭到逮捕？」我問。

一提及這個名字，山野邊夫婦的臉上出現皺紋，彷彿是劇烈疼痛造成臉部肌肉破損龜裂。

「出現了目擊證人。住在河邊的老奶奶看見那男人和菜摘走在一起。」美樹回答。

說出「那男人」時，美樹臉上再度出現裂縫。

「老奶奶超過七十五歲，但腦袋還相當清楚，看到電視新聞，便立刻聯絡警察。」

「那個時候，她腦袋還相當清楚。」

美樹雙頰一顫，「對，那個時候。」

不料，進入法院審判後，老奶奶居然翻供。

註：「清元」與「小唄」皆爲江戶時代盛行的三弦琴音樂。

這部分暫且不提。總之，案發不久，老奶奶的證詞讓搜查有了突破，警方將本城崇列入嫌犯名單。小學到河邊的路上有間便利商店，店內裝設的監視器也拍到本城與菜摘的身影。警察拿本城的照片給山野邊夫婦指認，他們立即想起這號人物。

「你們跟本城有交情？」

「稱不上交情，只是住得近，多少有些往來。」山野邊遼神色痛苦，「第一次遇到他大約是在兩個月前。」

「不必勉強回想，我大概猜得出是怎樣的情況。」

我這麼說並非出於體諒，也非自認想像力豐富，而是早就掌握相關情報。

一切的開端，源於一場爭執。

那天，離山野邊家有些距離的大公園後方巷子裡，一對年輕男女起了口角。女人想逃走，男人拉住她。女人用力掙扎，男人又拉得更緊。山野邊遼原以爲是情侶吵架，不願蹚渾水，當沒看到從旁繞過。然而，觀察之下，兩人似乎不認識。於是明知是自找麻煩，山野邊遼還是忍不住問一句：「發生什麼事？」男人惱羞成怒，罵道：「不關你的事。」女方連忙哀求：「救救我。」山野邊遼只好隨口胡謅：「抱歉，她很像我認識的人。」

「認識的人?你看錯了吧。」

「不，眞的很像。」
「跟哪個人很像？」
「我奶奶年輕的時候。」
「你在耍我嗎？」
其實山野邊遼頗爲緊張，並非故意開玩笑。他的手記裡寫著，沒自信能打贏對方，當時害怕得只想逃走。
最後，男人不甘不願地離開。不過，他不是畏懼山野邊遼，而是瞥見附近有個年輕男人準備打手機報警。
那個拿著手機的年輕男人，就是本城崇。
女人道謝後離去，留下山野邊遼與本城崇。「您是山野邊先生吧？我拜讀過您的小說。」本城崇忽然畢恭畢敬地開口。自從上電視後，常有陌生人找山野邊遼攀談，所以他不太驚訝，也毫無戒心。
「山野邊先生，看來您很有正義感。」眉清目秀的本城崇微笑道。這句話雖然不帶惡意，但他的態度不像閒話家常。山野邊遼隨口敷衍，想盡快抽身，本城崇卻自顧自講個不停。
根據情報部提供的資料，兩人的對話如下。山野邊遼的手記裡並未提及這段內容，應該是情報部暗中蒐集而來。
「您知道杜斯妥也夫斯基的《罪與罰》吧？」本城崇沒來由地冒出一句。
「嗯，我知道。」

「有部黑白電影《扒手》（*Pickpocket*），是改編自這本書，您聽過嗎？」
「不，我沒聽過。」
「那部電影裡，男主角對警察說：『懷才不遇的優秀人類，擁有犯罪的自由。』」
「優秀的人犯罪又何妨，這也是《罪與罰》故事的起點。」
「於是，警察反問：『優不優秀，由誰來決定？』」
「我沒看過那部電影。」
「男主角回答：『自己。』」
「由自己決定？可是，人往往會高估自己的能力。」
「電影裡的警察也認爲他的想法太荒謬。然而，男主角接著說：『只有一開始會犯這種錯誤，我以後會更謹愼。』」
「你想表達什麼？」
「您不認爲這句話很棒嗎？那是我的理想。」
「理想？你是指哪一點？」
「男主角的冷酷。那位導演拍的電影，盡是荒謬無稽的悲劇。演員個個像木偶般面無表情，承受著悲慘的遭遇。山野邊先生，您曉得其中的用意嗎？」
「不清楚，我對那位電影導演所知不深。」
「那位導演肯定明白，世上充滿無法避免的不幸，甚至可說是人生的本質。所以，電影中的人物只能默默承受一切。山野邊先生，您十年前寫的短篇小說《植物》裡，身爲畫家的男主角不也是如此？」

「你怎麼知道這篇小說？」

「我非常喜愛這篇小說，裡頭詳述了鈴蘭的毒性。」

「嗯，鈴蘭的根部到花瓣都含有劇毒。」

「我對主角的處境感同身受。素描植物的日常工作結束後，從植物中萃取毒素的那段情節，看得我大呼過癮。」

「大呼過癮？這似乎偏離了我的本意。」

「是嗎？」

「當初參考的資料還留在家裡，女兒讀過後，竟然對毒物產生興趣，真是傷腦筋。」

「意思是，令嬡開始接觸毒物？」

「怎麼可能，毒物沒那麼輕易弄到手。」

「藥局不就能買到？」

「毒和藥是兩回事。」

「不，沒什麼不同。」本城崇一臉正經地回道，「服用太多退燒藥，體溫會大幅降低，造成虛脫。一般的感冒藥一旦產生副作用，全身也會出現類似燙傷的症狀，甚至失明。此外，山野邊先生，您在《植物》中提過，某地原住民製作毒箭的材料，可當肌肉鬆弛劑。換句話說，毒和藥是一體兩面。」

「你懂的挺多。」

「其實，我設法從海外偷偷弄到一些毒物。」

「眞的嗎？」

本城崇的神情絲毫未變，看不出是不是在開玩笑。

當時，山野邊遼並未深思，只認爲是年輕人愛炫耀、裝流氓，於是將話題拉回女兒令人哭笑不得的舉動。

「學校出一項作業，要製作一本簡易的圖畫故事書。」山野邊遼說：「菜摘模仿童話《喀嚓喀嚓山》（註），稍微修改結局。泥船沉沒後，狸貓沒溺死，在緊要關頭攀住木板活下來。不僅如此，爲了報仇，狸貓竟然打起下毒的鬼主意，簡直異想天開。」

「下毒？」

「沒錯，後來狸貓在東京的水壩裡下毒，汙染水道，把大夥搞得雞飛狗跳。過程相當殘酷，但最後兔子打倒了狸貓。」

「她把這作業交了出去？」

「對，她取名《新喀嚓喀嚓山》。書裡把中毒掙扎的人畫得頗像一回事，引起不小的回響，算是話題之作。」山野邊遼苦笑。「級任導師知道我是作家，不敢隨便批評她的作品，來找我商談，說『擔心菜摘是不是有那樣的恐懼』。」

「令嬡怎麼解釋？」

「她若無其事地回答：『爸爸房裡有些關於下毒的書，讀起來既可怕又有趣。』唉，或許小孩都是如此。」

本城崇這才喜孜孜地露齒笑開。「不過，就算往水壩下毒，毒素也會在淨水場除去，大概不會成功。」

「這不是重點。」山野邊遼再次苦笑。「要是她這麼寫，事情恐怕會更無法收拾。」

「當時我完全沒想到，那男人會做出這種事。」坐在我面前的山野邊遼低語。

「現在呢？」我並未深思，純粹確認道：「你明白他是怎樣的人了嗎？」

「或多或少。」山野邊遼有氣無力地回答。

「哦？」

「那男人沒有良心。」

「什麼意思？」

「千葉先生，世上就是有這樣的人。」山野邊遼的語氣充滿絕望。「我們只能承認眞的有人天生沒有良心，而他正是其中之一。」

「他是複製人嗎？」我不禁想起一名專門研究這個領域的學者。「我有一個朋友的研究，是以動物細胞製造出基因相同的複製體。靠這樣的技術，不需雙親也能製造出人類。你提到的沒有雙親的人，也是這樣製造出來的？」

註：原文爲「かちかち山」，是日本民間童話，描述老翁的妻子遭狸貓殺害，最後老翁借助兔子的智慧成功報仇。「喀嚓喀嚓」是故事中兔子以打火石點燃狸貓背上木柴時發出的聲響。

「不，他當然有雙親。我們是指『良善心靈』的良心（註）。」美樹笑著糾正。

「啊，原來如此。」雖然慌張，但根據經驗，我一定要擺出沉穩的態度。若是坐立不安，情況會變得更棘手。「說他沒有良心，是什麼意思？」

「造成他人的痛苦，有些人根本不在乎。」美樹應道，山野邊遼接過話：「這種人稱爲『精神病態者』。書上說，在美國，每二十五人就有一人。」

「唔，我的確經常遇上這種人。」

「這些缺乏良心的人，跟我們生活在相同的社會裡，看起來與一般人沒太大差別。」

機率和統計往往不具任何意義，但人類只能依賴機率和統計理解大部分事物。

擅於利用別人，撒謊後毫無罪惡感，就算養的狗活活餓死也不會愧疚，我調查過很多這種人。他們多半身體健朗，擁有極高的智慧及吸引人的魅力。最不可思議的是，他們的犯罪機率不高，生活與常人無異。

「真不明白世上怎會有這種人。」

「一樣米養百樣人。就像一籃橘子，肯定有的甜，有的酸。」嘴上這麼說，我根本嘗不出水果的酸甜滋味，純粹是隨口胡扯。

「你的意思是，這些人只是比較酸的橘子？」

「或是比較甜的橘子。總之，他們不是受損、腐壞的橘子。本城崇也是這樣吧？看不出精神失常，儘管沒工作，但手頭有錢。他沒有良心，而且……」

「而且？」

「他不是複製人。」

「千葉先生，你知道今天的判決結果嗎？」

「下午看過電視新聞。」我撒了謊，其實我是看情報部給的資料。「他獲判無罪，真難以置信。」我盡可能表現得義憤填膺。

美樹一臉迷惘。那不是憤怒，是納悶的神情。

「哪裡不對嗎？」

「千葉先生，你講起話彷彿情感豐沛，又彷彿不帶任何情感。」

「我不太擅於表達。」

「提到這一點……」山野邊遼突然想起似地開口：「心理學的書上說，一般人對『我愛你』或『好難過』之類描述感情的字眼，會產生強烈的反應……」

「哦？」

「然而，在『精神病態者』這種沒有良心的人身上，看不到這樣的反應。」

「什麼意思？」

「不管是『愛』還是『桌子』，他們的反應都一樣。或許可說，他們無法理解『情感』。」

「這句話套用在千葉先生身上似乎也挺合適。」美樹說道。不過，她築起的防備心，不至於

註：日文「雙親」與「良心」的發音相同。

造成我的困擾。

「從機率來看，就算我是沒有良心的人也不奇怪。」事實上，我不具備人類定義的「良心」。不過，這項統計的對象是人類，我不包含在內。

山野邊遼不禁苦笑。妻子美樹流露的笑意更明顯。

「千葉先生，搞不清楚你是認眞的，還是開玩笑。」

「從審判的過程，我早猜到法官會判無罪。」山野邊遼說。

「哦？」

本城崇遭到逮捕不久便承認犯下殺人罪行。但進入審判後，又改口否認檢察官的主張。他辯稱沒殺害山野邊菜摘，當初承認殺人是因警方用「已掌握證人及證據影片」威脅，腦袋一時糊塗。

剛開始，媒體及社會大眾多半認爲本城是死鴨子嘴硬，在做最後的掙扎。

「可是，隨著審判的進行，情況有變？」我覺得不回些話不行。

山野邊遼深深點頭。開庭不久，七十多歲的目擊證人竟然冒出一句「之前我說看見了，其實沒什麼自信」。

在此之前，老奶奶總是流暢又斬釘截鐵地說：「我親眼看見菜摘和本城走在一起，絕不會錯。要我相信自己老眼昏花，除非我每天看的電視其實是紅蘿蔔。如果有人懷疑我年紀大，眼睛不中用，就站在離我二十公尺的地方試試，臉上幾顆痣我都數給你看。」

不料，一站上法庭，老奶奶竟然心虛地找藉口。「坦白講，我的眼睛很容易疲勞。當時警察認爲我年紀大，不把我的證詞當一回事，我才故意賭氣。那時看見的是誰，我沒太大把握。」

「那是老奶奶的眞心話嗎？」我問。

「什麼意思？」

「她會不會是受到威脅？」

我想起一件往事。那是發生在另一個國家的重要審判，由於工作所需，我跟在證人身旁。證人原本指控上司貪汙，卻受到「不想死就改證詞」之類的威脅。於是，他只好屈服，乖乖改變證詞，最後還是被車撞死。理由有兩點，一是上司擔心他再度翻供，二是我在調查結束後下了「認可」的判斷。

「老奶奶會不會是受到本城或其他人威脅？證人突然改口，極可能是受到威脅。」

「不，那男人在警方手上，沒辦法威脅證人。」山野邊遼搖頭。

「是嗎？間接威脅證人的方法很多，他不一定要親自出馬。例如，委託別人動手。」

「委託別人……」山野邊遼仔細咀嚼這句話。「倒是不無可能。」

「對了，談到這個……」我搬出情報部提供的資料，「到底是誰找到公寓男？」

「公寓男？」山野邊遼一愣，美樹從旁插嘴：「啊，他指的是詹姆斯·史都華吧？」

「他不是日本人？」根據我得到的消息，此人明明姓「轟」，是年過四十的男人。

「千葉先生，你沒看過詹姆斯・史都華演的《後窗》（註）嗎？」

「窗戶是看過不少，但沒注意到還分前後。」

「《後窗》是一部電影，講的是一個斷了腿的攝影師，透過窗戶看到許多可怕的事情。」

我終於明白他們想表達的意思。

情報部提供的資料浮現腦海。轟住在某公寓日照充足的朝南一戶。丟掉飯碗後，轟找不到下一份工作，只好整天關在家中，靠失業救濟金過活。領老人年金度日的老母親，一手包辦轟的飲食及生活所需。倘若沒記錯，以上就是轟的基本資料。他的興趣是以數位攝影機拍攝窗外往來的人車。或許是姓氏裡有三個「車」字，他對路上的車子相當感興趣。

「轟和詹姆斯一樣，是在窗邊偷拍？」

「沒錯。」山野邊遼點頭。「轟先生個性踏實，可惜時運不濟。」

「怎麼說？」

「他工作十分認眞，卻遭到裁員，內心大受打擊，從此成爲繭居族。」

「你似乎很抬舉他？」

山野邊遼「抬舉」一下自己的肩膀，應道：「現實生活中，雖然只是個演員，詹姆斯・史都華卻十分正派，甚至有『美國的良心』的美名。他沒傳過醜聞，不曾離婚，八成也不會外遇。」

「提到外遇，公公倒是有經驗。」美樹插話。

「是啊，我父親選擇的是任意妄爲的人生。」山野邊遼眺望遠方，彷彿在回想重要的記憶。

「他是個花心漢？」我只是試著搭上話題，山野邊遼卻露出困惑的表情。原以爲他是覺得父親受到侮辱，似乎並非如此。「倒也不是。我剛剛提過，他純粹是努力摘取每一天。」山野邊遼低語。

「那到底是什麼意思？」

「他單純享受著人生的每一天。」這個回答沒比前一句好到哪裡去，但山野邊遼不像避重就輕，只是不太願意詳細解釋。

「總之，轟錄到證據畫面？」我拉回話題。

「沒錯，而且是對那男人有利的證據。」

依情報部提供的資料，命案剛發生時，警方憑三項證據認定本城崇是凶手。

第一，便利商店的監視攝影器拍到山野邊菜摘與本城走在一起的畫面。

第二，一個老奶奶目擊兩人在河邊。

第三，山野邊菜摘的指甲裡殘留本城的皮膚碎屑。

本城崇爽快承認在路上遇到山野邊菜摘，並陪她走了一段距離。

照本城的說法，當時的狀況是這樣的——

本城與山野邊一家有過交流，認得女兒菜摘的長相。在離山野邊家頗遠的地方看見菜摘，他上前關心：「妳要去哪裡？」但菜摘賣起關子，回答：「不告訴你。」本城心想，畢竟是認識的

註：Rear Window，一九五四年希區考克執導的美國電影。

人，於是陪菜摘走到下一個路口。

「當時，菜摘拿著可愛的鑰匙圈，我故意搶過來，想捉弄她。」這是本城對第三項證據的解釋。「鑰匙圈上掛有小狗布偶，約是菜摘的拳頭大，我笑她用那麼大的鑰匙圈一定很麻煩。她急著想搶回去，在我的手臂上抓了一把。瞧，這就是她留下的傷痕。」本城朝警察伸出右臂。「菜摘的指甲裡殘留著我的皮膚，便是這個緣故。」

至於警方在菜摘的衣服及書包上發現本城的指紋及衣物纖維，他也辯稱是「搶奪鑰匙圈造成」。

當然，警察並不相信本城的說詞，認爲成人不會和孩童搶鑰匙圈玩。

不久出現了新的證人，也就是轟。

轟在自家房內偷拍外面的景象，偶然錄下「搶奪鑰匙圈」的過程。

「警方爲何沒第一時間找到這個證人？」其實我不是眞的想知道答案，只是覺得適當回應有助於山野邊遼敘述案情。

「警方在附近蒐集證詞，但沒挨家挨戶拜訪。」

「何況，轟先生總關在房裡，就算警察找上門，也是母親開門應對。」美樹補充。

「找到連警方都沒發現的新證據，本城的律師眞是太幸運了。」

「那個律師激動地告訴媒體：『我相信被告是冤枉的，絕不會放棄尋找證據。』」山野邊遼的語氣不帶任何情緒：「或許是這樣，才找到轟先生拍攝的畫面。」

畫面中，全程拍下「成人與孩童搶奪鑰匙圈」，完全符合本城當初的描述。本城與山野邊菜摘走在公寓對面一條綿長的路上，本城仔細打量手中的鑰匙圈，菜摘在旁邊蹦蹦跳跳，想拿回鑰匙圈。如同本城的描述，鑰匙圈上掛著一隻頗大的布偶。與其說是「搶奪鑰匙圈」，更像一場成人與孩童的遊戲，氣氛和平溫馨。而且，畫面清楚拍下菜摘抓傷本城手臂的瞬間。菜摘不斷道歉，本城好脾氣地揮手說「沒關係」，沒有任何不尋常的地方。

「這項證據出現後，審判的氣氛起了變化。」山野邊遼接著道。

推斷本城有罪的證據中，目擊證人的老奶奶喪失自信，菜摘指甲裡的皮膚碎屑被認定並非犯案時留下。至於便利商店攝影器的影像，只證實本城與菜摘曾走在一起。

三大證據全落空，加上本城崇改口聲稱是被迫招供，不難想像檢方站不住腳。

「何況，不久前才爆出幾件冤獄案，當然會想回歸『無罪推定』的基本原則。」山野邊遼繼續道。

「誰想回歸基本原則？法官嗎？」

「除了法官，還有社會大眾。」

「既然如此……」我看準時機，推進話題。「山野邊，你有何打算？」

「咦？」

「本城獲判無罪，就算檢察官上訴，在那之前……」

「檢察官應該不會上訴。」山野邊打斷我的話。「除非找到鐵證在上訴時逆轉頹勢，否則恐怕會認輸了事。」

「一旦無罪定讞，不就代表承認本城不是凶手？」

「並非承認本城不是凶手，只是他可能不必背負罪責。」山野邊遼的雙眸變得黯淡無光。剛踏進這個家時，他就是這樣的眼神。如今恢復原樣，像是突然想起一件該做的事。

「這案子不是非常受世人關注嗎？」我問。

「關注？」山野邊遼咀嚼著這個字眼，若有深意地停頓半晌，才開口：「或許吧。」

「除了千葉先生之外。」美樹接過話。

「什麼意思？」

「千葉先生，我看得出你對審判結果毫無興趣。」

「沒那回事。」我心虛地反駁。沒錯，我一點興趣也沒有。

「不過，兩個星期內，檢察官可斟酌要不要上訴，不必急著下決定。」

「換句話說，山野邊，這代表你也有兩個星期的空檔。」

「咦？」

「這兩個星期相當重要，不是嗎？」我以推測的口吻道出早就知道的事實。「期間，本城不必待在拘留所或法院，而是回到你們生活的社會中。」

「那又怎樣？」

「對你們來說，這是千載難逢的機會。」

「千葉先生，你是不是曉得什麼？」

「誰都猜得到，這兩個星期是你們為女兒報仇的絕佳機會，不對嗎？」

山野邊遼沒答話。

「你們想報仇吧？」

山野邊遼和美樹一時毫無動靜。他們既不驚訝，也不顯得慌張。

半晌，山野邊遼開口：「果眞如此，千葉先生，你打算怎麼辦？」

「不怎麼辦。」我坦言。不管山野邊遼有何計畫，都不會影響我的工作。「只是想告訴你們，弄錯地點了。」

「弄錯地點了？」

「那男人不會出現在你們猜想的地方。」

山野邊遼愣愣地盯著我，「你怎麼知道？」

他的意思可能是「你怎麼知道我們查出本城的藏身處」，也可能是「你怎麼知道本城此刻在哪裡」。不論哪種，我都說不出「是情報部給的消息」以外的答案。於是，我改變話題：「你們知道嗎？家人是不允許爲兒女報仇的。」

「允許報仇？你講的是哪個時代的事？」美樹十分疑惑。

「爲雙親、伯叔父、兄長、君主報仇者無罪，爲兒女、配偶報仇者，以殺人罪論處。」

「君主？千葉先生，你是指江戶時代的情況？」

「是啊。」

原本擔心又吐出不合時宜的話，但山野邊夫婦似乎頗感興趣，於是我繼續說。

「我對歷史很有興趣，算是重度歷史迷。」這是我經常使用的藉口。

「爲什麼不能替兒女報仇？」美樹問。

「爲了減少流血衝突吧。」我憶起曾聽某君主提過這一點。「盡量減少報仇行爲，可避免許多麻煩。」

「現代也沒太大不同。」山野邊遼開口：「法院只是國家及社會爲了避免流血衝突而設立的機構。沒有一個受害者家屬會自願將凶手交給法院處置。所謂的審判，根本不是爲了受害者家屬而執行。」

我以前負責調查的一名男子，成功報了殺父之仇。在江戶時代，申請合法報仇的手續非常麻煩。首先須取得君主核發的報仇許可狀，提交奉行所，登記在名簿上。一旦發現仇敵，還得前往公所進行核對，獲得認可才能動手。那名男子湊巧在旅店遇上仇敵，衝動拔刀斬殺。根據規定，若是特殊情況，准許在事後核對。不論哪種，手續都極盡繁瑣。「搞得這麼麻煩，實在有點想放棄。」他曾如此抱怨。

「不管是江戶時代或現代，失去孩子的痛苦是相同的。無論法律怎麼規定，雙親總是會想替兒女報仇。」山野邊遼有感而發。

「我想起一個跟大名出巡有關的故事。」

「千葉先生，你似乎滿腦子都是大名出巡？」美樹笑道。

「某位大名在『參勤交代』途中行經一座村莊，一個三歲孩童從隊伍前走過。家臣認爲孩童太無禮，便押進大名住宿的旅店。」

「對方是一個三歲孩童？」

「村民全來懇求大名饒恕孩童。」

「那是當然的。三歲小孩懂什麼禮儀？」美樹皺眉。

「千葉先生，孩童還是被殺了吧？」山野邊遼問。

「你怎麼知道？」

「我在書上看過。那位大名是德川將軍的親戚，以殘酷無情著稱。不過，有人認爲是捏造的，因爲這則故事只出現在非正式出版的日記文獻中。若是眞人眞事，應該會留下官方紀錄。」

「任何對掌權者不利的事情，都不會留下官方紀錄。」

「是嗎？」

「沒錯。」

我記得那位大名笑嘻嘻地說：「就算是孩童也照殺不誤。」當時，爲了調查一個即將在兩天後因大雨喪命的村民，我碰巧待在那位大名的身邊。那位大名毫不顧忌我在場，如數家珍般愉快炫耀各種凌虐孩童的花招。

「那位大名或許是二十五人中的一人。」美樹應道。

我並未深入思考，點點頭，望著兩人。「不過，故事有後續。」

「哦？」

「三歲孩童的父親是個獵人。他耗費數年等待機會，終於自遠處射殺大名。」這是我從同事口中聽來的。「山野邊，那獵人就跟你一樣。」

「跟我一樣？什麼意思？」

「不管法律允不允許，你都要爲女兒報仇，絕不會原諒凶手，對吧？」

山野邊遼與美樹神情不變，愣愣地盯著我。我們默默對看半晌。每次遇到這種場面，我總會煩惱不知該主動打破沉默，還是等對方開口。其實，即使枯坐七天，我也不在乎。期間要是有音樂可聽，會更加愜意，只是調查工作就無法順利進行。我曉得很多同事假裝認眞調查，私底下都在混水摸魚。或者該說這是常態。但我的觀念是，工作就要做到盡善盡美。

「不過，」山野邊遼出聲，「江戶時代的法律，眞的有人遵守嗎？」

「眞的有人遵守？什麼意思？」美樹問。

「畢竟當時沒有《六法全書》。」

「沒有《六法全書》，但有《武家諸法度》，而且改編多次。」我回想道。

「千葉先生，你說得好像親眼目睹。」美樹苦笑，山野邊遼接過話：「自從不用上歷史課，就沒聽過《武家諸法度》，實在懷念。」

「第一次聽到《武家諸法度》時，我以爲是一頂帽子，你們也是嗎？」

「咦？」山野邊遼皺起眉。

「你以爲那是大禮帽之類的東西？」美樹噗哧一笑。

「是啊。」不過，那時代沒有大禮帽。

「武家諸帽子（註）？」

「是啊。」

兩人露出同情的笑容，反正我早就習慣了。

山野邊遼起身輕輕拉開窗簾，「雨下個不停。」

「我早就料到了。」只要是我進行調查的期間，天氣從來沒好過。有時毛毛細雨，有時連日豪雨。偶爾烏雲密布沒下雨，但絕不可能晴朗無雲、陽光燦爛。「那些記者還在嗎？」

「沒剩幾個。」山野邊遼應道：「大概都去避雨了。不過，幾個穿雨衣的留下。」

「眞是陰魂不散。」

「其實我很敬佩這種不屈不撓的執著。」

「是啊，下這麼久實在了不起。」

「下這麼久？」

「你不是指下雨嗎？」

「不，我是指記者。」山野邊遼一臉錯愕，「下雨跟執著有什麼關係？」

「的確沒關係。」

註：日文中，《武家諸法度》的「法度」音同「帽子」。

「那些記者不是執著，是興奮。」美樹插嘴。

「興奮？守在外頭很興奮？」

「不，是爲狩獵興奮。好比在森林裡發現鳥兒或其他獵物，腦袋會分泌某種物質。」

「分泌某種物質？」我有些疑惑。

「荷爾蒙嗎？」山野邊遼跟著問。美樹點點頭，「腦內啡之類。由於腦袋裡有這種物質，他們才會苦苦守在外頭。每當做出成績或超越別人時，大腦就會分泌許多能夠帶來快感的腦內啡。他們食髓知味，於是死守不放。」

「有道理。」山野邊遼點點頭，「人類大部分的行爲，都是想獲得『成就感』。」

「你們有何打算？一走出去，記者恐怕會全圍上來。」我不在乎延到明天出發。

「我們有外出的自由。」山野邊遼有氣無力地說，「這些人沒權力阻擋。」

「但他們會舉起麥克風和攝影機包圍你們。」

「比起一年前，這還算溫和。今天他們大概抱著『採訪到最好，採訪不到也無所謂』的心態。」

「千葉先生，那男人到底在哪裡？」美樹輕描淡寫地切入關鍵話題。

「你們以爲本城回家了吧？」本城崇的家距離山野邊家約兩公里，徒步就能抵達，開車更是不用花多少時間。兩年前，本城崇改建繼承自雙親的獨棟房子，如今看上去像是兩個巨大方塊堆疊成的樸素建築。

「不，我們不認爲他會回家。他家門口的記者恐怕比這裡多。」

「也對，那他會去哪裡？」

山野邊遼沉吟半晌，似乎猶豫著該不該告訴我實話。不過，他不說實話也沒關係，我很清楚他的想法。山野邊夫婦打聽到，兩年前本城崇偷偷買下公寓一戶。爲了今天，他們已準備萬全。可惜，本城崇不會如他們所料地回那邊的公寓。

「箕輪有沒有消息？」美樹問。

山野邊遼拿起手機確認：「沒收到任何訊息。」

屋內看不到音響設備，但手機能聽音樂。我巴巴望著山野邊遼的手機，突然有股懇求他放音樂的衝動。山野邊遼見我目不轉睛地盯著手機，似乎有所誤解：「這支智慧型手機的號碼，只有特定的人知道。」

「特定的人？」

「就是箕輪。」美樹笑答：「這支手機就像專門和箕輪聯絡的無線收發器。」

「箕輪是誰？」

「我剛出道時的責任編輯，現在是週刊記者。」

山野邊遼一提，我才想起資料上確實有這條，原以爲不重要。

「原來如此。」

「爲了採訪那男人，箕輪四處尋找他的下落，一有消息會立刻通知我，所以我告訴他這支手機的號碼。」

「除了箕輪，還有誰知道這支手機？」

「沒有別人。倘若事態緊急，警方會直接過來。何況，要是有重大進展，電視新聞多半會報導。」

「原來如此。」

「我平常使用的手機，一天到晚都是煩人的電話。」山野邊遼指著客廳矮櫃上的手機，想必已設定靜音。「尤其判決剛出爐，想找我聊聊的人一定更多。」

「箕輪值得信賴嗎？」

「他小我一歲。我剛當上作家時，他才踏入社會。我們都是無名小卒，手邊沒有任何武器，但總並肩作戰。沒有箕輪，恐怕沒有今天的我。」

「這麼說，要是沒有箕輪，你女兒也不會被殺？」我隨口講出內心想法，山野邊遼的目光瞬間變得犀利。我察覺這句話惹惱他，卻不明白他到底對哪一點不快。

「千葉先生，要是沒有箕輪，我老公肯定當不成優秀的作家，也不會跟我結婚，自然就不會生下女兒。」一旁的美樹出聲。她的語氣輕快，像在開玩笑。

我望著美樹，「你們何時認識的？山野邊遼還沒成爲作家前？」

「當時他是無名小卒。」

「他是個小兵？」我問。

「不是那個意思。」美樹苦笑。「我剛認識他時，根本沒料到他會成爲作家。」

「你們是怎麼認識的？」

「因爲一件羽絨外套。」山野邊遼揚起嘴角。

「羽絨外套？」
「那時我是學生，在東京某條小巷裡的餐廳打工，負責清潔。有一天，我走出經常光顧的咖啡廳，看見她站在路上，不停拉扯外套拉鍊。」
「我的拉鍊咬死了。」美樹解釋。
「拉鍊會咬死人？」腦海浮現外套拉鍊撕咬血肉的畫面，下一瞬間，我想起人類口中的「拉鍊咬死」，是指拉鍊夾住旁邊的布。
「拉鍊咬死確實麻煩。」我趕緊補上一句。
「是啊，眞是煩死人。我努力想修好拉鍊……」美樹低下頭，雙手在腹部比畫。
「山野邊遼忽然出現，幫妳修好拉鍊？」
「通常我不會隨便跟陌生人交談。擦身而過時，我瞥見她拚命扯外套拉鍊，雖然有點同情，但我沒理她，趕著去打工。」
「嗯，那天他沒理我。」美樹附和。
「那天？」
「兩天後，我在同一條路上，又看見她站在那裡扯拉鍊。我嚇一跳，心想怎會有人爲了拉鍊在路上站兩天。」
「怎麼可能。」美樹笑道。
「不可能嗎？」我問。
「我只是碰巧在相同地方，遇上拉鍊咬死的狀況，大概是拉得太急。不過，我早就忘記兩天前也在那裡扯拉鍊。」

「在我看來，她就像在那裡站了兩天。」

「兩天前才遇上拉鍊咬死的狀況，爲什麼沒有警惕自己放慢動作？」

聽到我的疑惑，山野邊遼笑道：「千葉先生，這句話說得眞好。沒錯，人類具有學習能力。我根本沒料到這個人會在相同的地方陷入相同窘境。」

「我就是記性不好，總等拉鍊咬死才想起。明明下定決心要慢慢拉，依然重蹈覆轍。」美樹辯解。

「所以，我忍不住上前關切：『妳弄了兩天拉鍊，還沒弄好？』」

「原來如此。」

「我一頭霧水，不明白這個人在講什麼。」

「一頭霧水的是我。」

以此爲契機，山野邊夫婦認識彼此。說起來，人類眞是單純，居然因拉鍊夾住布這種小事跟不認識的人交往，甚至結婚。

「對了，千葉先生，你不覺得他早期在箕輪協助下寫的小說都非常棒嗎？」美樹突然冒出一句。「啊，我忘了先問，你有沒有讀過他的小說？」

「當然，畢竟是幼稚園就認識的熟人。」我撒了謊。「不過，並非每一本都讀過。」

「早期的作品裡，描繪畫家生涯的出道作不賴，後來那篇關於栽培咖啡豆的小說也很不錯。」

「嗯，早期作品相當優秀。」我跟著附和，爲了增加說服力又補一句：「可惜，後來漸漸沒了當初的新鮮感。」隨時間流逝，新的事物自然變得不再稀奇，其實適用任何情況。

「大家都這麼說。」山野邊遼有些尷尬，似乎想找台階下。「作家剛開始的風格通常都是大膽狂放，掌握要領後才能寫得精準細膩，這並不奇怪。」

「從你早期的作品感受得到誠懇與樸實吧？所以，我決定嫁給你。」

「之後，創作風格便逐漸改變。」實際上，我根本不清楚有沒有改變，純粹順著他們的話說。

「出名後，他的書賣得愈來愈好，開始上電視、買昂貴的皮衣、舉辦簽名會，作品風格起了變化，連箕輪也棄他而去。」

「箕輪只是調到別的單位。何況，我沒買過昂貴的皮衣。至於簽名會，每個作家都在辦，不算壞事。」

「我猜箕輪一定放棄你了。你愈來愈高傲，盡寫些不痛不癢的作品，他肯定對你相當失望。」

「妳眞是不留情面。」山野邊遼皺眉，「不過，箕輪確實說過類似的話。」

「哦？」

「他問我：『看太多偷懶作品導致視力惡化，能不能申請職災補助？』」

「沒想到箕輪也會說這種話。」美樹瞇起眼。

「大概是忍無可忍了。」

「搞不好就是這樣，他才主動請調到小說部門以外的單位。」美樹忽然轉頭問我：「對了，千葉先生，你參加過他的簽名會嗎？」

「簽名會……」我略一思索，想起這名詞的意義。我以前參加過類似的活動。「雖然想去，可是山野邊遼太受歡迎……」我給了個模稜兩可的答案。

「排隊要簽名的人太多了，對吧？據說多半是看到電視節目，但死忠讀者也不少。」

「其中有人極力主張早期作品比較好。」山野邊遼苦笑。

「我懷疑那些人都是箕輪僱來撐場面的臨時演員。」

「眞的嗎？」

「甚至有人說，從山野邊遼的小說領悟人生的意義，你不覺得太假了嗎？」

「不，妳搞錯了。對方不是說『人生的意義』，而是『詞彙的意義』。他告訴我，在我的書裡第一次讀到『破釜沉舟』這個成語。接著，他坦承只讀到一半，還問『後面會不會有趣一點』。」山野邊遼苦笑。

「你怎麼回答？」

「我老實告訴他『前半段比較有趣』。那個讀者靠打工維生，興趣是拍攝業餘電影，我反倒能向他學習編故事的訣竅。」山野邊遼虛弱地嘆口氣，「眞懷念那些日子，現在的生活完全不同。」

「是啊。」美樹也咬著嘴唇嘆氣。

「總之，」我拉回話題，「如今箕輪成爲記者，答應幫你揪出本城的狐狸尾巴，然後打手機通知你，對吧？」

「沒到『揪出狐狸尾巴』那般誇張，不過一年前他確實幫我很多忙。」

「但我說了很過分的話。」美樹皺起眉，一臉後悔。「他好意關心，我卻對他大吼大叫。」

「當時我們根本無法保持冷靜。」

「我把箕輪跟那個丟糕餅的記者當成同一夥人。」

「不曉得那個丟糕餅的記者抱著什麼心態，眞可怕。」

「你們是指『糕餅好可怕』（註）嗎？」

「不，之前有個記者朝我家丟擲糕餅，上面印著我女兒的名字。」

「擔心你們肚子餓？」

「誰曉得。」山野邊遼聳聳肩，露出苦笑。此時，他的手機響起悠揚的旋律。「啊，剛提到箕輪，箕輪就打來了。」

山野邊遼離開沙發，對著手機低語。

我集中精神聆聽。不管音量壓得多低，只要是透過電波傳遞，都逃不過我的耳朵。

註：饅頭こわい，是「落語」（類似單口相聲的日本傳統藝能）中的著名橋段。

「山野邊，我認爲本城暫時不會回來。」另一頭傳來模糊的男聲，應該就是箕輪。「我在你們查到的那棟公寓附近，一個記者都沒瞧見。我剛剛打給守在本城家前的記者朋友，他說那裡擠滿記者。山野邊，你家的狀況如何？」

「在下雨，雖然幾個記者還留著，但守得不算太緊。」

「我眞的感到很抱歉。」

「箕輪，這不是你的錯。」

「不，要是上頭下令，我恐怕也會像其他人一樣守在你家門口。」

「當年你向我催稿時，可沒這麼熱心。」

「就算我不催，你也會主動把稿子寄給我。」箕輪應道：「不過，我猜那些人不怎麼積極。山野邊，你有沒有在門口貼公告？」

「有，寫明『恕不接受採訪』。只是我懷疑沒太大成效。」

「聊勝於無嘛。他們抱持閒著也是閒著，不如賭一把的心態。等到晚上你都不出門，他們就會放棄。」

「只要我不出門……」山野邊遼別有深意地喃喃自語。

「沒錯，或者突然發生更有話題性的案件，吸引社會大眾的目光。」

「那是最好。」山野邊遼苦笑，大概察覺自己有些失言。

「近來的熱門新聞只有『一艘從北美出發的豪華客輪，因廁所故障造成騷動』及『俄羅斯軍機下落不明』。」

「沒有國內的消息嗎？」

「國內的話，就是群馬縣鍍金工廠的氰化鉀遭竊。」

「氰化鉀？」

「共有二十瓶遭竊，每瓶一百公克。」

「聽起來挺嚴重的，不是嗎？」

「不過，偷這種劇毒多半是想轉手圖利，極少用在恐怖活動上。倒是某個社論節目的主持人說出『鍍金工廠再也沒辦法幫自己的名聲鍍金』這種莫名其妙的感想，引起不少風波。」

「這種小事也能引起風波？」山野邊遼再度苦笑。

「我也摸不著頭緒，或許是認爲他在暗指鍍金工廠有內賊吧。這年頭，喜歡落井下石的人比比皆是。」

「最好我們的案子也有人失言，幫忙轉移大眾焦點。」

「別開玩笑了。」

「總之，箕輪，你還沒掌握到那男人的行蹤嗎？」

「啊，不……」箕輪語氣一變，彷彿要發表鄭重聲明，只差沒裝模作樣輕咳兩聲。「關於本城的下落，我收到另一個消息。」

「哦？」山野邊遼望向我，耳朵依然緊貼著手機。「他在哪裡？」

「藤澤金剛町的皇家大飯店。」箕輪壓低話聲。「不是國道旁那棟，是車站前那棟新開的。」

「以前我們曾在那裡討論工作？」

「嗯，就是那間飯店。至於理由，剛剛有記者告訴我一個謠言。」

「怎樣的謠言？」

「某週刊雜誌社提供飯店房間給本城當藏身處，換取獨家採訪的機會。」箕輪報出雜誌名稱，「不曉得幾號房。」

「是豪華套房嗎？」

「換成是我，絕不會準備豪華套房，那會讓對方得意忘形。」

「也對，謝謝。」

「山野邊，你要過去嗎？」

「過去？」

「你要去飯店找他？雖然告訴你這個消息，但希望你別亂來。」

山野邊遼淡淡一笑，帶著些許困惑與無奈。「那麼，你爲何告訴我？」

箕輪沉默片刻，答道：「我也不清楚。」

「法院判他無罪，我不會亂來的。」

「可是，你不認爲他是清白的。我之前也問過，你是不是有什麼證據，足以證明本城確實是凶手？」

「有。」山野邊遼不假思索地承認。我有點驚訝，不小心「哦」一聲。美樹瞥我一眼，並未特別在意。

「你眞的有證據？」

「他親口告訴我的。」山野邊遼神情緊繃，眉頭擠出極深的皺紋，微微上揚的嘴角不斷抽搐，握緊拳頭。「他故意讓我看殺害菜摘的證據。」

「他讓你看證據？假如有證據，法院怎會判他無罪？」

「我們一看完，證據就消失了。」

「他怎麼辦到的？山野邊，這是眞的嗎？你告訴過警方嗎？」箕輪相當詫異，不自覺提高聲調。

「沒證據，告訴警方也沒用。」

「要是你願意透露詳情，我可以……」

「即使你寫成報導，社會大眾也只會當我是瘋子。或許能博取同情，但沒任何幫助。況且，就算握有扭轉輿論的鐵證，我也不會說出來。」

「爲什麼？」

「你還記得嗎？剛當上父親時，我們聊過萬一兒女受到欺負會如何處理。」

箕輪沉默不語，大概在努力回想，或是往事讓他無言以對。

「總之，謝謝你的好意。」山野邊遼掛斷電話。

「箕輪怎麼說？」美樹問。

「一樣。」我出聲。

山野邊夫婦望向我，「一樣？」

「跟我想說的一樣。現下本城崇在藤澤金剛町的皇家大飯店，箕輪是這麼告訴你的吧？」

「咦？」山野邊遼睜大雙眼，瞪著我。「你怎麼曉得我們的通話內容？」

山野邊遼看來不知道我聽見了剛才的電話。這種情況下，亂編藉口反倒會引起疑心。「我耳力不錯，聽見你們的對話。」

「這不可能吧……」山野邊遼疑惑地偏著頭。

「箕輪是個大嗓門，我聽得很清楚。」我斬釘截鐵道。

「我什麼都沒聽見。」美樹說。

「我的聽力是一流的。」

「簡直能參加奧運的聽力比賽了。」

我剛要回「確實考慮過參加」時，山野邊遼吐出一句：「可惜沒這個項目。」

「總之，根據我得到的消息，確實是那間飯店。」

「那男人就在那裡？」美樹問。

「週刊雜誌社爲了取得獨家專訪，協助他藏匿行蹤。這種情況會持續多久，目前不清楚。」山野邊遼轉述剛剛的通話。

「三五〇五房。」我補充道。這也是情報部的資料。

兩人注視著我，眼神不像起疑，彷彿在看一場不可思議的魔術。眞麻煩，接下來怎麼辦？我思索著，環顧屋內。客廳雖大，擺設卻相當樸素。我望著牆邊的櫃子，上頭擺滿不知去哪裡旅行買回來的小木偶及座鐘。仔細一瞧，後頭塞著一台迷你音響，我頓時心花怒放。但我壓抑住情緒，工作中不該表現出私人情感。「那麼，你們有什麼打算？」我問，「馬上出發？我認爲不必太急，反正本城短時間內不會離開飯店。不如睡一晚，養足精神再行動。」

其實，我只是想趕快聽音樂。

「要是睡得著……」美樹聳聳肩，「倒也不壞。」

「恐怕是睡不著。」山野邊遼雙目通紅。得知本城的下落，他一定巴不得衝出家門前往本城的藏身處。「乾脆立刻出發。」

「不，我不認爲這是好主意。今天本城肯定有所提防，何況記者守在外頭，要是你們夫婦外出的消息傳開，可能會傳入本城耳中。不如等到明天，記者都離開再出門。」我絞盡腦汁擠出各種理由。「而且，天黑後不該在外頭遊蕩，太危險了。」

山野邊遼一臉不以爲然，但沒反駁。

「明天出發。」我擅自決定，然後指著櫃子。「要是睡不著就起床。瞧，那邊不是有台迷你音響？拿出來聽聽音樂，絕對是最好的選擇。」

Day 2

第二天

「箕輪，萬一孩子將來受到欺負，你會怎麼辦？」那天談完工作，我和箕輪聊起育兒經。即將滿兩歲的女兒太淘氣，搞得我每天筋疲力竭。我抱怨一通後，問箕輪這個問題。

回想起來，那是九年前的事。

箕輪有個兒子，比栥摘大一歲。箕輪小我一歲，但論起當父親的資歷，他是我的前輩。

「啊，霸凌問題嗎？」箕輪皺起眉。他身材矮小，戴著眼鏡，外表像腦筋死板的萬年高中生。「這恐怕沒有從世上消失的一天。」

「或許，孩童永遠會在意與朋友的差異，想在競爭中贏過他人，差別只在程度的不同。個性愈溫和、不懂反抗的孩童，愈容易成爲霸凌的目標。」

「可是，認定受到欺負的原因是不懂反抗，似乎有些武斷。」

「你不認爲，受到欺負的都是溫柔乖巧的孩童嗎？」

「話雖如此，但以牙還牙不見得是好方法。舉個例子，學習防身術確實有示警作用，不過，要是被認爲『這傢伙最近太囂張』，反倒會引起圍攻。太過招搖只會造成反效果。」

「嗯，不無可能。」我感覺胸口一陣如針扎般的疼痛。「難道沒有萬無一失的方法？」

「當上父親後，對霸凌問題比自己是孩子時更敏感。」

我深深點頭。十幾歲的孩童，各自在有限的人際圈進行殘酷的求生戰鬥。他們在學校生活中，一面得耕耘友誼，避免太出鋒頭而遭同學排擠，一面又得設法滿足自身的表現欲。由於正值與雙親產生隔閡的年紀，根本開不了口求助。

「不過，我們也是這麼長大。」

「沒錯，到頭來孩子只能靠自己，雙親能幫的忙實在有限。只是……」

「一旦成爲父親……」

「還是無法視而不見。」我不禁苦笑，「美樹最近常說，以後誰敢欺負我家女兒，她絕不會輕易放過。」

「我也是這樣想，但怎麼付諸行動？」

「假使霸凌的情況嚴重，有時投降撤退也是一種選擇。例如，搬家或轉學，反正就是逃得遠遠的。」

「倘若這是菜摘的希望，對吧？」

「嗯。可是，美樹說，即使逃走也絕不會忘記這個仇恨。」

「原來如此。」

「首要之務，就是鎖定敵人的身分。找出帶頭霸凌的主謀，及惡意起鬨的幫凶。」

「換成是我也會這麼做。」箕輪點點頭。

「不管使出什麼手段，都要找到敵人。」我不禁思索起究竟該採取怎樣的手段。僱用偵探？或私下纏著同學盤問？

箕輪笑道：「接下來呢？他們怎麼欺負菜摘，就怎麼欺負回去嗎？山野邊，你不是常常把

『以牙還牙、以眼還眼』掛在嘴上？」

「不，美樹的計畫更具體，絕不讓那些參與霸凌的孩童擁有幸福的人生。」

「聽起來挺嚇人。」

「沒錯，只要欺負我們家的菜摘，就別想再過正常生活。等那些孩童長大，開始談戀愛，甚至升學或就業時……」

「你們會如何報復？」

「設法從中破壞，下手要又狠又準。」語畢，我忍不住笑出來。

「怎麼破壞？」

「比方，一旦發現目標與特定的異性產生感情……」

「然後？」

「就輪到我們上場。」

「像是發傳單，將那傢伙霸凌同學的事蹟昭告天下？」

「這也是好方法。光是散播他的惡行便能影響戀人對他的觀感，而且要想辦法站在『提供重要資訊』的立場才不會觸法。其實，僅僅是知道兩個大人千方百計要陷害自己，就是件非常可怕的事，不是嗎？」

「如此一來，你們不就得一直當跟蹤狂？」

「耗盡下半輩子也無所謂。」我笑道。由於是天馬行空的幻想，我一派輕鬆。不過，倘若女兒真的受到傷害，我確實認為對加害者進行這種程度的報復，才能發洩心中的憤恨。

「萬一霸凌的手法太過惡劣，毀了女兒的人生……」當時，我想像的是女兒受到嚴重欺負而自殺，或死於殘酷的暴力行爲。即使是假設，我也不願說出「女兒死亡」這種字句。

「若是這種情況，你們會提升報復的層級？」

「當然。」我振振有詞，「再怎麼寬容，也有無法饒恕的時候。」

「聽你剛剛那番話，我不認爲你是寬容的人。」

「不，我是個寬容的人。只是對窮凶極惡的敵人，不會表現出寬容的一面。」

「怎麼說？」

「我不指望國家的司法體制爲我們伸張正義。」

「不過，山野邊，對方一旦落入警察手中，我們就沒轍了。尤其，要是對方未成年，我們只能自認倒楣。」箕輪的反駁，並不是在安撫我的情緒。由於我只是在假設一個狀況，箕輪也和平常討論工作一樣，針對我的點子提出看法，合力讓作品更完善。「身爲加害者的少年只會受到輕微處分，我們甚至無法得知詳細情報，想報仇更是難上加難。」

箕輪的話中使用「我們」這個字眼，顯然與我們夫婦站在同一陣線，爲我增添不少勇氣。

「『審不審判都無所謂，就算判無罪也沒什麼大不了。反正對方肯定會獲判無罪，乾脆放他回到社會上。』」

「山野邊，你在說什麼啊？」

「這是美樹的見解。一旦遇到那種狀況，她絕不會想將凶手交由司法處置，反而會主動提出要求，讓凶手趕緊回歸正常社會。」

「這樣好嗎？」

「這樣就好。」我點點頭，以美樹的話回答：「『之後，我們下手就方便多了。』」

箕輪神色僵硬，搖搖頭。「唉，我不是不能理解你們的心情。」

「這麼說有點怪，不過，既然孩子不在世上，我們就能毫無顧忌地進行報復。」

我當時腦海浮現的畫面，是將對方綁在床上，在不危及性命的前提下，一點一點拔掉指甲，緩緩折磨，毫不理會對方的哀求，持續增加肉體的痛楚。由於是憑空想像，模模糊糊融合不少電影裡的拷問場景。

「對了，山野邊，你在寫短篇《植物》時，不是查到一種毒藥？那玩意或許能派上用場。」

「啊，你是指箭毒？」

那是南美及非洲原住民族用來製作毒箭的物質，成分包含ＤＴＣ生物鹼，一旦進入血液會產生麻痺效果，最後窒息身亡。一般被歸爲毒藥，但有時會用在手術上，確保病患不會胡亂移動身體。「藉這種毒讓對手動彈不得，隨心所欲地報仇。聽說中毒後，雖然身體發麻，依舊保有痛覺。」

我故意誇張地獰笑。

「哇，好恐怖。」箕輪說，「你聽過『伸冤在我』嗎？」

「我不討厭那部電影（註一）。」

「不是電影，我談的是這句話本身。要是我沒記錯，這是《聖經》的句子。」

「是嗎？」

「意思是『不要自己報仇，應由神來替你報仇』（註二）。這句話裡的『我』，指的就是神。」

當時，我莫名感動。「等待敵人遭受天譴嗎？若能擁有這麼寬宏大量的心，不知該有多好。這和渡邊老師的主張似乎有異曲同工之妙。寬容的人爲了保護自己，是否該對不寬容的人採取不寬容的態度？」

「渡邊老師是誰？」

「文學家渡邊一夫。這段話寫在父親常看的那本書裡。」其實，父親病入膏肓時，我才曉得這件事。換句話說，我們父子關係疏遠，我連父親愛看什麼書都不清楚。父親尊稱渡邊一夫爲「渡邊老師」，非常看重那本書。不僅如此，父親藉著那本書擺脫對生命的不安，將之奉爲圭臬，簡直當成金科玉律。

在「渡邊老師」的那本書中，一篇文章探討的議題是「寬容的人爲了保護自己，是否該對不寬容的人採取不寬容的態度」。

「簡單地講，就是好人面對壞人時，是否該保持善良的心？」

「大致上是這個意思。」

「山野邊，這種議題找得出答案嗎？」

註一：應是指改編自佐木隆三小說的電影《伸冤在我》（復讐するは我にあり）。
註二：語出《聖經》羅馬書第十二章。

「文章的開頭，『渡邊老師』便下了結論。」

「結論是什麼？」

「寬容的人『不該』為了保護自己，對不寬容的人採取不寬容的態度。」

「喔……」箕輪顯得有些失望，大概認為這只是逃避現實的理想主義吧。「意思是，不管遭受何種對待，都必須忍氣吞聲？」

「暫且不談『渡邊老師』的主張，縱觀人類的歷史，可找到許多寬容的人對不寬容的人採取不寬容態度的例子，也就是好人對壞人展開反擊的例子。『渡邊老師』認為這樣的結果無可厚非，但必須極力避免。」

「加油吧，寬容的人！」箕輪說道：「這讓我想起倡導非暴力不合作運動的甘地。」

「沒錯。」父親逝世後，我反覆讀那本書。並非因為是父親的遺物，而是內容相當發人深省。雖然寫的盡是悲觀的事，卻有蘊含微小希望的成分，讀著頗受鼓舞。

「箕輪，我最近常常想，小說若以皆大歡喜的天眞結局收尾，讀起來很沒意思。但同樣的劇情發生在現實中，往往能帶來極大的感動，不是嗎？」

「怎麼說？」

「例如，小說裡描寫『交戰各國的首腦握手言和』之類的劇情，讀者肯定嗤之以鼻，可是換成現實，反倒會跌破眾人眼鏡。敵對的國家突然締結友好協定，還有什麼比這更振奮人心的消息？」

「要是現實中發生這種情況，八成會有人跳出來嚷嚷『背後一定有鬼』。」

「千葉先生，我一直感到疑惑。」我開口。此時雖是清晨，但拉開窗簾一看，雨依然下個不停，天空一片昏暗。車子通過門前道路，激起嘩啦啦的水聲。

「什麼疑惑？」

「那些兒女遭到霸凌，或失去兒女的父母，爲何不想報仇？」

「昨晚我不是舉過一個報仇的例子嗎？」

「那畢竟是少數。我總認爲，每一對父母都想報仇才合理。」

「或許吧。」

「但親身經歷過後，我終於找到答案。」

「你解開疑惑了？」

「父母肯定渾身充滿憎恨與憤怒。光想到仇人，恐怕就會氣得腦血管崩裂，體內水分蒸發殆盡。然而，大部份的父母都缺乏付諸行動的能量。」

「這就是所謂的能源危機？」

千葉一臉嚴肅，我無法判斷他是認眞，還是在開玩笑。「失去兒女的痛苦，實在難以言喻。」說著，我忽然有股想深呼吸的衝動。稍不留神，關於菜摘的回憶就會灌入腦海，迫使我不得不再次體認到菜摘不在世上。一旦身陷其中，全身就會充滿某種說不上來的情感。

聽完我的描述，千葉問：「某種說不上來的感情，指的是什麼？」

「若要勉強找出近似的詞彙，或許可稱爲『空虛感』或『絕望感』。不過，假如有人自以爲是斷定『此刻你心裡充滿空虛感』，我又會覺得那根本完全不同。」我非常清楚要說明自己的情感是多麼困難，就像以言語詮釋抽象畫。「因而，我只能形容爲『某種說不上來的可怕情感』。這種情感占據內心，便很難採取行動。一般人無法承受這樣的煎熬。」

何況，整個社會不會輕易放過我們受害者家屬。警察與記者輪番疲勞轟炸，把我們搞得筋疲力竭。突如其來的驚嚇、憤怒、悲傷，與混亂的環境變化，持續凌虐受害者家屬的精神。對累得氣喘吁吁的受害者家屬而言，恢復平靜生活是唯一的奢求。

渴望平靜度日，渴望不受打擾，渴望不必和任何人打交道。至於報仇，早拋到九霄雲外。別說報仇，甚至連哀悼女兒慘死的餘力也沒有。

「光在心中闢出一處避風港，就耗盡所有能量。」如今我深切體悟，爲何那些遭到霸凌的孩童只會懦弱逃避，不曾產生報復的念頭。因爲單單維持平靜的生活就費盡千辛萬苦，根本沒有餘力思考其他事情。「況且，要主動攻擊他人並不容易。」

「原來如此。」

「即使殺害兒女的凶手毫無防備地出現在眼前，自己手上又握有刀子或槍械，大部分的人依然狠不下心。不管再怎麼憎恨，再怎麼憤怒，就是辦不到。」

「因爲罪惡感？還是害怕對方反擊？」千葉的表情絲毫未變。

「都有，此外還包含許多複雜的因素。」

「昨天你提到每二十五人裡，就有一人天生沒有良心。若是那種人，就會下手嗎？」

「沒錯。」嘴上這麼回答，但我不認爲那些缺乏良心的人會有跟自己站在相同立場的一天。他們不會爲傷害別人而難過，更不會活在悔恨與悲傷中。

「山野邊先生，人類會自然地往邪惡靠攏。」那男人的話掠過腦海，我胸口湧起一陣不快。

初次見面後隔了約半個月，我帶家人到住處附近的連鎖式家庭餐廳，不巧又遇上那男人。當然，那時我毫無警戒，笑嘻嘻地跟他打招呼，爲再次重逢而開心，甚至向美樹和菜摘簡單介紹：「他是爸爸的朋友。」見菜摘坐在桌邊玩花繩，那男人問「妳會這個嗎？」表演高難度的複雜花樣。

「好棒。」菜摘興奮大喊。畢竟年紀小，碰上如願以償或值得興奮的事，她就會這麼喊。我和美樹最喜歡聽她說這句話。

如果沒去那家餐廳就好了。如果菜摘那天沒玩花繩就好了。如果我沒邀那男人同桌用餐就好了。

然而，我試著說服自己，就算當時做了不同的決定，結局還是不會改變。設想一個無法挽回的狀況沒有任何意義。何況，追根究柢，或許只能後悔「自己爲何要出生在世上」。

總之，當天趁美樹帶菜摘去廁所時，那男人對我說：「山野邊先生，人類會自然地往邪惡靠攏。」記不得怎麼扯到這個話題，多半是從我的著作聊起，最後愈扯愈遠吧。我沒特別驚訝，隨口應道：「是嗎？」

「這是康德（註一）的名言。」那男人解釋。

「什麼?康德?」想到有趣的雙關語（註二），我暗自竊喜。

「人類原本處於具道德感、平等且樸實的狀態，但隨著時間流逝，會逐漸往邪惡靠攏，出現任性妄爲、損人利己類型的人類，而這正是社會進步的原動力。」

「往邪惡靠攏，是社會進步的原動力?」

「待在和平、恬適，宛如天國的環境是不會有進步的。」

「眞是可怕的想法。」

「所謂的可怕，也只是一種主觀感受，不是嗎?」

「什麼意思?」

「傷害他人的行爲，從宏觀的角度來看，其實合乎進化的過程。」

那時，我以爲本城太年輕才出現如此偏激極端的想法，應一句「眞令人難以回答」便沒繼續深究。

「不論世界如何進化，不論多少人類遭到淘汰，我希望自己永遠是存活下來的強者。」他說。

我臉色僵硬，勉強半開玩笑地應道：「屆時還請高抬貴手。」

然而，我萬萬沒想到，連這小小的懇求也遭到拒絕。

樓梯響起腳步聲，美樹走下樓。她穿黑牛仔褲，披黑針織外套。這一年來，她的打扮幾乎沒有變過。剛開始，她是懷著哀思才穿黑色衣服。但如今的她彷彿想以黑色籠罩全身，讓自己完全消失在闇夜中。她想告訴世人，自己的未來不再需要任何色彩。

「原以爲會失眠，沒想到還是睡著了。」她開口。

「我也是。」

或許是昨天到法院聆聽判決帶給我的疲勞遠遠超過想像。

對那個男人的憤恨，及「這一天終於到來」的亢奮，充塞我的心中。原以爲無法入眠，卻不知不覺沉沉睡著。前一秒看著用迷你音響聽音樂的千葉，後一秒就失去意識。

「千葉先生，你睡得好嗎？」我忽然想起沒爲他準備棉被及床墊。

「我沒睡。」

「你一直醒著？」

「是啊。」千葉意興闌珊地回答。「我一直在聽這個。」他指向迷你音響。

註一：Immanuel Kant（一七二四～一八〇四），著名哲學家，德國古典哲學創始人。

註二：日文中「康德」（カント）與「什麼」（なんと）的發音相近。

「我連放了哪些專輯都記不得。」

「非常棒的音樂。」千葉的表情第一次出現變化。

「你一直在聽音樂？」

「你們有什麼打算？天亮了，是不是就要出發？」千葉板著臉問，「假如不趕著出門，我能繼續坐在這裡聽音樂嗎？」

大概是想緩和我們的緊張與戒心，千葉才故意開玩笑。

瞥向時鐘，現在是七點半。我望著美樹，她緩緩點頭，神色冰冷得彷彿不帶體溫。我明白她在努力壓抑情緒。

「我們要出門了。」我看著千葉。

「能不能讓我跟你們一起行動？」準備妥當時，千葉突然問道。

「不行。」我搖搖頭，「這是我們的私事。」

「我明白，但是……」

「感謝你帶來關於飯店的消息，接下來我們自行處理就好。」

「可是……」千葉仍一副撲克臉，卻不肯輕易放棄。我十分意外，因爲從千葉身上，完全感受不到糾纏我們的記者散發出的激昂熱情。甚至，我懷疑他根本對整件事毫無興趣。他到底有何目的，我百思不得其解。

昨晚，千葉在客廳聽音樂。我上完廁所出來，發現美樹等在門口。

「這個千葉眞的是你的幼稚園同學嗎？」她問。

「我也不知道。」我老實回答。雖不到難以置信的地步，但幼稚園同學突然登門拜訪，實在有些匪夷所思。

「你說記得幼稚園同學的名字，是眞的嗎？」

「騙他的。」我搖搖頭，幼稚園名冊早就不曉得扔到哪裡去了。

「我就知道。不過，這個千葉挺古怪的，又不像是記者。」

「是啊。」

「會不會是你的狂熱書迷？」

「妳見過這麼冷淡的狂熱書迷嗎？我猜，他根本沒讀過我的小說。」

「我有同感。」

我們都懷疑千葉的身分。爲何願意繼續跟他相處？我也說不出個所以然。仔細想想，光是讓突然上門的陌生人留宿就是不合常理的決定。搞不好這個人是狡猾的記者，找藉口進入我家裝竊聽器。不然，就是把胡鬧滋事當樂趣的危險人物，打算趁我們入睡之際對我們不利。不論他的企圖是什麼，至少帶來那男人藏身地點的消息，這是不可否認的事實。

「帶我同行比較好。不管你們有何計畫，多個幫手總是好事。」千葉沉穩道。

「千葉先生，你不像壞人，但我們無法完全信任你。何況，將你捲入麻煩，我們會過意不去。」

「我絕不是壞人。」千葉振振有詞，尤其是「人」說得特別用力。

如同美樹所說，這是我們的事，沒必要拖別人下水。況且，沒弄清千葉的來歷與目的，我們難以心安。我向千葉坦言，而他苦苦哀求「拜託你們」，但表情一點也沒有苦苦哀求的意思。

「老實講……」

「老實講？」

「我弟弟也是本城惡行的受害者。」

沒料到，他最後竟採取正面突破的戰術。

「不開這輛車嗎？」走出門口時，千葉望著停在院子的奧迪問道。那是兩年前，透過電視節目的工作人員介紹買下的。

「不，我們不開這輛車。」

我撐著雨傘，迅速鑽出門外，四周不見一個記者。白白守一整天，八成放棄了。他們大概認爲再纏著我採訪也沒好處。

附近可能躲著警察，我有些擔心。殺害女兒的男人獲判無罪，受害者雙親不知會做出什麼舉動，警方或許早提防到這一點。爲了避免遭判定「形跡可疑」，我竭力隱藏憤怒與怨恨，表現出若無其事的模樣。

附近賣酒小店的老闆經過，我們四目相交，他吃驚地握緊雨傘，匆忙移開視線。我曉得他沒惡意，並未感到不快。要是立場對調，我也會手足無措。沒人知道該對承受喪女之痛的夫婦說什麼話，加上原本視爲凶手的男人剛獲判無罪，也難怪他沒跟我打招呼。

「你口袋裡放什麼？」千葉忽然問我。我一時不明就裡，往外套內袋一摸，才想起他所指爲何。我還沒拿出來，千葉繼續道：「是保濕噴霧罐吧？你喉嚨不好？」

「不，這是防身噴霧，成分是辣椒之類的，效果相當不錯。」

「你試過？」

「試過幾次，眼淚鼻涕流滿面，好一會兒動彈不得。」

「那眞是可怕的經驗。」美樹笑道：「爲了演練，實在吃足苦頭。」

當時，那液體一噴出，我立刻大聲慘叫，奔進浴室。連衣服都來不及脫，直接抓起蓮蓬頭往臉上沖。即便沖了水，眼睛依然發疼，鼻炎症狀也沒有減緩的跡象，但我並不感到痛苦。想到總有一天，那男人會嘗到同樣的滋味，我反而無比喜悅。

我攔下一輛計程車，與美樹一起坐上後座，千葉也理所當然地擠進來。雖然有些擁擠，但看見千葉冷漠、粗線條又厚臉皮的態度，竟發不出一點怒火。

「千葉先生，你不能辜負我們的信任啊。」美樹故意加重語氣，簡直像在強施恩惠。

根據千葉的說詞，他弟弟十幾歲時，遭到本城崇欺凌，最後承受不住，自殺身亡。由於沒有遺書，警方和學校都不承認是校園霸凌，但千葉確信本城是始作俑者。爲了向本城報仇，千葉才暗中查探本城的行蹤。當然，我和美樹並未單純到全盤接收。這一年來，我們遇過太多不懷好意、居心叵測的人。不過，我們決定相信千葉。不，其實不是相不相信的問題。我們只是希望他能同行。有他在一旁，心情輕鬆不少。從昨天到今天，周遭彷彿有風流動，不再像過去一樣充塞著封閉感，顯然得歸功於千葉的出現。

何況，縱然千葉是大騙徒，也沒什麼大不了。一年前，我們的心早徹底碎裂，人生跌落谷底。跟悲慘的往事相比，天大的災難都微不足道。就像一條骨折的腿，即使有隻蚊子叮一口，也不會痛得呼天搶地。

「放心，你們大可信任我。」

「聽到你這句話，我反倒不放心。」我坦言。

「別擔心。」千葉又強調一次，忽然轉頭問司機：「能不能放點音樂？」

計程車通過兩個大馬路口後，我們都下了車。

「在這裡換車。」我向千葉解釋。

我撐開雨傘，通過斑馬線走到對面。那裡有座月租制的平面停車場。我步向停在最角落的小箱形車，邊說：「開奧迪太醒目，我們開這輛。」

「這是你們的車？」

「半年前買的。我租了個位置，一直將車子放在這裡。不過，持有人不是我的名字。」

「不然是誰的？」

「住在老家附近的家母朋友。他來參加家母的葬禮，我告訴他媒體逼得太緊，連買車都有困難。他看我可憐，幫我這個忙。」

「你撒了謊？」

「千葉先生，你討厭撒謊嗎？」

「沒想過喜不喜歡。不過，借用別人的名義買車，與其說是撒謊，更像是小戲法或小過錯。」

「什麼意思？」

「從前有人這麼形容。」

「盡量避免開自家的車子，比較不會引起注意。」

「目的呢？」千葉問。

「爲了今天。」美樹走到車旁，打開車門，裡面空間頗寬。「千葉先生，上車吧。我們現在就去飯店。」

我坐上駕駛座，趁美樹繫安全帶時，將飯店資訊輸入導航系統。接著，我透過後照鏡觀察後座。只見千葉左右張望，神情不帶一絲感觸或迷惘。不一會兒，他突然開口：「放點音樂吧。」

「車裡沒有音樂CD。」

「唔……」

「千葉先生，你好像不聽音樂就會死？」美樹調侃道。

「沒有這種死因。」千葉一臉認眞，我只能苦笑。

「既然如此，就放這張吧。」千葉戴黑手套的手突然伸到駕駛座旁。我轉頭一瞧，他手裡抓著數張CD。「我早料到會有這種狀況，從你家客廳帶了幾張出來。」

我沒爲千葉擅自帶出家裡的CD動怒，只是對他如此執著於音樂大感錯愕。坐在副駕駛座的美樹接過ＣＤ，我發動車子。

我踩著油門，開了一會兒車子。突然間，伴隨一陣輕快的旋律，響起高亢的假音歌聲，嚇得我差點跳起。

原來是音響播起ＣＤ。歡樂的嘟哇音樂（doo-wop），配上高昂的男假音歌聲，彷彿能撕裂空氣。那歌詞唱著「Sherry baby……」，是四季合唱團（The Four Seasons）的成名曲〈雪莉〉。

剛開始，我只覺得腦袋一片空白。這首歌的氛圍太過陽光，與懷抱陰暗思緒與緊張感的我們有天壤之別。我望向後照鏡，千葉臉上沒流露一絲笑意，只是陶醉地享受音樂，眺望窗外景色。

「千葉先生，你喜歡這首歌？」我問道。客廳櫃子上的迷你音響旁，確實放有這張ＣＤ。不過，千葉會選擇這張，想必有他的理由。

「不，我只是隨手挑了幾張。」

「只要是音樂都好？」美樹取笑道。

旋律不斷鑽入我的腦海。

我努力提醒自己不能鬆懈心防。

但這旋律依然撼動我的記憶，撬開深鎖的箱子。不，與其說是箱子，更像一座深邃陰森的洞窟。眨眼間，洞門開啟，無數回憶傾瀉而出。

菜摘還是嬰兒時，晚上總不睡覺，扯著喉嚨放聲大哭。我和美樹只得輪流抱起她，唱〈雪莉〉給她聽。我們期盼她早點入睡的心情，與法蘭基．維里那強而有力的男高音交融，聽起來簡直是哀嚎，好似叫喊著「拜託快睡吧」。

菜摘上小學後，我偶爾會在客廳放這張CD，告訴她：「妳還是嬰兒時，我們常常唱這首歌給妳聽。」菜摘總是裝出小大人的模樣，回答：「那麼久以前的事，我哪會記得。」接著，她會露出笑容說：「好可愛的歌。」

歌聲在車內迴盪，與菜摘的回憶融爲一體。

我望向美樹的側臉，發現她淚流滿面。我有些驚訝，最近我們幾乎忘了哭泣的感覺。爲情緒穿戴鎧甲，爲思緒築起高牆，把憤怒與悲傷當成身外之物，強迫自己相信情感早已枯竭。

「眼淚……」美樹察覺我的視線，不禁發出驚呼。「我知道，一定是這首歌的關係。有沒有手帕？」我希望美樹拭去臉上的淚水，沒想到美樹從提包掏出手帕，往我的臉頰擦，我吃了一驚。

原來我也在流淚。察覺的瞬間，更是淚如雨下，滑過臉頰，濡濕脖頸。

從小辛苦拉拔長大的菜摘，現下已不在人世，我心如刀割。女兒永遠只能孤獨地待在黑暗中，默默承受死亡，甚至無法向我們求助。一想到此，我忍不住無聲吶喊。明明沒震動喉嚨，驚天動地的咆哮卻杳沒所有聲響。

「不要緊吧？邊哭邊開車相當危險。」千葉的話聲忽然在我耳畔響起。原來他湊過來，一張臉離我極近。他瞧瞧我，又瞧瞧美樹，彷彿在觀察有趣的事物。「你們怎麼哭啦？這麼討厭聽音樂嗎？」

「不是的。」我顫聲勉強回道：「只是聽到這首歌，想起一些往事。」

「流淚的雙眼沒辦法看清路，最好先停車，等流完淚再繼續開。」千葉例行公事般建議道。

我不禁莞爾，想到過去充滿悲傷與絕望的一年，心頭一驚。「如果眼淚一直不停，又該如何是好？」

剛失去女兒不久，我與美樹確實經歷過一段以淚洗面的日子，只能努力想些其他事情，勉強讓日常生活重新運轉。我們不斷玩著數字遊戲，投注全部精神，將情感壓抑在心底。若是漫無目標地等心情恢復平靜，恐怕永遠沒有恢復正常作息的一天。

「原來如此，跟下雨一樣。不管等多久，也等不到晴天。非得雨停才出門，恐怕哪裡都沒辦法去。」千葉說。

「我們不能特意停車等眼淚止住。」

「不過，邊哭邊開車很危險。雖然死不了，還是可能會發生事故。」

「你怎麼知道死不了？」

「因爲有我在。」

千葉的語氣信心十足，我不禁笑道：「那我就放心了。」

「千葉先生，你有消災解厄的能力？像護身符或祈願牌一樣？」坐在副駕駛座的美樹轉頭高聲問道。

「這個嘛……目前我只能告訴你們一句話。」

「什麼話？」

「山野邊，你總有一天會死。」

聽起來眞是駭人，我一陣心驚膽跳。然而，仔細想想，這句話並非新學說或大發現。我總有一天會死，這是理所當然的事情，甚至可說是人類世界的第一法則。

不過，我想起父親也說過類似的話。父親每天往返於住家與公司，幾乎所有時間都耗費在公事上。雖然鮮少陪伴家人，但他努力工作賺取我們的生活費，母親也不好多說。我相信母親一定對父親懷有不滿，只是，她或許早習慣父親不在的日子。即使如此，母親有時還是會抱怨「這種事應該由父親教」，例如運動會前的心態調適、和朋友相處的技巧等等，大概是認爲父親的經驗較豐富，能給予更有效的意見或教誨。實際上，這也是我非常不滿的一點。雙親比孩子早出生，就像早一步體驗名爲「人生」的電玩遊戲，不是該告訴孩子「這麼做才能過關」或「這樣才能得高分」嗎？

每逢放假，父親總是獨自一人四處旅行。在我的眼中，父親只有「自由」的印象。因此，察覺父親瞞著母親與其他女人交往，我十分震驚。那時我的青春期已過，剛搬出去住，母親找我商量，於是我委託朋友介紹的徵信社進行調查。之後，我拿到數張父親外遇的證據照片，卻沒告訴母親眞相。儘管驚訝，我並未對父親徹底絕望，反倒有些敬佩。這不是諷刺，他的一生大半奉獻給公司，居然擠得出時間與女人交往。

後來，父親檢查出癌症，不得不住院。到醫院探病時，我問了一句：「你這一生想做什麼就做什麼，一定活得很快樂吧？」聽著像在嘲諷，但我純粹是好奇父親會怎麼回答。

「我只是怕死而已。」父親命在旦夕，說出「怕死」這種話也是理所當然。奇怪的是，他的神情彷彿在傾訴一件往事，而且帶著幾分慚愧。

「千葉先生，我當然曉得，萬物都有死亡的一天。」

「哦，你知道？」千葉像是聽到難以置信的回答。「眞正明白自己終將會死的人，其實不多。」

「不難理解。」我不假思索地應道：「『我們總是在想辦法擋住自身的視線，才能安心朝著懸崖邁進。』」

「什麼意思？」

「這是帕斯卡（註）的名言，收錄在《思想錄》。意思是，人類要是認眞思考死亡，精神根本無法負荷。」

「那句『人類是會思考的蘆葦』，就是帕斯卡說的嗎？」美樹問。

「沒錯，他是十七世紀的哲學家、數學家、宗教家……頭銜多得令人眼花繚亂，但三十九歲就離世了。」

「人類終會死亡。」千葉淡淡重複一遍。這句重要卻陳腐的話，他說得洋洋得意，我不禁有些不快。眞不曉得他是如何看待我女兒的死亡。

「『人類沒有排除死亡、不幸與無知的能力。爲了幸福的生活，只好學會遺忘。』」我也回以帕斯卡的名言，但並非刻意與千葉對抗，只是一時興起。「要獲得幸福，就不能思索何謂死亡。」

「眞是一針見血。」千葉難得露出佩服的神情。

「世上所有一針見血的名言，搞不好都是出自帕斯卡之口。」美樹擦拭眼角，顫聲道。

「不曉得是誰的名言，推給帕斯卡的《思想錄》多半不會有錯。」我說。

美樹一聽，笑意更濃。

「如何？眼淚停了嗎？」千葉一問，我往臉頰一抹。「還有一點，不過不要緊。」

「應該替眼睛裝個雨刷。」千葉說得煞有其事。我和美樹不由得面面相覷。多虧千葉種種牛頭不對馬嘴的發言，我們才沒陷入陰鬱的悲傷情緒中。

「聽說，嬰兒想睡時也會哭泣。那只是在傳達想睡的心情。」

「想睡就睡，何必哭泣？」

「是啊。」我深深點頭，美樹也不禁微笑。「這是所有父母的心聲。想睡就睡，何必給父母添麻煩？」

腦海浮現菜摘幼時因無法入眠而哭泣的模樣，我拚命壓抑激動的情緒。好想在眼睛上裝雨刷。

呼喚「雪莉」的歌聲迴響在車內，我愣愣聽著可愛的男假音。

註：Blaise Pascal（一六二三～一六六二），法國神學家、哲學家、數學家、物理學家。其理論對數學、自然科學、經濟學等領域皆有傑出貢獻。

抵達飯店後，我將車子開下一條平緩的斜坡，進入地下停車場。「我們來用餐。」我這麼告訴穿制服的服務生，他絲毫沒有起疑，立刻引導我們停車。當然，他沒對我們進行搜身。我們登上樓梯，來到大廳。此時還不到中午，櫃檯前站著不少等待辦退房手續的客人。

「你沒再流淚了。」千葉注視著我，一臉正經。

「你這麼認眞觀察我，實在有些不好意思。」我說出這句話時，千葉似乎已對我失去興趣。他的視線從我身上移開，環顧四周。沙發上坐著幾組攜帶大小行李的旅客及穿西裝的男人，我忐忑不安，害怕被認出長相。常上電視的那段時期，經常會有陌生人向我攀談。

轉念一想，現在知道我的人應該不多，搞不好書店裡早就找不到我的作品。

雖然是受害者，畢竟遭社會貼上「凶殺案當事人」的標籤。一般人讀我的小說時，很難不帶先入爲主的偏見。當年那個來參加握手會、立志當電影導演的讀者，現下不知讀完後半沒有？

我們走進電梯，按下三十五樓的按鈕。電梯門完全關閉的前一刻，一個長髮女人突然衝過來。她一身樸素的灰套裝，似乎是個上班族，拖著一個大行李箱。美樹急忙按下開門鈕，那女人低頭說了句「謝謝」後踏進電梯，按下二十一樓。

緩緩上升的電梯裡一片安靜。體悟到再也沒有回頭路，我不禁有些緊張。

「遇到本城後，你有何打算？恭喜他獲判無罪嗎？」千葉問。

由於身旁有個陌生女人，我含糊回答：「嗯，差不多。」我心裡七上八下，害怕這女人起疑。要是她察覺不對勁，產生「這傢伙好像在哪裡見過」的想法可就麻煩了。她仔細回想，搞不好會想起我的身分。所幸，她確實遵循著陌生人的基本禮節，假裝沒聽到我們的對話，默默盯著樓層標識燈。

「那男人還在嗎？會不會住一晚就離開？」美樹突然問。

根據箕輪的消息，週刊雜誌社將本城崇藏匿在這間飯店。要是他們昨晚完成採訪，今天可能已離開。

「去了就知道。」我回答。

此時，千葉忽然指著後方那名穿灰套裝的女人，「怎不問問她？」

「咦？」我有些吃驚。

「這女人也是想採訪你的記者，我猜她曉得本城的下落。」

女人抬起頭，一臉慌張失措。她看看千葉、看看我，又垂下頭。我察覺不太對勁，突然成為陌生人談論的話題，通常會產生「想搞清楚發生什麼事」的想法。就算沒勇氣開口詢問，至少會盯著對方，面露要求說明的表情。然而，她卻立刻低下頭，不是極度內向或膽小，就是心裡有鬼。

「這個人是記者？」我面對千葉和那女人問道。

答話的是千葉。「剛剛我們踏進大廳時，這女人在門口附近的行李寄放處講手機。一看到山野邊遼，突然露出奇妙的表情。該怎麼形容……像是把圓眼睜得更圓……」

「那叫雙眼圓睜。」我糾正。千葉的話到底有幾分認眞，我實在捉摸不透。

「對，這女人雙眼圓睜，一直尾隨我們。」

由於女人低著頭，無法確認她的神色。我望向美樹，她似乎逐漸相信千葉的話，目光充滿敵意。

「而且，她剛剛講電話時，稱對方為『desk』。依我所知，這單字有兩個意思，一是書桌，二是報章雜誌的部門主管。」

「你聽見他們的通話內容？」美樹質疑。

我暗忖，千葉多半是在虛張聲勢。從踏入飯店到走進電梯，我們一路未停。我不曉得這女人當時離我們多近，但並非在能夠聽見聲音的範圍。何況，一般情況下，旁人根本不可能聽見手機的談話。

「我聽得一清二楚，當時妳通話的對象不是桌子，就是上司。」千葉說得斬釘截鐵，看不出一點心虛。

此時，女人有兩個選擇，第一是裝傻到底，第二是向我們攤牌。她選擇後者。「我偶然看到山野邊先生，不由自主地跟上來，算是職業病吧。」接著，她低頭鞠躬，報上所屬雜誌社名。見她想取出名片，我搶先開口：「不必了。」

遇到這種只把我當採訪對象的記者，雖早已習慣，仍感到腹部彷彿壓著一塊重石，全身血液沸騰。他們成天追著新聞人物跑，或許不當一回事，站在被追逐者的立場，卻是痛苦得有如腦神經遭踐踏。此刻，我的心情就像遇上獵人的動物。沒有一頭成為狩獵目標的動物，會想得到獵人的名片。

「只是偶然待在這間飯店，妳怎麼會認得我？」

「山野邊先生是有名的作家，經常出現在電視節目上。」

「我可是大眾臉。妳該不會早就知道我會出現吧？」

女記者沒回答，反問：「山野邊先生，您來做什麼？」

「妳只負責提問，不負責回答？」美樹的口吻冰冷，甚至感受不到憤怒與譏諷。

「我們是來赴約。我突然接到一通電話，要我們到這間飯店。」我並非臨時胡謅，而是預先打好底稿。當初在構思如何製造與本城崇面對面的機會時，我們早就想到可能會遭人質問來意。

「打電話給你們的是誰？」

「我不清楚。」

「你們出現在這裡，只因爲接到一通電話？」

「我們厚著臉皮來此，妳覺得很不可思議？」

「我沒那個意思……」

「電話裡的人叫我們到三五〇五房，妳知道誰在等我們嗎？」我反問，就算她認爲我在裝傻也無所謂。我冷靜觀察內心的情緒起伏，告訴自己「不要緊」。

「幾位來到這裡，卻連房內有誰都不清楚？」女記者語帶責備。

人類是一種重視溝通的動物，一般都會有「聽到問題要回答」的先入爲主觀念。但這一年來，我學會一件事。那就是遇上「有何看法」或「心情如何」之類模糊曖昧的問題，沒必要勉強擠出答案。

「我不會打擾妳的工作，也不會讓妳限制我們的行動。大家各自努力吧。」我特別注意自己的語氣，避免聽起來像是豁出一切。

「咦？」

電梯抵達二十一樓，電梯門緩緩開啓。這是女記者進電梯時按的樓層。我壓著「開」鈕，等待女記者的回應。我們一句話也沒說，只是面朝前方站著。女記者好一會兒沒動靜。

「妳不出去嗎？」千葉問。

「恕我直言，建議你們不要上去。」女記者拖著行李箱朝我們鞠躬。

我凝視著她，不明白她爲何冒出這句話。片刻之後，我恍然大悟。此時，女記者多半抱持著罪惡感。基於職責，她必須伺機採訪我，卻相當厭惡強迫一個失去女兒的父親接受採訪。她左右爲難，陷入矛盾的窘境。

類似的例子並不少見。冷靜想想，過去一年追著我們跑的新聞記者中，半數都是這種人。

「不要上去？妳指的是上去哪裡？」

「那個人的房間。他正在接受敝社的採訪。」

「他還沒走？」我問，美樹也脫口道：「採訪還沒結束？」

女記者點點頭，又搖搖頭，同時給出肯定與否定的答案。

「還沒走，主管跟他在一起。採訪大概得花幾天的時間。」女記者哀傷地皺起眉，「山野邊先生，他們在等您出現。」

「等我出現？」

「詳情我也不清楚，只曉得主管算準您會來飯店。我猜是那個人安排好的計謀。」

「那個人？」

「呃，本城……」女記者應道。她沒在本城的姓氏後面加上「先生」，或許是想討好我們，也或許是鄙視本城的爲人。要不然，就是認爲本城接受採訪，就算是自己人，按照社會習俗，跟外人說話時不能對自己人使用敬稱。

「那個人在等我們？他料到我們會來？」

「似乎是……」女記者點頭。

「他故意放出自己躲在這間飯店的消息？」

「細節我不知道……」

我凝視著女記者。「可是，他爲何要這麼做？」

「因爲……」女記者吞吞吐吐，「只要山野邊先生闖進房間……」

「原來如此，我懂了，他想製造話題。」

由於太過憤怒與悲傷，作家發狂衝進獲判無罪的嫌犯住處。消息一傳開，肯定會激發世人的好奇心，引起社會關注。他們不但刻意安排衝突場面，搞不好連新聞標題也想了好幾個備案。

「全是那個人提議的？」我問。

女記者沒回答，反而是千葉開口：「山野邊，這樣本城有什麼好處？審判好不容易結束，終於獲得解脫，何必在隔天故意引你上門？」

「千葉先生，他想必樂在其中。」一個沒有良心的男人，會將在控制遊戲中獲勝當成人生目標。眼前是最典型的例子。

「再見。」我作勢送女記者到走廊。

「我誠心建議你們不要進去。」女記者打心底感到擔憂。大概是看出我不可能退縮，於是改口：「就算進到房間，也千萬不要動粗。」

「我不會動粗的。」我回答。

「就算沒那種念頭，還是可能一時激動……」女記者逐漸變得饒舌。

「不用擔心。」美樹淡淡出聲，沉著的口吻中流露一股自信。

「法院已判他無罪……」女記者開始為本城講話，像在絞盡腦汁阻止爭端擴大的教師。

「我們非去不可。」我不是在逞強，純粹是闡述事實。

女記者一臉無奈，乖乖退出電梯。我無法判斷她接下來會採取何種行動。或許是回到一樓待命，或許是打電話給在本城房裡的主管。

電梯抵達三十五樓，我們來到三五〇五房前。我輕輕吸口氣，撫摸口袋裡的智慧型手機。美樹跟在我身後，千葉則站在我旁邊。

「現在該怎麼辦？原以為能出奇制勝，但看來對方早就在等我們，要得手恐怕不容易。」美樹開口。

「你們到底打算做什麼？」

「千葉先生，你可別驚訝，我們打算強行帶走那男人。」一切如同我們的復仇計畫。雖然本城沒按預期回公寓，但變動的部分，只是將下手的地點換成這間飯店。接下來的行動，完全能照事先排練好的步驟進行。

「原來如此。」

「你不驚訝？」

「不驚訝。」千葉頓一下，接著道：「我也恨透本城，這正合我意。不過，你們要怎麼帶他走？」

「我們沒料到他身旁會有雜誌社的人，只能先下手為強。」我坦言。「既然對方早知我們來到飯店，撤退也無濟於事。何況，要是本城躲得不見蹤影，想逮他可就麻煩得多，不如現在硬著頭皮動手。」

我望向美樹，她點點頭。我們無路可退。

我按下房間的呼叫鈕。

心臟劇烈跳動。我試著調整呼吸，不斷安撫自己，提醒自己鎮定下來。我默默等待腦海中的風浪恢復平靜。絕不能因為焦躁與性急，白白浪費這一年來承受的痛苦。保持冷靜，是最基本的條件。

房門打開，一名記者開口：「請問是哪位？」從話聲聽得出，對方早就知道我的身分。

「啊，山野邊先生？」記者展顏歡笑。那是一種包含驚訝與成就感的喜悅。在看似慌張的表情底下，隱隱流露出演員般的冷靜意識。他頭髮斑白、戴眼鏡，嘴邊滿是鬍碴，溫和沉著中，透著一股身經百戰的狡獪，一看就知道是個獵人，狩獵手法高明的獵人。我不禁心生怒火。這種人肯定會把「自己的功勞」，建立在過往種種案件及當事人的痛苦上，並把自己撰寫的報導當成勳章向世人炫耀。

「咦，山野邊先生？」房間深處傳來話聲。

是那男人。

霎時，我感覺腦袋彷彿遭一股巨大力量捏碎，忍不住想衝進房裡。我相當清楚，自己的雙眼一定充滿血絲。

在這種情況下，我能夠恢復理性，全多虧晚一步進來的千葉。他一派悠哉地詢問：「你們安排了攝影機？放在哪裡？如果要攝影，是不是該到明亮點的地方？」說著，他便走向房內。

「等等，你是誰？」記者似乎沒想到會多一個人，急忙追上千葉。我和美樹也跟著走進去。這間客房相當寬敞，有一套沙發桌椅，牆邊擺著薄型電視。環顧四周，沒看見床，或許另有寢室。窗簾沒拉上，眼前便是高樓層的壯觀景色。

「這是怎麼回事？」一個男人從沙發站起，掩嘴露出吃驚的神情。這個身材高䠷、四肢修長且五官端正的年輕人，正是本城崇。「別亂來，你想幹什麼？」他朝著千葉驚呼，顯然是在演戲。

我不敢回頭確認美樹的狀況。假如她失去冷靜，我也會受到影響，變得驚惶失措。我竭力維持鎮定，壓抑情緒起伏，目不轉睛地盯著本城崇。

跟昨天在法院看到他時完全不同，一股熾烈的怒火在我胸口燃燒，就像一鍋煮得滾燙的熱油，找不到方法降低溫度。我試著移開視線，望向旁邊的記者。那記者穿寬領襯衫，罩著外套，打扮休閒。原以爲他應該會拿著錄音筆，仔細一瞧，他兩手空空。轉頭望向桌子，發現桌上擱著一台小型攝影機，我登時氣血上衝，胸口的熱油再度沸騰。攝影機與麥克風，象徵採訪者的高高在上與無所不能，其擁有的強制力，幾乎可與暴力畫上等號，多麼令人髮指。一看到麥克風，受訪者旋即會感受到「必須說話」的壓力。一遭攝影鏡頭捕捉，受訪者往往會嚇得不敢輕舉妄動。然而，採訪者卻永遠躲在安全的角落，像是持槍的獵人，擺出好整以暇的態度。他們總待在沒有危險的地方，重複觀察及捉弄人心的行徑。

他們早設定好攝影機，等候我們到來。將來公開影像時，便能這麼自圓其說：「使用攝影機是爲了獨家專訪本城先生，沒想到湊巧拍下山野邊夫婦闖入的過程。」

他們不會承認這是陷阱，會說是我擅自硬闖，幸好惡行全遭攝影機拍下。不僅如此，他們想必會得意洋洋地公開影像。

他們深知如何立於不敗之地，正面衝突不會有勝算。爲了學會這個教訓，我們不曉得耗費多少時日。

「啊，這裡有台攝影機。」

我望向聲源處，只見千葉站在桌旁，拿起攝影機。

「喂，你幹嘛！」記者指著千葉大喊。

「不能碰嗎？」千葉關掉攝影機電源，擺回桌上。搞不清楚他到底是有心還是無意。

「你是律師嗎？」本城問。

我一愣，不明白本城的意思，旋即恍悟他指的是千葉。他看千葉跟隨在我們身旁，毫不畏懼、昂首闊步地踏進房裡，難免會起疑。我們與千葉的關係，本城肯定非常在意。仔細想想，本城的推測確實合理。我不清楚律師是否常與客戶一起行動，但畢竟不無可能。當然，千葉不是律師。

或許我應該告訴本城：「千葉先生的弟弟不堪你的欺辱自殺身亡。他對你心懷怨恨，所以今天和我們一起來見你。」不過，我很清楚本城不會感到絲毫愧疚，何況我也不太相信千葉真的是要替弟弟報仇。

「律師？」千葉有些困惑。

「能不能給我一張名片？」記者要求。

「這次沒有。」

「這次？」

「曾經有過。當初還是用毛筆寫的。」

「毛筆？」

「拿毛筆寫在和紙（註）上。可是，往昔的名片並非見面時交給對方，而是在登門拜訪時，若不巧對方不在，才請家人轉交。」

「和紙？你在說哪個時代的事情？」記者粗聲粗氣地應道，顯然心中的疑惑轉化為憤怒。我不禁想調侃對方，會慌張、動怒表示道行不夠深，就跟去年我們夫婦一樣。悲傷、憤懣及困惑，導致情緒完全失控。我非常清楚，一旦陷入這種狀況，後果不堪設想。

「還有，恕我失禮，為何你在室內戴手套？」本城崇若無其事地問。我原本不明白他怎會在這種小地方鑽牛角尖，轉念一想，他或許是擔心千葉打算使用暴力，才戴手套以免留下指紋。本城實在機靈，任何細節都逃不過他的眼睛，我不禁感到佩服。

「手套最好別脫。」千葉望著雙手。他沒正面回答本城崇，記者立刻緊咬不放：「『最好別脫』是什麼意思？手套裡是不是暗藏玄機？」

對拒絕發言或說話吞吞吐吐的人窮追猛打，是記者的拿手好戲。他們總是打著「你有義務解釋清楚」的口號，但我不由得懷疑，究竟誰有這種義務？而記者有什麼權利提出這種要求？

「請脫掉手套。」記者厲聲道。

誰都有不想說、不想表達、不想被他人知道的一面。我實在無法理解，硬將這些事物攤在陽光下，到底有何意義？如果千葉是戴手套遮掩巨大的燙傷痕跡，記者會有何反應？「強迫你取下手套，非常抱歉。」要是他誠心道歉，或許還算有救；「既然是這麼回事，你怎麼不早講？」要

註：日本以傳統工法製成的紙張，紙質較輕薄柔嫩，多用來作畫或寫書法。

是他推卸責任，就無可救藥了。這意味著他永遠站在攻擊的立場，不允許對方反駁或反擊。即使犯錯，也會將責任推到對方身上。當初他們懷疑我們夫婦是凶手時，這種情況特別明顯。他們先是強迫我解釋，接著又指責我的說法不合理，甚至認定我是凶手。等確認我不是凶手，他們卻改口：「既然是清白的，幹嘛不一開始就講清楚。」連莱摘死於具有麻痺效果的生物鹼毒素一事，也成爲他們推託的藉口。「山野邊先生，你在作品裡提到相同的毒藥，懷疑你是合情合理。」就像這樣，他們說得彷彿一切都是我的錯。

「脫掉手套！」

「既然叫我脫，我只好脫下，但你可別後悔。」千葉輕描淡寫地回應，聳聳肩，緩緩脫下黑手套。

我仔細觀察千葉的手掌，沒發現任何異狀，跟一般成年男子並無不同。千葉將手套塞進後褲袋，舉起雙手，露出「這下你滿意了吧」的表情。

記者鬆口氣，嘴裡咕噥幾句，忽然朝千葉伸出手，示意：「請退到一旁。」

「別碰！」房內響起尖銳的叫聲。我第一次聽千葉發出如此高亢的聲音。

記者拽住千葉的右手。下一秒，他神情呆滯，渾身僵硬，微微搖晃著癱倒在地毯上。

我一時不知該如何是好。美樹也一樣，錯愕得猛眨眼。

半晌後，千葉開口：「抱歉，都是靜電惹的禍。」

原來是靜電。我剛這麼想，旋即察覺不對勁，從未聽過靜電會電暈人。美樹慌忙走上前，蹲下觸摸記者的身體，回報：「還有呼吸。」

「當然，他不會死得這麼快。」千葉一臉若無其事，「不過，總有一天會停止呼吸。」

「千葉先生，你說的是眞的嗎？」我有些擔心記者會直接斷氣。此刻，我腦海浮現「箭毒」這個字眼。那是一種萃取自植物的毒素，具有麻痺的效果，嚴重時會導致肺機能中止。千葉該不會在手裡暗藏毒針？

「當然，每個人遲早都得死。」

「啊，原來是這個意思。」

「不然呢？」

「現在怎麼辦？是不是該叫救護車？」美樹問。

我點點頭，剛要取出手機，千葉卻泰然自若地阻止：「他只是被靜電電暈。」

「可是……」

「等等就醒了。」

「你怎能肯定他沒事？」

「這種情況稀鬆平常，不必大驚小怪。」

千葉一臉滿不在乎，彷彿認爲這就跟「水滴會蒸發」一樣是淺顯易懂的常識，我不得不相信。

他這句話，宛如打開我體內一道看不見的開關。於是，我挺直腰桿，面對站在沙發前的男人。他望著倒地的記者，似乎有些在意，但目光移向我時，驟然變得冰涼。「你們做了什麼？怎麼能使用暴力？」

「我們什麼也沒做，全是千葉先生手上的靜電惹的禍。」

「靜電不可能害人昏厥。」

「事實擺在眼前，不是嗎？」我感覺自己的情緒愈來愈激動。

本城覷著倒地的記者，觀察道：「山野邊先生，你用了最擅長的毒物吧？」很顯然地，本城想將這件事與那篇以毒物爲題材的小說扯在一起。

「提到毒物，你應該更擅長。」

「我對毒物本身沒興趣，我感興趣的是人類的脆弱。只要一點毒素或藥物，就能輕易控制人類的肉體及心靈。」

我不禁想起遭這男人注射毒藥的菜摘。沒錯，直到最後一刻，菜摘的身體都沒獲得自由。

「哦？」站在身後的千葉忽然發出讚嘆。我頗爲納悶，卻見他專注地凝視我們。雖然想問清他有何用意，但我強忍下來，畢竟眼下不是時候。

「這一天終於到來。」我瞪著本城。

說出這句話的情景，我不知想像過多少次。對我而言，這是一場競賽。不，是一場決鬥。

「我早就打定主意，在你獲判無罪後，要見你一面。」

「你想拿我怎樣？昨天我獲判無罪，你在司法上輸給我，難不成想動用私刑？」

「你認爲這次的判決是正確的嗎？」

「你的意思是還能上訴吧？但檢察官不見得會提起上訴。」本城崇語氣平淡，臉上甚至沒有笑容。「檢察官沒有能夠判定我爲凶手的證據。」

他大概是指老奶奶的證詞與菜摘指甲裡的皮膚碎屑吧。這兩項證據在一審時遭到推翻。

「只要檢察官提不出新證據，就算上訴也無法改變判決。山野邊先生，我是無罪的，你憑什麼視我爲凶手？你憑什麼認定我是凶手？」

本城說出這些話，只是擔心我們身上藏有錄音器材。其實，他臉上寫滿嘲諷：「你早就親眼看到證據，不是嗎？」

沒錯，我們夫婦親眼看到本城就是凶手的證據。而且是本城親自提供的證據。

本城遭到逮捕前，我收到他寄來的電子郵件。那時，我家門口擠滿記者，電話和手機來電不斷。雖然切掉鈴聲，但擔心警方會打來，不敢關閉電源，而且會不時查看來電號碼。那天，手機螢幕上出現「本城崇」這個名字。先前本城與菜摘一起走在路上的監視器畫面曝光，本城被列入嫌犯名單。身爲嫌犯的本城親自打來，我無法置之不理。

「山野邊先生，百忙中打擾。」本城恭謹有禮，卻不帶絲毫歉意。「我剛寄電子郵件到您的信箱，內容是關於菜摘妹妹一案的線索，請撥空過目。」

如今回想，我應該更謹慎處理這件事。當時根本沒想太多，本城的口吻沉穩謙虛，甚至流露幾分安撫之意，我幾乎要懷疑警方誤把他當成嫌犯。

「看完郵件請跟我聯絡。」語畢，本城便掛斷電話。

於是，我和美樹打開電腦收信。郵件如雪片般湧來，堆積在收件夾內。最新的那封郵件，寄件者正是本城。打開後，我讀起內文：「經過我私下調查，找到可能有助於破案的影像。或許有些模糊，請仔細看清楚。」

我播放郵件夾帶的影片檔。從郵件內容來看，本城似乎只是想提供情報，因此我沒想太多。其實，這也是那男人的詭計。他先卸下我們的心防，在我們毫無防備的情況下給予致命一擊。

我無法正確回想起那影片的細節。一幕幕烙印在腦海的畫面，早被如烈火般的激動情緒烤得焦黑不清。

我只記得，一開始畫面中出現注射針筒。針頭插入菜摘的手臂，她怕得直發抖。「打針是要預防感冒，別亂動。」本城這麼欺哄，菜摘信以爲眞，一動也不敢動，咬牙忍耐著露出「我很乖、我很聽話」的自信表情。菜摘的乖巧，反倒加深我的不捨與哀慟。每每想到這點，我全身便猶如遭受烈火焚燒般痛苦。

「好棒，妳是乖孩子。」本城嘴裡不斷稱讚。菜摘深信不疑，一直拚命強忍。

不一會兒，菜摘完全停止動作。接著，本城掐住菜摘的脖子。我不斷告訴自己，菜摘早就斷氣，本城只是做做樣子，不願相信親眼目睹菜摘死亡的瞬間。眞相到底如何，我並不清楚。畫面沒有絲毫搖晃，顯然攝影機是固定的。

畫面角落有個白色大旅行袋。或許本城就是把菜摘裝在裡頭，帶到這個地方。一思及此，我感覺腦神經無聲無息地全部斷裂。

體內彷彿有座幫浦，在菜摘死後停止運轉，卻在看過影片後突然劇烈轉動，最後失去控制爆炸。眼前一片血紅，胸口像有把火在燃燒。倏然間，幫浦再度靜止。我沒有多餘的心力照顧美樹的狀況。過一會兒，我才望向美樹。她跟我一樣愣愣站著，嘴唇不斷顫抖，面無血色。半晌，她坐倒在地。

此時，手機再度收到來電。「如何？看完了嗎？」本城的話聲沉穩，我不禁懷疑剛剛的影像是一場誤會。

「這到底怎麼回事？」身旁的美樹大叫。這是菜摘離世後，她第一次發出如此高亢而悲愴的哀號。那聲音異常刺耳，彷彿足以貫穿天花板。

「我打算自首。」本城的語氣相當認眞。「這影片是重要證據，請妥善保存，千萬不要刪除。我建議重播一次，確認沒問題後，轉存在電腦裡。」

我絲毫沒有起疑。當時，我們夫婦對「二十五分之一」的異常人種全無概念，被他輕而易舉地玩弄在掌心。在他的控制遊戲裡，我們是弱得毫無挑戰性的對手。

我很快重播附加影片檔，打算確認能正常播放後，便立刻按下停止鍵。然而，電腦的反應跟剛剛截然不同，並未出現畫面。我有些狐疑，又按幾下滑鼠，情況卻愈來愈詭異。有一段期間，我非常後悔當時沒立即關閉電源。現下我明白，就算立即關閉電源，結果也不會有任何改變。本城約莫是在影片檔裡置入執行程式。第一次啓動會正常播放，第二次啓動卻會刪除電腦裡所有相關檔案，搞不好根本是僞裝成影片檔的程式執行檔。平常我對這種事相當謹愼，絕不會輕易開啓電子郵件的附加檔案，但那時我失去平常心，難以冷靜思考。

我察覺中計，忍不住發出驚呼。一切爲時已晚，剛剛的影片檔從電腦裡消失，連電子郵件的收信紀錄也沒留下任何痕跡。

一開始，我無法理解本城爲何要如此大費周章。在本城遭逮捕後，我透過警察輾轉得知他的態度與言行，終於明白他的目的。

他只有一個目的。

那就是帶給我們痛苦。

逼得我們在這場人生遊戲中舉手投降。

他想用之前提過的「荒唐無稽的悲劇」擊垮我們。這樣能夠爲他帶來快樂，不，或許他根本不明白何謂快樂。在他眼中，這跟下將棋、下圍棋沒什麼不同。

本城刻意告訴我們，他就是凶手。他給我們證據，誘引我們親眼目睹女兒的絕望模樣。接著，他設計我親手刪除證據。

他希望藉由一次又一次的悔恨，逼得我厭惡自己，最後變得一蹶不振。

而他則故意落入警網，躲在我無法接近的地方。

我們束手無策，只能默默承受無處宣洩的怒火，及令人發狂的焦躁。這就是他的期望。

我不曾嘗試復原遭刪除的影片檔。憑本城的能耐，將資料清除得一乾二淨並不難。何況，使用免費的軟體工具，也能精準覆蓋硬碟上的特定磁區。焦急嘗試各種修復手法，對手只會更洋洋得意。因此，我選擇走向另一條道路。

證據不再重要。

我不再指望外力能制裁本城。

如今，本城就在眼前，說著：「我獲判無罪。既然沒有新證據，就算上訴也沒用。」

「我不需要證據。」我竭力壓抑情感，表現得沉著冷靜。「容我先向你道賀，恭喜你無罪開釋。」

本城的表情沒有太大改變，細微的變化卻逃不過我的眼睛。那就像乾涸的地面出現幾條裂縫。

當然，我並未滿足。「你能獲判無罪，我們夫婦眞的打心底感到欣慰。」

本城變得相當謹愼，不再開口。他凝視著我，似乎想看穿我的企圖。

「你獲判無罪，是因審判過程中發生兩件事。」我感覺自己的話聲有些顫抖。「第一，一個足不出戶的男子爲你出庭作證，提供證據畫面。他架設的攝影機拍到你與菜摘走在一起，證明你遭菜摘抓傷一事與案情無關。」

「只能說我很幸運。」本城微微攤開雙手。

「沒錯，你很幸運。」我明白這不是單純的幸運，但沒與他爭辯。「第二，證人老奶奶突然喪失自信，更改證詞。」

「山野邊先生，難不成你想去找那個關在房裡拍攝窗外景象的男子以及老奶奶理論？你想責備他們黑白不分，幫助我獲判無罪？我十分同情你的遭遇，但你不能亂誣賴人。另外，我誠心希望你放過老奶奶。她年紀大，記性不好也是正常。山野邊先生，你的處女作不也是以此爲題材嗎？藉由比較風景畫家的作品與回憶中風景的差異，表現年老帶給人的悲傷與重要性……」

「不，老奶奶的記性非常好，她沒搞錯任何事情。」我以劈柴般的強硬氣勢打斷本城的話。

本城再度凝視著我。

「聽好，你這傢伙和菜摘走在河邊的那一幕，老奶奶看得一清二楚。」我盡力維持冷靜，話聲仍微微發顫。畢竟這一年來，我想像過這個場面無數次，此刻化爲現實，不緊張也難。但我拚命提醒自己，無論如何必須沉住氣。實際上，我的口氣與平常完全不同。以前我不曾稱呼某人爲「你這傢伙」，我曉得自己在做極不拿手的事情。「老奶奶的記憶並未出錯，她卻在法庭上翻供，你知道原因嗎？」

「爲什麼？」

我望向美樹，希望由她發出第一波攻擊。她立即明白我眼神代表的意義，開口：

「是我們拜託她的。」

本城沒出聲，臉孔益發僵硬。我沒有任何成就感，但至少攻勢發揮了效果。就像以又尖又細的長矛，穿透堅硬鎧甲縫隙刺入對方軀體。

「什麼意思？」

「你不懂嗎？老奶奶翻供，是受到我們懇求。」

「爲何要做這種事？」

「你指的是我們，還是老奶奶？若是老奶奶，我想是基於同情吧。沒錯，按社會的規矩，老奶奶在法庭上必須說眞話，我們不能向證人提出那種要求。但是……」

「但是我們不打算遵守規矩。」美樹接過話。

「意思是，老奶奶做僞證？」本城的語氣，彷彿在威脅「老奶奶將會遭受處罰」。

「不，搞不好她眞的記不清楚，替她找個合理的藉口一點也不難。我們在此對你說的話，只是情緒激動的受害者家屬在胡言亂語。總之，我只是想讓你明白一件事……」我目不轉睛地看著本城。「我們願意付出任何代價，讓你無罪開釋。」

「不是判有罪，而是判無罪。」美樹繼續道。

「很好，看來山野邊夫婦也曉得我是清白的。」本城改變語氣，露出淡淡笑容。不過，那只是爲了穩住氣勢，故作鎭定。

本城不可能清白。足以證明他犯罪的證據，還是他本人提供的。那影片檔裡的可怕畫面驟然浮現，我急忙抹除，熄滅心頭所有燈火。

「既然如此，你們到底打算做什麼？」本城很快恢復冷靜。我旋即從外套內袋取出防身噴霧，背後的美樹也準備就緒。

我們分配好工作。我以防身噴霧襲擊本城，令他動彈不得，美樹立刻衝過去用電擊棒電暈他。我們在家裡演練過無數次，能夠配合得天衣無縫。

原想選擇更溫和的方式帶走本城，例如老電影常用的手法，以三氯甲烷之類的藥物摀住他的口鼻，令他失去意識，或強迫他喝下安眠藥。之後我才曉得，三氯甲烷根本不足以弄昏人。至於安眠藥，如何讓不信任我們的本城喝下，是個難以解決的問題。

此外，我考慮過設法弄一把手槍或獵槍。嘗試幾次後，我決定放棄。不論我從任何管道買槍，消息難保不會外洩。就算眞的拿到槍，我仍擔心會在開槍時鑄下大錯。所謂的「鑄下大錯」，並非沒打中本城，而是不愼打中要害，導致他提早喪命。若是發生這種失誤，我肯定會懊悔得捶胸頓足。

本城不能死得這麼簡單。

扣下扳機，在本城尙未搞清狀況前奪走他的性命，實在難消我們心頭之恨。

我比較各種品牌，挑選體積最小、效果最強、噴射範圍最廣的防身噴霧。我們需要的不是針對小範圍進行集中攻擊的類型，使用防身噴霧的主要目的，是箝制對手的行動。

噴射的技巧，我在自家練習過無數次。至於美樹，則是將使用電擊棒的技巧練得滾瓜爛熟。最關鍵的一點，就是不能露出任何破綻。

如今，本城就在我眼前。我擋在本城的正前方，美樹自我身後緩緩靠近本城。

我沒料到發動攻擊的地點會是飯店房間，也沒料到本城身邊有個週刊雜誌記者。除此之外，一切都在掌控中。

我舉起右手的防身噴霧，將手指放在噴嘴上。

準備按下的瞬間，身旁忽然響起一聲：「啊，找到音樂了！」腦袋來不及思考，視線已往聲源處移動。於是，我露出破綻。

本城採取了行動。

美樹大喊我的名字，像在尖叫，又像斥責。聽到呼喚，我立刻回神，但一轉頭，本城已奔至客房內的小走廊。我的腦袋亂成一團，眼前的景象變得模模糊糊。沒想到，我居然會讓那男人逃脫，焦躁感如暴風般席捲我的思緒。雙腿痠軟無力，我仍咬緊牙關，踉蹌追上，舉起防身噴霧，按下噴嘴。

「別噴！」美樹發出驚呼。

當我察覺不妥，一切爲時已晚。狹窄的走廊瀰漫著一層薄霧，阻擋我們的去路。

我退回原位，面對美樹，想向她道歉。明明是絕佳的機會，卻因我搞砸。爲了今天，我們不知練習過多少次，卻全部變成徒勞。「我失手了，對不起。」我該鞠躬道歉，但一回神，竟坐在地上發愣。承認疏失、低頭道歉，對我們毫無意義。就在這一刻，我們失去一切。菜摘離世後，向本城復仇的念頭成爲我們心中殘存的火苗。而如燭火般微弱的希望之光，也熄滅殆盡。看著美樹手中的電擊棒，我有股衝動想將那玩意抵在臉上，任憑電流撕裂肉體，在劇痛中將腦袋炸得血肉模糊。

或許是察覺我的想法，美樹迅速移開電擊棒。我跟著抬起視線。

「站起來。」美樹目光凌厲，勉強維持冷靜，握著電擊棒的手卻抖個不停。本城逃走了。我們一時無法接受，甚至不敢說破這個事實。

「本城逃走了。」千葉忽然開口。我猛然想起，剛剛會失手全是他在旁邊攪局的緣故。我頓時怒火中燒，來不及細想，便舉起防身噴霧，對著他按下噴嘴。伴隨氣壓噴射聲，液體在空氣中擴散。

「啊！」我察覺不妙，發出驚呼。身旁的美樹大喊「住手」，但為時已晚，千葉臉上沾滿液體。雖不到渾身濕透的程度，可是距離非常近，差不多就是「以防身噴霧洗臉」。

美樹急忙取來桌上的毛巾，嘴裡喊著「得趕快洗掉才行」。只是，浴室在小走廊另一頭，廊上殘留大量液體，於是我提議：「用毛巾摀住臉就能過去。」

我們慌得像無頭蒼蠅，千葉依舊老神在在。他接過毛巾，隨便抹兩下說：「我沒事。」

「怎麼可能沒事，這效果很強。」

「啊，你這麼一提，效果確實挺強，痛死我了。」千葉忽然掩面道。看起來像是配合我們演戲，其實他根本不要緊。不一會兒，他突然拿起桌上的小型機器問：「這是用來聽音樂的吧？」

「千葉先生，現在不是講這些的時候！」我勃然大怒。在這節骨眼，他的心思竟然放在隨身聽上。「那傢伙逃走啦！」

「是啊。」千葉放下隨身聽，裝模作樣地步向小走廊。看他的模樣，防身噴霧似乎真的沒造成太大傷害。

「噴霧還沒完全散掉。」美樹提出警告。但千葉毫不在意，大步穿過走廊後折返，回報：「大概沒問題了，拿衣服稍微蓋住臉就能出去。」

昏厥的記者仍未甦醒，一探鼻息，確實還有呼吸。我與美樹默默交換眼神，快步離開客房。

來到飯店外，本城當然早就消失蹤影。或許是下著毛毛細雨，大門外並排好幾輛計程車。迎接賓客的服務生彬彬有禮，動作俐落敏捷，令人不禁佩服讚嘆。看見他們幹練的舉止，我內心一陣刺痛。對比他們的流暢迅速，我的表現實在笨拙得可笑。

「千葉先生，你一定要把他找出來。」美樹的語氣近乎責備。見千葉悠哉站著，一副毫無愧疚的樣子，她想必頗爲不滿。

「這個嘛……」千葉環顧四周，走到一名皮膚光滑的服務生面前，詢問：「有沒有看見一個男人逃走？」

「逃走的男人?沒看見。」服務生的神色有些僵硬。接著，千葉接又認眞地問：「那沒有逃走的男人呢？」服務生聽不明白，思索片刻才回道：「沒有逃走的男人，進進出出的很多。」

我心想，這句話簡直是白問。

走在雨中的人行道，我沒撐傘。

本城不可能在附近逗留。仰起頭，只見滿天烏雲，陰沉的黑影彷彿企圖奪走我心中的光明。雨滴打在水窪上，製造出漣漪。一圈圈波紋重複出現又消失，宛如呼應希望徹底破滅的內心景色。

我望向千葉。他愣愣站著，但與「佇立不動」有些許差異。他僅僅像座石堆，毫無意義地矗立在那裡。從他的雙眸中找不到一絲情感，恐怕就連雕像都比眼前這個人還有「人味」。

「千葉先生。」我放聲呼喊，確認他仍存在於我的眼前。

「啊，你想問我爲何拿著這玩意，對吧？我認爲應該派得上用場就帶出來了。」千葉舉起右手。那是一台攝影機。

Day 3

第三天

我進入深夜不打烊的CD唱片行，來到試聽機前，看見一個戴耳機的女人。她原本一動也不動，察覺我靠近後，轉過頭，嘴裡「啊」了一聲。

對方有著人類的外貌，卻不是人類。她也是調查部的成員，是我的同事。我們每次進行調查，都會依目標對象改變外貌，但同事之間還是能互相辨識。眼前的同事名叫「香川」。

「什麼時候開始的？」香川問。

我看一眼手表，確認超過十二點，才回答：「前天。」

「我早你兩天，今天是第五天，差不多要結束了。」

「妳根本沒認眞調查，整天都在這裡聽音樂吧？我猜妳連調查對象也沒見過幾眼。」

「這次的對象有點麻煩，光說兩句話都得費盡苦心，而且時機相當難掌握。千葉，你那邊狀況如何？反正結論一定是『認可』吧。」

「調查還沒結束，哪能知道結論。」

我們的工作流程是這樣的。首先，情報部會指定一個調查對象，接下來的七天，我必須就目標對象進行調查，結束後向上級呈報結論。假如是「認可」，則在隔天，即調查開始日算起的第八天，目標對象便會死亡。通常不會是病亡或自殺，多半是死於意外，或成爲殺人案的受害者。不論目標對象的死法爲何，對我們來說都一樣。我們既不關心，也不會有任何感慨。死亡就是死亡，沒太大差別。

相反地，假如我認定「這個人此時不該死」，便會呈報「放行」。說穿了，我們的工作純粹是花七天觀察目標對象，做出「認可」或「放行」的結論，非常簡單。雖然這麼輕鬆，還是有很多同事混水摸魚。他們大多只與調查對象見上幾面，隨便閒聊幾句，接著就自由行動，最後呈報「認可」。香川剛剛會說「反正結論一定是『認可』」，正是因爲絕大部分的調查結果都一樣。不管有沒有認眞跟在調查對象身邊，都毫無影響。我不否認，事實的確如此。至今爲止，我每次呈報的也幾乎全是「認可」。即使放著不理，人類總有一天會死亡，我很難找出「放行」的正當理由。不過，我依然認爲應該認眞跟在目標對象身邊七天，仔細觀察再呈報。所謂的工作，就是盡力完成上頭的交代。當然，這樣的努力並不會反映在結果上。

見香川拿著摺成一小疊的報紙，我問：「妳在看什麼？」仔細想想，在CD唱片行的試聽機前戴著耳機看報紙，在一般人眼裡肯定十分詭異。但店內沒其他客人，不必擔心引起側目。

「你是指這個嗎？」香川拿下耳機，「我覺得挺有意思，就調查一下。」

香川遞給我報紙。接過來一看，上頭的新聞標題是：

〈取締標誌錯誤　二十六人無端受罰〉

「簡單來說，就是交通標誌出錯，警察抓錯人。」

「交通標誌出錯？」

「對，交通標誌本身就是錯的。」

我低頭閱讀，內容寫著：「縣警於十字路口設置錯誤標誌，自一九九一年十二月至今年七月，至少有二十六名駕駛人無端受到處罰。此事於二十一日曝光，縣警表示將修改標誌，並退還所有罰款。」

「妳爲何要調查此事？」

「這不是很有趣嗎？現在人類開車得遵循交通標誌，要是不遵守被警察抓到，就得繳交罰金。」

「那又怎樣？」

「但這篇報導告訴我們，原來標誌可能是錯的。在這個案例中，禁止通行的標誌底下原本還有一個『限大型車輛』的輔助標誌，但某次更換新標誌牌時，忘記裝上輔助標誌。如此一來，不止大型車輛，連普通轎車和機車都變成取締對象。」

「那眞糟糕。」我嘴上這麼說，其實心裡想著「與我無關」。

「更有趣的是，像這樣的新聞還不少。」

「妳會特地調查，一定跟工作有關吧？」我調侃道。

「你別調侃我，這確實跟工作有關。」香川微笑，「如何，驚訝吧？」

「難不成妳這次的目標對象違反交通規則遭到取締？」我問。

「不，跟這次的調查對象無關。我指的是，跟我們的業務有關。」香川解釋。

「業務？妳的意思是，跟我也有關？」

「沒錯。」

香川遞給我另一份報紙。我一看，上頭的日期與前一份不同，但報導內容大同小異，標題是：

〈取締標誌錯誤　十二人遭罰〉

「在這件案例裡，原本一條可直行的道路，卻豎立只能左右轉的標誌。而且這一錯，就錯了十年以上。」

「十年都沒人發現？不，或許該問……都錯十年了，怎會有人發現？」

「據說是最近有個受罰的駕駛申訴『遵守那個標誌，我根本無法回家』。警方一查，才發現標誌是錯的。」

「確實挺有趣。」其實我不明白到底哪裡有趣。「但跟我們的業務有何關係？」

「千葉，你沒聽說嗎？情報部最近急得像熱鍋上的螞蟻。」

「他們從沒急過。就算該提供的情報沒提供，他們也不當一回事。」

「最近受到『認可』評價的人類太多了。」

「我們的調查結果通常是『認可』，不是嗎？」

「正確來說，是太多年輕人類遭評斷爲『認可』，搞得有些均衡失調。」

「妳的意思是，早死的人類太多？不過，選擇哪個人類當調查對象，是情報部的工作。他們在決定人選時，就該考慮到年齡問題。即使造成均衡失調，也是他們的責任。」

「這正是我想說的，情報部搞不好闖了禍。」

「闖禍？」

「你曉得情報部選擇調查對象的標準嗎？一定不知道吧？我也不知道。但是，我相信他們有一套基準或規則。」

「例如抽選的方法？」

「換句話說，跟這些案例一樣。」香川指著我手上的報紙。

「就像人類靠交通標誌來選擇誰該受罰？」

「沒錯。情報部選擇對象的標準從未受到質疑，但那套標準很可能有漏洞。」

「這意味著，情報部讓我們調查了不該調查的人類？」

「我只是說不無可能。」

「那是不是有誰也抗議『這套標準害我回不了家』？」我有些啼笑皆非。

「就剛剛報紙上那些案例，警方得知交通標誌出錯後，將收到的罰金全數退還，並且消除駕駛的不良紀錄。當然，僅限於查得出的範圍。」

「這種亡羊補牢的做法，不見得對每件事都有效。」

「好比我們的工作，一旦出錯就無法挽回。」

「一旦被選上就得死，我想被錯選的人有充分的理由生氣。」

「死人是不會生氣的。總之，爲了平衡現況，情報部似乎打算稍微延長人類的壽命。」

「啊。」我恍然大悟，忍不住驚呼。

「難怪剛接下這次的工作時，他們莫名奇妙告訴我『如果希望他活久一點，不必顧慮』。」

「對，就是這麼回事。」

「跟一般的『放行』不同嗎？」

「我們的職責範圍不包含自殺或病故，就算呈報『放行』，那個人還是可能死於自殺或疾病。」

「這我知道。」

「不過，這次是保證延長二十年。只要獲得延長，就不會自殺或病故，保證能活二十年。」

「絕對不會死？」

「遇上槍林彈雨也不會死。」

「我遇上的多半是普通的雨。」

「反正，情報部犯下錯誤，奪走太多人類的壽命，搞得不少人類年紀輕輕就送命。這次大概是被監察部盯上，他們想把這些過多的壽命還給人類。」

「還給毫無關係的人，有什麼意義？」

「至少能取得整體的平衡。」

「上次進行調查時，我看過某間披薩店的折價廣告：『日幣升值，成本回饋大方送』。」

「聽起來差不多。」

「情報部這招是從人類身上學來的？」

「所以，我才蒐集這些『錯誤標誌』的新聞，打算好好數落情報部一番。他們這麼搞，跟人類有什麼不同？」

「我們調查部應該不會配合胡鬧。這種急就章的制度，肯定會把問題愈搞愈大。」

香川頷首。「不是有個流傳很久的傳聞？某個同事拗不過人類的苦苦哀求，讓對方的兒子復活。」

「噢，我聽過。」我點點頭。不曉得那是眞實事件，還是誰覺得好玩胡亂造謠。「到頭來，復活的兒子只是一具會走路的屍體。那個同事會不會是我們調查部的成員？」

「我們調查部沒那麼大的權限吧……等等，我們討論的話題是什麼來著？」

「勉強執行一套剛出爐的制度，往往會出紕漏。」

「千葉，你有何看法？這套新的『回饋大方送』制度，你想試試嗎？」

「一點也不想。」我毫不遲疑地答道，「我不會改變工作原則。」

「你還是這麼一板一眼。我看雨下個不停，早猜到是你來了。」香川露出苦笑，掌心朝上，彷彿在檢查店內有沒有漏雨。「啊，跟你說件不相關的事。南金剛町的後頭不是有條風化街？那裡有間營業到凌晨的咖啡廳，隨時放著音樂。」

我立即追問咖啡廳的詳細位置。

將腳踏車停在公寓的機踏車停車格內，我望著遭雨水侵蝕得慘不忍睹的公寓白牆，走向電梯。三十年前，這棟公寓也擁有雪白乾淨的外貌，如今失去光采，像是皺紋滿面、步履蹣跚的老人。

雨滴落在地面及圍牆上，發出叮咚聲響。彈跳的雨水濡濕我的鞋子。

昨天本城逃得不知去向。嚴格來說，是我造成那樣的結果。姑且不談這一點，總之山野邊夫婦開著迷你箱形車離開藤澤金剛町的皇家大飯店，卻沒有回家，直接開到這棟位於不同町的公寓。

他們既沮喪又焦慮。

理由我心知肚明。

爲女兒報仇，是那對夫婦唯一的生存意義。他們暗藏防身噴霧及電擊棒，前往飯店與仇敵正面對決，最後以失敗收場，想必感到無比懊悔和疲累。不過，就算他們再難過，也與我無關。

這邊的公寓似乎是山野邊夫婦躲避警察及記者用的「避風港」。屋裡只有最基本的幾樣家具，顯得簡陋空曠。不過，小型置衣箱裡備有幾套換洗衣褲，洗衣機、冰箱、電視機及冷氣機等必要的家電一應俱全，顯然早有長期藏身在此的打算。

昨晚騎腳踏車外出時，我曾詢問情報部「知不知道關於那間公寓的事」，得到的回答是「那是山野邊遼在半年前以他人名義買下的屋子，原本的屋主是開音樂教室的單身女子」。

聽到「音樂」兩字，我的精神一振。

「屋裡共有三個房間，其中一間本來當成教室，經過隔音處理。原本的屋主健康不佳，搬回老家療養，將屋子賣給山野邊夫婦。」

「既然有這些情報，爲何沒先告訴我？」

「情報太多，說也說不完。難不成連山野邊的基因排列組合也得先告訴你？」

「我不是那個意思。山野邊以他人名義買房子，這種事好歹該讓我知道。是不是有其他類似的情報？」

「沒了。」對方頓一下，「頂多就是他們有另一輛車。」

又是個遲來的情報。「那也是山野邊以他人名義買的吧？我昨天坐過。」

「不，還有一輛。」

看來，除了停在自家的車，山野邊夫婦多準備兩輛車。不知該說他們是作風嚴謹，抑或吹毛求疵。

我走進門口，穿過走廊來到客廳。坐在牆邊的美樹說：「你簡直變成落湯雞。」

「妳不提，我倒沒注意。」每次進行調查時，天空總下著雨，差別只在雨勢的大小。我習以爲常，老忘記撐傘。即使淋濕，我也不會感到困擾。若要勉強舉出一個困擾，頂多就是在大雨中不撐傘，很容易招來側目。「我騎腳踏車，沒辦法撐傘。」我接著解釋。

「咦，千葉先生，你哪來的腳踏車？前天你到我家時，不是把腳踏車停在門口嗎？」

「是啊，所以我先回你們家一趟。」我老實回答。「沒有引起懷疑？」美樹緊張地問，臉上除了擔憂還流露一股不滿。她肯定暗暗在怪我擅自做這種危險的事情吧，畢竟有昨天飯店的前車之鑑。反倒是他們沒氣急敗壞地罵我「妨礙復仇計畫」，我有些意外。

「我家附近有記者嗎？」山野邊問。由於沒有桌子，他們將麵包、鋁箔包飲料全放在地上。看他們一點都不重視「吃」，我也樂得輕鬆。因爲我不具備「食欲」，幸好他們對吃沒什麼興趣，混在其中不會太奇怪。

「沒有記者。」我照實答覆。

「千葉先生，幸好你回來了。我剛剛跟她打賭，猜你會不會回來。」山野邊說。

「原來如此。」既然是打賭，表示美樹認爲我不會回來。「還沒有向那男人報仇，我不可能一走了之。」我隨口胡謅。

「小時候，我曾和朋友的家人一起到遊樂園玩。」山野邊像輕輕吐出胸中湧現的氣泡，開口道。

我不禁想起，從前看過人類在浴室排水口上裝設類似幫浦的器具，吸取淤積的汙垢。將附著管壁的汙垢除去，排水才會順暢。或許人類跟排水口一樣，必須時時排出內部沉澱物。

「那時我們去了鬼屋。」

「鬼屋……」

我曉得那是一項遊樂設施。在我看來，生活在每年有三萬人自殺的國家，和亂闖不知出口在何方的鬼屋沒太大不同。何況，全世界每天都有成千上萬人死亡，光想到這一點就會毛骨悚然，根本沒必要進鬼屋。但我沒發表自己的看法，因爲我很清楚人類就是這種生物。

「我怕得要命，根本不敢進去。朋友隨父母進去，留下我一個人在入口哭哭啼啼。」

「我好像沒聽你提過。」美樹出聲。

「搞不好這是我第一次提起。」山野邊向美樹點點頭。「當時父親想拉我進去，但我蹲在地上，怎麼勸都不肯動。」

「這麼恐怖嗎？」美樹笑著問。山野邊先是點頭，又搖搖頭道：「其實，那只是很普通的鬼屋，並未設計得特別可怕。不過，我就是不敢進去。」

美樹瞇著眼，「眞是膽小鬼。」

「父親也記得這件事。」

「這是連公公也難以忘懷的往事？」

「嗯，是啊。」山野邊沉默片刻，似乎在思考自己究竟想表達什麼，又像沉浸在回憶中。半晌後，他再度開口：「那時，父親一臉無奈地說：『好吧，我去幫你探路，看到底恐不恐怖。』」

「在那種情況下，公公也自由自在地單獨行動。」美樹忍俊不禁。

「他把我留在外面，獨自走進去。一個高高瘦瘦的上班族，孤身踏進鬼屋實在有些滑稽，但我沒勇氣跟上，只好乖乖等待。」

「後來呢？」

「父親一直沒回來。」山野邊露齒一笑，「我擔心是不是鬼屋太恐怖，他丟下我落跑。」

「眞可憐。」

「實際上或許沒那麼久。」

「最後他回來了？」

「我枯等好一會兒，他終於平安生還。」山野邊苦笑。「只不過是逛個鬼屋，理所當然不會有什麼危險。不過，看到他出現，我眞的鬆了口氣。」

「爲何突然提到這件事？」我問。

「千葉先生，你昨天外出打探消息時，我想起鬼屋的回憶，害怕你會一去不返。」

「我讓你想起父親？可是，你父親最後不是回來了？」

山野邊凝視我，好一會兒沒動靜。那雙眼睛彷彿透過我看著後方的牆壁，我不禁懷疑背後是不是出現異狀。「你怎麼啦？」

「啊，不。沒錯，爸爸回來了。」山野邊加強語氣，像在試圖說服自己。

「什麼意思？」美樹也察覺山野邊有些奇怪，「公公回來了，哪裡不對嗎？」

「沒有，他確實是回來了。」山野邊點點頭。

「你的口吻怎麼充滿感慨？」美樹問。「不，沒那種事。」山野邊含糊其詞。

「對了，千葉先生，你的調查有沒有收穫？」美樹轉頭問我，流露要我將功贖罪的眼神。

「爲何這麼問？」我應道。

「咦，你不是……」

她這麼一問，我才豁然想起。昨晚山野邊夫婦失去生存希望，陷入人類特有的憂鬱狀態，既不睡覺也不做任何事，愣愣發呆。雖然陪著發呆不難，但反正他們不會有別的行動，不如找個地方好好享受音樂，而我使用的藉口，正是「今天讓本城逃走全是我的錯，我心底有一些線索，想去調查看看」。當然，藉口只是藉口，說完我就忘得一乾二淨。

山野邊美樹問我「有沒有收穫」，想必是把我那藉口當眞。此時胡亂捏造理由，反而會引來懷疑。事實上，我雖然聲稱「出去調查看看」，卻根本沒做任何調查工作。

我只是到山野邊家門口取走腳踏車，前往位於國道旁的ＣＤ唱片行，用試聽機欣賞音樂。

CD唱片行打烊後，我便到同事香川推薦的咖啡廳消磨時間。店裡只有寥寥數個客人，一有人點播音樂，服務生就會調大音量放出那張唱片或CD。我簡直是如魚得水，一眨眼就待到早上。

「沒查到重要的消息。」

他們並不特別失望，或許是從一開始就不抱期待吧。

「電視新聞有沒有新的相關報導？」我望向電視。

「昨天那件事並未鬧上檯面。」山野邊回答。

連網路新聞也沒提及隻字片語。社會大眾還不曉得，獲判無罪的本城崇與山野邊夫婦昨天見過面。

「剛剛箕輪打電話來，他很擔心我們去飯店後是否平安。直到今天早上，我那支智慧型手機才開電源，他不知打過多少通。」

「你怎麼告訴他的？」

「我只說那傢伙逃走，沒提及千葉先生的疏失。」山野邊酸我一句，露出疲軟無力的笑容。

「企圖在飯店進行獨家採訪的雜誌社闖下大禍，這消息似乎在記者之間傳開。那間雜誌社的記者爲了掩飾失態，一定會全力封鎖此事。」

我往放在角落的攝影機看一眼。

那是昨天我從飯店拿回來的。見這玩意擺在客房桌上，我趁混亂之際隨手帶出。當然，我並非想盡一己之力，只是希望他們認爲我派得上用場，才會願意讓我跟在身旁。

然而，人類往往不按牌理出牌。我帶回的攝影機山野邊夫婦並不特別感興趣。或許是本城崇逃走的打擊太大，他們不想再開啓攝影機，目睹他的嘴臉吧。

一晚過去，他們顯然多少恢復了精神，於是我開口：「要不要看攝影機裡錄到什麼？」這時，山野邊拿出手機，似乎收到新訊息。

「又是箕輪？」我問。

「不是。」

「這支手機不是只有箕輪知道嗎？」

「跟箕輪聯絡用的是智慧型手機，我現在拿的是舊手機。」

昨天不斷接收到新來電與訊息的手機，今天平靜不少。

「一下用這支，一下用那支，你眞忙碌。」其實，管他用幾支手機，都不關我的事。

「誰打來的？」美樹立刻確認。

「不是來電，是簡訊。」山野邊盯著手機，補上一句：「『後窗的轟先生』傳來的。」

山野邊遼從祕密公寓開車前往自家所在的町。美樹似乎是累壞了，在後座沉沉入睡。

雨滴不斷打在擋風玻璃上，形成一片片透明區塊，而後雨刷將所有雨滴抹除。我持續注視著不斷重複的景象。

「我和轟先生在開庭前見過一面。」或許是怕我坐在副駕駛座無聊，山野邊特意找話題。其實就算完全不交談，我也不會感到困擾。

「哦？」再怎麼不感興趣，還是得搭腔。這是我在調查人類的工作中學會的技巧。

「轟先生突然跑到我家，但我根本不曉得這個人的存在。」

「存在是必然的，只是你不曉得而已。」

「唔，這麼講也對。」山野邊揚起嘴角。「不僅是我們夫婦，連警察也不清楚轟先生跟這件案子有所牽連。轟先生拍到的畫面是在法院開庭後才曝光，但他是在開庭之前找上門。所以，起初我根本摸不著頭緒，不知對方是誰、來意為何。」

車子來到一條大馬路上，山野邊右轉方向盤。

「他想告訴你，他擁有能夠證明本城無罪的影像？」

「嗯，簡單來說，就是這麼回事。」

「這樣啊。」

「他是深夜突然造訪。當時，記者不像先前那樣二十四小時盯哨，但為掩人耳目，還是選在最沒有人的時間。」

「山野邊，你怎麼會三更半夜放陌生人進家門？」我問。

山野邊嚴肅地瞪我一眼，回道：「我已沒有任何可失去的東西，還怕什麼？」

「哦？」

「當時，我們夫婦只害怕一件事，就是這輩子無法報仇雪恨。」山野邊握緊方向盤，注視前方。「現在也一樣。」

「但你們昨天讓本城逃脫。」

「千葉先生，那是你的疏失，怎麼講得好像沒你的事一樣？」山野邊噗哧一笑，一滴口水噴到擋風玻璃上。

「也對。」

山野邊吃吃笑道：「千葉先生，你眞是個怪人。」

「我哪裡怪？請你告訴我，以後我會注意。」

「就是這一點怪。」

山野邊答得含糊，我也聽得一頭霧水。

「對了，本城的律師實在厲害，竟然能找到轟這個證人。」我隨口說出心中的疑惑。「直到法院開庭前，連警方都不曉得有人每天躲在房內拍攝外頭馬路的情況，不是嗎？」

「但那個律師就是找到了。」

「該不會有什麼訣竅吧？」

山野邊笑得渾身亂顫，「聽你的口氣，彷彿在詢問抓昆蟲的訣竅。」

「轟不是昆蟲。」我想起跟人類孩童一塊捉甲蟲的經驗。「要捉昆蟲很簡單，先在某個地方塗上蜜水就行。」

山野邊輕輕點頭，「對，就是這麼回事。那傢伙預先塗上蜜水，才能順利找到轟先生。」

「轟喜歡喝樹液？」

「或者該說，那傢伙掌握冒出樹液的位置。其實，他早知道有個人每天關在房間，興趣是拿攝影機偷拍路上行人。」

「在法院開庭前？」

「豈止是法院開庭前，他在犯案前就知道。」

山野邊接著解釋，轟剛開始偷拍時，會將影像上傳到網路。「約莫是想發洩平日的悶氣，或想表現自我，大多數人都喜歡炫耀自己的收藏品，這一點也不奇怪。那是固定會員制的影片投稿網站，一般人無法隨意瀏覽。何況，轟先生認爲他只是拍攝路上的景象，頂多湊巧拍到情侶吵架，就算放在網路上也不會造成問題。」

然而，本城崇卻得知這件事。

「不曉得他爲何加入會員，但我猜他隨時都在尋找獵物，那個網站只是剛好進入他的搜尋範圍。」

「尋找什麼獵物？」

「像是他人的弱點，或利用他人的方法。本城不用工作，時間非常充裕。得知轟先生每天偷拍住家附近的景象後，本城產生興趣，於是嘗試透過網路接觸轟先生，逐漸進入轟先生的生活圈。」

「本城也想要朋友？」

「若是這麼簡單就好了。」山野邊冷冷一笑，「那男人不需要朋友。他的腦袋裡，只想著要在控制遊戲中成為贏家。」

「或許吧。」

「他滿腦子都在思索如何控制他人。之所以與轟先生接觸，也是抱持利用的念頭吧。聽說因為一場小意外，他與轟先生建立起友誼。」

「小意外？」

「轟先生的母親在町內小巷子裡遭腳踏車衝撞造成骨折，治療費遠超過預期。而且肇事的男子不僅不認錯，還把錯推到轟先生母親的頭上，要求賠償。」

轟仰賴失業保險金、一筆不算少的存款及母親的年金過日子，雖然稱不上窮困，卻無法應付突如其來的龐大支出。

「轟以為躲在房間就能無憂無慮過生活，沒想到還是遇上人生的大危機。」

「是的，而且轟先生不曉得怎麼處理這個危機。」

「他不是大人嗎？」要是沒記錯，轟超過四十歲。不過，我轉念一想，人類的判斷力不會因年齡產生變化。

「遭車禍肇事者反咬一口的狀況，恐怕沒人知道如何妥善處理。」

「是嗎？」

「當然。那時本城在網路上與轟先生交談過幾次，他不僅熱心提供建議，最後還爽快借一大筆錢給轟先生。」

「本城為什麼要借錢給轟？」

「出於善意……」山野邊故意停頓片刻，「才怪。他大概很擅長藉著施恩來控制對手。借錢給轟先生，可抬高自己的影響力。當初轟先生到我家時，告訴我：『那個人眞的很親切又值得信賴，想幫他一把。』換句話說，轟先生不知不覺對他唯命是從。一旦欠下人情，就算是不合理的要求也難以拒絕，這就是人性。一般人要戰勝沒有良心的人，實在太困難。」

「確實有道理。即使轟是『美國的良心』，也不是本城的對手。」

「我不清楚那男人構思犯案計畫的先後順序，但他肯定早就將『利用轟的影片』納入考量。」

「那影片是假造的嗎？」

「不，如果是假的，馬上會穿幫。轟先生拍攝的影像應該是眞的。那一天，本城故意帶菜摘到轟先生設置攝影機的地點。」

「你指的是案發那一天？」

「菜摘抓傷他，八成只是意外。搶奪鑰匙圈遭菜摘抓傷後，他才想出利用這個狀況的點子。」

「這件事的內幕，轟到底知道多少？」

「轟先生只接到兩個指示，都是在案發之前。第一個是『跟往常一樣，繼續拍攝相同角度的街景』，另一個是『要是警察或律師找上門，就交出拍到的影像』。當時一片風平浪靜，轟先生很害怕，不明白他為何提到警察。」

「只有這兩個指示？」

「沒錯。後來，那案子發生……」

山野邊以「那案子」代稱女兒遇害的慘劇，並且盡量避免說出本城的名字。在我看來，這不過是白費力氣。即使改變稱呼，也無法改變事實或眞相。

「在電視上看到新聞時，轟先生並未察覺與自己牽扯在內，純粹有些同情住在附近的作家女兒。這是很正常的反應，換成任何人，都只會當成發生在周遭的慘劇。然而，本城後來遭到逮捕，轟先生大吃一驚。接著，律師眞的找上門，跟當初的指示一模一樣，轟先生更是手足無措。或許是太過驚慌，腦袋一團混亂，轟先生才會完全照指示行動。不僅交出影像，還答應律師出庭作證。」

轟沒有反抗，是找不到反抗的理由。我的腦海浮現一片落在河面的葉子，無法逆流而上，只能漂往下游。同樣的道理，一旦捲入巨大的洪流，人類將毫無抵抗力，只能抱著「隨遇而安」的心情任憑浪潮推向大海。

「轟先生來找我，恐怕是突然感到不安。希望我能告訴他，他到底做了什麼。」

「這是哪門子問題？」我納悶地偏著腦袋，「自己到底做了什麼，怎麼會問別人？而且爲何跑去找你，不是去找本城？」

「當時那男人遭到逮捕，關進看守所，轟先生大概想不出其他能解惑的人。何況，轟先生認爲他錄到的影像對我也有幫助。」

據說，轟取出筆記型電腦播放那段影像，問山野邊：「我已把錄影檔交給律師。你能不能告訴我，律師在法庭上會怎麼運用？」

「轟先生也是個少根筋的人。」山野邊一臉無奈，「拿那種影片給受害者家屬看，未免太沒神經。」

「你看過影片，有何感想？」

「我哭了。」

「哦？」

「因爲我看到菜摘。」山野邊的語氣平淡，彷彿怒氣與悔恨早蒸發殆盡，甚至感覺得到化成水蒸氣的情感迎面而來。「好久沒看到活蹦亂跳的菜摘。」

此時，我忽然冒出一個疑問。負責調查山野邊菜摘的是誰？她既然遭到殺害，肯定是調查部的同事向上級呈報「認可」。在眾多調查對象中，幼童處理起來特別棘手。若對象是大人，可藉工作名義接近，甚至能僞裝成突然造訪的業務員，或設法製造偶然相識的契機。但想接近幼童，手法卻極爲有限。儘管調查幼童的機會較少，難免還是會遇上。總之，調查幼童相當耗費心力，負責山野邊菜摘的同事，恐怕是趁她放學回家時上前隨便問幾句話，就置之不理吧。反正結果都是「認可」，何必自找麻煩？這是他們一貫的態度。

「山野邊，你看完影像，馬上發覺本城打算用來推翻檢察官的指控？」

「不，我沒想那麼深。」山野邊減速靠向路肩，似乎打算停車。「畢竟那男人已落網，儘管知道菜摘指甲裡殘留的皮膚碎屑是重要證據，卻沒理解跟影片有何關聯。不過，我大致猜出，那男人會利用影片替自己脫罪。」

「那麼，你怎麼回答轟？」
「我叫他不用想太多，完全遵照那男人的吩咐。」
「你沒阻止？」
「當然。」山野邊停下車子，熄掉引擎。「我們希望他無罪開釋。既然他有辦法脫罪，我們求之不得。那一天，我還跟轟先生交換手機號碼及電子信箱。」
「難怪轟聯絡得上你。」
「他在信裡寫著『有事商量，希望在車裡見一面』。」
我們此行的目的地，便是轟所住的公寓。

或許是察覺車子不再晃動，睡在後座的美樹倏地醒來。
「雖然妳剛睡醒，但能不能在駕駛座等我們？」山野邊遼開口。這裡離家很近，搞不好會撞上記者。一旦行蹤曝光，就得立刻撤退，需要有人守在駕駛座，緊急時才能馬上開車。
下車後，我與山野邊並肩走在路上。天空烏雲密布，雨勢不大，卻下個不停。山野邊要幫我撐傘，我拒絕了。即使他說「會淋濕喔」，我也只能回答「無所謂」。
來到路口，不巧遇上紅燈，我們停下等候。轟居住的公寓就在眼前。
「從前我常去那間店。」或許是想化解沉默的尷尬，山野邊指向右側。只見店門口裝飾著藍、白、紅三色組成的棒狀旋轉招牌。

「理髮廳？」

「對，我都到那裡剪頭髮。」

「門口怎麼立著會旋轉的三色棒子？」

「那是理髮廳的標誌，很早以前就在用了。」

不，以前沒那玩意。古早的理髮廳，是一群男客面對馬路而坐，由店員修髮梳髻。「那三個顏色有特殊意義嗎？」

「紅色代表動脈，藍色是靜脈，白色是繃帶。」

「這樣啊。」

「從前的理髮師兼具外科醫師身分，除了理髮，還能治療牙齒、包紮傷口。」

「這個『從前』，跟你剛剛說常去剪頭髮的『從前』不同？」我試探地問。

「當然，這個『從前』指的是中世（註一）。」山野邊忍俊不禁，似乎以為我在開玩笑。「對了，你聽過『放血』嗎？」

「放血？」

「一種藉排出有害血液來恢復健康的療法。故意使患者流血，讓血沿著患者手裡的棒子流進盤子。從前的人相信放掉惡血，疾病就會自然痊癒。」

「啊，我看過。」原來那種療法有名稱。

山野邊詫異地望著我。「店裡的人將染紅的棒子洗乾淨後，連繃帶一起晾在門外。風吹得繃帶纏在棒子上的模樣，就是理髮廳招牌的起源。」

「那不就只有紅白兩色？藍色怎麼來的？」

「據說是外科醫師與理髮師分組工會時，爲了便於區別，理髮師在招牌上添加藍色。所以，至今紅白仍是代表醫療的顏色。」

「改加黃色，就變成紅綠燈（註二）？」

「紅綠燈與工會無關。」

此時，紅綠燈剛好轉爲綠燈，我們邁步穿越斑馬線。

我們踏進公寓，來到電梯前。電梯門不久便打開。

「千葉先生，你知道本城爲何不一開始就拿出轟先生拍到的影像嗎？這個證據一旦出現，警方會變得沒有把握，可能根本不會起訴本城。然而，本城卻遲遲不利用這個能洗脫罪嫌的證據，只向轟先生下達指示。」

「爲什麼？」雖然想說怎樣都與我無關，我還是忍住。「你曉得他的用意嗎？」

「原因之一，是想帶給我們更大的打擊。」山野邊神情十分僵硬。他走進電梯，我跟在後頭。他按下五樓的按鈕，電梯門旋即關閉。

「更大的打擊？」

註一：約始於十二世紀末的鎌倉幕府，直到十六世紀室町幕府滅亡爲止。

註二：日文中的藍色（青色）亦有綠色之意。

「那男人故意寄證據給我們，坦承自己是凶手。接著，他遭警方逮捕，差一點被判刑，卻在千鈞一髮之際全身而退。這樣的結局，他認爲能將我們推入絕望深淵。」

「他大費周章，只是要奪走你們的希望？」

「在那男人眼中或許具有重要意義。」

電梯抵達五樓，山野邊按住開門鈕，於是我率先走出。

「原因之二，則是利用法律上『一事不再理』的原則。」

「那是什麼？」

「嫌犯一旦在法庭上獲判無罪，就不會因同一個案子再次遭受審判。」

「哦？」

「所以，他故意落入警方手中，在法庭上獲判無罪。如此一來，檢察官便不能再以菜摘的命案起訴他。這就是他的用意。」

「這也是想讓你們更加絕望？」

「千葉先生，你終於懂了。」山野邊走向最深處的一扇門，鞋聲如秒針般規律。「不過，他有個誤算。」

「什麼誤算？」

「遇上任何狀況，我們都不會再感到絕望。早在菜摘過世時，我們便墜入絕望的谷底。不論情勢怎麼演變，都不可能變得更壞。落入谷底的人，不可能再落入谷底一次。」

「黑色不管混入什麼顏色，最後還是黑色。」

「對，差不多是這個意思。」

山野邊按下門鈴，對講機傳來年長女人的回應。他口齒伶俐地說：「敝姓山野邊，有事找轟先生。」

半晌，一個身材矮小、眉薄眼細的老婦打開門，瞥山野邊一眼，又朝我望來，流露出不悅的神色。雖然她不至於識破我的眞實身分，但或許感受到不吉利的氣息。凡是與我有所接觸的人，多多少少會意識到「死亡」。有些人會反常地聊起關於「死亡」的話題，有些人則是會露出「感到陣陣寒意」的苦澀表情。

「阿貢不在。」

她就是轟的母親吧。看起來老態龍鍾，宛如乾癟的水果，卻透著一股強韌的生命力。這樣的人類反而最能長命百歲。

「轟先生最近願意外出了？」山野邊訝異地問。

「不，今天是特例。早上他接到一通電話，突然說要出門一趟。」

「去哪裡？」

「我不知道，不過他帶著車鑰匙。」

「轟先生會開車？」山野邊不是眞的想問，只是找話題攀談。

「當然，我家阿貢很了不起。別看他這樣，以前他是在外跑業務的。」轟的母親重重嘆口氣。

接著，她目不轉睛地上下打量我們，一臉狐疑地問：「不是你們嗎？」

「咦？」

「不是你們打電話給阿貢？他出門不是要去見你們？」

山野邊問清楚轟的車子種類、顏色、車牌號碼及停車地點，便道謝告辭。

由於不想等電梯，我們決定走樓梯下去。

「現在該怎麼辦？」

「既然他信上說在車裡見面，我們到停車場瞧瞧吧。」

來到一樓後，山野邊走向公寓後方，我也跟上。平面停車場緊鄰公寓。此時，雨勢漸小，但駐足雨中，頭髮還是會淋濕，皮鞋也會改變顏色。但山野邊沒撐傘，直接邁步前行。

以停車格數量來看，顯然並非每一戶都有車位。考量到附近房屋的密集程度，這棟公寓擁有的停車場算是相當寬廣。約莫一半的車位停著車子，另一半大概是屋主將車開走了。每一格車位後方都貼著牌子，標明住戶門牌號碼。

山野邊沿車位一格一格檢查，忽然加快腳步，說道：「啊，車子還在。」

我對人類使用的汽車種類不特別感興趣。就算那不是汽車而是上鞍的馬，或是坐起來極不舒服的轎子，我也不會感到驚訝。

轟的車子就停在停車場內，上頭罩著灰塑膠布。

我走向車子，伸手觸摸塑膠布。這塑膠布的邊緣有一圈橡皮，似乎是單純用來罩住車子，幾乎沒有灰塵，雨滴完全無法附著。此時，我想應該說點話，便隨口道：「感覺滿新的。」

山野邊也湊近細看，「嗯，似乎剛買不久。不曉得是誰買的。」

「還會是誰？一定是轟，不是嗎？」

「一個藺居族會特地爲汽車買防塵罩嗎？這麼愛惜車子，應該會定期開出去繞一繞。」

「那麼，是轟的母親買的？」我伸手到保險桿下方，抓著防塵罩的邊緣一掀。我沒有特別的用意或目的，只是覺得防塵罩有些礙眼。或許是我動作太快，山野邊並未阻止。

一拉起防塵罩，積水四散，發出鳥兒展翅飛翔般的聲響。

「唔……」我下意識發出低吟。

山野邊錯愕地瞪大雙眼。

駕駛座上坐著一名男子，嘴上綁著毛巾，背靠座椅呈微微後仰的姿態。

車子裡坐著人不稀奇，但坐著人的車子外蓋防塵罩倒是新鮮。男子滿臉倦容，拚命眨眼，不像要發動引擎。

隔著車窗看見我與山野邊，他的情緒非常激動。

「轟先生……」山野邊低喃。

原來如此，這個人就是轟。「他不當藺居族，改當藺車族嗎？」

山野邊驚慌地走近駕駛座，以車裡幾乎不可能聽見的沙啞嗓音問：「轟先生，你在幹嘛？」

隔著玻璃，轟拚命想傳達訊息，但綁在嘴上的毛巾繞到後腦杓打結，他半個字也說不出口。

「轟先生！」山野邊拍打著駕駛座的窗戶。「你沒事吧？」

「看來不像沒事。」我忍不住提供意見。

轟的雙眼睜得極大，布滿血絲。他似乎察覺山野邊在車外，但或許是動彈不得，既沒走出車子，也沒發動引擎。

山野邊試著拉扯車門把手，卻只發出喀嚓聲響，無法打開。看來車門已上鎖。

轟的神色變得更加驚恐。

「轟先生，你不要緊吧？」山野邊說著低頭望向腳下，忽然面露詫異，彎腰蹲在地上。我正感到奇怪，又聽到他發出「啊」一聲驚呼。「怎麼啦？」我詢問，山野邊沒回答，手逕自伸入車身底下，接著站起，將撿到的東西舉到我面前。「千葉先生，鑰匙掉在地上。」我定睛一瞧，果然是汽車鑰匙。

原來如此。只要有鑰匙，打開車門當然不成問題。

「我馬上開門！」山野邊啞著嗓子告訴轟。

我一時興起，貼近車子，從副駕駛座望向轟。或許是不曉得我的來歷，他明顯流露懼意，警戒地盯著我，不停搖頭。我完全不明白他想表達什麼，仔細觀察車門內側，發現有條黑線，像是電線。於是，我更靠近窗戶，將鼻子貼在玻璃上，凝望駕駛座那一邊的車門。

轟蠕動身體，不停掙扎。

「請再忍耐一下，轟先生。」山野邊也非常焦急。

我蹲下查看車子底盤。發現我突然消失，山野邊不安地問：「千葉先生，哪裡不對勁嗎？」

「不，沒有。」我心想，反正不是什麼大事。

不出所料，我在車子底盤找到預期的物體，於是站起身。

此時，山野邊剛要插入鑰匙。

只見轟鐵青著臉，死命搖頭，顯得相當興奮。

我交互觀察兩人的神情。

看到轟嚇得魂飛天外的模樣，山野邊益發手忙腳亂。「我馬上開！」他急得口沫橫飛。

我心想，隨便你們胡搞吧。反正人類這種一意孤行的舉動，我早見怪不怪。

考量到打開車門後的情況，我決定後退幾步。

「千葉先生，你想逃走？」山野邊敏銳地察覺我的移動。此時，他手中的鑰匙滑落地面。他驚呼一聲，連忙彎腰撿起。

「倒也不算逃走……」

「那就快來幫忙救出轟先生，我立刻打開車門。」

「這個嘛，我想等爆炸結束後，一切恢復平靜再來幫忙。」

「啊？」

「車門一打開，就會爆炸。」

「千葉先生，你說什麼？」山野邊愣在原地，鑰匙已插入孔內。

「之前我遇過類似的狀況。車子底盤裝著炸彈，打開車門就會引爆。我剛剛從這邊的窗戶看進去……」我指著副駕駛座，繼續道：「發現駕駛座附近有導線。我猜一定是連到底盤，只要打開車門，便會通電點燃火藥。」

「咦？」山野邊眨眨眼，「那可不得了……」

「唔，我不曉得車子爆炸算不算不得了的事……」

「當然算！」

「你幹嘛生氣？」

「既然會爆炸，不是更應該趕緊救人？」

「原來如此。」我隨口敷衍，心裡卻有不同看法。

一旦決定方針就無法接納其他建議或勸告，這是人類的通病。

大約一百年前，我在進行調查時，發現目標對象整天活在恐懼中。我問他到底在害怕什麼，他臉色蒼白地告訴我：「聽說哈雷彗星的尾巴會掃到地球！」

「彗星有尾巴？」我對這個現象相當好奇，但他在意的似乎是另一件事。

「有個天文學家發現彗星的尾巴含有氰化物！」他告訴我，氰化物是一種毒性很強的物質。除了我的調查對象，其餘民眾也陷入混亂與騷動。不僅爭相搶購氧氣筒，連所謂的法王出面安撫也無效。

過一陣子，天文學家又宣布：「就算彗星尾巴眞的掃過地球，其中的氰化物含量相當低，不會造成任何危害。」

這下終於能放寬心，我單純地想著。不料，我的調查對象的驚惶並未解消。其他人也一樣，甚至出現自殺的風潮，據說是認為「與其將來中毒身亡，不如先自我了斷」。由於自殺不在我們的負責範圍內，我也不好多說。但在我看來，「因怕死而自殺」實在是匪夷所思的行爲。

我向調查對象說出心中的疑惑：「當初宣布彗星尾巴含有氰化物的是天文學家，後來宣布不會造成危害的也是天文學家，爲何你們相信前者，卻不相信後者？」

他這麼回答：「當初宣布的肯定是眞相，因爲沒必要說謊。之後是看世界陷入恐慌，才急忙改口。」

「可是，當初發現的天文學家，只是聲稱彗星尾巴含有氰化物，並未提及任何危險性。」

他完全把我的話當成耳邊風。由此可見，人類一旦認定「事態危險」，便難以恢復平常心。我從中學到一個教訓，就是「很多時候即使說破嘴，也是雞同鴨講」。

鑑於過往的經驗，我才會認爲就算告訴山野邊「車子會爆炸」，他也不會相信。但以結果來看，這只是我先入爲主的想法。

「這樣啊，我應該更積極地告訴你車底裝有炸彈。」我反省道。

「現下……該怎麼辦？」山野邊像具人偶般僵立原地，害怕一動就會引爆。

「要是不希望爆炸……」

「當然不希望！」

「那就拔出鑰匙，不開門便不會爆炸。」

實際上，在調查期間，目標對象絕不會死亡。換句話說，縱使爆炸，山野邊也不會送命。如果會死，必定是在我調查結束，向上級呈報「認可」後。但反過來想，既然山野邊此時絕不會命喪爆炸，或許意味著我注定要阻止他開門。

我經常思索這樣的問題，卻從未找出答案。調查結果與調查工作互相造成的影響，簡直像是無窮無盡的迴圈。

因此，我告訴自己別想太多，乖乖進行調查就好。反正多想也只是多煩惱。

山野邊昨天提到帕斯卡的名言：「人必須學會遺忘死亡。」同樣的道理，我們對自己想不透的事情也得學會遺忘。

我再度走近副駕駛座。轟面無血色，不停張望站在右側的山野邊，及站在左側的我。他肯定是一顆心七上八下，擔心我們會打開車門吧。

隔著窗戶，我重新確認炸彈的導線。那爆炸裝置的結構似乎相當陽春，我從發愣的山野邊手中取過鑰匙，插進駕駛座側的車門鑰匙孔轉動。山野邊與轟同時臉色大變。

「別擔心，」我輕輕揚手，「不開駕駛座的車門就沒事。」

此時，所有車門的鎖都解除，我打開駕駛座後方的車門，確定後座沒任何炸彈裝置，便鑽進去。接著，我上半身前傾，雙手越過駕駛座的椅背，替轟解開繩索，扯掉他嘴上的毛巾。

「有炸彈……」轟彷彿要吐出胸腹中的氧氣，流著口水，發出意義不明的呻吟，顯然心情極度慌亂激動。「神啊，救救我……」他目光渙散地呢喃。

「被稱爲神，很困擾。」我回答。

「到底發生什麼事？」我們返回開來的車上，山野邊向美樹說明來龍去脈。美樹聽得瞠目結舌，臉色蒼白，不停追問：「轟先生怎會遭遇那樣的情況？」

山野邊握著方向盤，發動車子。

「轟先生怎會惹上這種麻煩？」

「多虧千葉先生，他才能得救。」

「是啊，多虧有我。」

「究竟是誰幹的？」美樹激動地問。

「在這節骨眼，會想把轟先生連車子一起炸得粉碎的，恐怕只有一個人。」

「可是，他的目的是什麼？」

剛把轟救出車外時，他非常驚慌失措，我們花不少時間安撫他的情緒，或許是恐懼已超過他所能承受的極限。脈搏遽增，四肢不聽使喚，賀爾蒙大量分泌導致失調，這些都是人類面臨死亡時特有的反應。我們帶他到停車場角落，山野邊努力與他對話，他才恢復平靜。

好不容易能正常說話，他娓娓道出始末。

「本城打電話給我，說有重要事情商量，希望能見面。」

「你沒懷疑他的意圖？」山野邊問。「從沒想過他會害我。」轟顫著唇回答，應該是賀爾蒙分泌失調所致。

「至今轟先生仍相信那男人是清白的，以為那男人邀他出來是想親口道謝。」山野邊解釋，「於是，轟先生依約外出，卻在停車場遭到埋伏。他說是受電擊棒攻擊，這一點有些奇怪，電擊棒要將人電暈並不容易。」

「不必電暈，只要痛得不能動就行。」

「對方把轟先生拖到停車場關進車裡，搶走鑰匙，並俐落捆起他。然後，故意拿炸彈威脅他。」

「確定是本城嗎？」

「對方戴著帽子和口罩，但應該沒錯。」

之後，那男人用轟的手機發簡訊給山野邊。

「接下來，轟先生就保持這種狀態，直到我們出現。」

「發完簡訊，那男人告訴轟先生：『我會將車子上鎖，一旦車門打開就會爆炸。』接著，那男人將鑰匙放在地面，不再理會搞不清狀況的轟先生，蓋上車罩。」

「那是本城的聲音嗎？」

「轟先生說聽不清楚。」

「為何要蓋上車罩？」

「大概是怕被別人發現吧。假如在我打開車門前，有鄰居發現轟先生嘴上綁著毛巾，計畫就失敗了。在那男人的計畫中，我必須與轟先生一起被炸死。另一個理由，則是……」

「是什麼？」

「蓋上車罩，會加深轟先生的恐懼。」

美樹一臉苦澀。「爲何要設計這個圈套？難道是我們昨天衝進飯店，嚇了他一跳，他想以牙還牙，讓我們嘗嘗苦頭？」

「不，那男人是前天聯絡轟先生，不是昨天。」

本城與轟是在前天通話，而不是昨天，這一點山野邊反覆確認好幾次。換句話說，本城離開看守所，前往出版社準備的飯店客房時便聯絡過轟，與山野邊夫婦昨天在飯店的行動無關。

「可見那男人早有準備。要不要付諸行動是一回事，計畫本身早已存在。」

「他不怕轟先生報警？」

「轟先生不會報警。」

剛剛在停車場角落，山野邊勸恢復冷靜的轟：「最好不要報警。一旦驚動警察，肯定會被問東問西。轟先生，你可能也會惹上麻煩。」他的語氣溫和，但顯然是在刻意誘導對方的思緒。

「眞的是本城幹的？」轟仍不敢相信。

「轟先生，在你眼裡，本城是怎樣的人？」

「這個嘛，該怎麼說……他幫我很多忙，雖然年紀比我小，卻十分値得信賴。何況，他根本沒有理由做這種事……」轟低聲咕噥。

聽見轟對本城讚譽有加，山野邊如遭重擊，流露痛苦的神色。不過，他迅速壓抑情感，斬釘截鐵地說：「也對。轟先生，把你關在車裡的大概另有其人。」

或許山野邊認爲，讓轟這麼想比較好吧。

接著，山野邊交給轟一個信封說：「轟先生，我建議你帶著母親離開東京一陣子。」轟打開一瞧，塞了不少萬圓紙鈔，驚訝得脹紅臉，趕緊收進口袋。山野邊的車內置物箱放有不少裝滿鈔票的信封，顯然爲報仇耗盡家產也在所不惜。

「我眞的能拿這筆錢嗎？」藏妥信封後，轟確認道。假如山野邊要求歸還，不曉得他會有何反應。不，恐怕正是擔心這一點，才搶先收進口袋。

「當然。」山野邊點頭。而後，我聽見山野邊咕噥一句：「這是我們夫婦跟那男人之間的問題，你可別來攪局。」

「話說回來，既然車子沒爆炸，表示那男人的計畫失敗？」坐在副駕駛座的美樹稍稍提高聲調，「他怎麼沒想到，車子可能會沒爆炸？」

「要不是千葉先生在場，車子早就爆炸了。說到這裡，千葉先生，我實在佩服你能察覺車子底下裝著炸彈。」

「這麼一提……」聽到山野邊的話，美樹口氣登時一轉，望向待在後座的我。「千葉先生，你是如何發現的？在那種狀況下，一般人根本不會聯想到炸彈。」

「沒什麼，只是碰巧。」我含糊應道。根據以往的經驗，要是搬出一些煞有介事的藉口，反倒容易搞砸。

「千葉先生，當時你說曾遭遇類似的狀況？」山野邊盯著後視鏡中的我，「難不成你看過裝著炸彈的車子？」

「怎麼可能，我的意思是在電影裡看過。」我立刻否認。其實，我曾目擊兩個調查對象遭車子炸飛。

「但你不僅發現炸彈，還順利拆除。」

「咦，眞的嗎？」美樹問。

「我還在詢問轟先生的狀況，他突然鑽進車底，若無其事地拆掉炸彈。」

「千葉先生，你怎會有這種本領？那是眞正的炸彈啊！」

「這個嘛……」我沒必要隱瞞，或者該說，想不到其他解釋，只好老實回答：「一看就知道。」那炸彈裝置連著幾條導線，我推測切斷一部分就能阻止爆炸，於是憑直覺隨便選一條，電源立刻熄滅。過程僅僅如此，我根本不在乎做法是否正確，反正就算爆炸，我也不痛不癢。

「千葉先生，一般人絕對無法拆除炸彈。你究竟是什麼來頭？」

「很不可思議嗎？」我擔心他們起疑，思索片刻，開口道：「告訴你們吧，我的老家是開加油站的，所以我學生時期就取得處理危險物的執照。」

我想起認識的人擁有這種執照。不過，加油站和處理危險物有何關係，我也說不上來。只要給得出理由就會受到接納，這是人類的心理特徵之一。或許是這樣，他們不再追問，但也可能是放棄深究。面對我的言行舉止，人類似乎很容易感到疲累。

「對了，千葉先生，你怎麼處理拆下來的裝置？」

「你是指炸彈嗎？」

「『炸彈』這個字眼，聽起來像小孩子的玩具，一點眞實感也沒有。」

「我裝進紙袋，送給轟當紀念。」

「咦？」山野邊發出驚呼。

「你想問我，爲何把這麼重要的證據輕易交給他，對吧？我早猜到這一點。」其實，我根本沒猜到。當時我不認爲哪裡不妥，現下看見山野邊的態度，才發覺有些不妙。「別擔心，就算持有炸彈，他也做不出驚天動地的事情。」

「話雖如此……」

「我們的首要之務，是思考今後的行動。」我向負責駕駛的山野邊說道。窗外雨勢逐漸轉弱，仰望天空，烏雲也變得稀薄。我暗暗期待放晴，但等我一下車，肯定又會烏雲密布，下起彷彿要印證「世事不如意十常八九」的驟雨。關於太陽的模樣，我在照片及影片中看過，大約想像得出晴天的景色。不過，我還是希望親身體會風雨過後，陽光照耀大地的感覺。雖然跟聽音樂比起來，這只是小小的願望。「仔細想想，如果我們繼續守在轟的附近，或許就能逮到本城。」

「是嗎？」

「山野邊，你不是認爲本城極可能是想藉由引爆車子殺死轟？」

「多半沒錯，而且他想連我一起炸死。」山野邊毫不掩飾心底的苦澀。「原以爲不會再害怕那男人，但是……」

「但是？」

「他的可怕超越我的想像。」山野邊垂頭喪氣。

「既然想炸死你們，車子沒爆炸他肯定會感到疑惑，不是嗎?你不認爲，他會設法從轟的口中問出來龍去脈?」我會這麼猜測，是根據以往的經驗。一旦計畫生變受挫，人類往往會想找出原因。不管是爲了記取教訓，或是單純滿足好奇心，在我眼中，這就和從高處躍下卻著地失敗時，大喊著「不可能」邊挖開腳下地面一樣。

「機率大概只有一半吧。」山野邊沉吟片刻，應道：「搞不好他不喜歡追根究柢。何況，轟先生在我們的監視下，他不會傻傻現身。即使要進行確認，也會委託別人，或打電話給轟先生。」

「本城打給轟先生?」

「沒錯，他可能會假裝毫不知情，向轟先生打聽一切經緯。我拜託轟先生，到時含糊解釋我們救他的過程。反正轟先生本來就不清楚狀況，不必擔心他說溜嘴。」

「轟先生眞的很信任那男人，」美樹嘆口氣，「簡直對他唯命是從。」

「這就是景仰吧。」

「景仰?」美樹反問山野邊。

「『所謂的景仰，就是做麻煩事』。」山野邊拋出宣傳口號般的一句。

「你在說什麼啊?」

「這是帕斯卡的名言。」

「又是帕斯卡?」美樹又好氣又好笑的話聲盤繞在車內。

「怎麼解釋？」

「我也不太清楚。或許帕斯卡認爲，表達景仰之意不能光靠嘴說，必須替對方認眞做點事。」

「啊，原來如此。」

「我從以前就常常想起這句話。在工作上遇到認眞爲我處理麻煩的人，我總不禁猜測，他們會不會在對我表達景仰之意。」

「那就不得而知了。」

「也是。」山野邊聳聳肩，「不過，感覺得出轟先生對那男人懷抱景仰。畢竟那男人在轟危急時，幫他很多忙。」

「這麼說來，原先是本城向轟表達景仰之意？」我問。

「那是裝出來的。」

「好了，現在怎麼辦？」美樹出聲。

「該怎麼做才好……」山野邊並未試圖掩飾自己的無計可施，嘴裡咕噥著：「還有十二天……」

「這樣啊……」我差點脫口說出「不，調查時間只剩四天」。一旦向上層呈報「認可」，山野邊的生命將在第五天終結。

「千葉先生，你不趕時間嗎？」

車子在等紅燈。我抬起頭，透過後視鏡與山野邊四目相交，忍不住應道：「最好快點行動。」你們所剩的時間眞的不多。

「不，我的意思是，你有沒有其他事得處理？工作不要緊嗎？」

這就是我的工作。我暗暗想著，當然沒說出口。「不必擔心。無論如何，我都要見本城一面。」

「還有十二天……」山野邊重複一遍。我恍然大悟，原來他是指上訴的期限。

「如果只剩一週，你們會怎麼做？」我問。

「咦？」

山野邊沒特別驚訝，似乎並未意識到我是指他的壽命。

「『倘若該奉獻僅剩一週的生命，那麼，一百年的壽命同樣該奉獻』。」山野邊又念出像法律條文或契約內容的話語。

「哦？」

「這是誰的名言？」美樹問。

「也是出自帕斯卡的《思想錄》。」山野邊苦笑著回答。

「看來，世上所有名言都是帕斯卡說的。」美樹笑道：「不過，千葉先生，僅剩一週的生命，卻得奉獻一百年的壽命，這是什麼意思？」

山野邊回到公寓後，打開廚房的冰箱。我站在一旁看著，他突然出聲：「千葉先生，你小時候聽過『冰箱的門無法從內側打開』嗎？」

「好像聽過。」我回答得模稜兩可。

「那是錯的。」

「哦，眞令人吃驚。沒想到冰箱的門居然能從內側打開。」我試探性地應道。其實，我根本不曉得哪一點值得吃驚。

「不過，從內側打開得費一番功夫。冰箱的門是氣密式的，很難靠蠻力推開。小時候，聽說有人躲在冰箱一直沒被發現，我害怕得不得了，好一陣子連開冰箱都心驚膽跳。」

「小時候學到的知識往往是錯的。」我停頓一下，又補一句：「如果冰箱的門眞的無法從內側打開，我倒想把本城塞進去。」我沒特別的用意，只是希望說一些山野邊認爲我「應該會說」的話。

山野邊的反應比想像中激烈。他睜大雙眼問：「爲什麼要把本城塞進冰箱？」

「當然是……」我遲疑一下，繼續道：「讓他嘗嘗天寒地凍的滋味。」

山野邊無奈一笑。

「能不能放點音樂來聽？」

山野邊起身走進另一個房間，不久後，拎著一台迷你音響回來。他遞給我數張CD，詢問：

「想聽什麼？」

「對你們夫婦來說，音樂也是不可或缺的嗎？」

「咦？」

「要不然，你怎麼會在這裡準備迷你音響？」這棟公寓只是暫時的棲身之處，不需要任何多餘的家具，所以屋內十分冷清。但在生活基本用品中，竟包含音樂。

「因爲……」山野邊吞吞吐吐，「我們原本打算抓到那男人後，在這裡執行報復計畫。」

「哦？」

「被迫聽刺耳的音樂，不也是一種痛苦？」

「啊，原來如此。」我恍然大悟。以往，我曾多次目睹「刑求」，也就是人類對人類使用暴力的場面。最近遇上的機會較少，但我並不感到陌生。陷入亢奮狀態時，人類往往會做出毀滅他人的暴力行徑，而且手段五花八門。除了肉體上的折磨，我還見過妨礙睡眠或製造震耳欲聾的噪音等方法。

「這確實是方法之一。」

「千葉先生，你不驚訝？」美樹問：「你不擔心我們是眞的想刑求那個人，而不是開玩笑？」

「這個嘛……」我含糊應答，然後聳聳肩。聳肩是非常好用的身體語言，在對方眼中能代表各種意思。此時，我忽然想到，山野邊剛剛是說「原本打算」，意思是已改變心意？他們取消在這裡的刑求計畫？

不過，這些事一點也不重要。我興沖沖地插上插頭，隨手挑一張ＣＤ放進迷你音響後，按下播放鈕。音響中傳出鋼琴與薩克斯風的合奏，我頓時感到心曠神怡。

「你喜歡桑尼・羅林斯（註一）？」山野邊問。

我怕再次做出錯誤反應，不敢出聲附和，只曖昧地點點頭。

「我也是。他有『爵士樂巨人』之稱，相當名符其實。」

「大概幾公尺？」

山野邊噗哧一笑，似乎將我這句話當成無聊的玩笑。

「羅林斯的薩克斯風，就像巨人吹的一樣氣勢磅礴。」

「是啊。」

「隨興、豪放，宛如在天空翱翔。」

「是啊。」

「但ＲＣＡ時期（註二）的羅林斯普遍評價不佳，大家認爲他失去自由自在的特色。」

「好像是這樣。」我配合著答腔。其實，我根本不知道什麼是「ＲＣＡ時期」，八成又是某種分類吧。人類最喜歡依某種特別的定義來區隔、分割時間。

「坦白講，我滿喜歡ＲＣＡ時期的羅林斯。這時期的他受到自由爵士樂風潮的刺激，嘗試許多新的挑戰。不過，羅林斯的樂迷總是異口同聲地說：『那不是羅林斯。』」

「那他是誰？」

「唔，羅林斯。」山野邊皺著眉回答。美樹噗哧一笑。

我再度做出「在對方眼中能代表各種意思」的好用動作，便沉浸在薩克斯風的悠揚旋律中。原來如此，聽起來確實像巨人哼的歌，豪邁又充滿活力。

靠著牆壁聽音樂，果然是種享受。共處一室的山野邊夫婦或坐或躺，臉上各自帶著倦容。看著他們萎靡不振的模樣，我沒有太多感觸。

山野邊取來擱在牆角的攝影機，在我的前方把弄。不曉得他在做什麼，我沒特別理會。直到CD播完，我才開口：「終於輪到攝影機登場？」

山野邊打開攝影機的蓋子，在液晶螢幕上查看錄影片段。相隔一晚，他好不容易鼓起勇氣進行確認。不知何時，美樹在他身旁坐下，同樣盯著畫面。

「搞不好能從影片中找到一點線索。」

「線索啊……」

我隨口回應，正要換一張CD，美樹卻說：「從頭開始播放吧。千葉先生，你也一起來看。」迫於無奈，我只好壓下想聽音樂的心情。

註一：Sonny Rollins（一九三〇～），美國五〇至七〇年代的著名爵士薩克斯風演奏家。
註二：一九六〇年代，羅林斯有一段時期與美國的RCA唱片公司簽約。

影片的開頭，出現昨晚我們闖入的飯店客房。這台攝影機想必一直放在圓桌上。鏡頭微仰，拍到坐在正前方的本城上半身。

畫面外響起記者的話聲：「或許該先跟您說聲『辛苦了』。」

「謝謝貴社爲我準備這間客房。」本城崇答得彬彬有禮。

接著，記者說明這次專訪的主旨，不時穿插「恭喜您洗刷冤屈」、「您在看守所內想必受過不少委屈」、「在看守所初次見面時，我就看出您是沉著冷靜、堅毅剛強的人物」等恭維的話語。此外，還提到兩次「揭發眞相能讓世界更美好」，約莫是他的理念或主張吧。

「請在這裡好好休息，偶爾抽空接受我們的採訪就行。」

本城面無表情地點點頭，環顧四周。

「好不容易獲釋，您一定想去外頭大玩一場……」記者接著道。

「別擔心，我會乖乖待在這裡。」本城崇的態度比記者沉著。「小澤先生也提醒過我，必須待在聯絡得上的地方。」

山野邊或許是認爲我會對「小澤」的身分感到好奇，主動告訴我：「律師。」

原來如此，小澤是本城崇的律師。

「等後天一切結束後，您會回府上嗎？」記者以聊天般的語氣問道，想營造出閒話家常的氣氛，其實聽起來極爲彆扭。

「不，我家附近恐怕會有媒體記者守著。」本城崇回答。

「對了……」記者微微拉高嗓音，「有個您認識的人託我傳話。」

「我認識的人？」本城反問，話聲中不帶感情。

「對方是您的高中同學。」

「高中同學？」本城歪著腦袋沉吟，彷彿根本沒經歷高中生活。

「原來他也有過高中生活。」山野邊低喃。

忽然間，我腦海浮現剛剛聽到的「RCA時期」。

「你和對方見過面？」畫面裡的本城崇面無表情地問。

此時，記者約莫是點了點頭。「某天下班時，一名穿套裝的女子向我搭話，問我是不是記者。她似乎知道我跟您保持著聯繫，不曉得是從何處得到的消息。我正感到狐疑，她又說您獲判無罪後，我會和您見面。她自稱是占卜師，來歷十分可疑，但她聲稱與您熟識……」

「我的高中同學裡沒有這號人物。」本城的眼神如蛇一般犀利。

「那麼，大概是騙子吧。她要我轉交這個給您。」記者遞出一張小紙片。

山野邊目不轉睛地瞪著畫面，「那女的不曉得是誰。」

「就是啊。」

「若有必要，我會打電話聯絡她。」本城接下紙片，身體卻突然停住。

原來是山野邊按下暫停鈕。

「有沒有辦法看出紙片上的字？」美樹湊近畫面。

「在哪邊？」我也仔細端詳，但只分辨出是姓名和電話號碼，看不清到底寫些什麼字。「你們認爲，本城會去見這個陌生女人？」

「也對，他不會冒這種險。」

「況且沒有任何好處。」

「不過，或許我們能從這個女人身上找到一些線索。」

「是嗎？假如能看出電話號碼，事情就好辦了。繼續播放吧。」

若出現不同角度或亮度的畫面，或許憑我的眼力能辨識得出。

山野邊一按，液晶螢幕上的影像再度動起來。我全神貫注地盯著畫面。記者正要將紙片遞給本城，下一瞬間，我立刻明白沒必要這麼費力。

影片裡的記者對本城說：「這位香川實夕子小姐，長得非常漂亮。」

「唔……」我不禁發出低吟。

香川是我的同事，昨晚我才在ＣＤ唱片行的試聽機前碰到她。

「啊，千葉，原來你負責那個姓山野邊的男人？」

特種行業林立的南金剛町一隅，有間地下咖啡廳。我一踏進店裡，便找到香川的身影。這間營業到深夜的音樂咖啡廳，就是她推薦給我的。

她獨自坐在店內最深處的四人桌位。我走過去，在她面前坐下，直接問：「妳的調查對象是本城崇？」她瞪著眼回答：「是啊。」或許是不希望干擾旋律，她輕聲細語，像只動嘴沒出聲。

「妳知道山野邊的事情嗎？」我當然也盡量壓低嗓子，畢竟音樂比說話重要得多。

「多少知道一點，就像你知道本城的事一樣。」

「妳上次提過，是四天前開始調查？」

「但今天才聯絡上本城。」

「妳是顧慮到審判還沒結束？」這意味著，香川早我兩天開始調查。「山野邊想找本城報仇。」

「好像是這樣。對了，本城跟我提過，山野邊到飯店找他時，身邊帶著一個既不像律師又不像保鑣的古怪男子……」香川指著我竊笑。

「方便問個問題嗎？」我回想山野邊夫婦的話，「聽說在人類中，本城崇屬於極度沉著冷靜，做事從不慌亂的類型？」

「就是人類口中的『無血無淚』吧。事實上，他當然有血也有淚。」

「既然如此，他剛離開看守所，還得提防山野邊夫婦的糾纏，爲何願意和陌生人見面？他應該相當冷靜謹慎，妳怎麼卸除他的心防？」我問。

香川打了個呵欠。當然，那不過是讓自己看起來像人類的深呼吸。「很簡單，跟你一樣。」

「跟我一樣？」

「只是依情報部的指示去做。」香川聳聳肩。她的頭髮半長不短，稍微超過肩膀一些。「我把聯絡方式寫在紙條上，交給採訪本城的記者。不久，他就打電話過來，大概也想搞清楚我的來歷吧。情報部還指示我，接到本城的電話時，就說一句話……」

「哪一句話？」

「『轟的車子沒爆炸』。情報部告知，只要講出這句話就能吸引本城注意。」

「原來如此。」不曉得情報部對未來掌握到何種程度，當初轟的車子沒爆炸，是因爲我發現炸彈。這麼說來，難道情報部早料到我會告訴山野邊「打開車門就會爆炸」？這中間的因果關係，有點類似人類經常談論的「雞生蛋、蛋生雞」問題，至今我仍沒有結論。

「如同情報部所言，本城主動與我見面。當然，他依然十分提防我。」

根據香川的敘述，她和本城約在某摩天大樓的瞭望台，對他說：「電視上的你帥氣十足，我忍不住想幫你忙。我可以爲你占卜。」這自然也是情報部指示的台詞。

「帥氣十足？」

「人類往往會對電視上出現的犯罪者產生崇拜之心。或許是基於認同感或同情，衍生出類似憧憬的心情吧。本城崇沉著冷酷，有些人類似乎把他當成偶像。」

「妳假裝是他的崇拜者？」

「這種輕浮又虛假的理由，有時比冠冕堂皇的藉口更能取得人類的信任。」

「本城相信妳？」

「很驚訝吧？不過，當我告訴他，我是靠占卜得知轟的車子一事時，他露出不屑的表情。」

「想必他不會理睬這種可疑的說詞。」
「但事實是，我知道轟的車子沒爆炸。他肯定非常在意這一點。」
「原來如此，他大概認為妳有利用價值。」
「我眞搞不懂。」
「搞不懂什麼？」
「他的眼神實在古怪。雖然相處的時間很短，我看得出他非常聰明，只把其他人類當成道具。」
「他沒有良心。據說每二十五人中就有一人。」
「沒有雙親？那他怎麼出生的？難不成他是複製人？」
「不是雙親，是『良善心靈』的良心。」我複述山野邊的解釋。「這種人被稱為『精神病態者』，完全不顧他人死活，而且沒有做不到的事情。由於不在乎他人的感受，所以能放手去做任何想做的事情。」
「確實會有這種人類。」香川附和，「像是綁架一個無辜女人，揍得她面目全非，還笑嘻嘻地施加各式各樣的凌虐手段。」
「本城也是這種人吧。」
「不過，我認為不在意他人、缺乏良知的人是最強的。」
「因為什麼都辦得到？」
「沒錯，而且這種人擅長找把柄，好陷害或利用別人。這麼一想，最後能存活下來的，多半是自私自利的人類，不是嗎？」

「怎麼說？」

「生物界的法則，不就是強者才能存活？記得有句成語……」

「弱肉強食？」

「物競天擇。」香川繼續道：「奇怪的是，現在存活的人類不全是這種類型。」

「這樣一想，確實有點奇怪。」我點頭附和。

「爲何不是只剩下自私的人類？」香川沉吟片刻，困惑地說：「難不成剩下的二十四人，也不是省油的燈？」

理論上沒錯，不過眞是如此嗎？「妳說的也對，按理世上應該只會剩下本城這種人。」

「是吧？以進化的過程來看，這是必然的結果。」

接著，我們便不再交談，專心欣賞音樂，偶爾拿起杯子啜飮一口。

一首漫長的曲子結束，店內忽然冷清許多。明明燈光依舊，我卻有種周圍變得昏暗的錯覺。眞正的夜晚與黑暗，並不會造成我的困擾，但驟然止歇的音樂卻會帶來莫名的不安。

此時，我突然想起一件事。「對了，那個人在哪裡？」

「誰？」

「本城。妳爲他安排藏身地點，對吧？」

「嗯，是啊。我依情報部的指示，建議他躲在一幢沒人住的透天厝，但是……」

「但是？」

「他拒絕了。看來，他一點也不相信我。對我提供的場所，他絲毫不感興趣。」

「要是他欣然接受，這男人大概沒什麼大不了。」

「不過……」香川接著道：「要是不清楚他躲在哪裡，調查工作沒辦法進行。於是，我尾隨在後，查出他的棲身之處。」

「在哪裡？」

「一座大宅邸。」

香川背出地址。位於猿塚町，屬於高級住宅區，離昨天那間飯店不遠。據香川描述，那是占地寬廣、門面氣派的豪宅。

「那是本城的家嗎？」

「好像不是。那裡住著一個姓佐古的老人，本城跟他有交情，但不是親戚。」

「佐古欠本城人情？」

「大概吧。」

「去問情報部應該能得到答案。」

「我不想對情報部低頭，八成是本城握有佐古的把柄吧。千葉，你會告訴山野邊，本城躲在佐古家嗎？」

「我幹嘛這麼做？」

「也許……對你的調查工作會有幫助？」

「那倒不見得。不過，遇上非提供線索不可的場合，我會拿出來充數。妳呢？打算怎麼進入佐古家？」

「上門造訪太不自然，我想透過電話聯絡，或利用本城外出的機會。話說回來，其實我已調查得差不多。」

「反正一定是『認可』。」

「千葉，你也是吧？」

香川望著杯中的水，忽然指著浮在上頭的冰塊。

「對了，你知道嗎？冰塊會浮在水上，是因爲有浮力。」

「哦？」這麼一提，我似乎聽過這個字眼。

「物體進入水中，就會產生浮力。嚴格來說，就是水會產生往上推的力量。最有趣的是，浮力大小與物體的重量無關。」

「什麼意思？」

「既然是幫助物體浮起的力量，多數人會以爲跟物體的重量有關。其實，跟浮力有關的不是重量，而是體積。物體的體積愈大，產生的浮力愈強。」

「那又怎樣？」

「假設在杯子裡裝滿水，再放入冰塊。」

「我可不會幹那種事。」

「我知道。當冰塊融化，杯裡的水變多，不是應該會溢出杯外？實際上，水位不會改變，更不會滿溢流出。背後的原因，就是我剛剛提及的浮力。」

「妳想告訴我，這就是浮力的職責？」

「沒錯。冰塊雖然消失，整體的水量卻沒變化，你不認爲跟人類的死亡有異曲同工之妙嗎？」

「不認爲。」我實在想不透，她怎會把浮力和人類扯在一起。腦海冒出落水身亡的人類，但似乎與她說的無關。

「一旦死亡，人類就會從世上消失，總量卻不會減少。」

「原來如此。」死了一個人，既不會引起社會關注，也不會對整體人類造成影響，我同意這一點。告訴香川後，她回答：「你的看法也沒錯，但我想表達的是，人類就算死去也不會消失。」

「妳指的是，人類拿來安慰自己的『幽靈』或『鬼魂』？就算死亡，靈魂也會留下，所以不會消失？」

香川笑道：「不是的，人類不是會記住死去的親友嗎？我只是在想，會不會是以這種形式留在世上。」

「就像冰塊融化後，會和水混合在一起？」

「沒錯，亡者會融入其他人的記憶，因此總量不會減少。」

「總覺得這種想法有些古怪。」我直率地說出感想。「不過，我對浮力頗有好感。」

「頗有好感？對浮力？」

「這傢伙不是非常盡責嗎？只要是腳踏實地認眞工作，我一向都很欣賞。」

「若說那是浮力的工作，倒也沒錯。」香川意興闌珊地低語。

回到山野邊夫婦的公寓，美樹忽然衝到我面前說：「千葉先生，你快進來準備，我們馬上出發。」

「出發？上哪去？」我在門口脫掉鞋子，穿過走廊。山野邊站在冷清的屋內，笑著告訴我：「終於逮到他的行蹤。」

看來，還沒說出香川給的情報，他們已知曉。但我並不失望，也不吃驚，只煩惱該擺出怎樣的表情。

「箕輪打電話來。」美樹解釋。跟昨天一樣，她穿黑毛衣和黑長褲。

「啊，原來是箕輪。他又獲得新消息？」前天告知他們本城躲在飯店裡的，就是箕輪。

山野邊忙著整理手邊的圓鼓形大袋子，在做出發前的準備。往袋裡一瞧，裡頭塞滿小型電流槍及電擊棒。收拾完攜帶物品，他拉上拉鍊。

「這是流行嗎？」我問。

「流行？」

「隨身攜帶電擊棒。轟不也是遭電擊棒攻擊？」

「唔，要讓人失去抵抗能力，這是最簡單的方法。如果有槍更好，對手會心生懼怕。」

「那是自殺用的東西。」

「咦？」

「手上一旦有槍，可能還沒殺死敵人，就先殺死自己。」

「什麼意思？千葉先生，你對槍也有研究？殺死自己是怎麼回事？」

我回想著同事的原話，回答：

「你知道在槍械合法的國家，民眾爲何要買槍嗎？」

「是指美國嗎？因爲治安不好，隨時會遇上強盜或色狼，需要槍自我防衛。」

「沒錯，但有件事你不曉得。」

「哪件事？」

「實際上，一旦持有槍械，自殺的風險會大幅上升。」

「自殺？」

「電視上每天報導駭人聽聞的案件，民眾當然會產生保護自己的念頭。但手邊有槍後，比起遇上歹徒，發生意外或自殺的風險更高。」

「是嗎？」

「我也是聽說的。」根據我當時聽到的內容，持槍率偏高地區的自殺率，比持槍率偏低地區的自殺率要高得多。而禁止買賣槍械的地區，不僅自殺率極低，凶殺案也大幅減少。由於我的工作與人類的死因有著密不可分的關係，這一類資訊我記得非常清楚。

「可是，日本並未開放民眾持有槍械，每年仍有三萬人自殺。」

「等開放持有槍械，這數字會攀得更高。簡單來說……」

「簡單來說？」

「人類會對能掌控的事物感到安心。」

「安心？」

「槍在自己手上，何時使用是自己的自由。既然由自己決定，自然不會有任何危險。這就是一般人的想法。在一般人心中，無法預期的恐怖暴力事件更可怕。正因如此，大夥才會想擁有槍械。沒人認為槍械會誘發自殺，大夥都認為自己能完全掌控手中的槍械。」

「難道不是嗎？」

「任何人都會有突然想一了百了的時候，要是手邊有槍，自殺的機率會驟升。」

「但是，這與槍械並無直接關聯。即使手頭沒槍，還有很多方法自殺。」

「用槍的失敗機率很低。」

「什麼意思？」

「除非發生特殊狀況，否則通常是當場死亡。採取其他自殺方法，還有可能挽回，用槍根本毫無轉圜餘地。只要沒槍，自殺率便會下降。」

「千葉先生，你怎會知道這些？」

「算是專業知識吧。」

「專業知識？」

「我老家是開加油站的。」

「或許你說的對，就像一般人都以爲自己開車比搭飛機安全。」

「正是如此。」我指著山野邊，「車禍事故一天到晚隨時在發生，頻繁的程度遠超過一般人的想像。相較之下，飛機卻極少發生死亡事故。然而，大夥都認爲開車比搭飛機安全，你曉得其中原由嗎？」

「因爲能夠自己掌控？」

我點點頭，「這就是高估能力的下場。」

「高估能力？高估誰的能力？」

「自己的能力。」同樣的現象，也發生在這時代的人相對熟悉的香菸或麻藥之類的成癮物上。吸食者總是太過信任自己，認爲自己能控制用量，最後往往無法自拔。其實，人類具備的不是控制自己的能力，而是爲失控尋找藉口，及在失敗後變更目標的能力。

「我明白你的意思，不過，我慶幸手頭沒有槍，還有另一個理由。」山野邊喃喃道。

「哦？」

「假如我手上有槍，站在那男人面前時，我不敢保證能忍住不開槍。」

「開了槍，會造成不好的後果嗎？」

「讓他死得太輕鬆，難消我心頭之恨。」山野邊咬牙切齒。

原來如此，山野邊的報仇不是一顆子彈就能解決。

「你們在聊什麼？我準備好了，快出發吧。」美樹不知何時來到一旁。

山野邊站起身。「千葉先生，你要不要跟我們一起去？」

「當然。」雖然繼續觀察他們的復仇行動不會影響調查結果，我還是得盡量待在他們身邊。畢竟這是我的工作。

「那男人躲在律師安排的出租公寓。」山野邊告訴我。

「出租公寓？不是獨棟住宅？」

「對，是出租公寓。」

我沒再答腔。山野邊見我沉默，似乎會錯意，自顧自道：「你放心，我們不會直接衝進公寓。昨天剛發生飯店那件事，就算我們過去，他也不會乖乖開門。」

確實如此。第一次面對面時，本城已得知山野邊夫婦打算對付他，接下來肯定會更謹慎小心。

「箕輪說，那男人今天在公園有約。」

「公園？」

「濱離宮恩賜庭園，你聽過嗎？」

「庭園？」

「名爲庭園，其實是座公園。從前是一座位於新橋、汐留一帶的庭園，後來改建成公園。今天，那男人會在園內的水上巴士停泊處和某人見面。」

「哦，對方是誰？」

「這就不清楚了。」

我陷入沉思，沒再與山野邊交談。我需要一點時間整理互相矛盾的訊息。

山野邊聽到的消息，跟我聽到的消息不同。

香川告訴我，本城躲在位於猿塚町的獨棟豪宅，屋主是個姓佐古的老人。

箕輪卻告訴山野邊，本城躲在出租公寓。

我再怎麼對人類的事情孤陋寡聞，也曉得獨棟豪宅與出租公寓的不同。

香川不可能對我撒謊，她沒有理由這麼做。

由此可見，箕輪給山野邊的消息是錯的。背後有兩種可能。

箕輪掌握的是錯誤情報。

不然，就是箕輪故意撒謊。

前者並不稀奇，因爲人類經常犯錯。後者也不稀奇，因爲人類經常撒謊。

車子在壅塞的道路穿梭，我們的話漸漸變少。迴盪車內的音樂，宛如以鋼琴聲包覆輕快的歌聲。我彷彿看見音樂在前座那對沉默寡言的夫婦頭髮上彈跳。

我聽著雨刷摩擦擋風玻璃的聲響。雨勢雖然不大，但絲毫沒有止歇的跡象。一顆顆雨滴撞在玻璃上，碎裂四散。

「天空明亮了些，但雨就是不停。」山野邊自言自語。

「沒那麼容易停。」對於這一點，我相當有自信。每次爲工作來到人間，往往在下雨。就算沒下雨，也是烏雲密布，空氣中飄著眼睛瞧不見的雨霧。「好想看一看太陽。」

「千葉先生，太陽總會露臉的。要是雨眞的下個沒完，後果不知會多麼嚴重。」

「眞的嗎？」我懷疑自己根本沒機會目睹太陽的出現。

「這麼一提，我也有些不安。」坐在副駕駛座的美樹轉頭說：「我們認爲明天早上太陽一定會升起，但那只是我們一廂情願的想法，根本沒有證據。」

「唯一能肯定的，就是人遲早都會死亡。」

「千葉先生，你怎麼老愛提這種讓人難過的話題？」美樹責備道。

「另外，還有一件能百分之百肯定的事。」

「哪件事？」

「每個人都活過。」

「什麼意思？」

「每個人都有生日。」

「那又怎樣？」

「我只是覺得，既然要談這個話題，不如想得樂觀些。」

約過二十分鐘，山野邊的手機響起。山野邊拿起手機一瞧，遞給坐在副駕駛座的美樹。「箕輪打來的，妳接吧。」

「喂？」美樹按下通話鍵，手機另一端傳來一句：「我是箕輪。」我全神貫注地觀察手機周圍的空氣，將手機的電波復原成聲音。

「山野邊在開車，我替他接電話。」美樹的語氣異常平淡。

「啊……好久不見……久疏問候……」箕輪似乎有些狼狽，吞吞吐吐道：「那時造成不愉快，我感到相當抱歉……」

「不，是我太小題大作。」美樹回答，大概是指女兒過世時箕輪的採訪行為吧。「我們正趕往濱離宮恩賜庭園。由導航器看來，大概還需要……」

「十五分鐘。」負責駕駛的山野邊應道。

「大概還需要十五分鐘。」

「噢，那很好……」

「那很好？箕輪，這是你提供的消息，怎麼說得事不關己？」

「話是沒錯……」箕輪欲言又止。我試著分析他話中的種種情感，或許有點像人類喝下葡萄酒後猜測產地。他並非「警戒」或「詫異」，比較接近「懷疑」或「迷惑」。

「山野邊眞的打算過去？」箕輪接著問。

山野邊握著方向盤，凝視前方的擋風玻璃，彷彿在說服自己般呢喃：「我們夫婦堅持要行動，於是箕輪百般勸阻，這是最健全的狀態。」光是聽美樹的回應，山野邊便大致猜到箕輪的意見。

「我不認爲報仇是壞事，但要是做出違背常理或犯法的舉動，你們可能會惹上麻煩。這才是我最擔心的情況。你們明明沒做壞事，爲了報仇變成眾矢之的，太划不來。」箕輪似乎是透過美樹與山野邊對話。

「箕輪，你是想勸我們打退堂鼓嗎？但你的論點實在一點說服力也沒有。」

前天箕輪提供本城躲在飯店的消息時，說起話也是像這樣不著邊際。

箕輪沉默半晌，應一句「或許吧」。他似乎不是刻意逃避問題，是在反問自己「爲何要把消息告訴山野邊」。

「我不知道怎麼做才對。不過，我希望就算使用暴力手段……」

「也該手下留情？」

「不，我不是要你們手下留情，而是希望你們別爲此賠上後半生。」箕輪的語氣幾近懇求。

「咦？」

「動手前，請多爲自己的人生想想。」

美樹不知怎麼回答，愣了一下，移開手機對山野邊說：「箕輪希望我們『別爲了報仇糟蹋後半生』。」

美樹的口吻像在傳達重要訊息，不帶絲毫調侃或取笑意味。

「我們的人生早就糟蹋殆盡。」山野邊語帶自嘲，「箕輪嘴上這麼勸，心裡其實很明白。妳告訴他，等一切結束，我們會搬到南洋的小島安享晚年。」

美樹照著這些話向箕輪轉述。

「這種陳腐的皆大歡喜結局，寫在小說裡不知有多糟糕。」箕輪有氣無力地笑道。

「他說，在南洋小島安享晚年是老套的結局。」美樹轉述箕輪的話。

山野邊瞇起眼。「寫在小說裡是老套的結局，發生在現實中卻是不得了的大事。」

這通電話到此結束。

「最後這句是什麼意思？」我問山野邊。

「這是我和箕輪聊過的話題。舉個例子，假設電影出現『主角爲了救孩童遭車子撞死』的老套劇情，觀眾一定會想打瞌睡吧？」山野邊解釋。

「是啊。」我嘴上這麼說，其實一點也不在乎觀眾會不會打瞌睡。死亡就是死亡，不會因死亡的方式有所不同。

「然而，現實中要是發生這種事，卻一點也不老套。」

「你的意思是，這樣的行爲很令人感動？」

「唔，感不感動是一回事。我想表達的是，這也是一種相當深刻而沉重的『死亡』。所謂的老套，並不存在於現實生活中。若爲了拯救他人犧牲生命，是非常了不起的事情。」

我不懂到底哪裡了不起，嘴上仍回答：「眞有道理。」

能夠找到停車位，實在算是運氣好。山野邊原本開著車子在公園附近緩緩前進，遭後頭車輛按了兩聲喇叭。山野邊嚇一跳，趕緊左轉，鑽進一條小巷。這條巷子的右側是一長排圍牆，不像一般道路。路面呈平緩的彎曲，彷彿永無止境，看不到終點。

「走到底恐怕是死胡同，」美樹看著汽車導航系統的地圖畫面，「這似乎只是一條通往市場的小徑。」

「一般車輛無法通行嗎？」山野邊試探性地詢問。

「不過路幅還算寬，就算路邊停車，也不至於造成影響。」

聽到美樹的建議後，山野邊點點頭，靠邊停車。

雨依舊下個不停，但小得看不見雨絲，像瀰漫在空氣中的霧水。下車後，山野邊夫婦並未撐傘。

我們步行回到大馬路，美樹指著前方。在一座小橋的另一頭，有一大片寬廣的空地，那大概就是公園吧。我們走上橋往下望，河面雖然不寬，但停泊著幾艘小船。山野邊夫婦的閒聊中提及，這條河是流向東京灣。

公園大得令人咋舌。付完入園費，踏進公園，放眼望去全是綠色植物，背後則是高速公路的高架橋及一棟棟新建高樓大廈。前方是遼闊的庭園，後方卻是典型的都市景色，受這樣的落差吸引，我不停交互觀看。

「這裡眞遼闊。往昔似乎是德川家的庭園？」

「原本是貴族利用老鷹來狩獵的場所，大小相當於五座東京巨蛋。」

聽到山野邊這句話，我插嘴問：「你們爲何喜歡拿東京巨蛋當衡量的標準？」

之前我從未聽過這種說法，最近這個國家的人類總愛如此說明地方的大小。

山野邊皺起眉，笑著回答：「以東京巨蛋來計算，比較容易想像。若改成迪士尼樂園之類的，會有點摸不著頭緒。」

「換成說五十萬個菸盒，也搞不清楚到底有多大。」美樹瞇起眼。

「原來如此。」我決定放棄理解這個現象。

山野邊取出入園時拿到的地圖，對照看著道：「依箕輪的情報，那男人會在水上巴士停泊處和某人見面。」他指向前方，「就是那裡吧？」

「可是……」美樹突然有些緊張，壓低音量：「我們會不會來得太草率？公園這麼寬廣，我們馬上會被發現。」

美樹的擔憂是正確的。姑且不論本城的來意，這座公園實在太大，本城偶然轉個頭，很可能就會看見山野邊夫婦。他昨天好不容易逃脫，此時見到他們，八成會拔腿就跑。

「我以為你們早就考量到這一點。」

「千葉先生，我們不像你這麼冷靜，根本沒想太多。」山野邊應道：「事到如今，只能盡量保持低調，祈禱別被發現。」

「萬一被發現，該怎麼辦？」美樹問。山野邊沒作聲，望向揹在肩上的袋子，似乎裡頭的電擊棒就是答案。

接著，我們筆直前進。以方位來看，應該是朝向東南方。

地面潮濕泥濘，到處是積水。就算雨下得再細再小，時間一長地面還是會濕漉漉。因此，即使是毫無存在感的雨，也會留下惱人的痕跡。

走了一會兒，左右兩側出現高度約至肩膀的樹木。樹枝彎曲盤繞，宛如人類的手腕，舉在半空不知想抓住什麼東西。

「這排梅樹看起來像模樣古怪的活人。」美樹開口。
「不知是在列隊歡迎我們，還是在挑逗我們的邪惡心腸。」
「復仇算是邪惡心腸的表現嗎？」我問。
山野邊沒料到我會冒出這一句，他愣一下，說道：「唔，在一般人眼中算是壞事。」
「但我們不這麼想。」美樹接過話。
山野邊避開地面積水前行，我則直接踩過，任憑鞋子濡濕。美樹在水窪之間跳來跳去，邊詫異地看著我的腳，大概是覺得我很奇怪。我不明白鞋子弄濕有何不妥，不知該怎麼反應。
「說起德川……」我刻意找了個話題，引開他們的注意力。反正他們剛剛提到此處原本是德川家的庭園，我突然聯想到這一點，應該不會太突兀。
「千葉先生，你又要炫耀歷史知識？」山野邊微微轉向我。
「我上次不是提過報仇制度嗎？」
「江戶時代？」
「對，當時存在著合法報仇的制度。忘記是第幾代德川，或許是初代，總之謠傳有個高高在上的人說出一句話……」
「什麼話？」山野邊問。雨勢雖然不大，但霧水附著在他的髮絲上，髮型變得又塌又扁，看起來年紀小了許多。
「『報仇既非勇敢的證明，亦非武士的榮譽』。」
「咦？」

「意思是，報仇既不勇敢，也不是件光榮的事？」
「某個高高在上的人說的。」
「那個人是誰？德川將軍嗎？」
「頭銜不重要吧？」
「不過，這句話到底想表達什麼？」走在我身旁的美樹問。
「提醒大夥不要拘泥於『勇敢』或『光明正大』吧。只要能成功報仇，借助女人的力量也無所謂。」
「借助女人的力量也無所謂？」山野邊一笑，「也就是說，不要管面子或名聲？」
「報仇的重點在於速戰速決，不必拘泥非得親自動手不可，就算找人幫忙也不會被當成卑鄙小人。」
山野邊與美樹互看一眼。這對夫婦經常不發一語，以眼神進行溝通。此時，他們同時瞇起眼，一個說「眞是爽快俐落，一點也不矯揉造作」，另一個則說「眞佩服這種豁出一切的精神」。
事實上，我也有同感。過去我曾目睹不少企圖報仇卻飲恨失敗的例子。這些人多半是在準備給對手致命一擊的瞬間，突然下不了手，內心產生罪惡感，導致功虧一簣。他們的失敗不太會影響我的工作，所以我並不失望，也沒任何感慨。然而，有時我會忍不住想，既然決定要報仇，爲何不能一鼓作氣，還要猶豫老半天？
「千葉先生，你的話讓我受益良深。」

山野邊的口氣有些輕挑，我以爲他在開玩笑。「只要能達到目的，我不惜使用任何手段。」他又信誓旦旦補上一句，我才明白他是認眞的。

「沒錯，而且要速戰速決。」

我們在泥濘的地面上不斷前進，放眼望去，隨處可見引導標誌，其中不乏指示水上巴士方向的箭頭。

「本城很可能在那裡，不如我先去探探狀況？你們貿然行動，搞不好馬上會被發現。」我提議道。

山野邊一聽，神情突然僵住。

「怎麼啦？」我問。

「我又想起上次提過的那件關於家父的事……當時他也說要先探探狀況，便走進鬼屋……」

「再也沒回來？」

「不，最後他回來了。」

仔細想想，這確實跟我剛剛的提議有幾分相似。

「請問……」

我們又走了一會兒，突然冒出虛弱的呼喚聲。轉頭一瞧，一個年輕外國女人不知何時來到我們身邊。這外國女人穿粉紅襯衫搭牛仔褲，撐著透明雨傘，顯然是觀光客。

「方便幫個忙嗎？」她以生澀的日語說道。

「幫忙？」面對突如其來的狀況，山野邊夫婦有些錯愕，口氣卻相當溫和。

「請跟我來……」外國女人說著簡單的日語，指向左方一隅。那邊種滿深綠及明亮的黃綠樹木，簡直像野生的樹叢，跟庭園中央經過整齊規畫的景色完全不同。那些環繞公園外圍的茂密樹叢，或許發揮了圍牆的效果。

樹叢後頭就是河川，河面上想必停泊著小船。

「發生什麼事？」山野邊問。那名臉孔修長的金髮外國女人指著左側樹叢說：「倒在地上。」她的日語雖然彆扭，但不難聽懂。

「是不是有人身體不舒服？」美樹問，女人點點頭走過去。雖然是樹叢，其實範圍很窄，樹木間看得到示意公園邊緣的繩索。

金髮年輕女人轉頭說「這邊」，繼續往前走，山野邊跟在後頭。

女人緊繃著臉，山野邊夫婦以為她遇上突發狀況太過焦慮，毫不猶疑地尾隨，走進隱密的樹叢中。雖然樹叢的範圍只有短短數公尺，卻大大偏離山野邊夫婦原本的路線。

這女人要是不懷好意，不知山野邊打算如何應對？

依箕輪提供的情報，本城在公園某處。此時此刻，突然冒出一個陌生人前來搭訕，八成是本城的同夥。即使稱不上同夥，至少是受本城指示採取行動。當然，兩者可能毫無關聯，但我的懷疑合情合理。

爲何山野邊會毫無防備，我實在無法理解。

外國女人逃走了。她踏進樹叢，確認山野邊夫婦和我都跟上後，突然拔腿就跑。我想應該要追過去，便跟著往前跑。但我察覺周圍有其他人類的氣息，立刻停下腳步。

很顯然地，外國女人只負責將山野邊夫婦引入樹叢。她神情畏縮，甚至不敢與我們視線相交，恐怕是受到威脅，例如「把那三人帶到這裡，不然妳男友就會沒命」之類的吧。

就像輪班制一樣，女人離開後，深綠樹木的陰暗處走出兩個男人。

兩個都是年輕人，覆著頭巾，分別穿材質光滑的紅、藍雨衣。

今天陰雨綿綿，雨衣一點都不顯得突兀。原以爲他們是觀光客，我卻突然聽見劈啪聲響。

兩個男人拿著比手機稍大的機器，前端不斷冒出火花。

穿藍雨衣的男人湊近美樹，舉起電擊棒。他戴著墨鏡和口罩。

穿紅雨衣的男人走到山野邊面前，同樣因墨鏡和口罩而看不出表情。他身材魁梧、體格壯碩，手中的電擊棒不斷發出閃光及震動空氣的聲響，我不禁聯想到燒得正旺的營火。

山野邊明顯流露懼意。他像遭受驚嚇的野獸般渾身僵硬，一步步後退。或許這是動物的本能。面對電擊爆裂聲及火花，山野邊感受到危險。

「你們是誰？」山野邊戰戰兢兢地問。

「那男人的同伴嗎？」美樹也相當緊張。

「是本城派你們來的？」我向眼前穿紅雨衣的男人問。

「本城？我們確實是受到委託，但不曉得對方的名字。」年輕人回答。他的嗓音頗尖，殘留著一股稚氣。

「哦，是怎樣的委託？」我問。

山野邊忽然靠近美樹，試圖以身體當盾牌，保護妻子。他剛要移動，卻突然放聲大叫。那確實是山野邊的聲音，但與平常的說話聲不同，更接近動物的嘶吼。

電擊棒抵著山野邊的腰，他痛得蹲在地上。

「很痛吧？怕痛就乖乖別動。」穿紅雨衣的男人走上前，迅速取出膠帶，封住山野邊的嘴。他手腳俐落，非常熟練。山野邊並未昏厥，但受到電擊發不出聲，只能乖乖就範。

美樹想衝過去救他，穿藍雨衣的男人卻擋在眼前。

對方的手指放在嘴唇上，示意「別出聲」，另一手中的電擊棒又發出閃光。天空下著細雨，似乎並未影響這具武器的性能。

「大庭廣眾下，你們想幹嘛？」美樹咬牙切齒。穿紅雨衣的男人毫不理會，持續捆綁山野邊。

「沒錯，門口有管理員，你們怎麼把人帶出去？」我不禁好奇。門口管理處的建築物不大，管理員數量應該不多，但強行將人帶出公園，容易引來側目。

雨衣雙人組望著我，彷彿現在才發現我。「別動，電擊棒往身上招呼不是鬧著玩的。」穿紅雨衣的男人警告。美樹稍稍強硬地說：「是啊，雖然不像電影演的那樣能電昏人，但會痛得無法動彈。」

「妳對電擊棒有研究？」

「我的畢業論文，寫的就是電擊棒。」美樹顯然是在逞強，但不願屈服於恐懼的態度引起對方的戒心，穿藍雨衣的男人拿膠帶往她嘴上貼時，格外謹慎小心。

「沒有黃色嗎？」我問。既然有紅、藍雨衣，當然得有個黃色，才能組成紅綠燈。

兩個男人再次望向我。穿藍雨衣的男人取出腳鐐之類的東西，扣在美樹的腿上。那玩意掛著鍊條，不時發出叮噹聲響。雖不曉得原本的用途，但拿來束縛人類手腳相當合適。

我轉頭一看，山野邊的腳上也扣著這玩意。

照這局面看來，他們打算強行帶走山野邊夫婦。我不禁有些煩惱，擔心他們不願給我相同的待遇，連我也一併帶走。萬一被丟在這裡，我依然能向情報部索討指示來應付窘境，可是我實在不願低頭。

倏然間，我察覺背後有人類靠近。

立即回頭迎敵，對我來說是輕而易舉。不過，我認爲任對手擺布反倒有助事態發展，於是按兵不動。站在背後的男人以某樣東西碰觸我的腰，我感到莫名其妙，低頭一瞧，又是電擊棒。

「這年頭果然流行攜帶電擊棒上街！」我忍不住想與山野邊分享。

對方並非如我預期穿黃雨衣，而是接近透明的白雨衣。跟其他兩人一樣，戴著墨鏡和口罩。

穿白雨衣的男人舉起的電擊棒，前端不斷發出劈啪聲響及閃光。他再次將電擊棒抵在我的背上。

「啊……」我恍然大悟，「原來你們不是紅綠燈，是理髮廳招牌。」

理髮廳門口的圓柱型招牌，不正是紅藍白三色？

「咦？」穿白雨衣的男人納悶地看著電擊棒，不停按下開關。

「哪裡不對勁嗎？」話剛出口，我再度恍悟。由於我沒有絲毫痛苦的樣子，他懷疑電擊棒故障。我心裡一慌，趕緊哀號一聲，趴倒在地。怕做得太假他們不信，我又補一句「饒命啊」。

經過反省，我承認演得太誇張。但不得不說，這種情況下要表現得恰到好處，實在是門高深的學問。

Day 4

第四天

我在陌生的房間醒來，坐起上半身，只見窗上罩著百葉窗簾，縫隙之間隱隱透出白光，顯然是白天。低頭一瞧，我躺在一張寬大的沙發上。接著，我在另一張沙發上找到美樹的身影。既然沒有床，這裡可能並非飯店客房。

我一移動身體，便響起叮噹聲。往下一看，腳踝上扣著一樣東西。

那是兩個圓形的金屬環，分別扣在左右腳上，以鐵鍊連接。環上的鑰匙孔，彷彿正嘲笑著我的愚蠢。

鐵鍊限制雙腳的自由，但步伐小一些，還是能勉強移動。於是，我離開沙發，走到窗邊，撥開百葉窗簾。

眼前是條大馬路，對面是高樓大廈。雨水在玻璃上畫出一條條直線，窗外的景色頓時扭曲變形。

我走近另一張沙發，喚醒美樹。她同樣扣著腳鐐。剛睜開眼睛時，她搞不清狀況，情緒相當激動。但一會兒後，她便撫摸著鐵鍊，苦笑道：「這副腳鐐做得眞棒，不知哪裡買得到？」不是她太游刃有餘，聽得出語氣中帶著幾分自暴自棄與絕望。

「大概是『捆綁購物網』之類的網路商店吧。最近網路上什麼都買得到，何況在喜愛ＳＭ的人眼中，這種東西並不稀奇。話說回來，怎麼沒綁住我們的手？」

「會不會是手銬正好缺貨？要不然就是只找到專賣腳鐐的網站，所以沒賣手銬。」
「或許他們相當有自信，認爲就算我們雙手自由，也無法解開腳鐐。」
沙發旁的電子鐘顯示著早晨七點。如果上頭的日期是正確的，此時是我們在公園遭電擊棒攻擊的隔天。
但時鐘會不會故障？會不會早就過了上訴期限，而檢察官已提出上訴？想到這一點，我頓時寒毛直豎。比起生命安全，我更害怕這一點。如果檢察官提出上訴，下次報仇的機會不知得等到何年何月。我們夫婦的精神狀況，恐怕承受不住漫長的等待。
我回想起在濱離宮恩賜庭園的情景。當時遭受電擊，我痛得幾乎無法呼吸，蜷縮在地。而後，他們捆綁我的手腳，以膠帶貼住我的雙眼和嘴巴，將我塞入類似睡袋的袋子。
遭受電擊的症狀消失時，我被固定得像隻毛毛蟲，根本動彈不得。美樹及千葉的處境如出一轍，也遭到「打包」。
那些穿雨衣的男人並未保持沉默。隔著袋子，聽得見他們不時低聲交談。
他們扛著裹在袋裡的我，往公園外移動。
公園的側面沒有圍牆，但有河川環繞，像是護城河一樣。而他們便是利用這條河川，把我帶出公園。
有人輕聲說了句「慢慢放」，接著我感覺身體緩緩下墜。若從外頭看，我肯定像隻吊在半空的巨大蓑衣蟲。
透過種種感覺，我曉得自己被他們放入停在河面的小船。他們把我固定在堅硬的船底，不久，我便聽見引擎的發動聲。

又過一會兒，他們把我拉出袋子。四周一片昏暗，似乎是倉庫之類的建築物內部。「要不要上廁所？」一個年輕人走過來問我，邊撕下我眼睛和嘴巴上的膠帶。他撕得又輕又慢，我的皮膚仍微微刺痛。我無奈地搖頭，他忽然拿出一個小包裝的果凍飲料，將吸口對著我說：「請喝吧，別餓著了。」或許是他十分客氣，我居然毫不猶疑地喝下。片刻後，我才驚覺飲料裡可能摻有安眠藥。

腦袋昏昏沉沉，彷彿意識從肉體蒸發殆盡，我反射性地想到「死亡」這個字眼。久違地想像自己的死亡，我有種悶得喘不過氣的感覺。去年菜摘離世後，我就不曾思考關於自身的死亡。如今這思緒重回心頭，竟再也無法抛開。

人死後會去到哪裡？

「人死後會去到哪裡？」

腦海中響起這道聲音。

那是幼時的我，在某個晚上哭著問父親的問題。

人死後會去到哪裡？

或許哪裡也不去吧，這是我目前的結論。人死後，意識消失，什麼也無法思考，變成「無」的狀態。世上還有更可怕的事嗎？

那就像永遠獨自蹲在漆黑的房裡。不，甚至更可怕。

我置身在袋裡，腦中盤繞著無數思緒，恐懼得幾乎快昏厥。事實上，如果能眞的昏厥，不知該有多好，但我只能在無窮無盡的思緒中不斷說服自己「一點也不可怕」。

沒錯，死亡一點也不可怕。

我憶起逝世的父親。

還來不及確認是不是回憶幫助我消除恐懼，我已陷入沉睡。再度醒來時，便身處在這個房間。

「他們到底在打什麼主意？」美樹問。她不是畏怯，話聲中充滿遭比賽對手先馳得點般的憤怒。

此時門突然打開，看來隔壁還有房間。

兩個男人走進來，一個穿藍雨衣，一個穿白雨衣。昨天以電擊棒攻擊我們的就是這兩人。或許是他們在室內穿雨衣的緣故，看起來猶如幻覺，毫無眞實感。接著，我又發現他們都穿長靴。不僅如此，還戴著雨帽、防風鏡，口罩及橡皮手套。

簡直是全副武裝。不管是天花板漏雨或地板滲水，他們似乎都不會感到困擾。

「對了，千葉先生呢？」美樹忽然問道。確實，房裡找不到千葉的身影。我不禁懷疑，打一開始千葉就不存在。正因是幻覺，言行舉止才會那麼古怪。如此一想，一切都說得通。這幾天來，即使站在千葉身旁，我仍有種「我們並非呼吸相同空氣」的錯覺，就像我們昨天造訪的那座位於汐留的巨大庭園。摩天大樓、高速公路，竟與蒼翠的廣闊庭園比鄰，形成一幅不該出現在現實中的景色。千葉也散發著相同的氣息，給人難以捉摸、與周遭格格不入的印象。

美樹望向我，微微偏著腦袋，眼神彷彿在詢問：「眞的有千葉這個人嗎？」

「原本跟著你們的那個人在隔壁房間。」站在左側的白雨衣男人拉起口罩說：「他是你們的律師吧？」

當下，我百分之百確定，這次的綁架監禁是本城的指示。知道千葉與我們一起行動的人不多，而且千葉只有前天在飯店裡被誤認爲律師。

「請隨我們到隔壁房間。」穿白雨衣的男人繼續道：「對了，勸你們不要輕舉妄動。我們隨身配備刀子、手槍等各種武器，你們卻戴著笨重的腳鐐，抵抗絕對沒有好處。」

「你們想幹嘛？」美樹問得毫不客氣。這是非常正確的應對方式，禮貌是無用之物。從去年到現在，我們夫婦受過太多來自他人，或者該說來自整個外界的無禮對待。既然如此，我們還守什麼禮？

簡直跟工地沒兩樣。

這是我踏進隔壁房間的第一個想法。

地板鋪著一層塑膠墊，我彷彿進入施工現場。

穿藍雨衣的矮小男人比手勢要我們坐下。門旁的牆邊靠著一張小桌子，還擺有兩張圓凳，像是用來欣賞房內景致的觀眾席。

我依吩咐坐下。爲何如此聽話，我也說不出所以然。或許是男人手中的尖銳刀子，讓我的身體選擇服從。所謂的恐懼，不是發自意識，而是發自肉體。

美樹也坐在椅子上，愣愣看著室內。她的現實感正一點一滴消失吧，跟我一樣。

穿白雨衣的男人走到房間中央。我隨著他的身影移動視線，一張附靠背的椅子出現。

接著，我看見千葉。

他坐在房間中央的椅子上，雙腿捆在椅腳上，雙手則綁在椅背上。

用的不是腳鐐手銬之類戒具，而是膠帶。

另一個穿紅雨衣的男人站在他旁邊。昨天全身動彈不得時，我隱約聽見千葉提到「理髮廳招牌」。這三個男人的雨衣顏色確實和理髮廳招牌一樣，不過，在那麼危急的情況下，虧千葉能悠哉發表感想，眞不知該敬佩還是錯愕。

「請仔細看著，這位律師先生接下來會受一點皮肉傷。」站在千葉身旁的紅雨衣男，語氣彷彿在指導做菜。三個男人中，他的體格最魁梧，簡直是虎背熊腰。他握著一根細長的工具。

「千葉先生跟這件事無關。」我不明白他們的意圖，只能勉強擠出這句話。

原來他們鋪塑膠墊，是不希望弄髒地板。換句話說，他們接下來的行爲可能會弄髒地板。

坐在房間中央椅子上的千葉，像是等待治療牙齒的患者。

「這位律師先生當然跟這件事有關。」站在椅子旁的紅雨衣男反駁。他也戴著防風鏡。爲什麼要戴防風鏡？難道會有水濺到他臉上嗎？算了，我不能再欺騙自己。即將濺到他臉上的多半不是水，而是血。

「他是你們的律師，怎麼可能沒關係。」

「我不懂，你們爲何要這麼做？」我意外地冷靜。不，與其說是冷靜，不如說是尚未進入狀況。把人綁起來嚴刑拷打，這是電影、小說等虛構作品裡的慣用橋段，只能以了無新意形容。我甚至不禁懷疑，眼前其實設有螢幕或投影布幕。驀地，我想到一件事。以電擊棒攻擊轟，並將轟關在車子裡的，會不會也是這幾個人？根據轟的證詞，當時只有一個男人在場，但搞不好其餘兩人躲在暗處伺機而動。

紅雨衣男舉起右手。

只見他手裡亮光一閃，直接擊向千葉的膝蓋。千葉嘴上貼著膠帶，發出模糊不清的聲音。

男人使用的刑具，不是尖銳的鑽子，就是刺針。

坐在牆邊的我理解狀況後，渾身不住顫抖。剛想站起，腳下的鎖鍊發出叮咚聲響，引得身旁的藍雨衣男側目。他不過是瞥一眼，我就像聽話的乖孩子，重新將屁股貼回椅子上。身旁的美樹以手掌摀住嘴。

腦海一隅隱隱發亮，令人難以承受的景象就要浮現。眼前的暴力畫面刺激我的記憶，我差點想起那男人寄來的影片內容。無論如何，我都不願想起菜摘遭注射毒藥的畫面。於是，我立刻抹除思緒，將哀號硬吞下肚。

白雨衣男站在椅背旁。他按著千葉的肩膀，以防千葉掙扎。

「痛嗎？」手持刑具的紅雨衣男蹲在千葉身旁，大聲宣告：「接下來會更痛。」

刑具拔起瞬間，似乎有液體噴出。男人將拔起的鑽子再度插進千葉的大腿。我彷彿聽見尖銳的鑽子刺破皮膚、勾動肌肉的聲響。塑膠墊也濺上不少液體。

美樹嚇得動彈不得。這一年來，在各種惡意行徑的折磨下，我們的情感幾乎完全麻痺。即使如此，目睹眼前的景象，她仍無法掩飾心中的驚駭。事實上，我也一樣。

然而，我們心中的驚駭，並非來自這殘酷的刑求。

當然，原本毫無瓜葛的千葉，莫名承受這種可怕的暴力，我非常震驚。但明明「這本該是我們施加給對方的懲罰」，才是我激動得快發狂的理由。

爲了報仇，我們夫婦絞盡腦汁，想讓那男人嘗遍世上所有痛苦和恐懼。當然，即使順利成功，還是無法消除我們的心頭之恨，因爲菜摘永遠不會再醒來。可是，至少要讓那男人吃盡苦頭。

然而，如今立場完全對調，我們成爲受到監禁、欺凌的一方，恐怕沒有比這更令人無法接受的事。

我不敢相信眼前所見的一切。

爲不公義的遭遇受盡煎熬的我們，爲何還得承受這種折磨？

世上眞的有天理嗎？這樣與只能防守、不能進攻的棒球賽有何不同？

看著穿雨衣的三個年輕男人，腦中浮現「沒有良心的人」這個字眼。直覺告訴我，他們都是「精神病態者」。

根據統計，通常二十五人中會有一名精神病態者。倘若房間裡的六人中，就有三個精神病態者，比例未免太高。

仔細觀察後，我發現這三人與「二十五分之一的人格特質」有些不同。很類似，但不太一樣。

所謂的精神病態者，把人生當成一場控制遊戲，是種冷酷無情的人。但眼前三人的所作所爲，實在看不出控制他人的企圖。

不過，他們顯然與一般認知的「正常」人也有所不同。

那麼，該如何理解他們的人格特質？

我聯想到猶太精神醫師維克多．弗蘭克（Viktor E. Frankl）的《夜與霧》（註）。這本書主要是敘述作者在納粹集中營裡的經驗，但並非單純的歷史紀錄。因爲作者使用大量豐富的辭藻，足以帶給讀者強烈的心靈震撼。每一次閱讀，我都會再次驚愕於人心的脆弱與醜惡。集中營內的種種痛苦折磨，令作者的生命有如風中殘燭，隨時可能熄滅。沒錯，在猶太人大屠殺的現場，人命形同蠟燭的火光般渺小孱弱。單單想像生活在那樣的環境下，得面對多少不安與恐懼，我便感到毛骨悚然。

在集中營裡，猶太人根本不被當人看。他們受盡各式各樣殘酷、不人道的對待。於是，我不禁產生疑問：

「那些集中營的衛兵爲何狠得下心？難道他們沒有人性嗎？」

《夜與霧》裡也談及同樣的問題。作者維克多·弗蘭克提出以下的看法。

以嚴格的臨床定義而言，有些集中營衛兵確實是虐待狂（sadist）。

所謂的虐待狂，目睹他人痛苦的神情會進入性興奮狀態。

換句話說，他們虐待猶太人非但不會有罪惡感，反而樂在其中。

這眞是世上最令人絕望的狀況。

在集中營裡遭受虐待的人，不管是懇求「請幫幫我們」，或呼籲「請拿出同情心」，都不會有任何效果。因爲他人的痛苦與恐懼，在虐待狂眼中都會化成快樂與喜悅。

納粹挑選虐待狂當集中營衛兵，實在是高明的點子。每次我閱讀《夜與霧》，總是爲此佩服不已。當然，衛兵裡不乏正常人，也可能承受著良心的呵責，但畢竟是少數。

眼前的三名年輕人，恐怕與納粹集中營衛兵有著相同的特質，也就是最殘暴的虐待狂。

拿鑽子刺千葉腿的男人，神情有些陶醉。

註：譯自日文書名《夜と霧》，原書名爲《…trotzdem Ja Zum Leben Sagen: Ein Psychologe erlebt das Konzentrationslager》。

或許他們正是「臨床定義上的殘暴虐待狂」，藉由凌虐他人獲取快樂。

每二十五人中就有一人的「精神病態者」，凡事只想到自己，根本不在意他人死活。這種人對他人的情感毫不關心，分辨不出「愛情」與「椅子」兩個字眼有何不同。

但眼前的三人，應該能感受到他人的情感。正因如此，他們才會從虐待行爲中獲得興奮。這話雖然有語病，不過，比起精神病態者，虐待狂多少還算有人性。

我震懾於目睹的景象，腦海盤繞著種種思緒。期間，紅雨衣男一次又一次揮下鑽子。千葉的嘴巴與四肢都失去自由，只能不停扭動身體。

雙手好痛。我用力握緊拳頭，指甲彷彿會戳破掌心。

腦袋裡彷彿塞了塊滾燙的巨石，發出滋滋聲響。一切思緒蒸發殆盡。唯一殘存的理性，像貼在岩石上的小蟲，隨時可能消失無蹤。

我怒火中燒，忍不住想不顧一切地衝過去。

若是平常，妻子美樹一定會在旁邊安撫我的情緒。然而，此刻她只是目瞪口呆地看著遭受荼毒的千葉。

制止我站起來的，反倒是身旁穿藍雨衣的男人。

當然，他負責監視我們，不准我們亂動是他的職責。奇怪的是，他的舉止輕柔，像是刻意保持低調。

他察覺我的疑惑，以食指抵著嘴巴，示意「別出聲」，接著朝我伸出另一隻手。我不禁想起背著其他大人，偷偷塞零用錢給我的祖母。男人手中之物輕觸我的胸口，但那不是零用錢，而是一把槍。我起先以爲是塊黑色大石頭，仔細一瞧，竟是裹著布的槍。

藍雨衣男泰然自若地望著房間中央，彷彿只是繼續執行監視任務，唯獨一隻手違背他的立場。

我深吸口氣，戰戰兢兢抓住槍。原本害怕男人會趁機施暴，卻什麼也沒發生。見我握著槍，他立即恢復若無其事的模樣，努努下巴，要我看前面。

紅雨衣男朝椅子一揮，鑽子再度刺在千葉的膝上。明明已血肉模糊，他仍執拗攻擊相同的部位。

我忍不住想大喊，快停止這種掠奪行爲！別再奪走他人的財產、自尊心、生活，及重要事物！

「就這麼冷眼旁觀好嗎？」

一行字映入眼簾。身旁的藍雨衣男不知從哪裡拿出智慧型手機，將螢幕遞到我面前。他以記事本功能打出「就這麼冷眼旁觀好嗎」，像是瞞著同夥向我傳訊。

難道他想幫助我們？

他交給我足以扭轉局面的手槍。

不過，我相當冷靜。

至少我是這麼認為。

直到剛才，憤怒與憎恨猶如滾燙的岩漿，還在我亢奮的腦海裡翻騰。我握著槍，反倒鎮定下來，仔細觀察目前的狀況。絕不能搞砸這個機會，好不容易結束守備，換我們進攻，而且輪到第四棒上場打擊。能夠以棒球思考處境，代表我已恢復理智。

至少我是這麼認為。

實際上，我的腦袋仍處於不聽使喚的狀態。該思考的環節都還毫無頭緒。

槍有沒有裝子彈？前方有兩名敵人，朝其中一名開槍，接下來怎麼辦？不，比這些更值得深思的是，藍雨衣男為何要給我槍？假如他真的想幫助我們，為何會選在這個節骨眼上？他到底有什麼目的？在背後操控一切的本城，又有什麼企圖？

這些我完全沒想到答案。

視野搖搖晃晃，雙腿毫無知覺。回過神，我已從椅子上站起。

我看著手裡的槍。這玩意不像道具，而是沉重的石頭。或許是明白接下來的行動多麼嚴重，才會產生這樣的聯想。

「繼續坐視不管，所有人都會被殺。」

藍雨衣男又遞來智慧型手機，顯示著這行字。下一瞬間，他迅速奪走槍。我嚇一跳，差點喊出聲。

全怪我猶豫不決，槍才會被奪走！我暗罵自己。

男人雙手覆住槍身，不知在做什麼。下一秒，槍又回到我手上，原來他扳下擊錘。

智慧型手機再度出現，螢幕顯示著：「這是唯一的機會。如果不動手，你知道會有什麼下場嗎？」等我讀完訊息，男人往畫面一點，送出下一行字：「就算沒殺死你們，也會戳瞎你們的雙眼，以免遭到指認。這是他們慣用的手法。」

這男人爲何要告訴我這些？

「我受夠這種工作，想改過自新。」這行字接著出現。

「戳瞎雙眼」這幾個字宛如隱形的烙鐵，在我的腦袋留下深刻的痕跡。

我望向房間中央。

千葉被綁在椅子上。紅雨衣男抓著鑽子，站在旁邊。

藍雨衣男悄悄閃到一旁，似乎在暗示我「快動手」。紅燈停，綠燈行。

地板在搖晃。我沒意識到其實是雙腿在發抖，只是覺得難走，內心一陣焦躁。

站在椅子旁的兩個雨衣男一愣，顯然是看到我手中的槍。不料，他們很快恢復冷靜。白雨衣男指著我。不，那不是手指，而是槍口。他也握著槍。「你怎麼會有那玩意？哪裡弄來的？」

紅雨衣男迅速蹲下，揪住千葉的後頸，拿鑽子抵著千葉的臉，威脅道：「立刻放下槍，不然我就刺瞎律師的眼睛。」

剎那之間，我找回理性，激動的情緒驟然消退。

紅雨衣男彷彿隨時會下手。他一施力，鑽子便會貫穿千葉的眼球。

如果我扣下扳機，紅雨衣男一定會採取行動。

更何況，白雨衣男的槍口正瞄準我。

腦袋頓時凝固，像是灌入大量沙土，塞得密不通風，沒留下一點思考的縫隙。我手足無措，不知如何是好。

「放下槍。」持槍的白雨衣男命令道。

紅雨衣男好整以暇，隨時會刺下鑽子。

他們顯然很習慣應付這樣的場面。

我攤開左手，舉到胸前，表示「我會照做，你們別亂來」。接著，我彎下腰，右手把槍放在塑膠墊邊緣。鬆開手的瞬間，藍雨衣男的訊息浮現腦海：「就算沒殺死你們，也會戳瞎你們的雙眼。」

此時放下槍，將會落得何種下場？

我們看見他們的模樣，絕不可能毫髮無傷地離開。

即使願意饒過我們的性命，也會奪走我們的視力。

我重新握緊槍站起。既然無法全身而退，不如賭一把。

「你不放下槍？」白雨衣男把槍口瞄準我問道。除了疑惑，還帶著強烈的不耐煩。

「就算放下槍，也是死路一條。」與其乖乖就範，不如豁出性命對抗。運氣好也許能殺死其中一人，我內心浮現野蠻的期待。

「想清楚，我一刺，律師就再也看不見。你有沒有想過當瞎子的感覺？」紅雨衣男撕開千葉嘴上的膠布，對千葉說：「快勸他放下槍，不然你的眼珠子不保。」

千葉面無表情地望著我，平板地吐出一句：「山野邊，放下槍。」

「千葉先生，你不要緊吧？」話一出口，我立刻驚覺這是多麼愚蠢的問題。一般來說，「不要緊吧？」只是問候語，除非是特殊情況，否則對方通常會回答「不要緊」。此時千葉的處境，無疑是特殊狀況。

出乎意料，千葉沉穩地回答：「不要緊。」

拿著鑽子的男人大笑。「腿上的肉都稀巴爛了，怎麼可能不要緊?接下來換刺眼珠，往後的人生你將會在黑暗中度過，很恐怖喔。搞不好死了還比較痛快。」

「不，生和死完全是兩回事。」千葉不假思索地反駁。他的話聲不帶感情，非常沉著。「眼睛看不見跟死亡扯不上關係。」

千葉的話像是看不見的手指，猛然往我額頭一彈。我忍不住想大喊：「千葉先生，你說得眞好。」

菜摘離世後，相同的念頭不斷在我腦中徘徊。不管是怎樣的狀態，希望菜摘至少能保住性命。人一死，就再也無法挽回。死亡的瞬間，一切便宣告終結。

「趕緊放下槍，我的耐心快用光了。」握著鑽子的紅雨衣男催促。

千葉的四肢綁在椅子上，後頸又被制住，動彈不得，只能看著尖銳的鑽子。

我的手指放上扳機。對方顯然眞的打算刺瞎千葉的眼睛，此時不開槍，我肯定會懊悔一輩子。

「啊，對了……」千葉突然出聲，彷彿面前的尖銳凶器、即將遭刺穿的眼球，都與他毫無關係。「本城跑去哪裡？」

一時之間，我不明白他的意思。光聽到那男人的名字，我便一陣激動。不知千葉爲何提及這個名字，我錯愕地應一聲：「咦？」

「本城剛剛不是在你旁邊嗎？」千葉說得雲淡風輕。

「我旁邊？」我和身旁的美樹面面相覷。

「他穿藍雨衣。在公園遇上時，我沒立刻察覺，但仔細一瞧，那不就是本城嗎？不管從哪個角度看，肯定是本城沒錯。」

「不管從哪個角度看？」我猛眨雙眼。「可是，不管我從哪個角度看，都只看見穿雨衣的陌生人。」

不過，穿藍雨衣的男人確實消失無蹤。

那就是本城？

回想剛剛在我身旁的男人，他靜靜站著，藉智慧型手機向我傳遞訊息。他就是本城？果眞如此，這代表我恨之入骨、即使犧牲生命也要打倒的敵人，就待在我身旁，而我卻毫無所覺。對方特地給我武器，我竟沒想過要反制他。

見我啞口無言，紅雨衣男火大地說：「你還沒搞清楚狀況？我要刺他的眼睛嘍。」

「要刺就刺吧。」千葉一臉無所謂。

「千葉先生……」我忍不住喊道。千葉望著我，聳聳肩應道：「剛剛不是說過？我只是坐在這裡，不要緊。」

「但你的腿……」

「啊，差點忘記。沒錯，我的腿受傷，不過沒什麼大不了。」

「聽好，刺完眼睛，我會刺耳朵，接著是鼻子、舌頭……」紅雨衣男握著鑽子恐嚇千葉：「毀掉所有感官，只保留觸覺，看你怎麼活下去。」

紅雨衣男說著，神情益發恍惚。恐怕他曾以這種方式傷害他人，此刻正陶醉在回憶中。

「咦，耳朵也要刺？」千葉的語氣有些不同，說是第一次流露驚訝也不爲過。

「沒錯，你會有好一陣子聽不見任何聲音。」

「任何聲音？」

「對，任何聲音。」

「包括音樂？」

「豈止是音樂，連鳥叫聲也聽不見。不過，還是刺眼睛比較慘。鼓膜受損的恢復機率意外地高。」

「那可不行！」千葉難得大叫。

我一時不知該做何反應。千葉腿上鮮血淋漓，現下才迸出這句話，似乎有些太遲。

手持鑽子的男人也丈二金剛摸不著腦袋，但不愧是虐待狂，一發現對方的弱點，立刻移動位置。「看來你更怕聽不見？」

「別刺耳朵！」千葉倏地舉起手，擋在鑽子與耳朵之間。

「咦？」看著這一幕，我感到有些奇怪，卻說不出哪裡不對勁。

下一瞬間，我恍然大悟。千葉的雙手明明被綁在椅子上，怎麼能夠做出保護耳朵的動作？

持槍的男人一臉迷惘。

「啊，這個嗎？」千葉瞥向手上的膠帶，「我用力一扯就斷了。」

那膠帶怎麼看都不像扯得斷。

千葉彎下腰，輕輕鬆鬆扯斷雙腳的膠帶。繞了好幾圈的厚質膠帶，千葉竟然隨手撕開，彷彿毫不費力。

手持鑽子的男人反應不過來，只能愣愣看著。

「刺眼睛還無所謂，但聽不見我會很困擾。」千葉站起身。褲子的右膝部位破了個洞，鮮血汩汩流出，他卻毫不在意。

站在一旁的白雨衣男急忙將槍口對準千葉。千葉若無其事地走上前，像抓蟲子一樣奪下手槍，扔向遠方。接著，他喚一聲：「山野邊。」

「啊？」

「雖然有些掃他們的興，不過我們離開這裡吧。」

白雨衣男衝過去想撿回手槍，我舉槍瞄準他，大喊「不准動」。

「你是怎麼辦到的？」紅雨衣男結結巴巴地問：「那個膠帶……你是怎麼辦到的？」

千葉納悶地望著我，一副搞不清對方在講什麼的表情。那模樣簡直像沒察覺自己失言，反而以眼神向祕書詢問「我剛剛說錯話了嗎」的政府高官。

「你怎麼弄斷膠帶的？」我也不禁好奇。

「啊，原來是這件事……」千葉恍然大悟，像小孩子般辯解道：「撕膠帶有訣竅，電視節目教過。」

背後傳來「噗哧」一聲，美樹忍不住偷笑。直到這一刻，我才眞正恢復冷靜。無處可逃的絕望、被關在刑場內的壓迫感，頓時煙消雲散。我終於能夠相信，人生還沒結束，至少不會在這裡結束。

見千葉輕而易舉地掙脫束縛，毫不在乎身上的傷勢，紅雨衣和白雨衣男都嚇得目瞪口呆。我舉著槍牽制他們的行動。

千葉走向後門，途中轉頭說：「山野邊，我們走吧。」

「啊，好。」我急忙跟上，腳鐐發出叮噹聲響。踩著又滑又黏的塑膠墊，我感覺一切猶如夢境。「千葉先生，那個人眞的是他？」我忍不住問。這是我唯一關心的事。

「那個人？啊，你說本城嗎？不曉得他跑去哪裡。」

「眞的是他？」美樹也半信半疑，語氣十分焦急。

「他在你們旁邊，我以爲你們早就發現，所以一直沒戳破。」千葉說得輕描淡寫，不帶一絲惡意。

「怎麼可能。」我忍不住大喊。要是知道那男人是本城，我一定會想出各種對付的手段。

「話說回來，他到底在打什麼鬼主意？」

「想要我們的命？」

我搖搖頭。「我們死了，對他沒有任何好處。我猜，八成是想製造恐懼。」

「既然如此，爲何要給你槍？」

我看著手中的槍。那個穿藍雨衣的男人先是危言聳聽，接著把槍交到我手上。「他在玩弄我們。他知道就算我手上有槍，還是無法脫身。」

我回想起兩天前，我們夫婦闖進飯店向本城宣戰。

當時，我明確告訴本城，我們夫婦會親手報仇。這樣的行動，或許激發本城的競爭意識。那男人一向在控制遊戲中處於優勢地位，在他的眼中，我們夫婦就像不知天高地厚的外行人。

遇上無禮的外行人，該如何應對？

不外乎是讓外行人吃盡苦頭，明白實力的差距，俯首稱降。

所以，他帶領那些危險的年輕人，將我們監禁起來，想證明誰才是眞正的高手。

「你們和那個人是什麼關係？」我問愣在原地的兩個雨衣男。

「那個人？」

「看來，你們不是同夥。」我向朝美樹使個眼色，示意「我們走吧」。我踏出一步，腳鐐再度發出聲響。

「你們以為逃得掉嗎？」白雨衣男出聲，手持鑽子的紅雨衣男接著說：「不要搞錯，我們接到的指令是，只要你們抵抗，就算殺死也沒關係。」兩人都是一身細皮嫩肉，但防風鏡深處的眼眸黯淡無光，實在看不出年紀。

「你幹什麼？」紅雨衣男驚聲大叫。

我轉頭一看，千葉不知何時走近紅雨衣男，往他身上亂摸。千葉的手在紅雨衣男的衣服上游移，像在檢查是否攜帶危險物品。「腳鐐的鑰匙在哪裡？不解開那玩意，出去不太好行動。」接著，千葉竟解開雨衣鈕釦，伸進衣服的口袋摸索。

「去你的！」男人忍不住爆粗口，顯然已失去冷靜。他舉起鑽子，狠狠刺向千葉的肩頭。霎時，皮開肉綻、鮮血泉湧的感覺襲來，我不禁閉上雙眼。

原以為會聽到千葉的哀號，卻是一片安靜。

我重新睜開雙眼，只見紅雨衣男激動地揮舞鑽子。千葉蹲著探進男人的牛仔褲袋。鑽子一次又一次插在千葉的肩膀及後背，但他絲毫不以為意。

我還來不及開口，千葉搶先一步高喊：「找到鑰匙了。」他拋來一樣東西，雖然錯愕不已，我仍伸手接住。仔細一瞧，那確實是把鑰匙。我無暇細想，趕緊依言用鑰匙解開腳鐐。接著，我也為身後的美樹解開腳鐐。

「走吧。」千葉說。

「呃，好。」

「千葉先生……你……不痛嗎？」美樹迷惘地指著紅雨衣男。

「什麼痛不痛？」千葉皺著眉，往旁邊一瞥，紅雨衣男正忙著拿鑽子猛戳他的肩頭。「哦，是指這個？」

「不然會是指哪個？你的大腿和肩膀傷得這麼嚴重，怎麼還不當一回事？」即使隔著衣服也看得出千葉的傷口相當深。

「是挺嚴重……啊，不過沒外表那麼嚴重。」

「眞的嗎？」

「更何況，這不是正好？」

「正好？」

「我們上次不是聊過，理髮師幫客人抽掉生病部位血液的療法……」

我一愣，不曉得他在講什麼。過一會兒，我才恍然大悟，不禁脫口問：「你該不會是在說……放血？」

「對，就是放血。」

「你在開玩笑吧？」

「像這樣把血放出來，我反倒覺得神清氣爽。」

「呃……」

「你在講什麼蠢話？」紅雨衣男一臉焦慮。他拿鑽子拚命刺對方，對手卻不痛不癢，還大談「放血」理論，要他不焦慮也難。

能讓虐待狂產生快感的，並非傷害他人的行為，而是他人受傷害時的痛苦神情。拿鑽子戳毫無反應的千葉，跟戳石牆沒兩樣，只是白費功夫。

紅雨衣男的呼吸變火一得急促，臉上充滿困惑與疲憊。他氣急敗壞地喊一聲「站住」，抓起千葉的手。下一秒，他居然倒在地上，一動也不動。

千葉無奈地西覷紅雨衣男一眼，轉向錯愕的我，聳聳肩抱怨：「又是靜電搞得鬼，眞是討厭。」

此時，另一個方向傳來聲響。白雨衣男大喊：「不准動！」他不知何時撿回手槍，將槍口對準千葉。

「別鬧了。」千葉毫不畏懼，朝白雨衣男伸出手，彷彿一隻手就能擋下子彈。

不知是因同伴倒地心生懼意，還是根本沒開過槍，千葉一句話，就讓白雨衣男愣在原地。

「山野邊，你能走嗎？」千葉無視於槍口，轉頭望著我。

「嗯，多虧你的幫忙，解開了腳鐐。」

於是，我們走出房門。外頭是一條長廊，看來這裡不是建設中的大樓，就是建設到一半遭棄置的大樓。

「幸好耳朵沒事。」千葉氣定神閒，簡直像在電影散場後抒發感想。

「豈止是耳朵，光能保住性命就是奇蹟。」我說。

一想到剛剛可能送命，我便感覺一股寒意自體內往外竄。我心頭一慌，連忙壓抑洶湧而來的恐懼。死亡並不可怕。死亡會帶來寂寞與悲傷，卻不是件可怕的事。我不斷如此默念。

「還有什麼事嗎？」千葉突然問道。我轉頭一看，白雨衣男站在我們剛離開的門口。

我並未多想，邁步上前。他的右手仍握著槍。

「你還不死心？」我忍不住開口，而後隨手扯掉對方的頭巾，把防風鏡拉到額頭。那是一張白淨的年輕圓臉，嘴邊只有細毛，看不到鬍鬚。眼睛細小，面無表情。

「虐待他人時，你到底是怎麼想的？」我質問道。

「沒怎麼想……」白雨衣男咕噥。那模樣簡直像小學生挨罵後，為了保全面子，勉強擺出高傲態度。

「反正痛的不是自己？」

「可以這麼說。」

這個回答在意料中，我並不生氣。其實，每個人都有相同的心態。駭人聽聞的社會案件、遙遠國家的乾旱、從未到過的地方的公害問題……就算是同一社區內發生的凶殺案，只要認定與自己無關，就不會在乎。換句話說，不論大小案件，世人關注的焦點總是「會不會對自己造成影響」。

忽然間，我的腦海浮現父親的話：「我決定過自己眞正想過的人生。」

人生只有一次，要是有想做的事情卻忍著不做，活著有什麼意義？父親曾在病床上對我告白。他想通這一點的契機，正是身爲兒子的我。

雖然工作忙碌，父親並不感到痛苦。在父親眼中，開發新技術十分有趣，值得全心投入。研究須要付出龐大的時間與精力，於是他捨棄家庭。

他的動機爲何？希望功成名就，或是家人過更優渥的生活？不，都不是。工作本身就是他的動機。

得知壽命將盡後，父親選擇離開醫院，在家接受治療。所謂的治療，其實僅僅是按時吃藥。那一天，他推薦我讀渡邊一夫的書：「凡人能做的，只有努力摘取每一天，努力在生活中獲得快樂。這也是凡人唯一該做的事，因爲……」

因爲人總有一天會死，父親接著道。

「你們跟那個人是什麼關係？」我問白雨衣男。

「那個人？」

「本城。」每當吐出這個名字，總有種念出可怕的禁忌咒語的感覺。如果能夠，我眞的不想再提及這個名字。

「本城是誰？」白雨衣男反問。看他的反應，不像在裝傻。此時，他已放下槍，不時偷瞄千葉的膝蓋及肩膀上的傷口，流露出明顯的膽怯與自我保護意圖。

「你們跟剛剛那個穿藍雨衣的男人是什麼關係？」

「我不認識他。當初是他接下這個工作，邀我們加入，還事先支付酬勞。」白雨衣男不情不願地回答，猶如遭到教師盤問的中學生。

「這是穿藍雨衣的男人接下的委託？」

「對，我們只是收到他的邀約。」

「他究竟跑去哪裡？」美樹環顧四周後，凝神注視走廊彼端。

「搞不好，那個穿藍雨衣的男人背叛你們。不，他打一開始就欺騙你們。」我說了句多餘的話。大概是想藉著取笑和譏諷，來消除心中的怒氣吧。

聽到這句話，白雨衣男的眸中隱隱燃起火焰。

「山野邊，我們走吧。」千葉轉過身，沿著走廊大步前進。

白雨衣男既沒有開槍，也沒追趕我們，眼睜睜看著我們筆直走向電梯。

「千葉先生，那男人究竟去哪裡？」我操縱著方向盤開口。明知這麼問毫無意義，我還是忍不住脫口而出。直到現在我仍心有餘悸，說起話結結巴巴。

「這個嘛……」千葉靠著後座椅背，看起來根本不像傷患。傷口周圍的布料破破爛爛，但沾在上頭的鮮血已乾涸。美樹檢查過傷勢，發現比預期的輕微許多，更是嘖嘖稱奇。

驀地，一股強烈的懊悔湧上心頭。我不禁緊握雙拳，幾乎要將方向盤捏碎。當時那男人就在我身邊，我竟白白錯過大好機會。

他心裡在想些什麼？

八成在嘲笑我吧。仇人近在身旁，我卻只是發愣，甚至完全被牽著鼻子走，乖乖接下手槍。他一定在笑我這個敵手實在太不中用、太無能吧。

忽然間，車內響起「砰」一聲。

手掌傳來劇痛。

原來我不自覺地捶打方向盤。

或許是理解我的心情，美樹並未多問，改提起另一件事：

「話說回來，箕輪為何要撒謊？」

「箕輪撒謊？」我聽得一愣，不明白美樹的意思。

「當初是箕輪告訴我們那男人在公園，之後，我們一進公園就被那三人逮個正著。這不會是偶然吧？」

「箕輪騙了你們嗎？」

「不，箕輪沒騙我們。」我反射性地為箕輪辯護。「那男人確實在公園，而且……」

欺騙我們，箕輪沒有任何好處。

坐在副駕駛座的美樹望著我。

「會不會是箕輪接到假情報？這種可能性較高。」我推測道。

「假情報？」

「啊，原來這才是答案。」千葉的語氣彷彿在二選一。

「沒錯，箕輪大概是聽到那男人將前往濱離宮恩賜庭園的風聲。或許這個風聲是那男人放出來的，箕輪卻不知情。他轉告我們此事，是出於一片好心。」

「沒想到卻弄巧成拙？」

「對，箕輪絕不可能陷害我們。」與其說是「絕不可能」，其實是我心裡如此期盼。但我就是無法不替箕輪辯解。「藤澤金剛町的飯店那次也一樣，箕輪只是不知不覺遭到利用。」事後證明，本城早在飯店等我們上鉤，那完全是個陷阱。

「你這麼相信箕輪？」

「是啊。」箕輪與我之間有著極深厚的信賴關係，更重要的是，如果我連箕輪也不相信，甚至與他斷絕關係，恐怕我會遭強烈的孤獨與絕望徹底擊垮。「我想起跟箕輪共事時聊過的一個話題。」

「跟箕輪共事？」

「嗯，起初我們常約在出版社附近的咖啡廳討論工作。有一次，箕輪提到《福翁自傳》。」

「那是怎樣的書？」美樹問。

「福澤諭吉的自傳。」我不假思索地回答。

「啊，確實有這號人物。」千葉的口氣像談起一個活在相同時代的棒球選手，只差沒問「不曉得他現下在做什麼」。

「這本自傳裡寫著一段有趣的插曲。」

「哦？」

「當時是江戶時代末期，社會動盪不安。有個人告訴福澤諭吉，他找到一種很有意思的扇子。」

「很有意思的扇子？」美樹問。我這才察覺，原來我沒和她提過這段插曲。

「沒錯，那扇子外表普通，卻能從中抽出一把短劍。」

「簡單地說，就是製作成扇子模樣的武器？」千葉歸納道。

「眞有意思。」

「但福澤諭吉絲毫不覺得有意思，大罵對方愚蠢。」我想起箕輪在敘述這件事時，興奮得像個孩子，不禁笑出來。

「這又是怎麼回事？」

「福澤諭吉認爲，做成扇子模樣的短劍一點也不新奇，但若反過來，倒是值得讚揚。」

「反過來？」

「看起來像把短劍，其實是扇子。福澤諭吉的想法是，在這種兵荒馬亂的年代，實在不適合做出『扇子中暗藏短劍』之類助長殺氣的東西。」

「啊，原來如此。」美樹瞇起眼，「短劍裡暗藏扇子，確實歡樂得多。」

「對吧？在危機四伏的時代創造出危險的東西，實在無趣。既然要做，乾脆做出完全相反的東西。箕輪似乎非常認同福澤諭吉的意見，我很少看到他那麼激動。」

當時，我反問：「你的建議是，我該寫些陳腐又天眞的溫馨故事？」箕輪回答：「不，我想說的是，灰暗無助的絕望故事其實跟天眞爛漫的溫馨故事一樣陳腐，卻容易讓人誤以爲意境深遠。愈是苦澀的作品，愈會發生評價過高的現象。」

「但世上的文學傑作，不多是灰暗無助的故事嗎？」我反駁。

「眞正有才華的人來寫，當然是傑作。然而，絕大部分的作家只是在裝腔作勢。既然是裝腔作勢，與其使用黑色顏料在黑紙上畫圖，不如使用其他顏色。」

聽到這裡，美樹開口：「使用黑色顏料在黑紙上畫圖，指的是在絕望的時期發生絕望的事？」

「沒錯，箕輪認爲把原本黑的東西染得更黑，沒有任何意義。」

「這意味著什麼？」千葉問。

「這意味著箕輪既然抱持這種想法，絕不會做出『背叛』這種令人絕望的事。」那就像把原本黑暗的社會抹得更黑。

「搞不好，箕輪認爲這是兩碼子事。」

「千葉先生，別再說這種令人絕望的話了。」

我們回到公寓。直到半年前，這裡還是某個未婚老婦人開設的音樂教室。我們原封不動買下，賣掉大部分家具，並進行改建。如今連一張餐桌也沒有。

我們背靠著牆坐在地上。瞥向手表，時間接近中午。還這麼早，我有些驚訝。從進入濱離宮恩賜庭園，到遭人戴上腳鐐監禁在房裡，並目睹千葉受到凌虐，這一連串事情簡直像遙遠過去的回憶。

「對了，手槍呢？」美樹問。

我指著擱在牆角的袋子。直到現在，我都不敢相信自己曾握著手槍，差一點扣下扳機。只要任何一個環節出錯，我就會成爲殺人凶手。假如我眞的殺了人，此刻會是怎樣的心情？因罪惡感渾身顫抖，還是認爲那是逼不得已，絲毫不放在心上？

我最耿耿於懷的一點，是沒舉槍瞄準那男人。不過，內心的另一道聲音告訴我，其實不必懊悔，反而應該慶幸。要是我開槍射殺他，就這麼結束一切，過去的苦心等於全部付諸流水。

時間接近中午，我卻一點也不餓。或許是歷經監禁與目睹刑求過程，身體維持著緊繃狀態。我不禁想起一件往事。某座火山因有噴發之虞，周圍居民紛紛避難。我受電視台委託，前往採訪避難居民，他們告訴我：「大夥都沒有食欲，而且無法入睡。」或許身體知道發生緊急狀況吧。顯然陷入異常狀況時，人體會自動減少能量消耗，以便應付各種危機。

雖然不餓，我還是啃著甜麵包。不勉強吃點東西，危急時會沒體力應變。

我無法忍受沉默，隨手打開電視。螢幕上出現的景象似乎是外國的公園，不，或許是私人庭院吧。畫面中有座大水池，四周圍著柵欄。我暗暗納悶，爲何要圍起水池？看了一會兒才明白，原來池裡養著鱷魚。

「庭院與鱷魚……」千葉低喃，「我懂了，這就是傳說中的『庭院裡有兩隻鱷魚』（註）？」

聽千葉提起這種無聊的文字遊戲，我忍不住隱隱發火。他前幾天在飯店裡搞砸我們的行動，今天又沒提早告知「那男人就在我身邊」。連續搞出這些烏龍，他怎麼還能擺出滿不在乎的悠哉態度？「千葉先生，請幫忙想想接下來該怎麼辦。」我的語氣近乎挑釁。

從千葉的表情，分辨不出他是否受到影響。不過，他說著「對了，我有一條線索」，站起身。

「線索？」這句話來得唐突，我有些錯愕。還沒想到怎麼回應，千葉已在整理黑西裝外套領口，似乎打算外出。

「我剛接到一通電話。坦白告訴你們吧，我託人調查本城的去向。」

「託人調查？對方是誰？」

「熟識的徵信業者。嚴格來說，是朋友的朋友。」

我大為詫異。千葉幾時接到電話的？既然委託調查那男人的下落，為何沒事先告訴我們？不過，我決定別去想這些細節。自從認識千葉，他帶給我們太多驚奇，根本無法逐一釐清。

「我想去找那個徵信業者談談，可以嗎？」千葉走出客廳。

「怎麼不在這裡談？」我追問，但千葉似乎沒聽見。

客廳剩下我和美樹，我們不由得面面相覷。「千葉先生真的有線索嗎？」美樹疑惑地偏著頭，「搞不懂他腦袋在想什麼。」

不僅如此，我們對千葉的底細根本一無所知。我早就不相信他是幼稚園同學，不過，他說是爲了替親人報仇才追蹤那男人，應該不是謊言。他不是記者，也不是我的書迷，與我毫無恩怨。我實在想不出他必須跟我們一起行動的理由。

「我認爲，他不是我們的敵人。」我脫口道。沒錯，他不是敵人。我自顧自地點點頭。雖然是充滿疑點的神祕人物，但不是我們的敵人。

「就算不是敵人，你怎能確定他是我們的夥伴？」

這麼說也沒錯。千葉既像往來多年的知己，又像從未交談過的陌生人。不是朋友，不是家人，不是敵人，也不是夥伴。

電視畫面中，一個十幾歲的金髮少女在餵食數尾鱷魚。那些鱷魚的體型比想像中巨大，而且行動敏捷。

「那天千葉先生按下我們家門鈴時……」我開口。

「不過是三天前，卻覺得好遙遠。」

「是啊。當時不知怎麼搞的，明明是素未謀面的陌生人，我卻有種遲早會跟這個人見面的錯覺。」

「因爲他是你的幼稚園同學？」美樹並非眞的相信，只是在調侃我。

「就像遇上一個無人不知、無人不曉的大名人。」

「但你不知道他是誰。」

註：原文爲「にわにはにわわにがいる」，是日語中有名的繞口令。

「還散發一股詭異氣息。」

「這聽起來倒像是……」美樹從廚房取來幾個袋子。當初買下這房子，是打算當成復仇行動的基地。由於無法確定會在何種時機過來，廚房裡儲備不少防災用的緊急食品。

美樹遞給我一塊乾麵包。雖然硬又無味，但咀嚼後會逐漸產生甜味。

「倒像是神一樣。」她接著說。

「神？」

「打出生起就跟在身旁，卻不曾見面，神不都是這樣嗎？」

「哪種宗教的神？」

「這我就說不上來了。」

我們夫婦並未信仰特定神明，對宗教也不感興趣。去年菜摘離世後，我們益發不相信神的存在。我們沒有堅強到認爲「發生在自己身上的悲劇也是具有意義的磨練」。倘若世上眞有神明，我無法原諒祂對菜摘見死不救。

「不過，千葉先生那種接近雞同鴨講的溝通方式，及對歷史事件的瞭解，確實跟神有幾分相似。」

「我也這麼覺得。」

「不管怎樣，只有一點能肯定……」

「哪一點？」

「千葉先生的出現帶來些許歡樂。」

我想起吉米・罕醉克斯的曲子。「我沒辦法活在今天。不管是今天或明天。我在今天找不到任何樂趣。」這段歌詞彷彿是我們夫婦的最佳寫照，但千葉出現後，我們「多少」感受到一點樂趣。

我的腦海浮現父親晚年的模樣。「努力在生活中獲得快樂，是唯一該做的事。」當時他說得輕描淡寫，眼神中卻流露出落寞與寂寥。

千葉無聲無息地出現在門邊。一看見他，一股寒意竄上我的背脊，彷彿有道冰涼的風拂過脖子。面對冷酷的殺人魔，大概就是這種感覺吧。

「那個房間是做什麼的？」千葉微微轉向走廊，指著玄關的方向。

「啊，那一間嗎？」我吞下乾麵包，來到走廊，領著千葉走過去。「這裡原本是音樂教室，有隔音設計。」

「我能進去看看嗎？」千葉說著，擅自打開房門。這扇隔音門相當沉重，一般人得蹲著馬步，用力推開。然而，千葉卻輕輕鬆鬆，好似在拉開紙門。

約五坪大的房間裡冷冷清清，四周像是未經粉刷的混凝土壁面。由於原本是教授各種樂器的音樂教室，剛購入時還擺著全套鼓組、擴音器等雜物。我幾乎全處理掉了，只留下一座直立式鋼琴。

「音樂！」千葉忽然大喊一聲，步向鋼琴。他顯得興奮又陶醉，只差沒將臉頰貼在鋼琴上磨蹭。「能不能彈點什麼來聽？」

「我和美樹都不會彈，你呢？」

千葉像在回憶似地開口：「以前接過那一類案子，但這次我不會彈。」

我無法理解「接過那一類案子」的意思，「這次不會彈」更聽得我一頭霧水。

「那是什麼？」千葉指著房間深處。

「冰箱。」那是一座跟我差不多高的白冰箱，默默守護著空空蕩蕩的隔音室，宛如現代版地藏菩薩。

千葉不知何時走到冰箱前，打開一看，說道：「裡頭有東西。」

「隨便開別人家的冰箱，眞是沒禮貌。」美樹開了個玩笑。

那冰箱裡放的主要是能夠長期保存的食物，還有大量的提神飲料、攜帶型口糧及維他命。

「啊，我懂了。」千葉忽然拉高嗓音，「我以前看過類似的場所。發生災難時，只要躲在這裡就能活下去。」

他大概是想到核災避難所之類的設施吧。

「不太一樣，但也差不多。」我應道。

「可以說差不多，也可以說差很多。」美樹接著解釋，「我們準備這個房間，並不是爲了存活。」

「不然呢？」

「是爲了等待死亡。」我回答。
「等待死亡?」千葉疑惑地偏著頭。
「對。」
「如果只是等待死亡，任何房間不都一樣嗎?」
「話是沒錯。」我露出苦笑，「其實，我和美樹打算利用這個房間……」
「監禁本城?」千葉輕而易舉地猜到答案，我有些錯愕。美樹噗哧一笑。自千葉出現後，我們不知遇上這種狀況多少次。雖然搞得我們暈頭轉向，但不得不承認，這是我們近一年來最常笑的一段時光。
「千葉先生，你的推理能力眞強。」
「你們巴不得殺死的對象只有一個，算不上推理。」
「也對。」
「你們原本打算利用電擊棒和防身噴霧制服本城，然後把他關進這個房間?」
「因爲你的關係，這個計畫失敗了。」我再度指責千葉。
「不僅失敗，還被反咬一口。今天我們遭電擊棒攻擊，監禁在陌生的房間，想想眞窩囊。」
「把本城關在這個房間，然後呢?」
「重新整修時，我費好一番功夫，才說服裝潢業者裝外側門鎖。一般而言，像地下室或這種隔音室，爲了避免有人被關在裡面，基本上是不能裝外側門鎖的。」
「你用怎樣的藉口騙過裝潢業者?」

「什麼騙，別講得這麼難聽。」

「這句話很難聽嗎？」千葉給了個莫名其妙的回應。

「總之，我不是欺騙，只是強硬要求。」

我委託的並非大規模的裝潢公司，而是半業餘的設計師，所以有商量的餘地。對方聽到我要求替隔音室裝外側門鎖，原本不願配合，但我以「加裝可從內側解鎖的裝置」爲條件，對方終於同意。完工後，我們偷偷破壞「內側解鎖裝置」，變成只能由外側解鎖的監禁室。

「我們絕不原諒那男人……」美樹坐在地上低喃：「但要怎麼報仇才能消除心頭之恨，我們也說不上來。」

「女兒遭到殺害的深仇大恨，無論如何都無法抵銷。」千葉說。我大感認同，正要回一句「說得好」，卻察覺千葉的語氣頗不自然，像在念劇本台詞，一時不知怎麼應對。

「只有一次機會，是我們夫婦最不甘心的一點。」

「只有一次機會？你指的是人生嗎？」

「很接近，我是指死亡。」

「哦？」

「人一死，就不可能醒過來。遭那男人殺害的女兒無法復活，那男人當然也不例外。換句話說，我們只能殺死他一次。」

「無法加倍奉還。」美樹補上一句。

聽美樹回應得這麼自然，我不禁回想：我們是否曾談過這個話題？

這一年來，我每天都在思考如何報仇，美樹應該也一樣。可是印象中，我們很少攤開來商量或討論。光提起那男人，體內就會有股熱流上衝，幾乎要熔化腦袋裡的齒輪。萬不得已，我們絕不會將那男人的事說出口。

但我相信，我們的想法和目的是一致的。不管是購買這間公寓，或改造隔音室的門、安排備用車子，我們都理所當然地一起行動。

「至少要讓他感到加倍痛苦。不，十倍痛苦。」我說。「如果能實現，我巴不得他死十次。」

「就算他死十次，也無法弭平我的怨恨。」

如美樹所說，就算那男人慘死十次，也難以抹除我們的恨意。稍一鬆懈，那些畫面就會掠過腦海。拿著針頭聲稱要打預防針的男人，明明膽小卻堅強說著「不怕」的菜摘。故意將那種影像寄給我、若無其事地騙我播放，如此惡毒的男人，爲何還能逍遙活在世上？

記憶重現，那男人向我們滔滔不絕地描述菜摘死前的言行舉止，但眞的發生過嗎？我已分辨不清，因爲我做過太多與現實毫無差別的噩夢。

「雖然他不能死十次，也不能讓他死得太輕鬆。所以，我們打算將他關在這裡。」我環顧四壁蕭條的隔音室。「既不缺食物，還有簡單的衛生設備，甚至能彈鋼琴。只是，永遠無法走出這裡一步。」

「該下手時不下手，讓他逃脫可就後悔莫及。」千葉出聲。

報仇最重要的是速戰速決。千葉昨天說的這句話，深深烙印在我心裡。沒錯，故意留下對方的性命，最後可能會導致失敗。

「我們夫婦會盡一切努力，避免弄巧成拙。這間公寓不會有人來訪，他絕對逃不了，也不用擔心被發現。」

我望向天花板上的半圓型迷你監視器。千葉瞥一眼，問道：「你想靠那玩意觀察房內狀況？」

「有備無患。」事實上，到時會不會監視那男人的一舉一動，我不敢肯定。或許我會看著他逐漸衰弱當做慰藉，或許我會徹底置之不理。因爲跟他扯上關係，本身就是一種痛苦。

「眞想讓他嘗嘗生不如死的恐懼。」美樹嘆口氣，「但我不曉得，那男人會不會感到『恐懼』。」

「是啊，我也無法預測本城會有怎樣的反應。」

「原來千葉先生也有不曉得的事情。」我取笑道。

「我不曉得的事情可多了，不過……」

「不過？」

「我曉得本城在哪裡。」

「咦？」

「我剛收到消息。」

「眞的嗎？」我察覺自己在苦笑。我就像小孩子解開沒人解得開的謎題般興奮，有種莫名的滑稽感。

千葉吐出一串數字，彷彿在模仿自動語音系統。我愣了一會兒，才明白那是郵遞區號，連忙想找張紙抄下。美樹比我機靈，立刻拿出手機，輸入電子記事本。千葉說完數字，接著報上地址。

「這是哪裡？」

「據說是座老舊的獨棟住宅，住著一個老人。」

由地址看來，跟我們家一樣位於世田谷區。地名有些耳熟，但從沒去過。「那男人怎會躲在這個地方？」

「屋主不是欠他人情，就是有把柄落在他手上。」千葉淡淡回答。

美樹倏地站起，迫不及待想趕過去。

「鱷魚的節目還沒結束嗎？」千葉望著電視。

畫面中，一個強壯的男人拿著長棍。鱷魚咬住長棍一端，被男人拖著走。水池對面站著手持長柄刷的小女孩及成年女子。

「對了……」千葉近似嘆息地說道：「之前你提過關於鱷魚的事吧。」

「鱷魚？」

「案發前幾天，菜摘不是在回家途中遇到一名男子，跟她聊起蛇還是鱷魚？」

我先是一愣，才反應過來。菜摘遇害不久，警方尚未找出凶手時，曾懷疑這個在菜摘放學回家途中向她攀談的男子。

「他只是在街上貼警告標語。當時，東京都內某戶人家飼養的爬蟲類逃走，引起不小的話題。他向我女兒搭訕時，莫名奇妙地問『妳知道鱷魚的壽命有多長嗎』，因而招致懷疑。不過，事後證明他跟此案毫無關係。」眞正的凶手是本城。

「原來如此，應該就是那傢伙吧。」千葉咕噥。

「那傢伙？」

「應該就是那傢伙負責你女兒。」

負責我女兒？什麼意思？我聽得一頭霧水，千葉又自顧自嘆氣，嘟囔著：「看來他是隨便搭訕兩句就交差了事。」

我想弄個明白，千葉卻失去興致，指著電視問：「這是在幹嘛？」

「大概是要打掃水池，先把鱷魚拉出來吧。長棍的前端八成插著食物。」我推測道。

男人手中的長棍前端似乎有塊沾著血的東西，不知是大魚，還是某種動物的肉。

「利用食物引開鱷魚，以便清洗水池。」

「這就是傳說中的以血洗血？」

千葉又在胡言亂語。

我將千葉念出的地址輸入汽車導航系統，確實搜尋到那棟建築。我們並未起疑，立即開車前往。

還沒抵達目的地，夕陽已逐漸西下。天空一片昏暗，我試著把手伸出車窗，幾滴雨落入掌心。眞不曉得雨何時才會停。

車子駛進一個老舊住宅區。一路上既沒塞車，也沒迷路。美樹幾乎不曾開口說話，我則是一遇上紅燈，便拿出手機確認有沒有來自箕輪的消息。至於千葉，一直凝視窗外，像是相當陶醉於車內的音樂。

雨刷在玻璃上來回，我不自主地隨著搖擺，雨水彷彿包圍了我們的車子。

那棟建築相當好認，按千葉說的地址尋找，很快便抵達。那是獨棟建築，有著廣大的庭院及極高的圍牆，門牌上以優美的字體印著「佐古」。我看著門牌，開車通過屋前。

「簡直像鬼屋一樣。」坐在副駕駛座的美樹回望道。透過後視鏡，看得見圍牆上延伸出柳樹的枝葉，似乎許久沒修整。「整座屋子包在高得嚇人的圍牆裡。」

「根據最近的研究顯示，圍牆愈高愈危險。」外頭的人完全瞧不見裡面的狀況，侵入者反倒安心，之前我看電視上的居家安全特別節目介紹過。「佐古家是典型的老房子，圍牆高得幾乎能擋住所有目光。」

「這麼說來，以前的房子確實都有很高的圍牆。」千葉出聲。

「千葉先生，我猜你指的是城牆。」美樹搶著說。

「哦？」

「我漸漸掌握你開玩笑的手法了。」

繞來繞去找不到停車位，我只好將車子停在路邊。眼前就是禁止停車的標誌，我不禁感有些良心不安。

「別想太多，交通標誌不見得是正確的。」千葉說。

「什麼意思？」

「標誌也會出錯，不是嗎？」

「是嗎？」

「甚至有過警察取締十幾年，才發現標誌出錯的例子。」

「居然有這種事？」我大吃一驚，「警察取締違規，不是以標誌爲準嗎？標誌本身怎麼會錯？」

「就是會錯。」

「那該怎麼處理？」

「歸還所有罰款。這種案例其實不少。」

「眞不曉得到底還能相信什麼。」美樹笑道。

「所以，不必太在意這個標誌。」

「千葉先生，假如遇上警察開紅單，麻煩你也跟警察這麼說。」我熄掉引擎。

「那男人眞的躲在那屋子裡？」坐在副駕駛座的美樹問。

「確認一下就知道。」

「你打算怎麼確認？」坐在後座的千葉問。他一副興致缺缺的模樣，似乎對我關掉汽車音響的舉動有些不滿。

「難不成要按門鈴，直接問那男人在不在？」美樹苦笑著調侃。「千葉先生，你有沒有什麼主意？」

「如果佐古是迫於無奈才收留本城，這麼做多半沒用。本城一定早就提醒過他不准說出去。」

「而且，那男人一旦得知我們發現這裡，或許會馬上逃到其他地方。」

美樹點點頭，「雖然我難以想像那男人逃走的模樣。」

沒錯，本城在控制遊戲中永遠是贏家。在他的字典裡，恐怕根本沒有「逃走」一詞。如同下棋，就算將棋子往後移也不算「逃走」，而是「戰略」。在那男人眼中，連「逃走」都是獲得最終勝利的手段之一。

不管怎樣，我們得先查清楚佐古屋內的狀況。

三個人走在路上實在太顯眼，我們決定只派一人前往查探。但是，該派誰去？我們的外貌，那男人都見過，其中他最熟悉的應該是我吧。而且我上過電視，恐怕連附近鄰居也會發現。「那個人不就是常上電視的作家嗎？」「他就是那個女兒遭殺害的可憐作家！」路人一看到我，想必會竊竊私語。

至於千葉，則是在飯店裡表現得太搶眼。那男人若躲在屋內，很可能立刻認出千葉。

於是，我們決定派美樹前往。那男人雖然認得美樹，但她弄亂頭髮，以劉海蓋住額頭，再戴上平常開車用的圓框眼鏡，形象便完全不同。

「我去瞧瞧。」美樹躍躍欲試，興沖沖地下車。

「這次只是查探情況，絕對不要擅自行動。」我再三叮囑。

「我明白，往佐古家裡看兩眼就回來。」

我有點擔心，萬一美樹瞥見那男人，一時怒上心頭，搞不好會自暴自棄地莽撞攻擊。這並非不可能，不過，我只能相信美樹不會亂來，畢竟美樹也不希望再失敗一次。

我和千葉留在車內，幾乎沒交談。雖然保持沉默，但不特別尷尬。同樣待在車內，我們之間彷彿隔了層薄膜，感覺就像他並非坐在車內發呆，而是坐在車外的引擎蓋或後車箱蓋上一樣。明明身處相同地點，卻存在於不同世界。

「山野邊，你對死亡有什麼想法？」千葉突然冒出一句。霎時，我以爲是自己內心的聲音。我感到心中的浮標隱隱晃動。過往的人生中，心底的魚兒不知拉扯過浮標多少次，提醒我「別忘記你總有一天會死」。每當浮標開始搖擺，我總是裝作不知道。

「問我有什麼想法……」

「你怕死嗎？」

我望向後視鏡，發現千葉直盯著我。不像故意拋出複雜抽象的問題來爲難或調侃我，他的眼神相當認眞，彷彿這就是他的工作。

「怎麼可能不怕？一旦死掉，就什麼都沒了。」嘴上說得輕鬆，其實我一直有種無法逃避的恐懼。一旦死掉，就什麼都沒了，所以死亡很可怕。若要表達我心中的感受，只是這麼簡單。但這樣一句話，根本無法傳達「死掉就什麼都沒了」的眞正可怕之處。好比「太陽在燃燒，所以很燙」一樣，雖然是千眞萬確的事實，卻無法傳達究竟有多燙。

「不過，也可說我不怕。」我繼續道。

「哦？」

「對，我不怕死。」

我感覺後座的千葉歪著腦袋。「那麼，到底是怕還是不怕？」

「兩者都對。不過，硬要選一邊……」

「我沒有硬要你選一邊。」

「我選不怕。」

「你還是選了。」千葉沒發笑，罕見地佩服道：「你不怕死啊。」

「是的。」

「哦？」

「我不是提過，家父是工作機器，完全不管家人？」

「嗯，你父親幾乎不曾休假。」

「在我眼裡，他是個每天只顧做喜歡的研究，毫不關心家人的父親。我感到很無奈，父親怎會如此不負責任。但我這樣的想法，其實也是錯的。」

「這種事有對或錯嗎？」

「十一年前，父親臨終之前，我和他聊過幾句。那時我才察覺，我們的想法完全不同。」我撫摸著方向盤，望向側視鏡。美樹還沒回來。

當時我二十四歲，剛開始執筆寫小說，比起大人其實更接近孩子，卻自信已是成熟的大人。，較之於現在這個深知自身不成熟的我，足見多麼幼稚。

父親住院時我會陪在旁邊，純粹是母親打來說：「你爸要住院，能不能幫忙載行李？我當天有事沒辦法去」，我只好答應，或許是身爲獨子的使命感吧。不，這全是爲了母親。由於父親極少在家，母親不僅扛起家務、關心我的學校生活，甚至獨自面對與社會接觸的大小瑣事。我非常感激母親，也非常心疼她，從小就盡量順從她的心意。

我從母親口中得知，父親檢查出癌症，所剩時日不多。而父親也清楚自身的病況。坦白講，聽到這個消息時，我沒有太大的感覺。當然，說絲毫不震驚是騙人的，但在我眼中，父親是個只顧工作不管家庭的人，於是當下只想著：「這個人待完公司換待醫院，就是不肯待在家裡」。

「關於病情及手術方式，我自己知道就好，診療時你不必陪在我身邊。」父親語氣自然，並非刻意逞強。我應一聲「隨你高興」，專心搬行李，嚥下來到嘴邊的一句「反正你一向只做自己高興的事」。

如今回想，母親約莫是假裝忙碌，故意不同行。那是父親第一次住院，也是最後一次住院。照理說，沒有什麼比陪伴來日無多的丈夫更重要，之後我才漸漸明白，藉著不幫忙處理入院事宜，發洩長年鬱積的怨氣，或許是母親的一種反抗。

大概是在母親心肌梗塞逝世，忙著準備喪禮時，我想通這一點。入院當天避不出現，確實是很像母親作風的小小復仇。

然而，當時我懵懵懂懂前往醫院，根本沒想太多。

「抱歉，我不是個好父親。」

待我把行李放到病房，聽完護士的簡單說明後，父親突然冒出一句。他將右手伸進病房準備的血壓計。我一時不知如何是好，嘀咕著母親怎麼還不打電話來。我不想坐下，直挺挺站著不動。

「是啊，你很少待在家裡。」假如我還是十幾歲的年紀，語氣恐怕會更衝。

「在你心目中，我是個怎樣的人？」父親問。

「這是對人生極有自信的人才能問的問題。」我不禁苦笑。「假如對揮棒沒自信，絕不會問別人『我揮棒的動作漂不漂亮』。」

「什麼意思？」

「沒什麼意思，只是拿揮棒來比喻。」

「不愧是作家，連比喻也與眾不同。」父親瞇起眼。原以為他在譏諷我，但他笑得十分開心，不像話中有刺。

「不過，你非常努力工作，賺錢維持一家生計，在這方面，你是好父親。」

跟凡事只想到自己，情緒起伏不定，又經常口出惡言的人比起來，父親好相處得多。光聽到我常上電視，有人便會露出賊兮兮的笑容，計算我究竟賺多少錢。實際上，那個人就是我叔叔。

父親對我的工作沒太大興趣，我反倒輕鬆自在。

「有幾句話，我想告訴你。」父親眼神中帶著幾分自嘲。「我熱愛工作，雖然辛苦，卻樂在其中。聽起來像夢話，但這是事實。那是值得全心投入的工作，我也拿出成果。」

我自認早明白這一點，不過，是否眞的明白，自己也說不上來。我默默思索，這到底算好事還是壞事？若父親根本不愛工作，只是爲了維持生計咬牙苦撐，我和母親會感到比較安慰嗎？或者，父親像這樣把工作視爲人生意義，因而疏於照顧家庭，我們的寂寞才算有回報？

「一般當父親的，應該盡量挪出時間陪伴家人，不能滿腦子想著工作，但我就是……」父親並未看著我，手臂伸進血壓計，嘴裡喃喃道：「害怕。」

「害怕什麼？」

「怕死。」父親的頭髮斑白，額頭皺紋極深，比我想像中老得多。不知是年事已高，抑或受癌症折磨的緣故。我漫不經心地想著，聽說吃抗癌藥會掉頭髮，不曉得是不是眞的。

見父親羞愧地低下頭，我完全無法理解。怕死是人之常情，何況他罹患不治之症，說出這種話一點也不奇怪，更不是什麼可恥的事。但不知爲何，父親流露心虛的神情。

「一旦死掉，就什麼都沒了。」父親笑道。

「這不是理所當然嗎？人一死，一切就結束了。」

「那一瞬間，人生種種都會消失，就像突然關掉電燈一樣，我害怕得不得了。我無法理解何謂『消失』，你相信『自己』會消失嗎？什麼都沒有。就像被丟進什麼都沒有的虛無世界。連想著『我死了』都不能，一切化爲虛無。」

「這不是青春期少年的煩惱嗎？」十幾歲時，我也曾爲「終究得死，爲何要出生」的疑問苦惱。跟麻疹一樣，每個年輕人都得經歷一次。

「是啊。不過，有一天我冒出一個想法……既然注定會死，爲何不盡情做想做的事？就算成爲備受稱讚的人，死亡仍會一分一秒逼近，那有什麼意義？假如只能活到明天，今天卻還在忍著做不想做的事，又有什麼好處？」

「若是這麼想，不是該敷衍工作，盡情滿足自己的欲望嗎？」

「工作就是我的欲望。」

「比起陪伴家人，你更珍惜工作？」我有些激動。

父親沒應聲，但沉默是再明顯不過的答案。或許我始終對父親懷抱不滿與憤怒，只是自己沒察覺。於是，我忍不住指責父親外遇，告訴他母親並不知情，可是我握有證據，想藉此宣示立場的優勢。

父親相當震驚。

「你外遇也是基於相同理由？因爲怕死，想趁死前多做一點想做的事？」

「嗯，是啊。我知道這理由很可笑。」

「是很可笑。」

父親好一陣子沒答話，我疑惑地抬頭。只見他凝視伸進血壓計的右手，忽然說：「量血壓時，你會不會擔心儀器緊緊扣住手，永遠抽不出來？」我哼一聲，應道：「不會。」

「你不害怕手抽不出來，得一輩子戴著血壓計過日子？」

「不害怕。」

「我不是在找藉口，這就是我最眞實的心情。向你坦白，並非希望獲得你的諒解。只是想告訴你，我眞的好怕死。」

「你不止怕死，還怕血壓計。」我皺起眉。「從古至今，哪個人不怕死？任何時代、任何人都一樣。宗教存在的意義，不就是爲了逃避對死亡的恐懼嗎？既然你這麼怕死，怎麼不找個宗教來信？」

說得有條有理、頭頭是道，不過是證明當時的我還沒體悟死亡的可怕。

「如果辦得到，不知該有多好，可惜那不符合我的性格。」

「每個人都怕死，卻依然努力活著，不是嗎？」

「我也曾認眞面對過人生。」

「何時放棄的？」

「你出生不久。」父親不假思索地回答：「在那之前，我一直循規蹈矩，老實地盡本分。跟其他人一樣，雖然怕死，但我告訴自己多想也沒用……」此時，血壓計發出嗶嗶聲，送出檢測紀錄。父親撕下那張紙，抽出右手。「後來，我發現更可怕的事。」

「比死更可怕？」

父親點點頭。我錯愕地望著父親，難以相信還有比死亡更可怕的事。

「那就是你。」父親斬釘截鐵地說。

「我？什麼意思？」突然聽父親提到自己，我一頭霧水。

「你總有一天也會死。」

父親到底想表達什麼？我一時摸不著頭緒。

「想到這一點，我的心登時涼了半截。世上沒有一個父母，能從容面對深愛的兒女死亡。」

聽到父親的話，我有點詫異，甚至懷疑病痛導致他的心智退回幼兒時期。

「就是字面上的意思。光想到自己會死便恐懼不已，教我怎麼接受你也會死？」

「那是理所當然的事。」我不屑道。

「儘管如此，我仍怕得要命。記得你小學時，有天晚上我看著你入睡……」

「難得你會在家。」我語帶嘲諷。

「當時我經常待在家裡，是盡職的好爸爸。」

「這就像聽到『古人也會製作陶器』一樣。」

「這麼突兀嗎？」父親笑道。「總之，想到如此努力長大的孩子終有一天也會死，心裡好害怕。我愈來愈恐懼死亡，而且沒辦法原諒自己的無能，心中充滿絕望。」

「這又是怎麼回事？」

「連我都這麼怕死，稚嫩的孩子如何承受得住？」

「你怎麼曉得我承受不住？」

「世上沒人能承受對死亡的恐懼。人一死，靈魂也就消失。說穿了，所謂的靈魂或精神，不過是身體內的一些化學作用。聽著，我再強調一次。我怕死，怕得不得了。而領悟你會死，無疑加深我的恐懼，我才……」

「才怎樣？」

「我才選擇逃避。我害怕生活，更懼怕死亡，什麼都不願多想。」

此時，父親將手邊的一本書遞給我說：「或許你讀過。」那是渡邊一夫的書，我還沒讀過。

「這本書我讀了好幾次。」父親繼續道。我曉得他沒撒謊，因爲紙張皺巴巴，顯然經常翻閱，而且摺痕不少。我接過書，翻開封面，很快找到父親最常讀的一頁。

「我們既然活著，遲早得面對死亡。」

這行字映入我的眼簾。

「渡邊老師的敘述方式非常溫柔，我總是能從中得到平靜。」父親說。

我翻過一頁，繼續往下看。書中的用字遣詞溫和，同時交雜著悲觀與樂觀。

「我們的人生時時刻刻都朝著死亡邁進。即使是凡夫俗子，也該將這不幸隨時銘記在心。」

「渡邊老師接著引用羅馬詩人賀拉斯的名言。」我從書本上抬起頭，父親望著我說：「及時行樂。」

「及時行樂？」

「對，原文似乎是『努力摘取每一天』。」

「什麼意思？」

「終究會死，不如享受當下。」

「噢……」我恍然大悟，原來父親的人生是遵循這個原則。

見我已明白，父親繼續道：「既然如此，我決定做自己想做的事。」

我吃驚地不停眨眼，有些懷疑父親在開玩笑。「你拋下家庭不管，只是爲了這種理由？你認爲合理嗎？」

父親一臉苦澀。「這不是合不合理的問題。我剛剛提過，不奢望你的原諒。僅僅想告訴你，我是多麼懦弱膽小……」

「接著，家父聊起一件往事。」雖然不確定千葉有沒有在聽，我仍繼續傾訴。不，正因如此，我才能侃侃而談。這種感覺有點像對著牆壁練習投球。

「或許你不記得……」父親以這句話起頭。其實，我依稀有印象。

當時我就讀國小低年級。每天一入夜，天色漸暗，我就不由得心生恐懼。或許是兒童節目結束，睡意又讓腦袋昏昏沉沉吧。不止是我，大部分孩童想必都會遇到相同狀況。

「想到死掉後，不曉得會變成怎樣，突然好害怕。」我邊說邊哭，眼淚流個不停。

我鑽出被窩，打開紙拉門，向坐在客廳的父親傾吐。母親似乎是生病，睡在另一個房間，更加深我的恐懼。

父親走過來，將哭得一把眼淚一把鼻涕的我抱起。「哦，想到死掉不曉得會怎樣，突然害怕啦？嗯，是啊，那確實很可怕。」

父親苦笑中帶著驚惶，再也想不出合適的話安慰我。

我年幼的腦袋裡在想什麼？數年前逝世的祖母、電視新聞的事故畫面，還是動作片裡殉職的刑警？

聽到我哭哭啼啼地問「死後會變怎樣」，父親頗爲狼狽。如今回想，他一定也在自問：死後會變怎樣？如何克服對死亡的恐懼？

「別擔心，很久以後才會發生。」父親勉強擠出一句。

或許是漫長的歲月扭曲記憶，我從未見過父親那樣惶恐，不禁懷疑他也在流淚。

當下，父親領悟「這孩子總有一天也會死」這個理所當然的事實。

於是，他接納死亡的存在，卻故意視而不見。如同帕斯卡所說，遮住自己的視線，繼續朝著死亡邁進。

突然間，副駕駛座的車門打開，中斷我的回憶。

美樹坐進車內，喘得上氣不接下氣，卻看不出一絲興奮。「跟千葉先生聊得愉快嗎？是不是對彼此多了些認識？」她似乎還有餘力開玩笑。

「還不錯。」我應道。「看樣子，妳有好消息？」

「不，稱不上好消息。」美樹皺起眉。

「有沒有看到屋內的情況？」

「佐古家十分氣派，庭院寬廣，圍牆頗高，但草木長得亂七八糟。」

「沒人整理？」

「大概吧。從圍牆外看不清楚，我煩惱著不知該怎麼辦，恰巧出現一個送貨員。」

「實在佩服送貨員。」我不是在調侃或譏諷，而是真心話。我每天關在冷氣房面對電腦，每次看見送貨員，總十分欽佩他們頂著太陽揮汗工作。

「我猜佐古會出來收貨，便躲在外頭偷看。」

美樹接著敘述，那送貨員沒按電鈴，光明正大地直接開門進去，放下東西就出來。

於是，美樹鼓起勇氣，上前向送貨員攀談。她假裝剛搬到附近，想拿傳閱板（註）給佐古先生，卻因佐古先生總是不在家，不知如何是好。她故意說得含糊，想設法從送貨員口中套出一些訊息。

「對方沒起疑？」

「應該沒有。」

「這確實有些麻煩。」送貨員聽到美樹的話，顯得相當熱心。「佐古先生年紀大，耳朵有些重聽。就算我按電鈴，他也不見得會出來應門。不過，他告訴我，只要將東西放在玄關就行。」

註：原文爲「回覽板」，日本的一種社區制度，在板內夾帶各種公告事項，由社區居民互相傳閱，以確保每一戶居民都收到消息。

「所以，自行開門進去沒關係嗎？」美樹問。

「只是遞送傳閱板，應該不要緊吧。妳不妨先按電鈴，再開門。不過，裡頭有攝影機，有些毛毛的。」送貨員解釋。

「攝影機？」聽著美樹的轉述，我忍不住高聲反問。

「是啊，佐古不久前整修房子，裝設不少防盜攝影機。」

「那庭院裡的草木怎麼亂七八糟？」既然整修過房子，不是該順便整頓一下庭院嗎？

「是啊，他整修房子，卻完全不管庭院。既然注重居家安全，怎麼不把圍牆改低一點？實在古怪。」

「恐怕是……」

「恐怕是本城的主意。」千葉也抱持相同看法。

美樹斂起下巴，點點頭。

「可見我收到的消息沒錯，本城確實在這裡。」

「此外，有一點要留意。如果隨便靠近，可能會被監視攝影器拍到。」美樹補充道。

「的確。」

「我縮在牆邊與送貨員交談，應該沒被拍到，換成開門走進去，多半是躲不了。這不就是裝監視攝影器的目的？那男人一定在屋裡盯著影像。」

「這下怎麼辦？」如果那男人在屋裡，我們去按門鈴，肯定會被發現。到時，他可能會逃之夭夭。「千葉先生，你有什麼看法？」

「怎麼辦啊……」千葉應聲，似乎怕我不滿，又補一句：「真是棘手。」

「像這種冷酷無情的人，一個就能把我們耍得團團轉。」我嘆口氣，「佐古想必也遭到控制。」我暗想，就跟轟一樣。

「剩下的二十四人不知在做什麼？」

「咦？」

「每二十五人，就有一人愛玩控制遊戲。反過來說，等於有二十四人站在我們這邊，不是嗎？」

「唔……」我點點頭，明白千葉想表達的意思。既然是一對二十四，應該是二十四這邊較占優勢。「很可惜，問題沒那麼簡單。書上說，依數據來看，我們要獲勝並不容易。」

「明明是二十四人對抗一人，卻難以獲勝？」

「聽過『米爾格倫實驗』嗎？」

「啊……你是指證明人會聽從權威的實驗？」美樹點點頭。她會知道並不奇怪，這實驗的結果實在太令人錯愕，許多書籍都曾提及。

「大致上，這個定義沒錯。」

實驗的內容是這樣的。首先，權威學者要求某人啓動儀器。一旦啓動，另一人就會遭受電擊。目睹遭電擊者露出痛苦神情後，啓動者往往會遲疑，接著，學者會再要求「增加電擊強度」。確實按照指示增加電擊強度的人，約占六成。

這就是米爾格倫實驗。事實上，遭受電擊者並未眞的遭受電擊，他們痛苦的表情是假裝的。

不過，實驗證明兩件事，第一是「即使認爲不妥，仍會有超過半數的人選擇遵循權威的命令」，第二是「違反命令的人往往懷有罪惡感」。

「那本介紹精神病態者的書裡，也提及這個實驗。假設每二十五人中，就有一人是精神病態者。而剩下的二十四人中有六成，也就是十四人擁有『服從命令』的特質。」

「再加上精神病態者本身，就是十五比十？」

「沒錯，那本書上還寫著：『擁有良心之人的獲勝機率雖不是零，但相當渺茫。』」

「原來如此。」

「接著是我的想像。在十五比十的階段，十的這邊屬於弱勢，肯定會有人因恐懼不安倒戈。說穿了，就是一些懂得見風轉舵的人。假設這種人占半數，就變成二十比五。」

儘管是我個人的推測，卻是合情合理。即使變成二十三比二，也不奇怪。

「原來如此。」千葉說：「不過，前陣子我跟朋友聊到類似話題，不禁產生一個疑問。」

「什麼疑問？」

「本城那麼神通廣大，爲何世上沒充滿像他這樣的人？」

「咦？」

「假如控制遊戲裡只有強者才能存活，弱者不是應該會死光？」

「也對。」我思索著這個問題，不經意瞥向後視鏡，發現千葉直盯窗外。

他在看什麼？

我忍不住好奇，往右側車窗望去。一輛小箱形車緩緩駛過眼前，車身印著「配送服務」。

「那是餐點配送車。」我不等千葉發問，先一步回答。

「要送去哪裡？」

我還沒開口，美樹便回答：「不久前，我在電視上看過，那似乎是專爲老年人設計的服務。獨居老人沒辦法自行料理三餐，業者便將經過營養設計的餐點配送到府，這也算是一種看護方式。」

「世界眞是愈來愈方便。」

「對了，佐古好像也是老人。」我說。

死神的浮力

21

Day 5

第五天

「佐古眞的申請那項服務？聽起來挺順利的。」

坐在我面前的香川說道。此時，我們在播放著音樂的咖啡廳。午夜十二點過後，見山野邊夫婦熟睡，我無事可做，便窩來這間店。原以爲山野邊夫婦會因過度疲勞與亢奮，一直清醒到早上，但十二點過後，他們很快閉上雙眼，發出鼾聲。

就這點而言，他們與我以往見過的人類並無不同。不管處於何種狀況，人類總是需要睡眠。

推開店門，香川已坐在裡面。我忍不住想問「妳到底有沒有認眞調查」，最後沒開口。她的「認眞」在我眼裡多半稱不上「認眞」，何必多此一舉。

「沒錯，佐古也訂購餐點配送服務，而且附近只有他這麼一個客戶。」

「據說是個頑固老頭，從不和鄰居往來。」

「配送餐點營養均衡且經濟實惠，最適合單獨生活的老人。」

「這是業者的宣傳口號？」

「沒錯。」

昨天美樹看見箱形車緩緩開過，催促負責駕駛的山野邊：「快跟上去。」

「跟上去幹嘛？」我剛問出口，山野邊已輕輕踩下油門。

「或許能喬裝成配送員，到佐古家登門拜訪。」

「原來如此。」

那箱形車轉彎後，又開一會兒，最後停在佐古家門旁。

「山野邊美樹下車走近配送員，看準他步出佐古家的時機，上前跟他攀談。」我向香川解釋：「她想向配送員打聽消息。」

美樹表現得很感興趣，隨口提幾個一般人會問的問題，順利套出話。原來每天傍晚，配送員都會送餐點到佐古家。

「哦，你們打算怎麼做？」

「明天傍晚……不，應該說是今天傍晚，山野邊夫婦會喬裝成配送員，潛入佐古家。」

回到公寓後，山野邊夫婦上網將餐點配送公司的底細查得一清二楚。

「怎麼喬裝？」跟我一樣，香川一口咖啡也沒喝。這種稱不上好喝或難喝的液體，引不起我們的興趣。

「細節似乎還沒確定。大概是在佐古家附近擋下配送公司的箱形車，接著軟硬兼施，拜託配送員讓他們代送。不然就是……」

「就是什麼？」

「溜進店裡偷制服。山野邊夫婦認爲，穿配送員的制服登門拜訪，應該不會遭受懷疑。」

「即使搞定制服，沒有配送的餐點也不行吧？」

「只要成功進門，接下來就見機行事，總有辦法逮住本城。」

「這麼草率的計畫眞的行得通嗎？」香川十分懷疑。

「我也不知道。本城還在佐古家嗎？」

「一直待在那裡。他依然不肯跟我聯絡，我只好三更半夜潛進去。屋裡眞不得了，到處都是監視攝影器。」

「八成是本城的要求吧。任何人靠近大門，就會被拍到嗎？」

「豈止是大門，就算是從二樓或屋子側邊闖入，一樣會被拍下來。連庭院也拉有電線，裝設監視器。影像全會傳輸到二樓房間的電腦。千葉，你有沒有做過管理電梯的工作？」

「沒有。」

「是嗎？跟那情況有點像，本城同時監控數個畫面。關在看守所時，本城就利用他人傳話，要求佐古安排妥當。對了，我已查出本城與佐古的關係。」

「本城與佐古的關係？」

「我聽見他們的交談。你猜猜，佐古老爺爺爲何會對本城唯命是從？」

「想必是本城的手段比較高明，抓住佐古的把柄？」

「大致上沒錯，不過這件事有個契機。」

「哦？」

「本城似乎很會用毒。」

「毒？」

「他常常在朋友或同學的食物裡下藥。」

「下藥？」

「毒可當藥，藥也能成為毒。總之，他偷偷讓別人吃下藥。」

「藥不是對身體有益？」我感到有些似曾相識。不久前，山野邊述說本城的事時，提過類似的話。

「要看使用的方法。我去過藥局，不少藥上頭標示『未滿十五歲請勿服用』，而且往往會多加一句『切勿服用過量』。」

「警告標示這麼多，哪天出現『無效請見諒』的標示也不奇怪。」

「這我就不清楚了。反正，本城喜歡拿藥做實驗，經常在他人飲食中摻藥。例如，讓同學喝孩童禁止服用的藥物，或一口氣吞三天份的抗生素，觀察會有何反應。不然就是讓人吃大量退燒藥，觀察體溫會降到多低。」

「真有研究精神。」

「他完全是抱持著實驗的心態。」

這確實是控制遊戲的贏家會幹的事。回顧人類歷史，勝者永遠是進行實驗的那一方。

「對了，本城的父母雙亡。這樣一想，或許跟他脫不了關係。」

「你的意思是，本城殺害親生父母？」

「沒錯。」

「那還用說嗎？」香川聳聳肩，一副理所當然的神情。「就連本城的祖父母，也是死在他手上。警方絲毫沒起疑，於是他益發得意忘形。」

「原來如此。」我恍然大悟。殺害親人卻不必承受罪責，當然會得寸進尺，嘗試更困難的挑戰。這是人類的天性。

「那跟佐古有何關係？」

「啊，對，差點偏離主題。佐古有個當醫生的有錢哥哥，佐古卻沒什麼錢，工作也不穩定。有能力的哥哥與無能的弟弟，這樣的組合不少見吧？」

「那又怎樣？」

「無能的弟弟佐古暗暗打了個算盤，一旦哥哥死亡，他就能繼承遺產。」

「哥哥沒孩子？」

「有個女兒。」

「既然如此，遺產應該由女兒繼承吧？」

「當然，如果有的話。」

「妳剛剛不是說有嗎？」

「在繼承之前，沒了。」香川語帶深意。

「死了？」我聽出話中玄機。當然，死因必定不單純。「被佐古殺害？」我接著問。

「很可惜，差一點。嚴格來說，佐古雖然懷有殺意，卻沒下手。」

「原來如此，下手的是本城？」直到這時，我終於明白中間的牽連。大概是佐古向本城提起希望除掉姪女，而本城答應代爲下手。那麼，佐古當然會對本城唯命是從。

「那時，本城剛弄到一種有毒植物，正想試試效果。於是，本城設法接近當牙醫助理的姪女，與她建立感情後，偷偷下藥。警方認定並無他殺嫌疑，草草結案。儘管死了個年輕的牙醫助理，卻不了了之。」

「牙醫助理？」我不禁一愣。

「是啊，一個做事認眞嚴謹的牙醫助理。」

「那個『有牙醫才有蛀牙』的牙醫助理？」

「那是某個大人物的名言嗎？」

「不是。」我想起那件工作。沒錯，在我呈報「認可」的隔天，那女人遭某個年輕男人下毒身亡。「原來那男人就是本城崇。」

「什麼意思？」

「當初是我負責那個牙醫助理。」

「哦，眞巧。」香川嘴上這麼說，但並不特別驚訝。

「回想起來，前去確認死亡時，我遇到下手的男人。他一點也不慌張，還主動向我搭話。」我說到這裡，又憶起更多往事。「對了，他也對我下過藥。」

原來那個人就是本城。

「那可眞巧。」香川笑道。「這麼說來，你們算是久別重逢？」

「他看到我，也認不出我是誰。」負責的案子不同，我們的相貌會跟著改變。「至於我，根本記不住那麼多人類。」

「也對。」香川說。

「對了，本城關在房裡，妳沒機會與他接觸，調查起來相當困難吧？」這句話並非體恤香川的辛勞，而是暗諷「反正妳一定沒認眞調查，太不把工作當回事了」。話中帶刺是人類的慣用手法，只是，這個手法沒對香川發揮效果，不知該說是她太不瞭解人類，還是該說她工作太隨便。

「謝謝你的體恤。」她誠摯地道謝，「等天一亮，我會繼續嘗試與他接觸。」

「嘗試不被攝影機拍到？」

「這次就算被拍到也沒關係。本城看見我出現，或許會放心不下，主動跟我聯絡。」

「但本城十分機警，直覺又敏銳，恐怕不會輕易見妳。」

「不然我就從二樓闖進去。人類似乎很吃這一套，說是叫『浪漫』。」

「搞不好會被當成非法入侵。」

「可是，蒙泰基奧（註）那一次，不也是如此？」

香川提起同事的名字，我立刻明白她的意思。蒙泰基奧是我們的同事，在十六世紀對某個女人心生情愫。這樁風波後來與神話重疊，被人類寫成《羅密歐與茱麗葉》。其實，那只是調查部同事捅出的婁子。

故事中，男主角名爲「羅密歐．蒙太古」。不過，那是訛傳，他眞正的姓氏並不是「蒙太古」，而是「蒙泰基奧」。執行任務時，我們使用的代號多半取自都市或社區名稱。總之，蒙泰基奧工作認眞，爲了調查那女人，想盡各種辦法，不惜冒險闖進她家。不料，他投入太多感情，甚至違背規定，呈報「認可」後，又讓她復活。

於是，飲毒身亡的女人重獲新生。

因著這個緣故，蒙泰基奧遭上級調往其他單位。我與蒙泰基奧沒見過幾次面，但至今仍時常與同事聊起這個「與人類太過親近的調查員」的故事。

「目前正值『回饋大方送』活動期間，蒙泰基奧的事換成今日，搞不好不會遭受懲處。」香川聳聳肩。

「眞是愚蠢的活動。」

「對了，你和山野邊夫婦的事情，我能告訴本城嗎？要是向他透露你們打算喬裝成餐點配送員潛入佐古家，或許能引起他的興趣。」

「嗯，或許吧。」我應道。

「不過，這樣會不會造成你的困擾？」

「造成我的困擾？怎樣的困擾？」我皺起眉。

「本城事先知情，你們的復仇計畫很可能會以失敗收場。」香川的表情絲毫未變。

「就算失敗，又有什麼關係？反正本城和山野邊都不會在今天死亡。」

在七天的調查期間內，我們的調查對象絕不會死亡。不管他們今天的遭遇多麼驚險危急，都不會送命。當然，他們可能會受傷，但不會傷重致死。

「啊，也對。不過，我的調查工作只到今天爲止。今天之內，我會呈報調查結果。」

註：Montecchio，原本是義大利的地名。

我差點說出「反正一定是認可」，好不容易吞回肚裡。

走出店外，手機旋即響起，彷彿早就等著這一刻。天空依然陰雨綿綿，雖然是黑夜，仍看得出烏雲密布。

打電話來的，是負責統管調查部的監察部同事。

「調查期間還沒結束吧？」我說。

「我當然知道，只是想問問，有沒有可能早點呈報結果？」

或許香川的推斷沒錯，就像搞錯交通標誌一樣，監察部也急著掩蓋缺失。

「你希望我呈報『放行』吧？」

「沒那回事。」對方死鴨子嘴硬，「我只是提醒你，沒必要勉強。」

「勉強？」

「若你認爲目標對象不該死，可延長二十年壽命。」

「有話直說，何必拐彎抹角？」我氣得想掛斷，忽然想起另一件事，於是不管三七二十一地問：「對了，我是不是見過本城？」

「什麼意思？」監察部同事冷淡地反問。聽得出並非故意賣關子，也不是在裝傻，而是並未掌握這種瑣碎細節。

「我負責調查過一個擔任牙醫助理的女人，毒殺她的應該就是本城。」

「這我不清楚，得查一查。不過，這種事有查的價値嗎？」

我沒生氣。確實沒必要特地調查，我直接掛斷電話代替回答。

接著，我跨上腳踏車，朝山野邊夫婦的公寓前進。數顆雨滴打在我的臉上。

「2、2、7、9。」我從後座往前探，報出一串數字。

「咦？」山野邊夫婦相當驚訝。「你在念什麼？」

「還會是什麼？當然是那個人按的數字。2279，八成是開門的密碼。」

此時將近中午十二點。

太陽或許已來到頭頂上，但天空擠滿烏雲，根本看不見。綿綿細雨依然下個不停，眞是陰魂不散。雖然早就不奢望親眼拜見太陽，仍難免有些無奈。

我們的車子停在路旁。雨水打在擋風玻璃上，製造出一道道波紋。水滴以規律的節奏在玻璃表面畫出扭曲的圖案。山野邊終於沉不住氣，啓動雨刷。

這是一條雙向單車道。對面有間店，招牌上印著「Kitchen Box」，還寫有一些宣傳標語，例如「適合高齡者的餐點配送服務」、「提供均衡飲食」、「一人份也OK」等等，但外觀一點也不起眼，像是裝潢樸素的辦公室。

「商品內容寫得不清不楚，便當賣得出去嗎？」我直率地問。「他們做的是宅配生意，客人不會來店裡。」山野邊解釋。

「而且這是分店，不是總公司。餐點都是在工廠大致調理完成，才送到加盟店，由店員加熱或盛裝。」

上午美樹打電話到「Kitchen Box」總公司，以「學校老師出作業，要孩子調查各種行業的運作方式」爲藉口，將作業流程打聽得一清二楚。

山野邊夫婦計畫先取得制服和名牌。昨天，美樹向走出佐古家的配送員攀談時，假裝在考慮申請餐點配送服務，問了一句：「安全上有沒有疑慮？」對方回答：「我們會出示名牌，就像警員出示警察手冊一樣，好讓客人安心。」

倘若本城隨時監視著螢幕，沒有名牌恐怕會引起懷疑。因此，山野邊夫婦打算潛入店裡盜取名牌。

山野邊利用汽車導航系統，輕輕鬆鬆查出加盟店的位置。他將車子停在門口附近，周圍只有兩輛箱形配送車及一輛機車，幾乎無人進出。美樹提議到後門瞧瞧，於是山野邊再度發動車子，繞到店的後方。

山野邊剛在路旁停車，對面便走來一名穿制服、撐著雨傘的女人。那女人抵達後門，將傘開闔數次，甩掉雨水後收起。接著，她背對我們，操作起牆上的儀器。那儀器的按鈕不少，有點像計算機或銀行的ATM。

「那門似乎裝有密碼鎖。」山野邊腹部抵著方向盤，湊近擋風玻璃。「要是看得見密碼就好了。」

「可惜距離太遠。」

於是，我從後座往前探，擠到駕駛座與副駕駛座之間，凝神細看。女人按下「2、2、7、9」四個數字，我依序念出。

「千葉先生，你怎麼看得見？」

「不管千葉先生再做出什麼事，我都不會驚訝。你一定會說自己視力好，對吧？」美樹開口。

「總之，我溜進去瞧瞧。」山野邊說。

「那間店不大，溜進去八成會被發現，要偷出制服恐怕不容易。」美樹憂心忡忡。

「店員就算起疑，也不至於報警。遇上恭謹有禮的陌生人，大部分的人都不會過於提防。」

「若能把所有店員引到外頭，偷制服就容易得多。」我出聲。

「這不是廢話嗎？」美樹笑道，「千葉先生，你有沒有好點子？」

我大可直截了當地回答「沒有」，但如此一來，我會被當成礙手礙腳的累贅，難以進行調查工作。此時，我忽然想起電視節目中，飼主為了清掃水池利用食物引走鱷魚的畫面，於是隨口胡謅：「用對付鱷魚那一套如何？拿食物引出店員，我們就能進去打掃。」

山野邊望著我。由於我上半身往前湊，山野邊一轉頭，我們幾乎是臉碰臉。我毫不在意，但山野邊似乎覺得不妥，拉開距離才開口：「千葉先生，鱷魚和人不能相提並論。」

「難不成要弄一根綁著食物的長棍？」坐在副駕駛座的美樹苦笑。

「這點子行不通嗎？」我轉向另一邊，這次差點和美樹的臉碰在一起。「即使不用食物，也可找藉口引開店員或吸引他們注意，辦起事就容易得多。」

「確實有道理。」美樹沉吟片刻，「走過去大喊『我丈夫突然身體不舒服，快來幫幫忙』，如何？或許能引出幾個店員。」

「嗯，聽起來不錯。」我跟著附和。「山野邊在一旁假裝肚子痛，應該能引起大部分店員的注意。」

「你們想得太簡單。」山野邊皺眉，「突然聽見陌生人說出這種話，誰都會心生警戒，這才是人性。」

「那倒不見得。」我斷言。這一點，我頗有自信。「其實，一般人很容易相信陌生人的話，前天的遭遇不就是最好的例子？」

「前天？」

「在汐留的大公園，那個外國女人不是對你們使出同一招？」

「濱離宮恩賜庭園？」

「啊，你指的是那件事？」

那個外國女人只用「請幫幫忙」、「倒在地上」、「請跟我來」幾句曖昧不清的話語，便成功誘導山野邊夫婦踏進樹叢。否則，他們也不會遭穿雨衣的男人強行帶走。

山野邊想起當時的情景，苦笑著解釋：「我以爲對方不太會講日語。」

「不論理由爲何，總之，你們輕易上了敵人的當。你們的警戒心沒有想像中強，這才是人性。」

數分鐘後，我走向「Kitchen Box」後門，按下「2279」四個數字。由於我沒特意牢記，竟然忘記最後一個數字。仔細一看，按鍵盤「9」的表面磨損嚴重，顯然經常受到按壓。

爲何我要負責偷制服？山野邊給了一個合理的解釋。

「千葉先生，要你假裝肚子痛不太可能，就算裝了，也無法吸引店員的目光。既然如此，只好委屈你趁我們絆住店員時，偷偷溜進後門。」

我並未反對。

後門一開，我豎起耳朵聆聽裡頭的動靜，卻只聽見美樹在店面另一頭的話聲。她按照計畫，告訴店員：「我丈夫突然蹲在地上，似乎身體不舒服，拜託你們幫幫忙。」

一名原本在處理店內事務的男店員，走出去關心山野邊夫婦。依交談聲、腳步聲及動作的聲響研判，店裡共有兩男兩女。

我輕輕推開門走進去。仔細想想，無聲無息地潛入對我根本不是難事。門後是個狹小的房間，擺滿置物櫃，似乎是員工的私人物品放置間。我稍一張望，便看到置物櫃旁的瓦楞紙箱裡有不少折疊整齊的制服。那箱上貼著一張紙，標明「清洗完畢」。

制服以略帶茶色的白色爲底，印著一些紅紋路。我拿起三件，塞進紙袋。接下來，只剩證明員工身分的名牌，但我根本不曉得那玩意長什麼樣子。美樹形容有點像駕照，但我根本沒找到類似的東西。我翻遍置物櫃，查看紙箱，依然一無所獲。

此時，背後的門忽然打開，走進一名年輕男子。

他微低著頭，說著「工作辛苦了」，似乎把我誤認爲前輩。他拍去頭髮和衣服上的雨水，但沒濺起任何水滴。

「名牌在哪裡？」我轉頭問。

「咦？」年輕男子抬頭看著我，皺著眉問：「什麼名牌？等等，你是哪位？」雖然外表年輕，但他應該是三十歲左右，不是剛成年的小夥子。他的頭髮短得幾近光頭，身穿制服，似乎是剛配送完餐點。

「我是千葉。」

「千葉……？是新的約聘職員嗎？」

「對，上頭叫我來拿名牌，配送餐點時要給客人看的。」

「噢，是這個吧。」年輕男子往胸口名牌彈一下。上頭貼著照片，確實有點像駕照。

「太好了。」我想取下那張名牌，年輕男子抓住我的手。我心頭一驚，以爲他會昏厥，仔細一瞧，他抓的是袖口，沒碰到皮膚。我暗鬆口氣，他沒昏厥，對他是好事，對我也是好事。

「這是我的，你不能拿走。你的大概要過一陣子才會做好。」年輕男子奮力守護名牌，推開我的手。

「我不在乎用你的名牌。」

「我在乎。」

直到此刻，年輕男子依然沒懷疑我是非法入侵，只當我是腦袋不靈光的新進員工。正當我思索該不該強行奪取時，外頭忽然傳來喧鬧聲。

店門口傳來一聲「快報警」。那話聲相當細微，隔著這樣的距離一般人肯定聽不見，但我並不是一般人。

我清楚聽見門外的男人驚惶地低呼「快報警」。

顯然山野邊夫婦遭到懷疑。我趕緊打開後門，走向前門。「發生什麼事？」年輕男子問一聲，似乎也察覺不對勁，慢吞吞地跟在我後頭。

我走到店門口，看見山野邊夫婦及穿制服的店員，登時明白狀況。

「你誤會了、你誤會了。」山野邊夫婦神情僵硬，低聲下氣地解釋，不斷揮舞雙手。

雨勢稍微減弱。天空依然烏雲密布，但雨滴僅僅像以畫筆描繪的細線。

那店員是個魁梧的中年男人，握著手機，眼神游移。他看看山野邊夫婦、看看地面，瞥見我來到身邊，又望著我，嚇得全身一顫。

一把槍掉落在地。看來，這就是原因。

事情經過多半是這樣的。美樹依照計畫，謊稱「丈夫身體不舒服」，將店員騙出店外。山野邊捧著腹部，假裝肚子痛。店員走到山野邊身旁關切，卻發現山野邊帶著槍。不然就是山野邊動作太大，槍不愼滑出來。

總之，就是店員發現槍，引起一陣騷動。

眞是嚴重的疏失。不過，畢竟山野邊不是故意的。我想起以前曾因工作造訪一間軟體設計公司，該公司的男職員說過這麼一句：「嚴懲惡意、寬容粗心。」

他是我負責調查的女人的同事，職務是檢查系統故障原因，興趣卻是參加合唱團，讓我印象深刻。他說過不少耐人尋味的話，其中又以「粗心大意不可能杜絕」最新奇。他告訴我，即使千叮嚀、萬交代，仍無法完全防範粗心之過。明明稍微留心就不會犯錯，但錯誤依舊頻頻發生，很多人都有類似的經驗。這點我深有同感，畢竟連提醒駕駛小心的交通標誌，都會因粗心擺錯位置。不僅是人類，我們也會犯錯，否則情報部不會搞出「回饋大方送」活動。他的結論是「重點不在於防範粗心，而是如何將粗心造成的損害降到最低」，我頗爲認同。

山野邊不愼露出攜帶的槍，責備他無濟於事，當務之急是收拾殘局。

「強盜？」店員戰戰兢兢地看著地上的槍，高舉手機，擺出類似宣誓的動作，顫聲道：「我要通報警方！」

綿綿細雨不斷濡濕手機，但他似乎並未察覺。

「不，不是你想的那樣。」美樹在一旁拚命解釋。然而，她愈是焦急，愈是加深店員的懷疑。一旦店員報警，事情會變得相當麻煩。

「不是強盜，怎會帶著這種東西……」店員握緊手機，覷著地上的槍。他緩緩靠近，一副提心吊膽的模樣，彷彿面對的是一條蛇。

「這只是玩具槍。」原本彎著腰的山野邊，緩緩挺直身子。

「就算是玩具槍，平時也不會帶在身上吧？」店員撿起槍。

「對不起，是孩子託我們買的。」美樹神情扭曲，顯得相當痛苦。她痛苦的根源並非撒謊帶來的罪惡感，而是將孩子當成藉口。

「好重。」店員握著手機，另一手把玩槍。他將槍拿到眼前仔細觀察，接著以槍口對準山野邊。或許他相信那是玩具，動作粗魯又大膽。

「請還給我。」山野邊故作鎮定，「那眞的是玩具槍。」

「就算是玩具槍，保險起見，我還是得報警。事後，我還得寫份報告向總公司解釋。」店員把槍口當成手指，對準山野邊。

我有些猶豫，不知該不該設法解圍。就算要解圍，也不知該用什麼辦法。坦白講，不管事情如何發展，我都不痛不癢。

此時，背後響起話聲。那話聲相當高亢，簡直像是氣球爆裂的聲響。

「卡！」

轉頭一瞧，原來說話的是剛剛在店裡遇見的年輕男子，他握著一支智慧型手機。別提山野邊夫婦，連我也是一頭霧水。

「小木沼，你喊『卡』是什麼意思？」拿著槍的店員狐疑地問。這時，我才曉得剛剛在後門遇上的年輕人姓「小木沼」。

小木沼放下手機，回答：「對不起，田中哥。其實我們在拍電影。」

我登時愣住。拍電影？什麼意思？當然，我曉得何謂拍電影。但在我的認知裡，小木沼握著智慧型手機的動作，實在跟拍電影扯不上關係。

「手機裡有個編輯影像的程式，我想試試好不好用。這些人是我朋友，志願當演員，幫忙拍一段影片。」小木沼指著山野邊夫婦。

「那麼，這把槍是……」被喚為田中哥的男人舉起槍。

「假道具。」小木沼緩緩走上前，若無其事地拿回槍，低頭行一禮。接下槍的瞬間，或許是真槍過於沉重，小木沼流露驚愕的神色。雖然他強自鎮定，卻沒逃過我的眼睛。「演員不夠，只好偷偷讓田中哥摻一腳。沒事先告訴你，是希望演得逼真。」

「你這小子……」

「田中哥，我會這麼做，也是因為你太上相。你有一種獨特的風格，堪稱是最佳配角。」小木沼明顯在拍馬屁，但田中沒動怒，只說：「原來你還沒放棄當導演的夢想……但工作時間幹這種事，畢竟不妥吧？」他的語氣中摻雜欽佩與無奈，顯然已放下戒心。

小木沼再次鞠躬，中氣十足地喊聲「非常抱歉」。沒太多無謂的說明，反倒顯得煞有其事。接著，小木沼指著店內，補上一句：「對了，田中哥。總公司來電找你。」

「這種事等下班再做。」田中嘆口氣，轉身走回店內。得知可怕的強盜案只是虛驚一場，他鬆口氣，輕輕笑道：「真是的，差點沒被你們嚇破膽。」

看著田中微跛著走到店裡，小木沼喊一聲：「田中哥，下次請你吃飯。」田中回答：「那就今天吧。」

山野邊夫婦不知所措，只能愣愣站著。危機似乎已化解，但能不能安心，還是個疑問。「拿去。」小木沼遞出槍，山野邊說聲「謝謝」，卻不曉得該講什麼。他大概在煩惱是否該直接離開，當一切是運氣好。

「你們在拍電影？」我出聲。

「唔……山野邊先生，這個人也是你的朋友？」小木沼說。

「咦？」山野邊吃驚地瞥我一眼，似乎很驚訝小木沼認得他。

小木沼瞇著眼呵呵笑。「你忘記了？我跟你要過簽名。」

「啊……你是我的書迷？」山野邊疑惑地回想。

「是啊，我從山野邊先生的作品中學到詞彙的意義。」小木沼應道。

「難不成是……」美樹瞪大眼，「那個『破釜沉舟』的書迷？」

下午三點多，我們坐上車，再度來到猿塚町。同樣停在佐古家附近，這條馬路比昨天那條寬廣。雨水同樣在車窗玻璃留下陣陣漣漪。

「山野邊，那個書迷信得過嗎？」我問。

「信得過。」負責駕駛的山野邊信心十足，又補一句：「但願。」

中午發生手槍事件後，那個身兼山野邊書迷、未來電影導演及配送員三種身分的小木沼，忽然與山野邊握手，從容地說：「能夠再見到你，我真的很高興。」然後，他指著制服上的名牌，「你們想要這個員工證？」

山野邊仔細觀察小木沼的表情，坦承道：「我們想借用工作證，進入一棟屋子。那屋子的主人是你們每天配送餐點的對象之一。」山野邊沒使用任何談判技巧或謊言，拋棄拐彎抹角的說明及虛僞的藉口，率直說出眞相。

「你的意思是，你們想喬裝成配送員混進那棟屋子？」小木沼理解得很快，但從他臉上看不出任何情緒。或許該說，他也拿不定主意，不知該表現出怎樣的情緒。

「這有點難以啓齒，不過我們確實有此打算。」山野邊坦言：「我們以爲弄到制服和名牌，就能解決問題。」

「你們的目標是哪一戶？」

山野邊報出「佐古」這個姓氏，剛要描述地址，小木沼搶先開口：「啊，原來是佐古家。」

「你知道？」美樹問。

「嗯，那屋子不得了，到處是監視器。」小木沼比手畫腳，彷彿眼前堆滿監視器。

「哦？」看來佐古家的名氣不小。

「以前還沒那麼誇張，屋主只是個孤僻的老爺爺，這陣子突然變得疑神疑鬼，不曉得是不是受到驚嚇。最近更是變本加厲，連客人登門拜訪也無法踏進屋裡一步。」

「八成是本城的指示。」我推測道。聽到這個名字，山野邊夫婦渾身一顫。

小木沼似乎並未察覺，應道：「好，我明白了。」

「咦？」

「我會設法調整今天的排班表，改由我送餐點到佐古家。」小木沼搔搔鼻頭，茫然望著空中的雨絲。那對雙眼皮的眼睛似乎流露老謀深算的鋒芒，又給人一種魯莽淺薄的印象。「隨便找個藉口，更動排班表並不困難。我們約在佐古家附近會合，送餐點到佐古家時，你們就跟在我身後。」

「這樣好嗎？」

「一點小事，沒什麼大不了。」小木沼說得泰然自若，或許屬於大而化之的性格。我曾在工作上認識一個流氓，氣質與小木沼不太一樣，卻有異曲同工之妙。爲了保護仰慕的大哥，那個流氓不斷做出各種魯莽的天眞行徑，沒有半點城府。當時，我的調查對象是他的大哥藤田，也是頗有意思的人物。我記得名字的人類不多，可見藤田在我心中留下頗深的印象。當然，我並不懷念藤田，但偶爾會憶起他與敵人打得天翻地覆的畫面。當時他的動作彷彿在演奏一首激昂的音樂。

「這樣眞的好嗎？」山野邊再次確認。

「別擔心。對了，到時我會帶幾件制服。」

「制服這裡有。」我舉起紙袋。

「噢，原來這就是你的目的。」小木沼點點頭。「看來制服的問題順利解決。」

接著，小木沼取出智慧型手機，叫出地圖。「佐古家在這一帶，我們就約在此處碰面吧。」他指著畫面，「至於碰面的時間，等我查過排班表，確定佐古家的送餐時間再決定。」

小木沼說完，轉身走進店裡。

「啊，等等！」山野邊喊住小木沼。

「別擔心，我眞的只是進去查閱排班表，絕不會報警。」小木沼回頭。

「我不是那個意思。」山野邊搖搖頭，「只是想問你，關於從前你來參加簽名會時的事。」

「哪件事？」小木沼有些詫異。

「剩下的一半，你看完了嗎？」

小木沼露出幼兒般燦爛的笑容，回答：「老實說，我還是沒看完。」

美樹發出孩子般輕快的笑聲。

此刻我坐在車裡，問山野邊：「一個根本沒看完你著作的讀者，你憑什麼相信他？」山野邊與讀者的相遇完全是巧合。人類往往認爲巧合具有重大意義，這點我能理解。但一個沒辦法看完他作品的讀者，眞的能信任嗎？

「他說得這麼老實，不就證明是可信任的人？」美樹應道。這不像她的眞心話，而是自暴自棄的說詞。

負責駕駛的山野邊頻頻看表。「預定四點前往佐古家，所以我們約三點五十分吧。請先換好衣服，一碰面就能馬上出發。」當時小木沼這麼說，還和山野邊握手。

然而，小木沼遲遲沒出現。

我偷瞄山野邊的手表，再過兩分鐘就是三點五十分。

山野邊變得沉默寡言，美樹則不停左顧右盼。車外是條大馬路，視野極佳，由於面對住宅區，眼前排列著一棟棟公寓。雖然不曉得小木沼會從哪個方向來，至少直到這一刻，依然看不見人影。

「如果他沒來……」美樹還沒說完，山野邊搖搖頭制止。他的表情，似乎寫著「別把事情往壞的方向想」。

我看著映照在右側視鏡上的景色，發現後方駛來一輛漆成黑白兩色的警車。「原來如此，他搭警車過來。」

「咦？」負責駕駛的山野邊渾身發顫，轉過頭。

「那個小木沼是警察？」我問。

「難不成……」美樹緩緩閉眼，又緩緩張開，吁出一口氣。「他報警了？」不知該說是鼓起勇氣，還是放棄希望，總之，她似乎放鬆了全身力氣。

「妳指的『他』，是小木沼嗎？」事實上，這就像只有一個選項的選擇題。「警察出現又怎樣？有什麼好怕的？」。

「槍。」美樹答得言簡意賅。

「原來如此，小木沼告訴警察槍的事？」

「遭讀者背叛，也算罪有應得。」山野邊搔搔頭。「不過，心裡甘不甘願，又是另一回事。」

駕駛座的窗外閃過一道人影，玻璃上傳來敲打聲。

警車停下，轉眼間警察已來到車外。人類陷入困境時，倒楣事往往會接踵而來，這就叫禍不單行。望向窗外，看得見警察的制服。山野邊按下開窗鈕，車外的雨聲頓時湧入車內。警車就停在我們後頭。

山野邊的手偷偷伸向身後，打算掏槍，顯然不是明智之舉。

他或許會遭警察逮捕，人生宣告終結。

美樹佯裝平靜，迅速掃過四周，目光最後停在手煞車和引擎啓動鈕上。一旦情況不妙，她準備立刻發動車子逃走。

這顯然也不是明智之舉。

我坐在後座，靠著椅背，愣愣注視這一幕。此時，我只感到好奇，不曉得事態會如何發展。窗外的警察上下打量著山野邊。

車內一片死寂，彷彿有雙無形的手勒住空氣。

山野邊緊張得渾身僵硬，美樹也一樣。

「有什麼事嗎？」山野邊戰戰兢兢地問。

「這裡不准停車。」

「咦？」

「立刻把車移開。」警察指示。

「啊，是。」山野邊的話聲相當倉皇，根本沒料到警察丟出的會是這句話。事實上，連我都感到有些意外。美樹立刻瞇起眼，勉強擠出生澀的笑容，應道：「沒問題，我們馬上走。」

警察似乎不喜歡淋雨，交代完便快步回到警車上。「看來這個標誌是正確的。」我望著路旁的禁止停車標誌。
山野邊剛鬆口氣，又響起輕叩玻璃聲，他嚇得跳起來。
小木沼撐著塑膠雨傘，站在微開的車窗外說：「我來晚了，對不起。」
「啊，你眞的來了。」山野邊的話聲既彆扭又有些亢奮。
「我當然會來。」小木沼瞇起眼，「不是約好了嗎？」
至今，我見過許多爲了遵守難以達到的承諾而遭逢巨禍的人類。事實上，「守信」與「幸福」往往不能畫上等號，但小木沼還是遵守承諾。
或許是一度以爲遭到背叛，看到小木沼時，山野邊眞的喜出望外。那眉開眼笑的模樣，簡直像是以爲小木沼現身，一切都能迎刃而解。當然，小木沼遵守諾言與事情能否迎刃而解，完全是兩碼子事。山野邊的反應，顯然只能以「空歡喜」與「盲目」形容。
小木沼將公司的箱形車停在一條小巷內。山野邊發動引擎，將車子開到箱形車旁。下車後，小木沼取出裝餐點的木盒。我們一行圍在小木沼旁邊，討論計畫的細節。雨勢漸小，山野邊似乎把這個現象當成好兆頭。
「人數太多，畢竟不合理。」看著我們穿上制服後，小木沼說道。聽起來是就事論事，並非取笑。「佐古家只有一份餐點，每次都由一人配送。若超過一人，肯定會遭到懷疑。」
「既然如此，我跟你去吧。」山野邊舉手道。
美樹並未表達贊成或反對，她很清楚別無選擇。小木沼原本是山野邊的書迷，既然要搭檔行動，當然是與山野邊本人。更何況，槍是由山野邊保管。

「美樹和千葉先生，請在佐古家附近監視。尤其是後門，一定要牢牢盯住。」山野邊吩咐。

我試著想像接下來會發生的情況。

山野邊隨小木沼前往佐古家送餐時，會有怎樣的舉動？

首先，兩人走進佐古家。

佐古緩緩現身，山野邊迅速掏出槍，威脅佐古不許聲張。山野邊肯定不會脫鞋子，他會直接踩進屋內，穿過走廊，登上二樓。接著，他會在二樓某個房間找到本城，然後瞄準本城，扣下扳機。

大概會這麼發展吧。

只要奇襲成功，山野邊瞬間便能實現報仇的心願。雖然如此草率的報仇方式有違山野邊夫婦的期許，總好過飲恨失敗。

不過，本城也可能逃走。他擁有敏銳的直覺及與生俱來的好運，或許能在千鈞一髮之際察覺危機，從後門逃脫。爲了防範這種情況，山野邊要我們在屋外監視，是相當明智的判斷。倘若香川將我們的襲擊計畫告知本城，本城很可能順利脫逃。

「山野邊先生，你到底想與佐古先生談什麼事？」

小木沼的話將我的思緒拉回現實。

「你還是別知道詳情比較好。」山野邊回答。

「沒錯。」美樹從旁插嘴：「事情結束後，你可以堅稱什麼也不知道。」

「我明白你很擔心，但你只能相信我們。」山野邊安撫道。

「我一點也不擔心，不過……」小木沼意外地冷靜。

「不過？」

「我想問一個問題。」

「我盡量回答。」

「山野邊先生，這件事跟你女兒有關嗎？」

山野邊沒立刻答覆，但並非語塞或遲疑，而是女兒菜摘的回憶再度湧上心頭，一時不能自抑。他嚥下口水才點點頭，應一聲「嗯」。

「既然如此，我不會再問任何問題。」小木沼一臉嚴肅，「不管你們想怎麼做，我都全力配合。」

山野邊頓時說不出話。望向美樹，發現她的眼眶也泛紅。

「這就叫破釜沉舟。」

山野邊與小木沼幾乎同時迸出這句話。

我在佐古家對面的電線桿旁，目送山野邊與小木沼按下電鈴，走進佐古家的庭院。我愣愣站著，任憑雨水不斷濡濕頭髮，並未感到絲毫不快。

等一下佐古家恐怕會傳出槍響。山野邊或許會往佐古腦門開一槍。任何阻礙復仇行動的人物，都會成爲排除的對象。

假如佐古將遭到殺害，負責調查佐古的同事應該已來到附近，準備親眼見證調查對象死亡。即將死亡的人愈多，聚集在附近的同事自然愈多。不過，每個同事見證死亡的時機及地點不盡相同，就算負責佐古的同事早就來到附近，還是無法預期會在何時遇上。我只曉得一點，若佐古將死於槍擊，負責的同事肯定會現身。

驀地，我忽然想起本城目前還在調查階段。香川的調查工作直到今天才結束，代表本城絕不可能在今天死亡。換句話說，復仇行動不可能在今天了結。

緊接著，我又憶起當初與本城相遇的來龍去脈。

記不得是幾年前，當然，如果想知道確切的時間，可向情報部詢問。總之，我只記得調查完牙醫女助理，呈報「認可」後，爲了見證死亡前往她居住的公寓。

她倒在地上，因無法呼吸而痛苦掙扎。旁邊的小桌上有瓶礦泉水，及藥局的小袋子。假如死因是藥物產生的副作用，並非病死，而是意外死亡，確實屬於我們的管轄範圍。

確認死亡後，我走出公寓。其實，我可以選擇立刻消失，但公寓對面有間咖啡廳總是大聲播放音樂，我決定去坐坐。

回憶一旦起了頭，連原本遺忘的部分也會源源不絕湧現。

當時我坐在雙人座，專心享受音樂。店內流倘的旋律似曾相識，我卻想不起曲名。瞥見眼前的小瓶子裝著茶褐方糖，我暗想「原來這就是久聞大名的茶色砂糖」。

而後，我察覺附近坐著一個在看書的男人。不，正確來說，我對那男人毫不在意，是他闔起書本，主動走近。

「你是千葉先生吧？」男人開口。我這才想起，那個牙醫女助理有個年紀比她小的男友，兩人剛交往不久。沒錯，就是眼前的男人。調查期間，她向我介紹過一次。

「我能坐下嗎？」男人問。

「不行。」我老實回答。調查工作結束，現在是我盡情享受音樂的時間，我不想受到打擾。但他面露苦笑，還是坐了下來，大概以爲我在開玩笑吧。如今回想，這個人就是本城。

本城告訴我，他剛去過那個牙醫女助理的住處。

「喔。」我隨口應一聲，絲毫提不起興趣。假如工作還沒結束，或許我得勉強陪他抬槓兩句，但現在我根本想不到與他交談的理由，只希望他趕快起身離開。我的態度似乎引起本城的不悅，他頓一下，接著問：「你曉得她在做什麼嗎？」

我原想冷冷頂他一句「正在呼吸」，轉念一想，那牙醫女助理早就死去，於是改口：「總之，不會是呼吸。」

本城揚起雙眉，顯得相當詫異。他微微湊上前，詢問：「你是不是知道些什麼？」

我抬起頭，仔細觀察眼前的男人。他看起來沉著冷靜，卻流露一股異於好奇心的執拗。不僅如此，我在他身上聞到相當熟悉的「死亡」氣息。

「原來如此，那不是副作用造成的意外。」我沒多想，隨口應道。

「什麼？」

「你不是讓她喝下毒藥？」

本城愣一下，努力想解讀我這句話的含意。「你是什麼意思？」本城的語氣與剛剛完全不同，變得有些不客氣。看來，他並不希望我知道這件事。

「無所謂，反正跟我沒關係。」

「無所謂？死了一個人，你卻說無所謂？」

「每個人都會死。」

「千葉先生，你不是跟她很熟嗎？」

「一點也不熟，倒是閣下不是跟她很熟嗎？」

「我還是第一次被喚作閣下。」我彷彿聽見表情從他臉上消失的效果音。「我叫本城崇。」他自報姓名。

「我不擅長記名字。」

「所謂的無名小卒，說好聽點是才能遭到埋沒，說難聽點是沒在任何人心中留下印象。」

我一頭霧水，不明白他在扯什麼。

「我向來有個脾氣，就是無論如何要將自己的名字刻畫在別人心中。絕不允許有人問我『你是誰』。」

「所以，你殺了她？但她已死，要怎麼記住你？」

「這是兩碼子事，何況她早就記住我。我對她沒有特別的感情，只是受人之託，裝裝樣子。」

「受人之託？」

「只要她一死，她的某個親戚就能獲得利益。」

「這種事挺常見。」我應道。

本城明顯表現出不悅，我有些困擾。希望他早點離開，卻想不到好方法趕走他。爲了緩和這個不愉快的話題，我以上廁所爲藉口，離座一陣子。原本期待他會在我上廁所時離去，但我回座時，他依然坐在那裡。我既沮喪又無奈，下定決心再也不理他，專注享受音樂。

待我坐下，本城突然冒出一句：「你不覺得這家店的水有股異味？」我根本不在乎水的味道，但他這麼說，我只好拿起杯子啜一口，疑惑道：「有異味嗎？」

「多喝一點看看。」

於是，我喝光整杯水。

本城愣愣看著我，低語：「只要一點藥，身體就會起變化。千葉先生，你不覺得很不可思議嗎？」

「不可思議？」

「例如，我剛剛在水裡摻的藥，能讓你在數分鐘內陷入昏昏欲睡的狀態。」

「哦？」我恍然大悟，原來他趁我離開時在水裡下藥。「想睡覺是好事，睡覺對人類很重要。」

「接著，你的身體會逐漸麻痺，變得動彈不得。」

「這就是所謂的『睡得跟死人一樣』？」

「不，是真的變成死人。」

「每個人體質不同，多少有些差異。」我先找好藉口，以免他待會兒太過失望。

「就算有差異，絕大多數還是能收到效果。」

「總是會遇上收不到效果的人，勸你看開點。」

本城不再說話，似乎在等待藥效發作。既然他不開口，我便安心地繼續享受音樂。本城的雙眼炯炯有神，彷彿也陶醉在音樂中。

不知過了十分鐘還是二十分鐘，一首曲子播完，我不經意抬起頭，發現他錯愕地盯著我。

「抱歉，藥對我無效。」我忍不住安慰道。「不過，你別擔心，我馬上會從你的眼前消失，以後不會再見。」

我不記得當時本城的表情。

如今與本城再度相逢，意味著我當初那句話並未實現。幸好我的外貌及年齡大不相同，他就算見到我，也不會知道我是誰。

我在佐古家門外靜靜等候，但我的預測落空。屋裡沒傳出槍響，甚至沒半點喧鬧聲。過一會兒，山野邊與小木沼並肩走出，簡直像剛送完餐點的正牌配送員。我心想，或許山野邊放棄報仇，選擇盡職完成配送工作。

一行人回到車裡，山野邊才開口：「我們等等還得再去一趟。」

美樹坐在副駕駛座，我與小木沼坐在後座。

山野邊說明起佐古家內發生的狀況，小木沼在一旁不時附和。依兩人的描述，當時的情形是這樣的……

「我們是Kitchen Box，來送餐點了。」

佐古打開大門，小木沼精神奕奕地打招呼。山野邊站在小木沼身後，將帽緣壓得極低，默默向佐古鞠躬。

佐古是個矮小老人，但眉心皺紋極深，給人一種頑固、嚴苛的印象。

小木沼不是以往負責配送的員工，但佐古並未起疑。或許在他眼中，每個穿制服的員工都一樣，也或許負責配送的員工原本就經常調換。

小木沼遞上餐點後，若無其事地抽出一張「Kitchen Box」的廣告單，詢問：「不知您手邊是否有這張廣告單？」

其實，這是山野邊事先準備的道具。廣告單背面以麥克筆寫著：「佐古先生，我們明白你的處境，也曉得到處都有監視攝影器。那男人在這裡吧？請保持自然，當什麼事也沒發生。」

佐古一看見這行字，身體微微一顫。對山野邊而言，這也是一場吉凶難測的賭注。要是佐古突然大吵大鬧，或是做出不自然的舉動，事情會變得相當棘手。就像投擲一枚硬幣，誰也無法知道落地時會是正面還是背面。到底會怎麼發展，只能聽天由命。

然而，佐古的反應完全符合山野邊的期待。他以只有山野邊和小木沼才看得到的細微動作，表示同意。

於是，山野邊脫掉鞋子，摸著藏在背後的槍，準備衝進屋內。

不料，佐古的下一個舉動打消山野邊的念頭。

他取出簽字筆，說著：「我留電話給你們。」小木沼與山野邊倏地停步，一時不知該如何是好。佐古在廣告單上寫下：

「現在不行，兩小時後再來。」

那是一排橫字，寫得歪七扭八，像是一團團絲線。山野邊十分訝異，仍以帽緣遮住臉，不敢做出太大的動作。小木沼也明白不能有任何不自然的表現，趕緊說：「謝謝，這張廣告單我就帶回去。」他折了數折，塞進制服口袋，將配送的餐點逐一取出後站起身。

「謝謝惠顧，打擾了。」小木沼低頭鞠躬，山野邊也有樣學樣。

以上就是整個行動的經過。

「佐古或許有什麼打算吧。」山野邊在車內敘述完來龍去脈，說出自己的看法。「在那樣的情況下，只好暫時撤退。」

聽起來像是變更計畫的藉口，但依情勢判斷，拒絕佐古的指示確實不是明智之舉。

「沒幫上忙，非常抱歉。」小木沼取下帽子，連連鞠躬。

「不要這麼說，你幫了我們大忙。」美樹應道。

「還得等兩小時……」山野邊瞥一眼手表，對小木沼說：「不如你先回去吧。」

「咦，可是……」此時的小木沼好比沒能完全燃燒的木炭，一副意猶未盡的表情。

「你爲我們做的已足夠，眞的非常謝謝你。」山野邊道謝。

「別這麼客氣……」小木沼依然帶著尚未完全燃燒的神情，語氣一變：「對了，你們曉得人類和其他動物最大的差別是什麼嗎？」

「最大的差別？」

「多得數不完吧？」美樹偏著頭思索。

「答案是『互助合作』。」

「哦，互助合作？」

「你想表達的是，人與人應該互相幫助之類的道德觀念？」山野邊問。他的語氣不帶戲謔，卻也不表贊同。

「例如黑猩猩，並不會積極幫助其他黑猩猩。如果受到要求，黑猩猩也會分享擁有之物。但在一般情況下，黑猩猩只會想到自己。然而，人卻不一樣，會積極幫助他人，看到他人遭遇危難會想伸出援手，甚至未雨綢繆，事先排除障礙。有人認爲，這就是人類的本質。」

「本質？」

「沒錯，人類原本就是適合群居的動物，習慣互助合作的生活。這背後有許多理由，但最重要的理由，據說就是那個。」

「那個是指哪個？」山野邊苦笑。

「生產。」

「生產？」

「據說除了人類，沒有其他動物在生產時需要同伴的幫助。是眞是假，我也不清楚。」小木沼語氣輕佻。

「既然你也不清楚，怎麼說得跟眞的一樣。」美樹淡淡一笑。「不過，生產確實挺累人的。」

美樹說完，緊閉雙唇，似乎在努力壓抑感情。

「你的意思是，人類知道生產時需要他人幫助，平常才積極幫助他人？」

「生產只是一個例子。其實，人類出生後，漫長人生中的大部分事物都無法獨自完成。比方，雙親必須一直照顧孩子，直到孩子長大成人。這樣的現象，在其他動物中並不多見。不管是蒐集食物，或尋找居住場所，人類都必須在分工合作的前提下才能實行。啊，對了，還有以物易物及表達感謝之意，也是人類特有的行爲。」

「這些是誰教你的？」

「全是從ＮＨＫ學來的。」小木沼一臉認眞地搖頭晃腦。「那個節目眞的很有意思。」

「互助合作聽起來確實很美好，但人類的行徑並非都是這麼美好。」山野邊降低音量，語氣也變得沉重。

「啊，節目上也提到這一點。」

「咦？」

「人類會互助合作，其中一個原因是害怕遭到團體排擠。人類非常在意名聲。不分享資源，名聲就會變差。多多幫助他人，才能被認定爲同伴。」

「原來如此。」山野邊應道。

「群體中有人不遵守遊戲規則，其他人就會給他蓋布袋。」

「蓋布袋？ＮＨＫ會使用這麼低俗的字眼？」

「ＮＨＫ說的不是蓋布袋，好像是類似懲罰、處罰吧。總之，人類擁有互相幫助的特質，因此，對不肯盡一己之力的人也會給予嚴厲的制裁。聽起來確實很有道理。我們看到電視新聞報導逮到犯案凶手的消息時，總是會想『一定要讓這傢伙吃足苦頭』，不是嗎？就算不到犯案的地步，光是違反紀律也會遭受嚴厲批評。」

「近年來，這種現象有愈來愈偏激的趨勢。」山野邊一臉苦澀，「社會大眾似乎都當自己是鏟奸除惡的正義英雄。」

「不過，這或許是人類的本質。衍生出的目的，則是爲了維持群體的和平。」

「人類能使用語言，也是重要因素。」美樹開口：「想批評他人，便得使用語言。更何況，人類擁有豐富的表情。」

「啊，沒錯，這也不可或缺。據說，人類只要看見他人的笑容，就會感到安心。」

「ＮＨＫ知道的事情眞多。」

「就像帕斯卡一樣？」我插嘴問。山野邊與美樹都露出困惑的微笑。

「不是故意找ＮＨＫ的碴，不過，我認爲人類的天性並非僅有互助合作。難道戰爭與暴力也算是一種互助合作嗎？」

「那不是互助合作，而是互助合作的另一面。」

「另一面？」

「正因人類會在意或幫助他人，所以也會嫉妒或憎恨他人。」

「在『介意與他人之間的關係』這一點上，確實有異曲同工之妙。」

「沒錯，其他動物基本上不太會關心同伴，腦袋通常只想著『自己』與『現在』。」

「現在？」

「對，其他動物沒有時間概念，不會『爲了將來』或『爲了今晚』預做準備，腦袋裡永遠只想著『現在的自己』。」

「這麼一提，確實是這樣。」

「不僅如此，人類的暴力行爲也是相當奇特的天性。在動物界裡，極少有動物會攻擊同類直到死亡。此外，人類還有一項特徵，就是對自己人溫柔，對外人殘酷。」

「沒錯，我也有同感。」山野邊附和。「正因如此，才會發生戰爭或屠殺慘劇。人類爲了保護自己的集團，往往會做出不擇手段的瘋狂行徑。」

「難道沒有解決的辦法嗎？」美樹嘆口氣，「ＮＨＫ的節目有沒有說出什麼能帶來希望的結論？」

「我沒看到最後。」小木沼滿不在乎地答道。

「不加以約束，人類勢必會產生爭端。」山野邊開口。

「又是帕斯卡？」美樹猜道。

「不，這次是康德。」

「那是誰？」

「從前的一個哲學家。他主張人類是藉由鬥爭達到進化的目的，因此，對人類而言，鬥爭是較容易適應的狀態。只要不加以約束，人與人就會發生鬥爭。相較之下，維持和平相當困難，必須克制想要鬥爭的念頭。你們聽過『和平苦、戰亂樂』這句話嗎？」

「這次是帕斯卡了吧？」

「不，是渡邊老師。」山野邊笑道。

每句話似乎都是某個人的名言，我不禁有種奇妙的感慨。「原來有那麼多人留下各式各樣的名言。」事實上，我無法判斷哪個人說的哪句話有資格成爲名言。有時某個人說出的某句話不爲世人接受，甚至遭到批評，兩百年後卻突然受到重視，大家會把這句話掛在嘴邊，口口聲聲稱讚「古人說得眞好」。

「意思是，戰爭永遠不會消失？」小木沼的語氣像是在隔岸觀火。

「是啊。戰爭隨時可能爆發，大夥只能想盡辦法阻止。在大夥的努力出現效果時，才有所謂的和平。有人認爲和平會讓人變得渾渾噩噩，然而，和平其實是無數人共同努力才得以維持的現象。渡邊老師的書裡寫著，渾渾噩噩的人想維持和平，根本是不可能的事。」

「戰爭有結束的一天，和平也有結束的一天，歷史不斷重複。」

「千葉先生，你這麼認爲嗎？」

山野邊一問，我才察覺說這句話的是自己。於是，我豎起手指，像鐘擺一樣左右搖晃。

「當社會和平時，人類會追求戰爭；當戰爭發生時，人類會追求和平。戰爭與和平不斷循環。從以前到現在，不曾出現靜止在兩者之間的『最佳狀態』。」我剛說完，怕遭到詢問，趕緊補一句：「這是我的名言。」

「因爲這是人類的本質？」

山野邊等人做出輕微振動空氣的舉動。我仔細觀察，似乎是一種笑聲。

「世人原本應該努力維持和平，卻總不由自主往較輕鬆的戰爭偏移。」山野邊咕噥。

「是啊，不過套句剛剛提到的話，『人類在自己的集團裡能互助合作，對待其他集團卻會展現出殘酷的一面』。既然如此，把『集團』的規模盡量拉大，或許是個好辦法。現今，網路將整個社會緊密結合在一起，假如能夠徹底打破國家觀念，讓整個地球變成唯一的集團，或許就不會再發生戰爭。」

「不，根據資料統計，集團愈大愈容易發生戰爭。」小木沼聳聳肩。

「NHK眞是什麼都知道。」美樹笑道。

過一會兒，小木沼留下一句「很高興再見到你」，離開車子。

山野邊下車送他。

我望向窗外，看見他們雙手交握。

小木沼雖然是個態度輕浮的年輕人，但緊緊握著山野邊的手時，他的表情相當嚴肅。

他轉過身，又忽然回頭，對山野邊說兩句話。

山野邊愣在原地，直到小木沼的身影完全消失，才回到車內。

「他說什麼？」美樹問。

「咦？」

「小木沼最後說什麼？」

「噢……」山野邊調整坐姿，「他答應我，會好好看完我的書。」

「不曉得他到底是個性認真，還是玩世不恭。」美樹不禁莞爾。

我忍不住想揭穿山野邊的謊言。事實上，小木沼說的根本不是這句話。我坐在車裡，將小木沼的嘴型看得一清二楚。他說的是「山野邊先生，千萬別死」。

山野邊啞口無言，小木沼又補一句：「我期待著你的新作品。」

我心想，要一個人別死，簡直是強人所難。世上沒人能達成這樣的請求。

「佐古爲何要我們等兩小時？」坐在副駕駛座的美樹看一眼手表。「算起來，我們得過六點才能行動。」

美樹普通地說著話，卻明顯帶著疲憊。

我想起剛見到他們那天的狀況。

自從女兒在一年前死亡後，這對夫婦既沒選擇面對，也沒選擇逃避。他們只是每天玩著數字遊戲，塡滿方框，也塡滿時間。當時他們面色慘澹、滿臉倦容，似乎連講一句話都困難。在報仇計畫付諸行動的這幾天，他們才變得較有精神。然而，由於我的關係，本城崇從飯店成功逃脫，他們又恢復懷抱沉重大石般的苦澀神情。如今，他們的表情恰恰與當時相仿。

前往佐古家時，他們滿心以爲終於能結束一切，卻因佐古的一句話被迫延後，想必大感失望。

「話說回來，我實在搞不懂本城到底是聰明還是愚蠢。」我開口。

「什麼意思？」

「本城點子不少，一向沉著冷靜，極少感情用事。但在這整件事上，你們不認爲他的計畫有些虎頭蛇尾嗎？」

「虎頭蛇尾？」

「不單指今天，而是幾天來的一連串行動。」我回想這幾天歷經的種種事情，「那個被他關在車裡的男人，就是最好的例子。」

「轟先生？」

「沒錯，就是轟。本城爲何要把他關進車裡，裝設炸彈，還特地蓋上車罩？」

「故意要我發現吧。」

「一旦打開車門，便可能遭受爆炸波及。」

「豈止是可能，根本是百分之百。若不是你的提醒，我早就被炸死。」

「但你們想想，本城爲什麼要做這種事？」

「咦？」
「他爲何要搞得這麼複雜？」
「大概是想殺死我，並營造出意外死亡的假象。」
「目的呢？」
「咦？」山野邊又是一驚。在我看來，這樣的疑問是理所當然，反倒是山野邊的反應教我詫異。
「算了，反正不是要緊事。」我想不出繼續吐露心中想法的理由，試著終止話題。隨口提起一個單純的疑問，往往會引來長時間的對話，對我而言，這是必須盡量避免的麻煩事。
「他爲什麼要做這種事？自然是他把我們當成敵人。」美樹轉頭道：「只有打倒敵人，才能在控制遊戲中獲得勝利。」
我不想再談論這個話題，腦袋卻閃過另一個疑問，忍不住脫口：「殺死對手，就能在控制遊戲中獲勝嗎？」

「這個嘛……」山野邊開了口，卻沒說下去。
「山野邊，如果本城只是想殺死你，爲何要這麼大費周章？在你家附近裝設炸彈就行，根本沒必要特把轟關在車裡，再引導你發現。」

「或許是基於某種緣故，他想除掉轟先生，便採取一石二鳥的做法。」山野邊沉吟道，語氣相當沒自信。

「仔細想想，後來出現在公園的幾個男人也有些古怪。假如眞的是本城僱用那兩個雨衣男，目的何在？」

其實，本城到底在打什麼鬼主意，跟我有什麼關係？我只是隨口吐出心中的疑惑，眼看話題遲遲無法結束，反倒有些不耐煩。我不禁自問，幹嘛沒事找事做，搞得好像很想跟人類交談？

「那還用說，當然是爲了折磨我們……不是嗎？」山野邊有些心虛。「千葉先生，可惜最後遭殃的是你。」

「要不是千葉先生，我們的下場肯定是慘不忍睹。」美樹附和。

「或許他們原本打算在折磨完千葉先生後，就對我們下手。」

「本城到底是幾時擬定這個計畫的？」

「哪個計畫？」

「全部。」

「全部？」

殺害山野邊菜摘，按理也在本城的計畫中。他下手殺人，絕非一時衝動或感情用事。

「還有，本城究竟是何時安排這幾天的行動？」

「這個嘛……」

「是在犯案後，還是……」

「你認爲他在對菜摘下手前，就準備好一切？」
「不無可能。好比下圍棋或西洋棋，不是要先盤算數步之後的局勢嗎？」
「這不是在下圍棋或西洋棋。」
「對你們來說不是，但在本城眼中或許沒多大差異。他不是故意讓自己遭到逮捕，然後在法庭上獲判無罪嗎？山野邊，你上次提過，那叫什麼原則？只要獲判無罪一次，以後就不用擔心遭起訴……」
「一事不再理原則。不過，那是指無罪定讞的情況。」
「這也是他的預謀，足以讓你們徹底絕望。」
「或許吧。」
「不過，你們不覺得他的計畫實在有點……」我一時想不出合適的話語，不由得伸出手指在空中亂抓。「……走一步算一步？」
「怎麼說？」
「他試圖炸死轟和你，又找來兩個人企圖折磨你，但這些都只是單純的攻擊行爲。」
「單純的攻擊行爲，哪裡不對嗎？」
「唔，是沒什麼不對……」
「他企圖置我們於死地，還把轟先生關在車裡，正常人不會幹這種事。」
「但後來本城不是穿藍雨衣出現在你們身旁？當時他想殺死你們，應該不難。」
山野邊發出細微的呻吟，彷彿喘著氣，努力想解開糾結在一起的內臟。約莫是憶起當時的狀況，悔恨再度湧上心頭吧。本城崇就在他身邊，何況他手上有槍，竟然毫無行動。

「他當時爲何要故意恫嚇你，還把槍交到你手上？」

「八成是想戲弄我們吧。」山野邊忿忿道：「爲了讓我們嘗到無助感。」

「要不然，就是爲了確保計畫成功。」美樹點點頭。

「哦，什麼意思？」

「假設穿藍雨衣的眞是他。其他兩人就算有異常癖好，一旦要動手殺害我們，或許會下不了手。畢竟虐待與殺人是兩回事，不能混爲一談。」

「那又怎樣？」山野邊問。

「如果拿槍指著他們，他們感到危險，下手就會凶狠許多。」

「這就是本城的目的？」

比起攻擊一個毫無防備的人，當然是攻擊想傷害自己的人，動手時較無顧忌。「不是你死就是我亡」的想法，往往會造成過度的攻擊行爲。這論點確實合情合理。「換句話說，本城是爲了確保你們一定會被殺，才把槍交給你們？」

「殺一個手無寸鐵的人，跟殺一個握有武器的人，當然是後者更理直氣壯。」

我同意美樹的想法。不過，我對這個話題感到有些厭煩，只想早點結束。把美樹的想法當成結論，也沒什麼不好。但我就是有些無法釋懷。本城的目的，眞的只是想「確實殺死山野邊夫婦」嗎？

「剛剛提過，」我回想自己說過的話，「那男人故意遭到逮捕並獲判無罪，是爲了讓你們徹底絕望。」

「沒錯，故意讓我們期待落空。」

「既然如此，其他行爲是否也是基於相同理由？」我推測道。這麼想似乎合理許多。

「相同理由？」

「就是讓你們徹底絕望。這麼問吧，如果他眞的殺死你們，你們會感到徹底絕望嗎？」

「那當然……」山野邊還沒說完，想法已改變。「不，或許稱不上徹底絕望。儘管報仇失敗，我們一定會非常懊悔。」

「可能不到絕望的地步。一旦死掉，什麼都一了百了，搞不好反而會鬆口氣。」美樹抬頭窺望山野邊，大概是擔心說出眞正的想法會引起丈夫不快，甚至因「鬆口氣」這句話被認定爲背叛者。

山野邊保持沉默。好一會兒後，他忽然輕呼一聲「啊」。

「你想到什麼？」

隔著後視鏡，我在山野邊的雙眸中看見的不是想通道理的雀躍，而是痛苦與無奈。

「或許如千葉先生所言，那男人的眞正目的，並不是凌虐或殺死我們。」

「要不然？」

「嘲笑。」

「嘲笑？什麼意思？」

「舉個例子，那男人大搖大擺地走在街上，是我最不願看見的景象。」

「嗯。」

「倘若這件事成真，而我無法走在街上，我一定會又氣又恨。」

「你無法走在街上？」

「一旦我進了監牢，當然無法走在街上。」

「咦，怎麼可能？」

「原來如此。」我佩服地點點頭，「要是你們被關進監獄，本城卻逍遙法外，你們受到的打擊一定相當大。」

「沒錯，如果是爲報仇雪恨坐牢，我們甘願承受。但若是遭到陷害坐牢，我們就算死也不會瞑目。」

「這麼說來，他的目的是要讓我們遭警察逮捕？」

「所以，他才想盡辦法把罪行推到我們頭上。」

「既然如此……」美樹靜靜開口：「他把轟先生關在車裡並裝上炸彈，也是爲了這個目的？」

「沒錯，一開車門，轟先生肯定會被炸死。我或許也會被炸死，或許能保住一條命。不管我是死是活，恐怕都會被認定爲凶手。他想必早備妥各種狀況證據，何況我不缺動機。」

「不缺動機？」

「沒錯，那男人獲判無罪，全仰賴轟先生提供的影像。自從他拿出這個證據後，整個審判的氣氛驟變，就算我對轟先生懷恨在心也不奇怪。大夥一定會認爲我滿腦子只相信本城是眞凶，刻意忽視眞相，甚至遷怒提出不利證物的轟先生，將他炸死。這樣的情節十分吸引人，不是嗎？」

「那些週刊雜誌的記者肯定又會包圍我們家，熱鬧得像舉辦宴會一樣。」

「以這樣的觀點，同樣可爲雨衣男事件做出合理解釋。」山野邊彷彿不是在對我或美樹說話，而是自言自語。「藍雨衣男把槍交給我，是眞的希望我開槍。」

「他希望你開槍……」

「將那兩個人殺死。」

「他把槍交到我手上，接著危言聳聽，製造恐慌。在那種狀況下，我根本不可能保持冷靜，更不可能壓抑得住怒火及恐懼。他告訴我，那兩個人會戳瞎我們的雙眼，我們便無法指認他們。當時我眞的非常害怕，眼前什麼也看不見，腦袋一片空白。要是再繼續下去，我極有可能開槍。若不是千葉先生，肯定有人會因此送命。」

「山野邊，一旦演變成那種情況，恐怕你會遭警察逮捕。」

「沒錯，當我恢復冷靜時，搞不好已坐在警局的偵訊室。」

「這就是那男人的企圖？」

「聽起來相當合理，確實像『二十五分之一』的人會想出的詭計。」我點頭同意。
「在千葉先生提出疑問前，我不曾仔細想過這些。沒錯，單純地傷害他人，並不符合那男人的作風。傷害後還要加以陷害，才是他的慣用伎倆。」
「例如，踐踏死人的尊嚴？」
「沒錯。」
「爲何要壓低話聲？」
「因爲我實在太憤怒。」山野邊全身緊繃，說得非常緩慢。「我怕一鬆懈，情緒就會爆發。」
撞擊擋風玻璃的雨珠愈來愈大，聲音愈來愈響，間隔也愈來愈短。轉眼間，傾盆大雨直落，像在慶祝山野邊夫婦終於找出本城的眞正企圖，又像在對他們的遭遇表達同情。答答雨聲宛如在訴說：「啊啊、好可憐……啊啊、好可憐……」綿綿不絕的雨水，彷彿是他們即將流下的眼淚，天氣或許比我更能體會人類的感情。氣勢磅礡的大雨不斷刷洗車身，完全淹沒窗外的景象。
「千葉先生，關於小木沼剛剛的話……」山野邊開口。
「你指的是互助合作？」美樹問。
「還有懲罰違規者及壞人那一段。聽起來確實有點道理，卻無法套用在那男人身上。他沒受到制裁，依然過得逍遙自在。千葉先生，你有什麼想法？」
「沒特別的想法。」
「請再仔細想一想。」山野邊大概是情緒太激動，提出強人所難的要求。

「山野邊，你昨天不是分析過，像本城那樣的人雖然只是二十五分之一，卻能控制超過半數的人。因此，不是二十四對一，是五對二十。沒受到控制的這邊，反倒處於不利的局面，這不就是答案嗎？」

「但人類原本是習慣群體生活，會互助合作的生物，不是嗎？」

「總有例外吧。儘管是微小的例外，卻會造成嚴重的後果，不就是這麼回事？」實際上，從以前到現在，我遇過絕大部分「沒有良心」的人類都是功成名就，無須接受制裁。「不過，藉著剛剛小木沼那番話，我想通一點。」

「哦？」

「他不是說，其他動物只會想著『現在的自己』？」

「是啊，但人類不一樣。由於人類懂得未雨綢繆，才能領悟互助合作的重要性。」

「套一句陳腐的說法，人類擁有時間觀念。」

「意即，人類明白何謂死亡。」聽到我的話，山野邊驚愕得彷彿肚子挨一拳。「人類能夠理解死亡的意義。你上次提到，人類總是盡量不去思考死亡，但畢竟人類與動物不同，明白『死亡』是什麼。」

「是啊。」

「或許正因如此，人類才會時而互助合作，時而露出殘酷的一面。」

「人類是唯一理解死亡的動物。」山野邊開口。

「這該不會也是……」美樹語帶調侃。

「帕斯卡的名言。」

雨滴拍打著車身。

在我看來，本城沒有任何奇特的地方。相較之下，天上那些降下驟雨、讓景色變得陰沉暗淡、整個世界充滿水滴的烏雲，才是超乎想像的神奇。

「本城希望別人記住他名字的欲望，說穿了，也是源自對『死亡』的恐懼。」我接過話。以前遇到本城時，他曾說「無論如何要將自己的名字刻畫在別人心中」。當然，如果告訴山野邊夫婦「這是本城親口告訴我的想法」，肯定會招致懷疑，因此我聲稱從前在某篇訪談報導上看過。

「他心裡有這種欲望，便是明白自己總有一天會死。」

「什麼意思？」

「本城害怕死後遭到遺忘。或者該說，他認爲那是一種屈辱。本城最無法忍受的，就是別人問他『你是誰』。」

「你是誰？」

「本城希望所有人永遠記得他是誰。簡單來講，就是在歷史上留名。」

「爲了這種目的，做出如此殘酷的行徑？」山野邊的語氣充滿苦澀與不屑。

「接下來他會採取何種行動？」美樹問。

「接下來？」

「千葉先生，你不是提過，他絕不會衝動行事嗎？」

「搞不好『兩小時後再來』是本城的主意。」雖然我一點也不在乎這些細節，但稍微一想，佐古要瞞著本城行動應該非常困難。將佐古的一舉一動全當成本城的指示，反倒合理得多。

雨水落在車上發出劈啪聲響。強而有力的雨珠彷彿想撞破車身鈑金，將山野邊夫婦淋成落湯雞。這些雨珠一顆顆墜地後，逐漸蓄積成水窪，不久又蒸發得無影無蹤。

我一直覺得，「蒸發」對人類其實相當重要。這種自然現象可讓水從液體變成氣體，離開原本所在的位置。多虧此一自然法則，全世界的土地才能維持如今的面貌。要是水不再「蒸發」，水窪將永遠不會消失，房屋及陽台永遠都濕淋淋，晒在外頭的衣服永遠不會乾，土壤則會一天比一天泥濘。屆時人類想除去水分，只能大費周章拿乾布擦拭，或以水管吸水。至於空中的濕氣，更是會永遠殘留。

如此想來，「蒸發」這個自然力量實在太偉大。

我凝視雨水濡濕的窗戶，想分享這個想法，但還沒開口，山野邊搶先道：「照我們剛剛的推論，這會不會也是本城誣陷我們的手段？」

我再不諳世事，也明白此刻不適合大談「蒸發的恩惠」。

美樹接著低喃：「例如……讓佐古先生死在我們手上？」

山野邊聽到這個推測，渾身緊繃，卻似乎並不驚訝。或許在美樹說出口前，他心裡也有相同的想法。

「但他要怎麼做？我一點也沒有殺害佐古先生的意圖。千葉先生，你說對吧？」

大概是我太過一板一眼，總認爲有人提問就該給個答案。「或許又是使用炸彈吧。」

山野邊陷入沉默。不曉得他是想起裝設在轟的車底的炸彈，還是在想像佐古家遭本城裝上炸彈的畫面。

「但我有何動機殺佐古先生？」

「因爲他將那男人藏在家裡。」美樹旋即應道。

沒錯，社會輿論一定會說「山野邊因本城獲判無罪氣得失去理性」。不管山野邊做出任何事，都能用這句話解釋。大家想必會認爲「山野邊決定將幫助本城的人殺個精光」。

「不過，炸掉佐古家似乎有些異想天開。我們可不是專門製作炸彈的行家。」美樹拘泥起細節。

「我只是平凡的小說家。」山野邊嘆口氣。「千葉先生，你認爲呢？」

「認爲什麼？」

「你有什麼看法？」

我有些無奈，不明白他詢問我有何意義。但我對工作秉持認眞負責的態度，再怎麼沒意義，遇上問題還是想給個答案。「你在小說裡有沒有寫過關於炸彈的情節？」

「我從不寫那種嚇人的東西。」

「你只會寫平凡畫家的生涯。」美樹出聲。

「頂多是描述畫家企圖以花的毒素殺死收藏家的短篇小說。」

「對了，你寫過毒。這點你確實提過。」

「我對以毒殺人有點興趣。」山野邊呢喃。原本減弱的雨勢，此時又增強了些。

「哦？」

「遭毒殺的人既沒生病，也沒外傷。不過是某種物質進入體內，生命現象就無法正常維持。你不認爲很可怕嗎？」

「不認爲。」

「對不起，是我問錯對象。」山野邊笑道。「以退燒藥當例子，如果只吃一、兩顆，不僅能消除發燒症狀，還能減緩疼痛。磨成藥粉吃一點，可治療過敏。同樣的道理，想引發過敏也不困難。」

我想起關於本城的往事。香川說，本城曾悄悄讓周遭的人吞下市售藥物，或他暗中取得的植物毒素。他曾毒殺牙醫女助理，甚至想毒死我。

「本城似乎也對毒感興趣。」我脫口道。

「咦，是嗎？」山野邊轉頭望著我。下一瞬間，他的表情變得極爲凝重，約莫想起女兒遭本城注射毒藥的景象。

「對了，他也讀過……」美樹出聲。

「啊？」

「那篇寫到關於植物毒素的小說，他不是也讀過嗎？」

「沒錯，初次見面時，他是這麼告訴我的。」山野邊點點頭。

「既然如此……搞不好就是毒。」美樹的話聲迴盪在車內。

「咦？」

「這次的誣陷手法可能不是炸彈，而是毒。」

「哦？」

「什麼意思？」山野邊反問，但想必已猜出端倪。

「那男人恐怕會將現場僞裝成我們毒殺佐古先生的樣子，嫁禍給我們。」

「要怎麼僞裝？」山野邊問完，猛然一驚。他攤開掌心，似乎想起剛剛拿在手裡的東西。

「在我們送去的餐點裡下毒？」

佐古倒在客廳裡，山野邊僵立在他身旁。「果然不出所料。」我喊道。原以爲山野邊是猜中結果感動得發抖，仔細一瞧，似乎並非如此。

「快叫救護車！」美樹環顧屋內說道。猶豫半晌，我們決定脫下鞋子，走進佐古家。畢竟庭院裡早有我們的足跡，監視器也拍下我們的模樣，偷偷摸摸無濟於事。我本來打算直接踩進屋內，但山野邊夫婦不同意。他們似乎認爲登堂入室不脫鞋是不對的，與會不會留下證據無關。

佐古的身體彎成く字形，雙眼瞪得很大，皮膚慘白，不住微微顫抖。「他還沒死。」我的話沒特別的深意，跟描述天氣沒兩樣。山野邊卻一臉嚴肅地問：「你說『還沒』是什麼意思？」

「就是字面上的意思。他還沒死，但遲早會死。」

「千葉先生，你在講哪門子傻話？現在救人還來得及！」山野邊扯起嗓門。「是不是來得及？一定來得及，對吧？」

山野邊連珠炮似地追問，彷彿拚命在黑暗中尋找一絲光明。看樣子，他非常希望佐古能活下來。

「他遲早會死。」我忍不住開口。「你怎麼又說這種話！」山野邊大喊。我暗想，要是說出佐古曾爲了爭奪遺產殺害姪女，不知他會有何反應？他仍會拯救佐古嗎？他依舊會同情佐古，認爲伸出援手是理所當然的嗎？人類判斷價值的標準，永遠是矛盾且朝三暮四的。

這段時間裡，美樹早拿起客廳的電話撥號，迅速告訴對方：「有人倒在家裡。」

她比山野邊沉著冷靜，不僅叫了救護車，並且快速報出佐古的症狀及住家地址。她一面說，一面望著山野邊。山野邊朝她點點頭。我不曉得他們以眼神進行怎樣的溝通，但山野邊立刻轉頭呼喚：「千葉先生，救護車和警車馬上就到，我們得趕緊離開。」

我沒反對。

然而，山野邊還是放心不下。即使佐古失去意識，山野邊仍不斷呼喊他的名字。最後，山野邊問：「千葉先生，現在該怎麼辦？」

「該怎麼辦？」

「得幫他催吐。」山野邊慌張又焦急。「那就讓他吐吧。」我不假思索地回答。接著，我抱起佐古，按住不斷抽搐的身體，將手指伸進他的嘴裡。從前我也曾像這樣幫助人類嘔吐，懂得一些訣竅。我以手指刺激喉頭，佐古的肩膀開始上下起伏。

「千葉先生，還是別做了吧。」美樹注意到我的舉動，忍不住勸阻。此時，嘔吐物從佐古口中傾瀉而出。我非常小心，沒沾上嘔吐物，等佐古幾乎吐光胃裡所有東西後，才站起來。

「別做比較好？」

「我怕你也中毒。」美樹瞪大眼，顯得極爲膽怯。

山野邊臉色一變，發出驚呼。

「別擔心。」我走進浴室洗手，再回到客廳。

山野邊一臉僵硬。「千葉先生，你眞的不要緊嗎？」

「都洗掉了。何況，我的身體耐得住毒，算是做這工作的最佳人選。」

「耐得住毒？什麼意思？」

「我擁有處理危險物的專業執照。」我懶得多說明，接著道：「對了，我們不是得趕快離開？救護車是不是很快就到？」

「啊，對！」山野邊與美樹幾乎同時應聲。按理，我們該在屋裡查探一番，尋找本城逃脫的線索，但根本沒時間，況且憑本城的能耐，想必不會留下蛛絲馬跡。

佐古喘著氣扭動身體，像是稍微恢復意識。看見他的模樣，山野邊憂心忡忡地問：「眞的能把他放在這裡不管嗎？」

「放心，不會有任何問題。」我說得斬釘截鐵。既然沒同事前來「確認死亡」，佐古絕不可能斷氣。

當我們回到公寓，打開電視一看，每一台都在播報山野邊夫婦的新聞。傍晚六點，應該是新聞節目的時間。山野邊遼夥同其妻及一名神祕男子，在東京都內某獨居老人的食物中下毒後逃逸，動機不明。然而，沒有一台提到本城的名字。

「我們這下出名了。」

山野邊夫婦將車子留在二十四小時營業的特價商店停車場，搭上計程車，來到一處放眼望去盡是倉庫的場所。他們租下一座車庫，裡頭備著另一輛車。我暗忖，前幾天情報部提及的，約莫就是這輛車。「最近到處都裝有監視器，車牌號碼也搜尋得到。」山野邊解釋。我實在無法估計他們到底花費多少錢。爲了報仇，他們恐怕賭上全部財產。

電視畫面上不時出現山野邊的住處，播報員不斷重複「目前下落不明」。

透過電視新聞，我們得知佐古送往醫院後保住性命。山野邊夫婦鬆口氣，還獲得小小的成就感。

「要是我們眞的依佐古先生的吩咐，兩小時後才回去他家，不曉得現下會是怎樣的局面。」山野邊出聲。

「佐古先生恐怕早就毒發身亡。」美樹應道。

這我也給不了答案。但我知道，只要沒有同事對佐古進行調查並呈報「認可」，無論我們何時去他家，他都不會死。

「到時我們可就成爲人人喊打的凶犯。」

「接下來你們有何打算？」我問。如果他們沒有特別的計畫，我準備提議暫時待在家裡聽音樂。

「揪出那傢伙。」

「你曉得他在哪裡？」

山野邊的目光游移，顯得相當氣餒。「不曉得。」

那語氣簡直像是心不甘情不願地承認敗北。

「他看到新聞，得知佐古先生保住性命，一定會很生氣吧？」美樹的語氣堅定，猶如緊緊拉住即將傾倒的心靈支柱的繩索。「計謀沒得逞，心情一定很差。」

「啊，沒錯。」山野邊精神一振。「千葉先生，你知道嗎？精神病態者的頭腦大多極爲優秀，卻有著頑固的一面，即使計畫失敗也不肯輕易改變方針。」

「什麼意思？」其實我眞正想問的是，這種事有必要告訴我嗎？

「根據實驗結果，一般人察覺遊戲已無勝算時，通常會選擇投降或改變策略。然而，精神病態者絕不投降，大概是他們的情感較遲鈍，對失敗的恐懼也較輕微。」

「哦？」

「所以，那男人絕不會善罷甘休。他的控制遊戲會繼續下去。」

「倘若佐古先生恢復意識，就能幫我們做證。」美樹開口。

佐古入院後一直處於神智不清的狀態，連警方都無法問話。

不過，即使佐古恢復意識，也不見得會全盤托出。本城替佐古毒殺牙醫女助理，佐古若不希望這件事曝光，或許會隱瞞眞相。

我站起來。

「千葉先生，你要去哪裡？」

「去查一點事情。」這當然是謊言。依此時的氣氛，不可能在屋裡聽音樂，我只好像上次一樣到外頭尋覓能聽音樂的地方。

「你想到什麼線索？」

「什麼線索也沒有。但電視新聞不斷秀出你們的臉，而我幾乎沒出現在任何影像上，只能由我出門打探消息。」

如今電視新聞節目輪流播放兩段影片。其中一段，是山野邊跟著餐點配送公司「Kitchen Box」職員小木沼，自庭院走向佐古家大門的影像。小木沼的臉部打上馬賽克。看來他們已查出小木沼的身分，有些電視台甚至稱他是「遭嫌犯山野邊威脅的職員」。至於山野邊，因爲是嫌犯，毫不保留地呈現在世人面前。

另一段影片，則是山野邊再度入侵佐古家。畫面拍到山野邊與美樹察覺佐古中毒倒地後採取的行動。由於是黑白影像，山野邊看完的感想是「彷彿在看與自己毫無瓜葛的案件」。但對我而言，人類的每件事基本上都跟我毫無瓜葛。

新聞節目不斷發送各種消息。「佐古先生非常注重居家安全」、「屋內設有監視器」、「監視器拍下嫌犯山野邊的模樣」、「另一名女性爲嫌犯山野邊的妻子」、「尙有一名身分不明的男性，警方目前調查中」……

「千葉先生，你躲得眞好，都沒拍到臉。」美樹指著電視。

影片中出現奔過走廊的山野邊，我跟在後面，臉龐背對攝影鏡頭。實際上，就算監視器記錄我的長相，也不會對我造成任何困擾，但我還是看清監視器的位置，盡量別過臉。

「對了，千葉先生！」我離開房間時，山野邊追上來，「如果你在外頭遭警察逮捕……」

「預先設想最壞的情況嗎？萬一我遭到逮捕，你希望我怎麼說？」

「怎麼說都沒關係，不管是受我們牽累，或坦言因弟弟的事對本城心懷怨憤。不過，基本上你可以將罪行全推到我們夫婦頭上。」

「哦？」我心裡產生一個單純的疑惑，於是問道：「把錯推到你們頭上，對我有何好處？」

「可以減輕罪責。」

「減輕罪責又有何好處？」

山野邊與美樹面面相覷。半晌，山野邊笑道：「或許能稍微保住你的人生。」美樹接過話：「不過，千葉先生似乎對人生沒太大興趣。」

沒錯，我確實對人生沒多大興趣。我跟隨人類行動，只是基於工作需求。人類的生涯在我眼中不過是「調查對象」，好比牙醫助理眼中的牙周病、理髮師眼中的頭髮。

我走出公寓時，手機響起，簡直像算準時機。

「情況如何？」監察部同事冷冷地問。

「調查中。後天才結束，不是嗎？」

「差不多該決定方向了吧？」

我想不出任何必須隱藏不滿的理由，於是故意重重嘆口氣，回道：

「大概是『認可』吧。」

爲了讓對方失望，我難得在調查尚未結束便吐露心中的抉擇。因爲對方希望延長人類壽命。

「我明白了。但如果你希望……」監察部的同事再度試圖對我洗腦。他那種「一切都是爲了你破例」的態度，害我怒到最高點。要是他懇求「爲了彌補過失，請延長人類壽命」，答不答應是另一回事，好歹我心裡會舒坦些。遺憾的是，對方使用的卻是這種高高在上的說話方式，我無論如何都無法釋懷。

「我知道你們正暗中發起回饋活動，香川都告訴我了。」言下之意，當然是我早摸透你們的底細，不必再故弄玄虛。

「對了，香川已呈報調查結果。」對方應道。

「這麼一提，今天確實是香川調查工作的最後一天。反正一定是『認可』吧？」我話一出口，登時感受到電話另一頭誇耀勝利的情緒。「難道不是嗎？」我忍不住問。

「本城崇不會死。」

「難道是『放行』？」我有些驚訝。

「壽命延長二十年。」

「眞受不了你們。」我忍不住咕噥。

特種行業林立的小巷子裡，到處是招攬生意的皮條客。「我這裡有好女孩。你喜歡怎樣的類型？」其中一個皮條客向我搭話，我回答：「有沒有壞女孩？」對方一愣，呵呵笑兩聲：「你當這是『生剝』（註）祭典嗎？」我知道生剝祭典，卻想不出兩者的關聯。我不再理會他，走下一條通往地下室的階梯，踏進咖啡廳。環顧店內，一個坐在後頭雙人座的女人朝我揮揮手。那女人正是香川。

「妳讓本城活下來？」我在香川對面坐下，劈頭便問。

「難得舉辦『回饋大方送』活動，我也想玩玩。」

「現在不玩，以後恐怕沒機會。」我諷刺道。

「沒錯、沒錯。」香川沒有絲毫愧疚，反而志得意滿地點點頭。「不過，畢竟不是給予永恆的生命。你不認爲『永恆的生命』聽起來很愚蠢嗎？簡直像是漫畫的劇情。」

「妳的意思是，這活動比允許某個人類的兒子死而復活好得多？」

「是啊，我只是保證他二十年內絕不會死。」

「本城曉得嗎？」我剛問出口，又喃喃自語：「應該不曉得吧。」

我們沒必要將調查工作的制度及細節告知人類，想必香川不會主動向本城提及。我會這麼問，多少是認爲這個人類有些特別，搞不好已察覺我們的眞實身分。

「他不曉得。啊，我要向你道謝。上次那件情報幫了我大忙。」

「哪件情報？」

「你不是把山野邊的計畫告訴我嗎？我告訴本城，山野邊要假扮成餐點配送員混進佐古家，成功引起他的興趣。」

「他對佐古下毒？」

「這似乎是在我告訴他情報前，他就盤算好的。」

「難怪佐古會在紙上寫下『兩小時後再來』。」這多半是本城的指示。

「預先想好所有可能發生的狀況，並安排各種因應對策。眞不知該說他視野寬廣，還是心胸狹小。腦筋聰明，個性卻陰狠固執。」

「大概滿腦子只想著如何在遊戲中獲勝吧。」事實上，我遇過不少類似的人類。好幾個擁有高超的統帥能力，在戰場上無往不利。打倒對手帶給他們的不是單純的成就感，而是更加原始的恍惚快感。

「我想起來了，上次我負責調查一個外科醫生。那是個挺優秀的醫生，不論再困難的手術都

註：なまはげ，流傳於日本秋田縣的民間習俗。每年除夕夜時，男人會戴上鬼面具，手持菜刀，挨家挨户喊：「有沒有壞孩子？」

能冷靜處理，而且雙手靈巧。但是以人類的標準來看，性格相當冷酷。他想盡辦法在醫院裡建立地位，就算背叛、利用他人也在所不惜，每個人都對他畏懼三分。」

「本城要是當上外科醫生，大概也會走上這條路吧。」

「或許吧。那個醫生被當成天才，不僅沒成爲罪犯，還在社會上獲得成功。」

「後來呢？」

「護士拿刀捅死他。理由我不記得，應該是心懷怨恨。有趣的是，這類冷靜過頭的成功者，正因不在乎他人的心情，所以不曉得『做什麼事會惹惱他人』。這算是他們的缺憾。」

「總之，妳完成本城的調查工作，結論是『放行』？」

「不，嚴格說來是『認可』，只不過爲了調整人類壽命，延後二十年執行。」

「眞搞不懂監察部那些傢伙的想法。用這種草率的方式彌補從前的過失，肯定會把原本的規矩及架構搞得一場糊塗。」我對自身的工作並不特別感到驕傲，也不認爲具有重大意義，但他們這次搞出的回饋大方送活動，還是讓我有重要之物遭到玷汙的屈辱感。「對了，本城現在跑去哪裡？」

「我也不清楚。」

「妳最後一次見到他是在何時？」

「我在佐古家外安排車子，載他離開。簡單地講，就是幫助他逃走。」

那大概是佐古以「兩小時後再來」爲由，趕走山野邊及小木沼後不久。

「沒錯。」香川繼續道：「本城為佐古備妥餐點就走出來。」
「妳把本城載到何處？」
「新宿車站。他下車後，馬上走得不見人影。我想，他還是沒完全信任我。」
「本城多半另有計畫。」我說到這裡，忽然有種想法。我們的工作，簡直像是以「破壞人類的計畫」為目的。只要我們一出現，某個人的生涯規畫就會被迫終止。好比期待許久的慶典，因突如其來的驟雨取消。過去我只曉得雨總陰魂不散，如今才察覺原來自己跟雨這麼像。
我凝神細聽店內播放的音樂。一陣陣粗獷沉重的聲響，宛如要在大地上敲打出裂縫。香川告訴我，這種樂器叫「次中音薩克斯風」。我對樂器種類不感興趣，重要的是音樂節奏營造出的躍動感。此時，我忽然想到，演奏者會不會就是山野邊提過的「吹薩克斯風的巨人」。
過一會兒，我發現香川身旁有份報紙，放在桌子角落。「該不會又是跟交通標誌有關的新聞吧？」
「你猜對了，這是今天的早報。」香川呵呵笑。我實在不明白，到底有什麼好笑。「千葉，這新聞跟你也有關。」
「跟我有關？」我實在想不出何時與交通標誌扯上關聯。
「昨天在東京都內，一輛車子開進立著『禁止進入』標誌的小巷子。警察看見後，便上前取締。」
「那標誌也是錯的？」

「你先別急，聽我說完。」香川舉起手，故意吊我胃口。「警察走近一瞧，發現車裡的人有些古怪。」

「車裡載的該不會是死人吧？」我沒細想，胡亂猜了個答案。比起車裡的人到底哪裡古怪，我對店裡的音樂更感興趣。

「好厲害，你猜對了。」香川模仿人類拍手。「開車的人在運屍體。」

「多虧交通標誌，警察才能發現？」

「沒錯，但那交通標誌其實擺錯地方。」

「哦？」

「我向情報部確認過，那標誌不應該設置在那裡。指定標誌擺放位置的，是個叫『公安委員會』的單位，但那標誌原本應該放在下一個路口。」

「受處罰的人類一定相當生氣吧？」

「目前沒有人類察覺這個錯誤。」

「啊，是嗎？」

「只有我注意到這個錯誤，人類尚未發現。那標誌可能會擺上好幾年。」

多虧那個擺錯位置的交通標誌，警方才能發現形跡可疑的車輛。若套用人類的諺語，是不是「失敗為成功之母」？抑或「塞翁失馬，焉知非福」？我對諺語的認知，往往與人類的認知有些偏差。

「聽到我接下來的話，你恐怕會更吃驚。千葉，那輛車裡的人，你也見過。」
「妳指的是開車的人，還是死人？」
「都是。」
「開車的人就是死人？」
「我不是那意思。」香川繼續道：「總之，你前天跟他們見過面，一直相處到昨天早上。」
我聽得一頭霧水，思索片刻，腦袋浮現「理髮廳招牌」，不禁脫口：「啊，那三個雨衣男？」
「沒錯。其中一個死亡，另一個開車載運屍體。」
假如穿藍雨衣的男人真的是本城崇，負責調查的香川不可能不知情。但仔細回想，我完全沒發覺香川在附近。我向香川提出質疑，得到的回答竟是「老跟在他身邊實在很悶」，我頓時有些火大，她到底把工作當成什麼。
「怎麼會死掉一個？」我問。
「八成是起內鬨，懷疑對方背叛自己。」
藍雨衣男失去蹤影，他們想必會更疑神疑鬼。
「既然如此，應當會有調查部同事負責調查那個死亡的雨衣男。」
只要是死於他殺的人類，肯定事先經過調查。但我與那幾個男人相遇，被他們塞進睡袋，搬到那棟公寓，又受鑽子折磨，期間我絲毫沒感覺到周圍有同事。

「想必是調查完了吧。」

「八成是隨便敷衍，就向上呈報『認可』吧。」

「總之，那個男人……」

「白的或紅的。」

「就這麼死掉，剩下的……」

「另一個是白的或紅的。」

「顏色不重要。他在搬運屍體時，被警察發現。大致就是這麼回事。」

除了「原來如此」，我找不到第二句感想。

「千葉，你有何打算？」

「沒什麼打算，頂多就是坐在這裡聽音樂。」

「我的意思是，你打算呈報怎樣的決定?是『認可』？『放行』？還是……」

「絕不會是回饋大方送。我不想跟那種活動扯上關係。目前看來，大概是『認可』吧。」

「真沒創意。」香川調侃。

「本城到底躲去哪裡？」

一問出口，我才想起香川早完成調查工作，也向上級呈報完畢。既然不必再跟著本城，便不會曉得本城的下落。一般而言，假如呈報「認可」，必須親眼確認目標對象死亡。但本城不會在明天死亡，確認工作自然不用執行。不，應該說是延到二十年後執行。

果然，香川給我的回答是「誰知道」。

21

Day 6

第六天

醒來時，才發現自己不小心睡著。我嘗過無數次這種感覺。或者應該說，這一年來大部分時間，我都這樣度過。

睡夢中，我回到從前的老家。

父親出院回家後的記憶，浮現在我的眼前。出院的理由並非疾病痊癒。事實上，找出病因時，醫生便判斷「爲時已晚」。當醫生斟酌著接下來該採取何種治療方式，父親提出「我想回家」的要求。我不清楚醫生與父親之間經過怎樣的溝通。醫生是打一開始就沒反對，還是受到父親再三懇求才勉強答應？搞不好父親提早出院，醫生求之不得。

總之，父親決定在家接受治療。

父親剛回家時，我竟然對「父親在家過正常生活」的情況有些無法適應。他穿的不是睡衣或醫院的病人袍，而是一般的寬鬆衣服。他看著電視，發出呵呵笑聲。

「以前幾乎不肯待在家裡，現在怎麼反而急著想回家？」我話中帶酸。

「人生的最後還是想在家裡好好度過。」父親一副認輸的口吻。

當然，他的病情一點也沒好轉。負責協助在家治療的醫師只是開給他一些嗎啡、氧可酮等鴉片類止痛藥，減緩他的痛楚，讓他的日子好過一些。「沒想到活到這個年紀，竟然染上麻藥。」父親曾笑著這麼說。

我再度踏進家門後，發現氣氛比想像中開朗，母親流露疲倦之色，但表情十分柔和。「生重病才想到家人，眞受不了他的任性。」母親嘴上感慨，語氣中卻不帶一絲憎恨。

有個從事醫療工作的朋友告訴我，在家治療有兩個好處。第一，能避免「治療到死」的悲哀，病患可選擇如何安詳度過餘生。第二，能減少長期住院對醫療制度造成的負擔。正因如此，國家才會大力推動在家治療。嚴格說來，在家治療其實有好處也有壞處，有優點也有遭到美化的缺點。要怎麼選擇，全憑病患本人及家屬的判斷。

那時我才二十幾歲。在我眼中，父親只是在逃避。逃避那些會帶來痛苦的治療，同時逃避現實。回到舒適的家中，抱著「搞不好疾病會自行痊癒」的天眞想法。我實在看不慣這樣的鴕鳥心態，於是有一天，我故意直截了當地丟出一句：「這麼做，病是不會好的。」

父親笑了。他一臉平常地回應：「病會不會好不重要。人終究會死，只是遲早的問題。」

「這個道理我當然懂。」我語帶不屑。父親竟露出由衷感到欣慰的神情，點點頭，接著說：「每個人都會死，死法卻大不相同。有的死於意外，有的死於天災，有的死於戰爭。相較之下，我算幸運得多。」

「你這種講法，對罹患相同疾病的人未免太失禮。不，對死於其他原因的人同樣失禮。」

「也對，就當是我個人的感想。不過，我眞的認爲生這一場病很幸運。」

「怎麼說？」

「多虧這場病，我才能擁有這段時光，不是嗎？」

我無法理解父親的意思。既然是生病，身體狀況自然很差。我時常見他痛苦得五官皺成一團、呼吸急促，怎麼看都不像過著幸福的日子。

當時我住在老家附近，偶爾會抽空回去。但我沒三不五時便往老家跑，因爲父親原本棄我們於不顧，如今才想與我們重溫天倫之樂，總覺得不能就這麼便宜他。我不希望他認爲這樣就能彌補一切。

父親病入膏肓，住在家裡的時日不長。這段期間裡，美樹懷孕了，幾乎沒隨我回老家探望父親。不，正確地說，是我以懷孕爲藉口，勸她待在家裡。

聽到美樹懷孕的消息，父親激動得哭起來。「啊啊，是嗎？」他含著眼淚低喃。不曉得他是開心終於要當爺爺，還是難過沒機會見孫子一面。除此之外，我不曾見他流淚，甚至不曾聽他吐露任何悲觀的話語。

「有件事我得告訴你。」父親那天突然冒出這一句，「接下來，我會一天比一天虛弱，直到完全斷氣。就像音樂演奏到最後，愈來愈小聲。」

「所以呢？」

「我希望你別見我奄奄一息就手足無措。」父親露齒一笑。「那只是代表我壽命已盡，順利走完人生。」

我暗罵，老傢伙到這種時候還想逞強。站在一旁的母親則縮起肩膀，嘟嘴抱怨：「一輩子對家裡不聞不問，臨終前才擺出架子，眞傷腦筋。」

父親確實在逞強。但他逞強的理由，不是虛榮或自尊心。我直到後來才理解這一點。他選擇在家治療，猶如一首即將結束的曲子般日漸虛弱，卻還想教導我一些事。

此時，記憶的輪廓逐漸融解的聲響傳遍全身，我睜開雙眼。

原來我在公寓的客廳睡著了。不知何處傳來音樂，我不禁納悶，轉頭一瞧，只見千葉正經八百地坐在門邊，與一台擱在地上的迷你音響面對面，像在進行一場會議。

我站起身拉開窗簾。深灰烏雲覆蓋天空，小雨依然下個不停，彷彿非要把我的內心完全濡濕才肯罷休。

「千葉先生，有沒有查到任何消息？」我問。千葉專心聆聽音樂，對我不理不睬。以爲他沒聽見，我又問一次，但他依然毫無反應。

這公寓只是臨時的避難所，不，或許該說是關那個人的監牢，因此沒有購置桌椅。美樹在稍遠處，同樣席地而坐。我們吃的是便利商店的甜麵包、小包裝營養食品及瓶裝飲料，我卻一點也不餓。自從去年菜摘離世，我的食欲便大幅減退，這幾天更幾乎完全消失。果然，一旦面臨重大危機，生物就會降低能量的消耗。

電視沒關，新聞節目不斷大肆報導關於我們的事，但似乎沒新消息。

「老公，箕輪傳來訊息。」

我抬頭一看，美樹拿著智慧型手機站在眼前。她曾戲稱這支手機是我與箕輪的「熱線」，事實上，的確也是唯一用途。

但我很慶幸當初辦這支手機。我平常慣用的手機，多半正遭到警方追蹤。

手機裡出現一封來自箕輪的郵件。打開一看，內文寫著「這是記者朋友提供的影像，或許能找出關於本城下落的蛛絲馬跡」，末尾附上網址。

我實在太大意。因爲這支手機的號碼只有箕輪知道，加上郵件來自箕輪，我一點也沒起疑。

我點開網址，播放影片檔。美樹走到我身邊，問道：「箕輪寫些什麼？」

直到手上的液晶螢幕出現箕輪遭到捆綁的畫面，我才不禁後悔太不謹愼。

那是完全陌生的房間。箕輪坐在正中央一張紅色高腳椅上，身體纏著茶褐色的帶狀物，不知是膠帶還是皮帶。

他嘴上貼著膠帶，雙耳戴著一副大耳機。「幸好眼睛沒事。」我不曉得這麼說有何意義，但就是無法忍住。

「這是怎麼回事？什麼時候發生的？」一旁的美樹驚呼。她也湊近手機螢幕。

這段影片似乎是以數位相機拍下的。

那男人走到鏡頭前。我的腦袋還沒掌握情況，身體已出現反應。巨大的緊張感襲來，胸口彷彿遭到重壓，內臟變得異常沉重，全身像開了個大洞。

首先浮現在我腦海的，是他去年以電子郵件寄給我的影片。在那影片裡，菜摘遭他施打藥物，逐漸不再動彈。那個毀了菜摘一生的男人，居然毫無悔改之心，還刻意將影片寄來給我們夫婦。

我絕對無法原諒這個人。
爲了抛開恐懼與憤怒，我甩甩頭。
手中的液晶螢幕上，本城走到綁在高腳椅上的箕輪前面，取出一本素描簿。他朝鏡頭打開素描本，上頭有一排以粗麥克筆寫成的橫向黑字：
「早上九點半，這張椅子下的炸彈將會爆炸。」
我急忙瞥向手表，此刻是早上七點半。
本城翻開下一頁，上頭寫著：
「在白萩蕎麥麵店會合，我會帶你們到這個房間。」
霎時，我不曉得到底發生什麼事。我只知道小小的畫面裡不斷有人影晃動，卻無法理解其中的意義。眼前彷彿罩著一層白紗。
我將音量開到最大。幾乎聽不見聲音，不曉得是影片的聲音太小，抑或耳朵已麻痺。
美樹似乎還維持冷靜。我聽見她抄筆記的聲響。
本城往身後的箕輪看一眼，翻開下一頁。
「我現在要告訴他椅子底下裝有炸彈。得知死期將近，他會露出怎樣的表情，眞令人期待。」
我終於徹底理解本城的用意。那是一種以控制他人、玩弄他人爲樂的傲慢。畫面裡，本城闔上素描簿，轉身面對箕輪，像剛剛一樣一頁頁翻開。
箕輪看到紙上的字，激動得用力搖晃身體。

然而，愈是掙扎，愈是突顯出他的無力與悲哀。巨大的力量幾乎快扯倒高腳椅，那代表的，是即使失去自由也不願放棄希望的求生意志。

箕輪大概沒注意到本城裝有攝影機，毫不掩飾地展現最悲慘的一面。我巴不得轉頭不看，但我強迫自己看下去，美樹也湊過來。高腳椅終於被箕輪扯倒，發出撞擊聲。

可是，箕輪並未掙脫束縛。

本城不疾不徐地將素描簿內頁一張張撕下，取出打火機燒掉，直到紙張燃燒殆盡。火舌要燒到手指的前一秒，本城才放開，表情毫無變化。火熄後，他作勢踩灰燼，或許穿著鞋子。

「好了，山野邊先生，快點行動吧。要是你來得太遲，他會被炸得粉身碎骨。」男人最後湊向鏡頭，輕聲低語。

影片到此結束。

我一時說不出話，憤怒猶如沸騰的血液在全身流竄，腦袋不斷發出泡沫破裂的聲響。但我心裡明白，魯莽行動只會把事情搞砸。於是，我努力壓抑情緒，像試圖安撫一群蜂擁而來的暴民。

我巴不得衝進液晶螢幕內，揪住那男人，撕裂他的脖子。

「那是箕輪？」聽到千葉的話，我猛然回神。「對。」我應道。

「他被綁在椅子上，跟我上次一樣。」千葉站在我身後，從我和美樹之間望著手機畫面。

「那是不是也有個名堂？」他接著問。

「名堂？」

「我上次提過，『desk』既是桌子也是雜誌社主管，那椅子是不是也代表一種職位？」

我早習慣千葉這種牛頭不對馬嘴的說話方式，但多少還是有些「你又來了」的不耐煩。

「你們曉得『白萩蕎麥麵店』在哪裡嗎？」美樹念出剛抄下的店名。我打開智慧型手機裡的瀏覽器，輸入「白萩蕎麥麵店」進行搜尋。「有了，就在國道四一一號沿線上，多摩川的右邊。」

「面對哪個方向的右邊？」美樹在小細節上十分謹慎。

「由都心往西，途中會經過青梅線的御嶽車站，車程恐怕得花兩小時。」我旋即站起。倘若遇上塞車，恐怕來不及。

「看來時間非常緊迫，不是抵達麵店就行，還得趕往箕輪所在的地方。」太過疲憊與沮喪，美樹看起來像乾枯的樹木。

「及時抵達麵店，不代表解決問題。」我提醒。那男人絕非只想舉辦一場競速比賽。就算我們達到要求，他也不會稱讚我們，更不會乖乖領著我們去救箕輪。「在他眼中，這也是……」

「一場控制遊戲。不過，我想問個問題。」千葉意興闌珊地開口。

「什麼問題？」

「爲何不以這段影像爲證據，向警察報案？」

「這影片不久就會消失吧。」我推測道。當初菜摘的影片就是這樣。本城利用一些小伎倆，刪除電腦裡的影片檔。這次他只是將影片上傳網路，刪除更是輕而易舉。當然，不論他刪除檔案的手法多高明，嚴格來說一定能找到檔案存在的痕跡。不過，那可能需要相當繁瑣的步驟。

「我們倒是能再播放一次，拍下或錄下影像。」美樹提議。即使手邊只有智慧型手機，沒有其他工具，也可使用另一支智慧型手機的攝影功能留下證據。美樹嘴上這麼講，卻沒實際動手的意思。

對我們來說，有沒有證據根本不重要。因爲我們早不奢望警察機關、法院或法律條文能爲我們伸張正義。那男人或許算準我們根本不想保留證據，也或許早安排某種推翻這段影像的證據效力的詭計。要不然就是他如今騎虎難下，顧不得那麼多。

「對了……」美樹問：「有沒有辦法從影像中研究出箕輪到底在哪裡？比方建築物的特徵之類的……」

我立即重新播放影像，液晶螢幕的畫面再次動起來。

再看一次箕輪遭戲弄的過程，實在是心理上的一大負擔。我數度想閉上眼睛，但我告誡自己，一定要仔細瞧清楚。想戰勝敵人，首先得瞭解敵人。閉上眼沒辦法躲過敵人的拳頭，畏畏縮縮沒辦法與敵人正面對決。

「那窗簾是紅的，應該很醒目。」美樹指出。箕輪待的房間幾乎空無一物，但左側有扇窗戶，掛著深紅窗簾。

「單靠紅窗簾，沒辦法鎖定目標。」我出聲。除非是像「比薩斜塔」一樣稀奇的建築物，才可能鎖定地點。否則，別說是紅窗簾，就算整棟屋子都是紅色，恐怕還是能找到許多相同特徵的屋子。

「既然約在蕎麥麵店會合，應該就在那家店附近。不然怎麼來得及救人？」美樹推測道。

「或許他根本不打算讓我們救人。」我開口。那男人的心思，誰也猜不透。「事到如今……」

「只能走一步算一步。」美樹皺起眉。

「既然如此，那就出發吧。」背後的千葉說道。我轉頭一看，他走向迷你音響，瞧也不瞧我們一眼。見他似乎想播放CD，我忍不住加重語氣：「千葉先生，這種節骨眼上，你還想幹嘛？」

「嗯，也是。」千葉應一聲，卻不肯離開迷你音響。

「你不是說要出發了嗎？」

「也對。」

「千葉先生，你有沒有想到什麼？」

「想到什麼？唔，多少想一些事情。」

「該怎麼做才能救出箕輪？剛剛的影片，你有沒有認眞看？」我繼續質問。

「看了，問我的感想嘛……」千葉面無表情地應道：「美味又好吃。」

「美味又好吃？你在講哪門子笑話？」

原以爲千葉又在玩最擅長的文字遊戲，像外國人一樣雞同鴨講。但他接下來的話，卻聽得我目瞪口呆。

「菜摘的糕餅，快來嘗一口。」千葉緩緩唱出。

「咦？」美樹先是感到詫異，接著露出彷彿心靈完全蒸發的表情。

「美味又好吃，菜摘的糕餅，快來嘗一口。」千葉接著唱。

「千葉先生，這首歌……」美樹一臉錯愕，「菜摘的糕餅……似乎在哪裡聽過……」

這一瞬間，回憶湧上我的心頭。「對了，那個拿糕餅砸窗戶的記者，不也唱過這首歌？」

「啊，沒錯。」

「千葉先生，你怎會知道這首歌？」

更匪夷所思的是，千葉怎會在這節骨眼上突然唱出來？

「我不知道，是在影片裡聽到的。」

「剛剛的影片？」

「在影片裡聽到？」

我與美樹發出驚呼。

千葉指著我手中的智慧型手機。我舉起手機，再次確認：「你是說剛剛的影片？」

「或許就在箕輪待的那棟建築物附近，歌聲像是從外頭傳進來的。『美味又好吃，菜摘的糕餅，快來嘗一口』，大概是播放事先錄好的宣傳歌。」

我再度操作手機，播放網址的影片。第三次觀看影片，衝擊與眞實感降低許多，彷彿看的不是眞實事件，而是虛構作品的重新詮釋或二次創作。我與美樹並未凝視畫面，而是將耳朵貼在擴音器上。原以爲影片只有畫面沒有聲音，如今仔細傾聽，才發現其實同時錄下聲音。我聽見本城的走路聲、素描本的翻頁聲、箕輪在椅子上的掙扎聲。可是，不管我怎麼聽，都聽不見千葉說的來自屋外的歌聲。我將音量轉至最大，重新播放。「好像眞的有歌聲……」美樹不太肯定，顯然懷疑自己是先入爲主產生幻聽。

「你們真的聽不見嗎？難道是我耳力太好？」依千葉的口氣，似乎認為有問題的不是他，是我和美樹。

我知道世上有許多「記憶力過人」或「計算能力過人」的天才，但眼前的情況能否以「聽力過人」解釋，我不禁抱持懷疑態度。

「話說回來，糕餅的名字竟然和你女兒一樣，實在有意思。山野邊，你們跟這間糕餅店是不是有交情？」

「交情是沒有，但從前不是有記者拿這家的糕餅朝我們家的窗戶扔……」說到這裡，我想起千葉根本不曉得這件事。去年我家遭媒體記者包圍時，曾有記者投擲糕餅。我並未告訴千葉詳情，只約略提過梗概，當時他還一臉認真地問：「是不是那個『糕餅好可怕』的落語段子？」

換句話說，千葉突然提到糕餅，肯定是從影片中聽到歌聲。

「那間店在哪裡？」美樹問。沒錯，現在一分一秒都不能浪費，我立即用智慧型手機上網搜尋。原以為大部分的資訊都能從網路上取得，這一次卻徒勞無功。雖然搜尋到幾個提及「菜摘糕餅」的網頁，卻沒有一個網頁標明糕餅店的地址。在某年輕女子的雜記裡，提到「菜摘糕餅」讓她懷念起故鄉，並介紹經營糕餅店的是一對老夫婦，一大早就開店做生意。不僅如此，她還記下宣傳歌的歌詞，偏偏沒寫出具體地點。由於網頁好幾年未更新，要找到作者恐怕不容易。

「看來不是全國知名的糕餅店。」美樹瞄過搜尋結果，不禁嘆氣。

如今我能採取的手段相當有限。於是，我取出平常慣用的手機，開啓電源，進入拒絕往來號碼名單。其他號碼我都能置之不理，唯獨一個號碼，當時非封鎖不可。查到該號碼後，我以聯絡箕輪用的智慧型手機撥打。美樹疑惑地看著我，不明白我在做什麼。

由於我設定為不顯示號碼，對方可能不接電話。基於工作性質，他大概樂於接聽任何來歷不明的電話。但若他警戒心很重，或許會選擇拒聽。

電話另一頭傳來粗魯的話聲，對方報出姓名。

「我是山野邊遼，記得嗎？我想知道你去年給的糕餅在哪間店買的。」

我盡量放慢說話速度。

對方沉默不語。其實我記不得這名記者的長相，不過，當初守在家門外的記者群中，他的體格特別壯碩。上小學時，班上有個同學專愛挑個性懦弱的人欺負，這名記者應該也是相同類型。就算受害者苦苦哀求，他都不為所動，將對方欺負得體無完膚。電話另一頭依舊沉默，卻聽得見陣陣雨聲，對方似乎在戶外。

「我想知道那間店在哪裡，請告訴我地址。」

「你在何處？」記者問。

不曉得他還是不是記者，但佐古家的事情鬧得沸沸揚揚，多半也傳入他耳中。

「請告訴我那間店在哪裡。」我強硬地重複一遍，接著深深吐口氣。

對方繼續保持沉默。

美樹應該已察覺我打給誰。她靜靜守在一旁，一句話也沒說。

我正想繼續追問「是不是在你的老家附近」，記者忽然低聲道：「多摩。」

「咦？」

「有沒有紙筆？」記者刻意壓低嗓音，似乎不想讓周圍的人聽見。

我望向美樹，以右手做出拿筆書寫的動作，她點點頭。

對方報出一串地址，我複誦一遍，美樹抄在紙上。「這是哪裡的地址？」我問。

「我的老家。在同一個區裡，有棟矮小老舊的深褐色三層樓公寓。那糕餅店就在公寓的一樓。顧店的是對老夫婦，店名就是『菜摘』。」

我無法想像對方此刻的表情。當他說出「菜摘」兩字，話聲微微顫抖。他知道這是我女兒的名字。但我無法判斷他是驚惶，還是罪惡感作祟。

「謝謝。」我隔著電話低頭鞠躬。原本打算掛斷電話，忽然覺得不安，又將手機拿回耳邊，喊了對方的名字，拜託道：「這件事請不要告訴任何人。」他很可能會通知警方，甚至聯絡其他記者到糕餅店附近圍堵。雖然我只是詢問糕餅店的位置，還是不免會引起軒然大波。我望美樹一眼，補上一句：「算了，要不要洩漏出去，你自己決定吧。」

記者一語不發，但我相信他聽得十分明白。雨聲滴答作響，彷彿在代替他回覆。

他的工作理念及人生態度，我無權干涉。何況，我並不想對他低聲下氣。

「希望你給我一天的時間。在明天之前，只要你不透露這通電話……」我原本要接著說「就答應接受你的採訪，你愛採訪多久都無所謂」，對方突然冒出一句：「我不會洩密的。」語氣乾脆爽快，就像將無用的廢紙揉成一團隨手扔掉。

「咦？」

「我不會洩密的。」

起初，我以爲對方在戲弄我，接著懷疑是對方的策略，好讓我不設防。不料，他又解釋：

「我不擅言詞，想必帶給你不小的困擾。去年我扔糕餅只是開個玩笑，並無惡意。」

我一聽，差點沒笑出聲。當初他投擲糕餅，還在門外大呼小叫，算哪門子玩笑？可是，他的口氣不像撒謊，或許眞的不擅溝通。

「我知道錯了。」

聽他這麼表白，我一時不曉得如何回答，只好隨口應兩聲，草草掛斷電話。而後，我抹去眼角的淚水，向美樹轉述剛剛的對話。

「我們走吧。」千葉大步走向門口。

「他把那種行爲當玩笑？眞不曉得他的神經是什麼做的。」美樹口中罵著，嘴角卻微微上揚，粗魯地以袖子拭淚。

「神經是什麼做的？人類的神經不都一樣？」千葉伸出手指，在空中畫出類似樹枝分岔的線條。我認出那是書中常提到的「神經突觸」，不禁苦笑。

兩根雨刷極有規律地重複躺下、站起。我一邊看著，一邊操縱方向盤，踩下油門。

路面到處是積水，窗外一片迷濛，卻看不見雨滴。唯有玻璃上殘留一些雨的痕跡。

我心中焦急，仍不斷提醒自己別加速過頭。這是一場與時間的競賽。如果本城沒撒謊，箕輪身邊的炸彈將在九點半爆炸。現下還不到九點，但考量到搜救的時間，能不能趕得上很難說。

究竟是何時進入高速公路，我毫無印象。猜想約莫經由永福交流道，但腦袋裡竟不記得是否通過收費站，也不記得何時開上主道。

高速公路的綠色標誌映入眼簾。

「太近了。」見我逐漸逼近前頭的車輛，美樹出聲提醒。我趕緊放開油門。幸好高速公路上沒塞車，但我心急如焚，總覺得這條路永無止境，不管怎麼踩油門都無法抵達終點。

我看到國立府中的標誌牌，汽車導航系統告知必須在那裡下高速公路。

接近收費站時，前方出現排隊的長龍。「我恨透塞車。」千葉一臉無奈。不管遇上什麼事都處之泰然的千葉，竟然會流露如此明顯的厭惡，我感到十分新奇。

「千葉先生，這種程度的壅塞跟『參勤交代』比起來，只是小巫見大巫吧？」坐在副駕駛座的美樹轉頭開了個玩笑。

回想起來，我們與千葉的相遇恍若陳年往事，其實相隔不到一星期。當初我透過對講機，聽他在外頭對記者們談起「參勤交代」。這麼無聊的玩笑話，他卻講得煞有其事。眞不曉得我怎麼會信任這樣一個男人。

「我們接下來要開的青梅街道，從前是否也有『參勤交代』的隊伍通過？」我跟著瞎起鬨。

「我怎麼知道？」

「也對。」

「我的經歷以東北路線爲主。」

「啊，原來是這個意思。」我嘆口氣，一時不知如何回應，不過心情輕鬆不少。

「從仙台籓出發，有時超過三千人。以人數而言，那算是最多、最雜亂的吧。」

「怎麼說？」美樹其實是想問「這個玩笑的笑點在哪裡」，但千葉會錯意。

「妳指的是『參勤交代』的意義嗎？像那樣由大名率眾遠行，具有軍事遊行的意義。大名可藉此向世人展現軍勢陣容多麼龐大。此外，我之前提過，幕府企圖藉由這樣的規定，削弱各大名的實力。不過，就算不考慮這些，我認爲『參勤交代』還是有許多好處。」

「是嗎？」

「人類聚集在一起，就會想展現自己的強大。即使根本沒必要，依舊會產生這種衝動。而且集團一旦穩定，還會發生那個現象。」

「那個現象？」

「缺乏樂子。」

「缺乏樂子？」

「人類無法維持長期的安定生活，集團裡會漸漸產生『好無聊、好想找點樂子』的想法。」

「是嗎？」我不禁想起，渡邊老師的書裡也提到類似的觀點。人類雖然愛好和平、安寧及循規蹈矩的環境，久而久之卻會厭煩，感到憂鬱及倦怠。明明愛好和平，又無法忍受和平的無趣。

「絕大部分的戰爭，都是這麼引發的。」

「是嗎？」這眞是大膽的結論。

「安穩的日子實在太無趣，而這股無趣的感覺會衍生『維持現狀眞的好嗎？』的不安。表面相安無事，集團卻會逐漸籠罩在恐懼的氣氛中，或冒出『日子太枯燥』的念頭。最後，當然就是爆發爭執或戰爭。」

「爭執或戰爭結束，又會回歸和平穩定？」

「沒錯，人類就是不斷在這樣的循環中兜圈子。」

「這麼悲哀的事情出自千葉先生口中，聽起來也像黑色幽默。」我暗暗想著，發生戰爭的理由恐怕不會這麼單純。

「『參勤交代』就像是代替鬥爭的一種儀式。靠儀式發洩暴力欲望，是一種相當聰明的策略。」

「運動不也是嗎？」

「還有祭典。概觀人類的歷史，這樣的例子很多。」

車子終於能夠前進，通過ＥＴＣ專用道時，我非常怕被警察逮個正著。要是我們的行動已在警方的監控下，閘門便不會升起。我緊張得胃幾乎糾結在一起，幸好車子順利通過收費站。

前頭的車子開過水窪，濺起無數水花。

開著開著，汽車導航系統進入另一張地圖。

「『參勤交代』的隊伍中，其實眞正隸屬該籓的武士不多。」千葉繼續道。

「這又是怎麼回事？」

「以現在的術語解釋，隊伍裡的人多半來自人才派遣公司。說穿了，就像臨時演員一樣。他們只是受到僱用，依指示排成隊伍前進。」

「原來如此。」我有些吃驚。

「千葉先生，你接著是不是要說，你也幹過那工作？」美樹笑著問。

「算是吧。」千葉給了個模稜兩可的回答，我不禁失笑。「總之，『參勤交代』還有一個好處，就是提供工作機會。這制度實在不錯，今後有沒有打算繼續執行？」

「這個嘛……目前我沒聽說哪個政黨開出恢復『參勤交代』的政治支票。」我應道。

藉著確認後視鏡的機會，我偷偷覷美樹一眼。她凝視著窗上的雨滴，臉上帶著笑意。那股笑意多半來自與千葉的有趣對話。我們從未想到居然會遇上一個自稱親眼目睹「參勤交代」的人。自上星期遇見千葉以來，我們笑的次數遠遠超過一年的總和。千葉總板著撲克臉，似乎並非刻意逗我們發笑，卻好幾次將我們從即將滅頂的悲傷泥沼中救出。

我們不再沉浸於過去的悔恨與悲傷，也不再盤算看不見的未來，只是努力「摘取」每一天。

驀然，我想起千葉在濱離宮恩賜庭園提到的話。「報仇既非勇敢的證明，亦非武士的榮譽」，雖不清楚這是否眞的出自德川將軍之口，但「即使豁出一切也要報仇雪恨」的思想，帶給我莫大的鼓舞與勇氣。

我按照導航系統的指示操縱方向盤、踩踏油門，與前車的距離再度拉近。駛過多摩動物公園的標示牌前，我還能保持冷靜。儘管焦慮又緊張，多少維持著理性。或說我至少擁有「知道自己在焦急」的思考能力。然而，經過多摩動物公園的標示牌後，僅剩的沉著蕩然無存。

車上時鐘指著九點五分。我心急如焚，全身寒毛直豎，滿腦子想著「肯定來不及」。感覺就像體內有一面網子，雖然使盡吃奶的力氣壓住，仍不斷彈開，鬱積在底下的焦躁感噴發而出。

我腦中浮現遭捆綁的箕輪不斷掙扎的畫面。

我想像著箕輪遭爆炸的火焰吞噬的景象。「在危機四伏的時代創造出危險的東西，實在沒意思。山野邊，與其做一把能抽出短劍的扇子，不如做一把能抽出扇子的短劍。」我回想著當年他說這句話時的神態。

如今箕輪即將失去他的人生，我又想起他那些我見過數次面的家人。思及他的孩子就要失去父親，我難過得心如刀割。

我踩下油門，變換車道。不知哪個方向傳來喇叭聲，我甚至不清楚剛剛是不是有驚無險地逃過一場車禍。

又開十分鐘左右，導航系統發出左轉指示。但我開錯路，鑽進一條單行道。我慌得腦袋一片空白，直罵自己愚蠢，爲何在攸關箕輪性命的緊要關頭出錯。

對自己的憤怒蔓延全身，心跳愈來愈急促。雨勢似乎也增強了。

雨刷的動作，益發勾起心中的焦躁。

繞一大圈，終於回到原本的道路上。我暗暗大喊：「該死！來不及了！」整個身體彷彿成爲一具不斷發出紅光及噪音的機械。美樹及千葉不斷跟我說話，但我根本聽不進去。視野愈來愈窄，看得見的範圍愈來愈小。雨刷不斷橫過我的眼前，阻礙視線。

每隔十秒鐘，我就看一眼時間。一顆心七上八下，憂慮不知是否爲時已晚，不知何時會聽見爆炸。連握住方向盤的手也痠軟無力。完蛋、沒救、來不及了，我的內心不斷發出哀號。

「冷靜點。」美樹安撫道：「我們有足夠的時間。」

「我知道。」我不是在敷衍。雖然很清楚保持冷靜的重要性，但冷不冷靜根本不是自己能夠控制。

「即將抵達目的地附近。」導航系統發出聲音。我羨慕那聲音的平靜，並對曖昧不明的指示感到憤怒。

忽然間，我想起「所謂的景仰就是做麻煩事」這句帕斯卡的名言。爲什麼導航系統沒有使用更謙卑、更拗口、更講究的話語？我莫名其妙地遷怒導航系統。

「不是在時間內抵達就行！完蛋！太遲了！」我勉強擠出聲。

「時間很充裕。」美樹從旁糾正。

「別胡扯！」

「眞的，你堅強點！」美樹的一聲斥罵宛如在我臉上打一巴掌。幸好她的語氣不帶輕蔑，否則我恐怕會更加無地自容。

「你看！」

「看什麼？」我問。

「快紅燈了！」

仔細一瞧，前方的燈號確實變成黃燈。可是，現下不是乖乖遵守交通規則的時候。這個路口不寬，加上時間緊迫，我不想理會燈號，直接硬闖。就在我更用力踩下油門，打算衝過去的瞬間，美樹忽然慢條斯理地開口：「小學生看著呢。」

我一轉頭，瞥見燈號的下方站著幾個揹書包的小女孩。眼前是斑馬線，她們等著過馬路。

於是，我踩下煞車，深深吸氣，緩緩吐出。燈號轉爲紅燈，小女孩穿越馬路。她們揹著紅書包，不曉得幾年級的學生。

此時，一個穿紅運動外套的男學生，從那幾個女學生的身旁飛奔而過。

「那孩子跟卓司好像。」美樹說。

我愣一下，沒想到美樹冒出這句話。一旦回想起關於菜摘的記憶，往往會壓抑不住情感，淚流不停。爲了避免這種情況，我總會故意避開前後部分。不當這些回憶有連貫而漫長的劇情，不理會結局是好是壞，只專注於其中某個畫面。我相信美樹也使用相同的方法。

「卓司是誰？」我開朗回應。

「從幼稚園就跟菜摘同班的男孩。他總穿紅衣服。」

「啊，我想起來了。」我見過那孩子。「確實有點像。不過，會不會只是因爲都穿紅衣服？」

「菜摘很喜歡卓司。」

「哦？」我察覺自己露出微笑。

「菜摘問過我，媽媽和爸爸爲什麼會結婚，我便告訴她拉鍊咬死的事。」

「這樣啊。」

行人號誌開始閃爍，我的腳從煞車上移開，準備踩油門。

「有一天，我看完牙醫正要回家，發現菜摘站在通學的路上。」

我也有過類似的經驗。暗中觀察孩子，總有種奇妙的感覺。父母不在身邊，孩子的時間並不會停止。菜摘有自己一套面對社會的方式。這同時帶給我些許的放心與不安。

「我不明白她想做什麼，仔細一看，她努力拉扯著拉鍊。」

「拉鍊咬死了？」我正想接一句「有其母必有其女」，美樹繼續道：「因爲卓司就快出現。」

「咦？」

「她算準卓司走到那裡的時間，假裝拉鍊咬死。」

「有這種事？」

美樹宛如對空氣搔癢般輕輕吁口氣。我的嘴角跟著上揚，再次望向美樹，發現她的臉頰濡濕，淚水不知何時溢出眼眶。接著，我察覺前方的景色變得朦朦朧朧。但我沒伸手遮掩，任憑淚水流下。千葉什麼話也沒說。

綠燈亮起，我踩下油門。原本沸騰滾燙的內心稍微降低溫度。雖然稱不上恢復冷靜，卻從異常的焦慮中解脫。隨著眼淚的宣洩，胸口的暴風雨逐漸減弱。

接下來一路平順，沒有塞車。原本惱人的導航系統彷彿變得親切又熱心。

車子開進住宅區不久，美樹忽然指向某處說：「那邊。」

雨刷忙碌翻轉，企圖遮擋我的視線。從縫隙之間，我瞥見一間小小的店面。

那棟建築物位於雙岔路口。記者的老家在更遠處，我們先看到糕餅店，省去不少麻煩。我很想直接衝出去，將車子扔在路旁。只是這條路太窄，會阻礙交通。在這種節骨眼還介意交通規則實在有些可笑，不過我就是無法將車子棄置不管。

「我來開車，你們先去找箕輪，我找地方停。」坐在副駕駛座的美樹湊過來。

沒時間猶豫。我一看手表，剩十分鐘九點半。眼前一陣天旋地轉，我忍不住想跪倒。

「走吧。」千葉若無其事地下車，我跟著走出車外。

天空下著綿綿細雨，但不到淋濕衣服的程度，幸好雨勢不大。美樹迅速移向駕駛座開走車子。

「山野邊，影片中的房間在哪裡？」千葉挺起背脊左右張望。他問得興致索然且好整以暇，卻彷彿在我臉上打一巴掌。沒錯，我們的目的不是找出糕餅店就好。我抬起手表一瞧，雨滴沾濕鏡面，指針看起來彎彎曲曲。

「剩不到十分鐘。」

「就會爆炸？」

「對。」

「我無所謂。」

「好不容易找到糕餅店，恐怕還是來不及。」我忍不住朝那棟三層樓的公寓走去，糕餅店就在正前方。

「影片裡聽得見宣傳歌，應該距離不遠。」

「可是，要找出來恐怕……」我正要說出「難如登天」，腳下一個踉蹌，跪倒在地。我以雙手及雙膝撐著地面，模樣相當狼狽。我忍不住笑起來，沒想到自己這麼沒用。膝頭及雙手全都濡濕，我勉強站起，呻吟般呼喊箕輪的名字。

站直的瞬間，我的目光掃過公寓側面的一扇窗戶。

「啊……」糕餅店那棟公寓的三樓側面牆壁上，有一面掛著鮮紅窗簾的窗戶。「千葉先生……」我拍去牛仔褲上的泥沙，呼喚道。沒錯，一定在那裡。影片中的房間就在那裡。

「怎麼？」千葉問。

「你聽過『跌倒的經驗，千金也買不到』嗎？」

「哦？」千葉搖搖頭。

我猜到千葉接下來會說什麼。他一定會問，既然千金也買不到，那要花多少錢才買得到？

「那要多少錢？」

我暗暗喊一句「我就知道」。這道聲音化成一股氣息拂過地面。我踩著這股氣息，將地面奮力往後踢，撞開雨滴，奔向公寓。

如果三樓那戶的門上也設置炸彈，此刻我已粉身碎骨。我用力一撞，連接在門板上的金屬片扭曲變形，再一撞，身體便隨門板倒進室內。想到撞壞門的衝擊力可能引爆炸彈，我就寒毛直豎。幸好這危險的抉擇以平安無事收場。千葉依然一副泰然自若的模樣，甚至毫不在乎激烈撞門的疼痛。「這裡能穿鞋子進去嗎？」他一臉悠哉地問。

我不想把時間浪費在與他對話上。強忍著撞門的疼痛，穿鞋子直接踏進室內。

我終於見到箕輪。

屋內共兩間房，位於裡頭的一間鋪著地毯，正中央有張高腳椅。如同影片一樣，箕輪被綁在椅上。他瞪大雙眼，彷彿要用眼皮把我們擒住。他一定非常驚訝，不明白我怎麼會出現。

我決定暫時不將箕輪嘴上的膠布撕開。

繞到高腳椅的後方一瞧，椅背上以膠帶貼著一塊鉛筆盒大小的白色物體，上頭連接附電流夾的導線，導線另一端接到地毯上一台造型簡單的機器。計時器一秒一秒地倒數。

剩餘時間映入雙眼，卻無法進入大腦。我的體內充滿恐懼，想到隨時可能被炸得屍骨無存，體溫便迅速下降。

「拆掉這個，應該就能阻止爆炸吧。」千葉嘴裡咕噥。我心中納悶，朝他望去，發現他也凝視著椅背上的白色物體。

「你說拆掉這個？」

「這是塑膠炸藥吧。」

「塑膠？」我聽過這個名詞，但眼前的白色物體看起來像黏土，一點也不像塑膠。

「由於工作的緣故，我懂一些相關知識。塑膠炸藥的『塑膠』，其實是『可任意塑形』的意思。」

千葉沒再說出「因爲我家開加油站」這種藉口，但他剛剛的說明聽起來煞有其事。

「只要拆掉這條線就不會爆炸。」千葉理所當然地說完，理所當然地伸出手，理所當然地抓住導線尾端的夾頭，理所當然地拆掉導線。

「啊，原來如此……」我聽千葉說得理所當然，腦袋一時轉不過來，只能含糊回應。

「同樣的道理，只要再接回去，炸藥就會爆炸。」千葉再度理所當然地伸出手，理所當然地要將夾頭接回白色物體上。我心頭一驚，急忙撲過去阻擋，喊道：「幹嘛接回去？」

「不用接回去？」

「廢話！」

接著，我粗魯地撕開箕輪嘴上的膠布，不經意摸到自己的頭頂，發現頭髮是濕的。我大感錯愕，不明白頭髮在屋內怎麼會濕掉。其實是剛剛在外頭淋到雨，但我慌張到連僅剩的判斷力都失去。

我將箕輪從高腳椅上解開，他隨即趴倒在地，喘得上氣不接下氣。不知是過於害怕，還是遭捆綁而呼吸困難，口水、鼻水及淚水自他的下巴一滴滴滑落。

我靜靜等待他恢復冷靜。獨自被綁在這裡，身旁還有一顆炸彈，我實在無法想像這是多麼可怕的一件事。看著他痛苦不堪的模樣，我甚至不忍心跟他說話。

我想向他道歉卻開不了口。

過一會兒，箕輪翻身，緩緩彎曲雙腿，改蹲在地上。他往臉上一抹，呼吸平緩許多。

而後，他抬頭看看站在一旁的我，又看看千葉，彷彿想確定自己還活著般僵硬地吐一口長氣，才呼喚：「山野邊……」

「嗯……」我應一聲。

箕輪鼓起臉頰，垂頭喪氣道：「這下應該能申請職業傷害補助金吧？」

這可能是他人生最具代表性的一次逞強，我不禁揚起嘴角。

「我有好多話想告訴你，但不知從哪一件說起。」箕輪氣喘吁吁。

「不用急，慢慢來。」我安撫道。

但箕輪搖搖頭，尖著嗓子道：「不，事情相當緊急。」

「那你就快講吧。」

箕輪的肩膀隱隱顫動，我仔細觀察才發現他在笑。

「本城到底在打什麼算盤？」千葉問。

箕輪疑惑地望著千葉。

「他叫千葉……」我想向箕輪介紹千葉，卻不知從何介紹起，最後只好說：「他是炸彈處理專家。」

箕輪瞇起雙眼。他搖搖擺擺想站起，雙腿卻使不出力氣，於是又蹲下。「本城打了通電話給我，問我願不願意採訪他。」

「一定是陷阱吧？」我應道。

「沒錯，我也這麼懷疑，最後卻被他說服。」

本城一定是將我搬出來，當成說服箕輪的藉口，像是「爲了山野邊先生著想，我想公開一些消息，刊載在箕輪先生的雜誌上，不曉得方不方便？」。

「正如你的猜測。不過，我並不相信。他承諾提供獨家消息給我，但我曉得已有其他雜誌社在飯店裡採訪過他。」箕輪的口齒愈來愈清晰。「沒想到，他又搬出一個我完全沒預料到的話題。」

「怎樣的話題？」

「山野邊，我不是跟你提過，某鍍金工廠發生的氰化鉀遭竊的案子？」

他突然提起這件案子，我心頭一震。「記得是栃木縣的工廠，被偷走十瓶氰化鉀？」

「是群馬縣，被偷走二十瓶。」

「這跟我們有什麼關係？」

「本城自稱是那案子的幕後黑手。他唆使某人偷走氰化鉀，再加以收購。」箕輪咬住嘴唇，皺著臉。「眞是高招。我完全沒想到你跟本城之間的事情，竟然會牽涉到近來引起話題的案子。聽到驚人的內幕，我按耐不住，便上了鉤。」

「這是他的拿手好戲。」

「咦？」

「他最擅長挑釁或誘惑他人，或找出他人渴望的東西。像這類勾心鬥角的事情是他的看家本領。」

「反正，我決定與本城見一面，把話問清楚，就這麼上了當。」

「你不必自責，畢竟他在這方面是天才。」我嘴上安慰箕輪，同時暗暗告訴自己：沒錯，那男人在控制遊戲上天賦異稟。好比將棋初學者與下一輩子棋的行家，以相同條件較量，獲勝的機率是微乎其微。

想當然耳，箕輪輸得一敗塗地。明明早有提防，仍遭本城捆綁，囚禁在這裡。

「對了，山野邊，你怎會找到這個地方？」

「這個嘛……」我瞥千葉一眼，他一副事不關己的樣子，跟著問：「是啊，你怎麼找來的？」

「那男人拍攝過這裡的狀況，對吧？」

「嗯，太可怕了。」

「本城太可怕？」千葉問。

「不，是攝影機。」

「攝影機可怕？」

「我向來覺得，面對人比面對機械輕鬆得多。機械沒有感情，更容易讓人徹底絕望。不管是『曉以大義』或『喚醒良心』，對機械都不管用。所以，攝影鏡頭不可能同情人類。要是有人開發出實用性的機械士兵，世界大概會完蛋。」

「你太誇張了。」我不禁苦笑。「不過，渡邊老師也有類似的言論。」

「渡邊一夫嗎？」箕輪很清楚我是渡邊老師的忠實讀者。

「渡邊老師認爲，『對抗不寬容的人，就像對抗叢林裡的猛獸。唯一的差別，僅在於人可能被說服。』」

書上接著寫道：「我們不可能說服猛獸，卻有一絲機會說服不寬容的人。這爲我們留下些許希望之光。」

「歌聲？」

「確實，要說服攝影機或機器人，恐怕比說服猛獸困難。」

「總之，我們看完那段影片，注意到一樓糕餅店傳來的歌聲。」

「我應該提過，有間糕餅店的店名跟我女兒的名字一樣。」

「啊，你是指記者扔糕餅的事？」

「對，我們聽見那間糕餅店的宣傳歌。」我豎起耳朵卻沒聽見任何歌聲。回想起來，剛找到糕餅店時，也忘記確認店內有沒有播放宣傳歌。

「這麼一提，我隱約也聽見歌聲……」箕輪點點頭，又面露狐疑。「但歌聲非常細微，你們眞的聽見了？」

我不時覷向千葉。多虧他留意到歌聲，我們才能找到這裡救出箕輪。這不僅是他的功勞，更是他導出的結果。然而，他卻一副事不關己的懶散模樣，害我不曉得該擺出怎樣的態度。我不禁想問，這不是你導出的結果嗎？

「那男人原本要我們前往位於國道上的蕎麥麵店。」

「啊，我有印象。」在那段影像中，箕輪也看過素描本的內容。
「只要我去那間店，那男人便答應帶我來找你。箕輪，你覺得他有何用意？」
「這個地方不太好找，他想爲你帶路？」箕輪一臉苦澀。
「絕不可能。」我回答得斬釘截鐵。
「也是，不曉得他在打什麼鬼主意。」
「嗯。」
「不過，我思考過理由。」箕輪恨恨瞪向倒地的高腳椅。「我一個人被關在這裡，剛好沒事做。」
聽起來頗令人同情，我卻差點沒笑出來。箕輪竟然把「被綁在裝有炸彈的椅子上」這種可怕的經驗當成自嘲的題材，內心實在堅強。
「我試著想像，若事態完全按本城的計畫發展，會是怎樣的結局。」
「究竟會怎樣呢？」
「首先，你們會前往那間蕎麥麵店，而本城也在等著你們。」
箕輪此時的語氣就像在跟我討論小說的情節發展。
「我大概會催促他『快帶我們去找箕輪』。」
「嗯，但以時間來看，多半來不及。」
「沒錯。然後，那男人會丟出一句：『眞可惜，在你們趕來的路上，箕輪已被炸死。』」
將無助感與罪惡感深深植入他人心中，徹底摧毀他人的人生，是本城最大的欲望。

「是啊。不過或許沒那麼簡單。」箕輪說。

「沒那麼簡單？」

「最後應該是這樣的結局，但在那之前，他可能會答應帶你們過來，並以此爲由要你們坐上車子。」

「要我們乖乖聽話，恐怕不容易。」我嘴上這麼說，心裡卻想著，恐怕我們眞的會乖乖聽話。

這時，我察覺千葉站在牆邊，背對我們東張西望，似乎在找東西。「你在幹嘛？」我忍不住問。「我想找找有沒有能聽音樂的器材。」聽到他的回答，我頗爲困惑，甚至有些生氣。「千葉先生，你有沒有在聽我們說話？」

千葉默默走回我們身旁，依舊一語不發。

「那男人讓我們搭上車子又是爲何？難道要帶我們來爆炸的現場？」我問箕輪。

「事實上，我也想過這一點。」箕輪又覷高腳椅一眼。「說起來有點害臊，我覺得自己好似成爲安樂椅神探（註）。」

「這張椅子坐起來恐怕不太安樂。」我不禁脫口而出。不如稱「塑膠炸藥椅神探」更貼切。

箕輪微微顫抖，像是心有餘悸。「不過，多虧被綁在椅子上，我想通不少事。」

「你猜到那男人眞正的目的？」

約莫是無事可做，千葉扶起高腳椅。

「大概……」箕輪開口，卻沒下文。

「大概什麼？」
「菜摘。」
「咦？」
「大概跟菜摘有關。」
「跟菜摘有關？」每當聽見女兒的名字，我和美樹就像遭到撥彈的琴弦，內心震盪，無法平靜。爲了不發出哀號，我拚命壓住精神之弦。
「你不是和我提過菜摘的作品？」箕輪解釋。
「菜摘的作品？」
「就是圖畫故事書。」箕輪質樸沉穩的面孔，頓時蒙上一層陰影。
「《新喀嚓喀嚓山》？」我試探地問。菜摘繪製的圖畫故事書竟然與本城扯上關係，我有些半信半疑。
「對。菜摘不是改寫《喀嚓喀嚓山》的劇情，害你遭到老師警告嗎？」
「那又怎樣？」
「你是不是告訴過本城這件事？」
我很快想起，「是的。」
沒錯，我和本城聊過此事。

註：指不必四處奔波，只要坐在家中安樂椅上研究別人送來的線索，就能查明案情的偵探。

「本城恐怕想依樣畫葫蘆。」箕輪面色凝重。

「依樣畫葫蘆？」我問。

「他也想畫一本圖畫故事書？」千葉又發揮異想天開的本領。

「不，他打算在水壩裡下毒。」箕輪回答。

美樹找不到停車場，只好停在糕餅店後頭的右側道路上，待在車內等著。那是一條狹窄的單行道，美樹盡量靠邊，左側輪胎壓上路肩，車子呈傾斜狀態。我們一上車，我立刻要美樹開往那間蕎麥麵店。千葉坐在後座，伸手拂去肩膀的水滴。

「箕輪沒事吧？」美樹只關心這點，發動引擎問道。

「沒事。」「不送他去醫院？」「他說不必。」

我拜託箕輪暫時不要告訴警方，因爲我想私下了斷。對於我任性的請求，箕輪沒答應也沒拒絕。他認爲本城極可能在水壩倒入氰化鉀，這件事悠關廣大民眾的性命安危，不僅僅是私人恩怨，想必會報警阻止本城。不過，怎麼做是他的自由。我們只能搶先一步，與本城直接對決。

美樹開著車，冷靜地聽我敘述來龍去脈。提到氰化鉀時，美樹驚詫得猛眨眼，不敢置信地問：「在水壩下毒？」

「沿著蕎麥麵店旁的國道四一一號線，繼續開下去會經過奧多摩湖，那裡有座水壩。這麼想來，箕輪的推測是正確的。」
本城選擇在那間蕎麥麵店碰面，或許是離水壩較近。
「他爲何要在水壩倒入氫化鉀？他一下陷害我們，一下企圖炸死箕輪，現在又打算在水壩下毒？突然採取隨機大量殺人的手法，不嫌太偏激？他是不是發瘋了？」
「還是老樣子。」
「老樣子？」
「昨天千葉先生提過，那傢伙誣陷我們，讓我們蒙上不白之冤，其實是要我們絕望。」
「啊……」美樹點點頭，旋轉方向盤、再轉回來。「這次要陷害我們成爲下毒的凶手？」
「大概吧。而且，跟菜摘也有關係。」
美樹望著我。車子偏離行進方向，她立刻修正。「跟菜摘有關？」
我告訴她，本城也知道菜摘繪製的《新喀嚓喀嚓山》。
「在那故事裡，狸貓被兔子擺一道，不是企圖在水壩裡下毒嗎？」
「是啊。」
「那男人想依樣畫葫蘆。」
失去愛女的我精神崩潰，最後自暴自棄，企圖按女兒畫的故事在水壩倒入氰化鉀——這就是本城誤導大眾的劇本。
箕輪如此推測。「山野邊，外國有部著名的推理小說，眞凶不也是孩童？孩童模仿父親寫的推理小說犯案……」

那部小說我當然讀過。

「目前的狀況恰恰相反，變成雙親依孩童繪製的圖畫故事書犯案。這恐怕也在本城的算計中。」箕輪低喃。「什麼意思？」我問。「山野邊，你是作家，將名作的內容加以變化運用也不奇怪。」

聽來合理，而且可能性相當高，大多數人想必會相信這套劇情。「煽情又貼近現實」的故事，正是世人的最愛。

不光我們夫婦，那男人想害菜摘也揹上罪名。

暫且不管會不會受到法律制裁，假如我們夫婦眞的模仿菜摘的故事在水壩裡下毒，不論有沒有成功，世人看待我們一家的眼光都將徹底改變。社會大眾不會再給予同情，反而會大加撻伐與唾棄。

「氰化鉀溶於水嗎？」美樹問。

「推理小說裡，經常出現將氰化鉀加入水中毒殺某人的劇情，其實不容易辦到。雖然少量就能致死，但要溶解所需的量不少，何況氰化鉀會發出強烈異味，馬上會被察覺。」

「倒進水壩裡又會造成怎樣的後果？」美樹憂心忡忡地問：「會不會發出異味？水壩的水那麼多，氰化鉀眞的能毒死人嗎？」

「我也不知道。或許那男人根本不在乎這些事。」

「不在乎？」

「只要把在水壩裡下毒的罪嫌安在我們頭上就行，最後會怎樣根本不是重點。即使氰化鉀稀釋後毒不死人，仍得進行精密的自來水檢測，給社會大眾添麻煩。如此一來……」

「社會大眾就會厭惡我們？」

「他想讓我們的人生徹頭徹尾地挫敗，這就是那男人的本性。」

人與人發生爭執的原因，百分之九十是金錢。剩下的百分之十中，憤怒與憎恨占大多數。然而，那男人從不將斂財、強奪、謀殺、脫罪等簡單易懂的動機放在眼裡，只想著如何羞辱他人，不在乎利益得失。

雨刷規律地撥開雨水，重複單調枯燥的動作。

「話說回來，千葉先生的耳力眞好，竟然能聽出糕餅店的宣傳歌。」美樹稍稍加快車速。由導航系統看來，多摩川就在左手邊，與我們前進方向平行。

「只是碰巧。」千葉的態度，像是只管射門卻對得分毫無興趣的王牌前鋒。

「不過，我們能找到箕輪，也因爲他被關在那間店附近，算是他運氣好。」美樹點點頭。

「不，跟運氣無關。」

「什麼意思？」

「那男人想把炸死箕輪一事也推到我們頭上。假如那公寓眞的爆炸，社會大眾發現一樓糕餅店賣的是與菜摘同名的糕餅，會有何想法？」

「原來如此，大多數人會認爲我們遷怒那間糕餅店。」

「相信這套說法的人恐怕不在少數。山野邊遼精神失常，先炸死編輯，又在水壩裡下毒。像這樣一個瘋子，就算因名字相同遷怒糕餅店似乎也不奇怪。」

「豈止不奇怪，根本合情合理。」

「這大概就是那男人設計好的劇情，所以選擇那間糕餅店的樓上。」

「他唯一的誤算……」美樹透過後視鏡，覷著後座的千葉。

沒錯，本城唯一的誤算，就是千葉的聽力。不，是千葉的存在。

只不過，千葉依舊一臉悠哉地問：「差不多該放點音樂來聽聽了吧？」

現在哪是聽音樂的時候，但我懶得多費唇舌，直接打開收音機。喇叭傳出音樂。

「終於等到這一天。」美樹說。導航系統指示在前方路口左轉後度過一座橋。「終於有機會再遇上他。」

「我想死他了，等不及要跟他見面。」我故意開玩笑，緩和緊張氣氛。當然，其實我有些害怕。「不過，總覺得到頭來還是逃不出他的掌控。」

本城在法院宣判後五天內對我們發動數次攻擊。他首先串通記者，在飯店裡準備攝影機等我們上鉤。接著，企圖將殺害轟的罪名推到我頭上。下一步，派出數名雨衣男綁架、教訓我們，然後故意把槍交到我手上，誘使我爲了自保開槍。這一計沒成功，他又企圖毒殺佐古。

「我們似乎聽見好幾次『將軍』。」

「從那男人口中？」

「沒錯。那男人一喊『將軍』，我們就四處逃竄。他或許想等我們無處可逃，再給我們最後一擊。」我愈想愈覺得可能性很大。他想以殺傷力最強大的一擊打倒我們，之前的行動都是前置作業。

「我不這麼想。」美樹否定我的推測。

「咦？」

「我們一次又一次逃出陷阱，他才一次又一次設計出新的陰謀。事情發展成這個局面，並非他一開始就預料到。當初我們在飯店遇上他時，聽到我們故意讓他獲判無罪，他的表情有些驚訝。何況，轟先生那次沒爆炸，完全是託千葉先生的福。」

「也對。」我點點頭。

「搞不好我們占上風。」美樹嘴上說得樂觀，但從緊繃的表情看得出她心裡一點也不樂觀。

忽然，身旁冒出一道影子，我嚇得差點跳起，原來是千葉湊近。開車的美樹也嚇得渾身一顫，導致車頭偏移，輪胎擦撞路肩。幸好美樹立刻拉回車頭，但我寒毛直豎，彷彿體內熱量蒸發殆盡。「怎麼？」

「沒有，我只是聽到收音機說『接下來爲您播放一首名曲』。」

此時，導航系統提示「即將抵達目的地附近」。

沿外側護欄望去，左側出現一棟建築物。以豪華程度來看，顯然不是一般民宅。路旁豎著一面長條型招牌，雖然受到樹木枝葉遮掩，但依稀可見「白萩蕎麥麵」幾個大字，上頭公告今日不營業。

美樹打了方向燈。護欄另一頭是寬廣的碎石地停車場，裡頭停著一輛黑色小箱形車。旁邊是架設遮雨棚的休憩處，像是屋外吸菸區，只見一個穿外套的男人朝我們揮手。對方面帶笑容，露出白齒，好似迎接遲到的友人。

就是這男人。

美樹踩下油門，輪胎激起水花，車身猛然向前衝。看到這男人，她再也按耐不住情緒。坐在一旁的我也有同感。

這一年來，我們提醒自己無數次，絕不能感情用事毀壞復仇計畫。可惜，強烈的感情輕易攻占大腦，強烈的恨意背叛理性。

車子不斷加速，壓在雨水濡濕的碎石上，以驚人的氣勢衝向本城。

我滿腦子只有一個念頭：撞死他！

美樹肯定也是如此。連車子也與我們化為一體，產生將男人撞得粉身碎骨的意志。這不知該稱為願望還是欲望的念頭不斷膨脹，腦袋一陣發熱。

沒撞死本城，並非美樹手下留情或突然恢復理智。

純粹是本城輕巧避開筆直衝向他的車子。他移動到自己的休旅車旁。

我們的車子因碎石打滑而偏離方向，也是原因之一。

車子停下後，美樹緊握方向盤，咬牙切齒地說「對不起」。不知她是為差點撞死本城，還為沒能撞死本城道歉。

我解開安全帶。

「我在車上等。」美樹出聲。「他一定會以帶你們見箕輪為藉口要你們上車。等他的車子開動，我跟在後面。」

看來，美樹比我冷靜得多。

「好，千葉先生，我們下車。」

「原來我也得下車？」千葉面無表情地問。

「我以爲你們不來了。」本城拿起智慧型手機，看一眼時間。多半是裝模作樣，他心裡對時間應該是瞭如指掌。

本城理著短髮，表情柔和，但看不出任何情緒。雖然貌似親切，卻感受不到一絲溫度。

「快帶我們找箕輪。」爲了不被識破謊言，我故意說得焦躁緊張。每一次鞋子踏在碎石上總滲出一些雨水。

「時間過了。」

我實在無法理解，他怎能若無其事地站在我們面前？爲何他能一派輕鬆地跟我們打招呼？就算他沒有反省之心，難道連半點畏懼或愧疚也沒有嗎？爲什麼他能一副毫無罪惡感的模樣？

「你在這裡等我們，表示還來得及，不是嗎？」

「我原打算時間一到就走，但擔心你們塞車或迷路，加上是雨天，假如因此無法阻止爆炸，實在可憐。坦白告訴兩位，離爆炸還有一點時間。」

他在撒謊。他根本不在乎箕輪是否被炸死。他等在這裡，只是要帶我前往水壩。可是，他說得煞有其事，看不出半點虛假。

「走吧，上我的車。」本城指著後方的黑色箱形休旅車。

我目不轉睛地盯著本城。明明早救出箕輪，還是忍不住想相信他，我既痛苦又恐懼。這男人撒謊的語氣太自然，看不出一絲誆騙的意圖，似乎不認為自己在撒謊。

我想起關於因紐特人（註）的典故。幾乎每一本討論精神病態者的書籍都會提及。某個人類學家從因紐特人口中聽到「昆蘭戈塔」一詞。詢問後，才曉得這是指「毫不羞恥地撒謊、竊盜、與眾多女人發生關係、遭到責罵亦不悔改、經常受到長老處罰的人」。

本城不正是典型的「昆蘭戈塔」嗎？

「請快坐上副駕駛座，還來得及阻止爆炸。」本城氣定神閒，邁步走向箱形車。他按下遙控器，四扇車門發出解鎖聲。

「山野邊，現在怎麼辦？」身旁的千葉問。

我拿不定主意。想到車上某處藏有準備撒入水壩的氰化鉀，就有種想離得愈遠愈好的衝動。

「山野邊，我想聽剛剛的音樂。」千葉在這節骨眼上還在胡言亂語。我懶得再跟他好好溝通，只想破口大罵。但轉念一想，千葉或許想藉此安撫我的情緒，於是我冷冷回答：「等事情了結。」

「快上車吧。」本城跨進車內。這是他的高明之處，不給深思熟慮的時間，大多數人就會傻傻上鉤。

此時，我腦中掠過一個疑問。他怎麼不擔心我在車上攻擊他？我一心報仇，極可能克制不住，不管三七二十一取出凶器施暴。

難道他認爲有箕輪當人質，我就會乖乖聽話？

本城等我坐進副駕駛座，立刻關上他那側的車門，車身一震。

「請關門，我要開車了。」他說。

他發動引擎。我感覺他的計畫不斷向前推進。我踏出一步，他就踏出兩步；我踏出兩步，他就踏出第三步。

「箕輪沒事嗎？」

「現在沒事，我們快出發吧。」本城表情毫無變化。

我不經意瞥向後座。箱形車的座位配置有點類似小型巴士，駕駛座後方共有三排座位，前兩排都是兩張單人座椅，最後一排則是一大張長椅。最後面的長椅上，擱著一個大袋子，以安全帶巧妙綁住，不必擔心掉落。看來是旅行用的行李袋，印著運動品牌的標誌，袋身極大，足可容納一個嬌小的孩童。我暗忖裡頭裝的大概就是氰化鉀。如此大剌剌擱在座位上，我不寒而慄，趕緊憋口氣，腹部繃緊，才沒流露恐懼。

「裡頭只是一些雜物。」本城察覺我的視線後解釋。接著，他忽然想起似地「啊」一聲，雙眉上揚，瞇著眼笑起來。

那若有深意的笑容，明顯帶著嘲弄與輕蔑。

我先一愣，不明白他想到什麼。下一秒，我感覺腦袋裡彷彿有東西無聲無息炸開。

註：Inuit，北美原住民之一，分布於加拿大地區，鄰近北極，爲愛斯基摩人的分支。

一年前，本城誘使我看菜摘臨死前的影片。在慘絕人寰的影像裡也有一模一樣的袋子。想到這裡，我察覺袋子邊緣掛著黑色小布偶，連著鍊條，是鑰匙圈。

那是菜摘的鑰匙圈。

那一天，這男人與菜摘並肩走在路上，半開玩笑地互搶鑰匙圈。

怎會出現在此？腦袋變得火燙，完全無法思考。但我猜得到這一定也在本城的計畫中。現場留下布偶鑰匙圈，更能證明是我模仿菜摘畫的故事在水壩中下毒。眾人會認爲，我故意將女兒的遺物連同毒藥扔進水壩。

務必保持冷靜，我不斷告誡自己。爲了遏止傾洩的情緒，我努力將心中的栓子栓緊。但不管我栓得再緊，情緒還是從縫隙汩汩流出。光是這些情緒，心中的水位便迅速攀升，轉眼淹沒理性。

「箕輪早就得救。」回過神，我察覺自己丟出這句話。

明明還不到攤牌的時機，我卻無法繼續裝聾作啞。

我想奪走本城的信心，想摧毀他永遠居於優勢、掌握主導權的態度。那串布偶鑰匙圈打破我的冷靜。

「什麼意思？」

「我們在爆炸前就找到箕輪，將他救出來。你不必再說愚蠢的謊言。」

我在「愚蠢」這個字眼上加重語氣。

本城默默凝視我，思忖我說的究竟是眞話，抑或虛張聲勢。

「他被關在那棟樓下開糕餅店的公寓。」爲了證明我並非信口胡謅，我刻意點出箕輪遭監禁的地點。

本城終於有反應。他的雙眸深處隱隱流露不快。他沒出聲，像在揣測我的意圖。好一會兒，本城才開口：「他有沒有對你說什麼？」

「箕輪嗎？當然有。」

「比如？」

「他很擔心這種情況能不能申請職災補助金。」

本城沒回應，只聳聳肩。

「我知道你接下來的計畫。」我繼續道。

「冷靜點，沒必要這麼激動。」

「你從不會這麼取笑我，是不是有點緊張？」我一副好整以暇的態度。

只見本城的鼻孔微微撐大。接著，我將藏在心中的話狠狠砸在他臉上。

「你想在水壩裡倒入氰化鉀，對吧？」

爲了一吐怨氣，我故意說得鏗鏘有力。下一瞬間，我的身體猛然傾倒，支撐在地的單腳滑動。原來是本城用力踩下油門。

我聽見吸飽雨水而變得沉重的碎石在輪胎底下的摩擦聲。本城迅速回轉方向盤倒車，由於力道過猛，副駕駛座的車門大開。

接著，本城踩煞車換檔。

千鈞一髮之際，我從副駕駛座跳出車外。無論如何，得拿到放在後座的那袋毒藥。不，事實上，在我還沒想通前，身體就採取行動。我跳出車外，拉開後座的水平式拉門。下一瞬間，傳來上鎖聲。本城察覺我的企圖，急忙鎖車門，但我搶先一步打開。

我跳進車內，正想跑向放在最後頭的袋子，車子倏然往前衝。

我一隻腳踏在車裡，但失去平衡，又跌出車外摔在石地上。牛仔褲濕一大片。我身上的衣服濕了又乾、乾了又濕，今天不知重複多少次。由於一腳踏進水窪，濺起不少汙泥，沾在臉上。

我伸手抹去汙泥，忽然傳來車子急速發動的尖銳聲響，緊接著是沉重的轟隆巨響及物體摔落地面的撞擊聲。

抬頭一看，美樹駕駛的車子與本城的箱形車撞個正著。

大概是美樹看見本城開車，心中一急，趕緊發動車子，但起速過猛，整輛車撞上箱形車左側未關的後座車門上。經這麼一撞，車門全毀無法關上，車內一覽無遺。

那男人毫不理會毀損的車門，猛力踩下油門。看他負傷逃走的模樣，我聯想到一頭滿身瘡痍卻極盡凶殘之能事的異形猛獸，朝著西方倉皇奔逃，身影逐漸縮小。

我趕緊奔向駕駛座上的美樹。

車子的保險桿及引擎蓋凹陷，安全氣囊從方向盤內彈出。美樹茫然凝視著白色氣囊。

「車子不動了。」美樹坐在駕駛座上，雙眉因哀傷垂成八字形。在憤怒與焦躁的驅策下，她的右腳不斷上下踩動油門。或許太過煩躁，她想將安全氣囊撥向一旁，卻一直沒成功。「這下該怎麼辦？」

我望向道路彼端，本城的車子不見蹤影，恐怕在前往水壩的路上。

我甚至不曉得該找一輛計程車，還是先胡亂攔下一輛車再打算。

一切都完了。結束了。我頭暈腦脹，天旋地轉。

有液體沾上我的臉頰。原以爲天氣再度惡化，雨勢增強。片刻後，我才發現是眼淚。壓抑的淚水終於噴發，跟前兩天在車裡聽見〈雪莉〉一樣，淚水泉湧而出。不同的是，這次流下的是無助與絕望的淚水。

美樹握著方向盤，焦急得不知所措。見我怔怔流淚，她板起臉，咬緊牙根，用力擠出聲：

「一定得想辦法阻止。」

她下車踹引擎蓋一腳，大喊：「快動啊！」她接著繞到車後，雙手撐在後行李箱上，推起車子。我趕緊抹去淚水走到她身邊，跟她一起推車。車子微微移動，但地面太過泥濘，難以使力。

「現在認輸還太早。」身旁的美樹推著車子，嚴肅地說：「我們絕不能輸給他，死了可沒臉見菜摘。」

我想應一聲「嗯」，喉嚨卻發不出聲。一定得想辦法阻止。心裡明白，卻不知怎麼辦，只能做最後的掙扎。

「山野邊。」

背後傳來呼喚，我赫然想起剛剛完全忘記千葉。一轉頭，千葉不知何時跑到蕎麥麵店附近，跨上一輛來歷不明的腳踏車。那是一輛平凡的紅色淑女車，前方裝有菜籃，與千葉當初騎到我家的差不多。

千葉抓著車頭，腰桿打得筆直，朝我們騎來，嘴裡咕噥著：「沒辦法，等事情了結才能聽音樂。」

他騎到我面前停下，說道：「上車吧。」

本城的車子早不見蹤影，憑千葉的淑女車絕不可能追上。何況雨勢雖不強，卻下個不停。只要冷靜想想就知道這舉動多荒唐可笑，但我失去理智。待我跨出腳，臀部碰觸到後座，看到千葉的背影時才終於回神，心知不過是白費力氣。

如果是高速競賽用的特殊自行車，或許有一絲希望。然而，這是輛普通的淑女車，千葉也不是自行車選手。

我剛要說「追不上」時身體忽然仰倒，於是趕緊伸出手揪住千葉。爲了維持平衡，我整個身體貼在千葉背上，不知不覺不再流淚。

腳踏車衝了出去。

千葉的背部筆直挺拔，簡直像粗壯的柱子。他的肌肉比想像中結實，身材壯碩。

踏板轉動聲傳來，千葉規律地踩踏。

我彎著膝蓋，將鞋子擱在後輪的框架上。

「一輛腳踏車載兩個人，不太可能追上。」我剛吐出這句話，腳踏車開始加速。千葉的身體左右搖擺，一對膝蓋上下翻飛，猛力踩動踏板。輪胎、踏板及鏈條彷彿沒有重量，簡直像風車在轉動。

忽然，千葉的鞋子因雨水滑開，踩了空。千葉的身體一歪，腳踏車幾乎翻倒。我心跳漏一拍，猶如目睹珍貴的瓷器從架上墜落。但千葉立刻坐正，重新踩起踏板。腳踏車的輪胎在雨天的路面能產生多大摩擦力，頗令人擔憂。我忐忑不安，擔心腳踏車隨時會打滑翻覆。

千葉的臀部沒離開座墊，身體沒劇烈搖晃。他維持相同姿勢，兩條腿上下翻轉。看起來平凡無奇，卻堪稱是驚人的特技。

周圍景色不斷向後流逝，雨絲也變成斜線。

經過凹凸不平的路面時，車身驟然一抖，完全偏向一邊。我嚇得直打哆嗦，彷彿全身的寒毛倒豎。這種感覺有點像乘坐遊樂園的雲霄飛車，差別只在沒安全帶或安全桿。我只能緊抓千葉，貼著他的背部。

千葉迎面承受雨水撞擊，絲毫不以爲意，反而再度加速。腳踏車到底能騎多快？原則上，踏板踩得快，車速就會增加。小時候爲了贏過朋友，我曾拚命踩腳踏車。可惜馬路上危險多，障礙物多，來來往往的汽車都造成阻礙。

果不其然，車身又因地面高低落差彈跳。我以爲這次一定摔車，但千葉右腳往地面一踢，腳踏車衝進汽車專用道，卻沒翻覆。

背後響起喇叭聲。

一輛汽車在我們正後方。

我嚇一跳，差點鬆開雙手。

下一瞬間，一輛白色轎車超越我們，出現在腳踏車前方。從那行徑看來，駕駛相當暴躁。沒想到千葉踩一會兒踏板便追上那輛車，我目瞪口呆。

汽車與腳踏車並行。

我一轉頭就瞥見白色汽車的車窗。副駕駛座上坐著一個孩童。這條雖是國道，路幅卻不寬，上下行各只有一條車道，並肩前進實在是險象環生。

白色汽車忽然引擎聲大作，加速衝刺，消失在道路遠方。

我心想，恐怕追不上了。水壩應該是建在台地上，何況，不管千葉再怎麼拚命，一旦體力耗盡便不得不放慢速度。目前爲止的「瘋狂追趕」，快到難以置信，但不可能保持下去。

出乎意料，腳踏車又加速，我心頭一驚。千葉的踩踏不僅規律，而且快得非比尋常，彷彿汽車引擎的活塞。更不可思議的是，千葉的上半身幾乎沒有多餘的晃動。

白色汽車再次出現在道路前方。此時，我才察覺路面是斜的。國道進入明顯的上坡路段，我感覺身體的重心移向後方。

上坡路還能騎這麼快，根本是違背常理。然而，千葉的姿勢不變，腳部動作也沒太大不同。不，爲了抵抗向後拉扯的重力，他的雙腿動得更劇烈快速。

一輛黑色汽車通過對向車道，風壓差點將我震飛，我趕緊抱住千葉。

心慌意亂中，腦海浮現一個疑問。爲何他能騎這麼快？

千葉的臀部沒離開座墊，也沒起身踩踏板，速度卻愈來愈快。輪胎不斷將雨滴壓碎、彈飛。

當我們的腳踏車再度與白色汽車並行時，副駕駛座上的孩童開心得拍手叫好。坐在駕駛座的是個女人，似乎是孩童的母親，她瞅我們一眼，臉上肌肉微微抽搐。

「叔叔，你騎得好快！好厲害！」孩童打開車窗，開心大喊。母親出聲斥罵：「快關上窗，雨會飄進來。」

我連張嘴都很難，更別提回應，卻聽見千葉說：「不是我厲害，是腳踏車厲害。」我幾乎不敢相信，在激烈的行進中，千葉竟呼吸如常。更匪夷所思的是，在強大的風壓下，他應該無法開口。我不禁懷疑他根本沒說話，是我聽錯。

小男孩指著千葉笑道：「你的臉都濕了。」接著，小男孩關上窗，白色汽車減慢速度，向左一彎，從我的視野中消失。小男孩不停向千葉揮手，直到完全看不見。

千葉繼續騎腳踏車。

遇上水窪或小坑洞，腳踏車就會劇烈彈跳。

每一次我都提心吊膽，害怕被甩出去。

此時，腳踏車的速度遠遠超出我的想像。

另一方面，我仍抱持不可能追上的態度。畢竟我們在那男人開著箱形車離去好一會兒，才騎車追趕。起步的時間差太多，那男人恐怕離我們相當遙遠。

千葉騎腳踏車的速度確實很快，快得非比尋常。然而，腳踏車畢竟是腳踏車，再快也不可能大幅拉近與汽車的距離。

「山野邊，本城的目的到底是什麼？」千葉的話聲傳來。

「應該是在水壩裡下毒吧。」

「即使你不在也沒關係？」

「是啊。」事實上，我不清楚本城的詳細計畫，但我猜測他打算讓車子連同氰化鉀一起衝進水裡，再設法將我捲入其中。例如，利用袋上繫的布偶鑰匙圈，把罪名推到我頭上，或在水壩旁守株待兔，等我自動出現。無論他怎麼做，我都必須盡快追上他的箱形車。

腳踏車通過下一個路口時，我心中湧起希望。那是個設有紅綠燈的十字路口，但左右兩旁歪歪斜斜地停著數輛車，顯然是緊急煞車造成的現象。

我暗暗猜想，八成是那男人想闖紅燈，造成橫向車流差點發生衝撞，這些車子才會緊急煞車，堵住道路。

地上殘留弧狀的輪胎痕跡。由此可見，爲了閃避堵在路上的車輛，本城的箱形車先停下，倒退一段距離，才拐個大圈子繞過車陣。

倘若他眞的停下車子，而我們的腳踏車全力衝刺，雙方的距離應該縮短不少。

「絕不能輸。」我回想起美樹說這句話的語氣，彷彿看見她緊握的拳頭。沒錯，現在認輸還太早。

腳踏車以驚人氣勢爬上坡道。我轉頭望向遠方，滿天盡是烏雲。坡度逐漸平緩，前方出現一處大彎。水壩不知在何處。左側就是多摩川，自上游蜿蜒而下。

「喂，山野邊。」我幾乎沒注意到千葉的呼喚。

「什麼事？」

「那不是本城的車嗎？」

我偏著脖子望去。此時，風壓與雨滴迎面襲來，我忍不住閉上眼。接著，我半開半闔地勉強確認前方。車道蜿蜒盤踞，宛如蛇背上一排瀝青。在遙遠的盡頭，我看見箱形車的車尾。

我們與本城的車子大約相距數百公尺。在這之間，還有一輛藍色迷你箱形車。那車子兼具箱形車的方塊特徵及流線美感，相當氣派。我們一靠近，藍色迷你箱形車就加速，或許駕駛認爲遭腳踏車超車是種恥辱。但不知是駕駛一時心急犯錯，還是輪胎因水窪打滑，藍車竟猛然改變車頭角度，車身横向滑動。

那車子一面翻轉一面緊急煞車，停下時擋在車道上，宛如巨大屏障。我忍不住閉上雙眼，腦海浮現劇烈撞擊的畫面。

但千葉並未減速。

爲了閃避藍車，他騎著腳踏車跨越中線，進入對向車道。正面迎來的汽車發出的喇叭聲，氣勢比灑水器的水柱還驚人。對方速度也快，想必跟我一樣嚇得魂飛魄散。

此時，我腦海又浮現撞得粉碎的腳踏車及兩具屍體的畫面，頓時寒毛倒豎，手腳痠軟無力。

原來我會死在這裡。默默想著時，我發現自己活得好好的。

千鈞一髮之際，千葉精準調轉車頭，再次加速。腳踏車與汽車擦身而過。轉眼間，可怕的喇叭聲已落在後方。

我緊抓著千葉低語：「還以爲死定了。」

「山野邊，你不是不怕死？」

「對，我不怕死。」我甚至無法判斷自己口齒是否清晰。「有點怕，又不太怕。」

我想起父親躺在家中床上的模樣。父親在家療養的期間，我回去探望。他躺在被窩裡，空氣中飄著汗臭及灰塵。他骨瘦如柴，臉上血色盡失，但一看到我還是露出虛弱的笑容。

「藥一吃，疼痛就不會太難熬。缺點是會嗜睡，搞得我大半天都在睡覺，你能遇上我醒著挺幸運的。」父親講得好像他醒著是對我的恩賜。但他目光渙散，露出棉被外的腳踝瘦得像皮包骨，我心中有些徬徨。想到他接下來的人生只剩等死一途，心臟彷彿被繩索緊緊纏住。「臨死前當然是這副德性，沒什麼好奇怪的。你幾時見過身心健康的垂死病患？」從父親的語氣，聽得出他並非逞強或故意講冷笑話。他只是淡淡說出認定「理所當然」的事情，我也坦然接受。

聊一會兒後，我問：「有沒有想做的事？比方想吃的食物、想看的節目，雖然能實現的不多……」

「你也知道，我一輩子自由自在。」父親的語氣異常謙卑，「沒什麼想做的事。唯一的遺憾就是沒善盡父親的責任。」

「沒那……」說到一半，心中湧起對父親不照顧家庭的怒氣，我忍不住改口：「倒也沒錯。」平心而論，這樣的父親總比一輩子任性妄爲，給周遭親友添麻煩的父親好得多。「坦白講，到底怎樣才算盡父親的責任，我也搞不太清楚。」

「最近我常想起一件往事。」父親望著窗戶繼續道。窗外是庭院，但窗簾拉上，看不見外頭景色。「從前我們不是去過遊樂園？」

「小學那一次？」

「當時你……」

「你是指鬼屋那件事？」

「沒錯、沒錯，原來你記得。」父親轉過頭，雙眸中多了些神采。

「我記得，但我以爲你早忘了。」

「當時你不敢進鬼屋，嚇得蹲在門口。」

「我哪有蹲在門口。」我才反駁，腦中就出現當時的畫面。朋友一個個進鬼屋，只有我直喊「好可怕」，蹲在門口不敢動。

「我拿你沒辦法，只好先進去。」

當時父親說：「好吧，我先進去幫你探路，看看到底可不可怕。」

「怎麼忽然提這個？」我問。

「就跟那時候一樣。」父親一臉溫柔。

「一樣？跟什麼一樣？」

「一點也不可怕，你根本沒必要害怕。」

「咦？」

「所以……」

「所以？」

「我先去幫你探探路。」

我心中納悶，不明白父親想表達的意思，但他沒多做解釋。

那天後，父親多活了半個月左右。我回家探望他，常遇上他在睡覺，不過清醒的時候也不少。他要出聲一天比一天困難，我向他搭話，他有時回答，有時只是點點頭。

我與他最後一次交談，是他過世的前兩天。那日天氣不錯，陽光自窗外灑落，照得房間異常明亮。「我幫你把窗簾拉上。」我邊說邊站起，卻聽父親低喃：「不用怕。」

我轉頭望著他，不確定他是否認得我是誰，甚至不敢肯定他是醒著還是在做夢。「那不是可怕的地方。」他接著道。當時他的語氣彷彿自己不是躺在房間，而是站在某個夢幻的舞台上，對另一名演員喊話。

「啊，嗯。」

「沒錯，一點也不可怕。別擔心，我先去幫你探路。」

「嗯。」我不知該說些什麼，只好繼續含糊應對，最後補上一句：「那我就放心了。」

「那天早上我醒來，他已沒有呼吸。」母親如此描述父親逝世的狀況。她的臉上帶著淚痕，但情緒相當平靜。我趕回家中，望著那停止呼吸，不能稱爲「物體」也不能稱爲「生物」的父親遺體，忽然萬分惆悵。回顧他在家裡的平凡日子，及他逐漸變得虛弱的神態，我忍不住告訴母親：「不知爲何，有種不再害怕死亡的感覺。」

「他嗎？」

「不，是我。」

「你不是最膽小？」

「雖然膽小，但我似乎想通了。死亡終究會來臨，但沒什麼特別，只是自然現象，一點也不可怕。」

「唉，你爸眞了不起。」母親嘆口氣，流露無奈與欽佩。

「咦？」

「父母總希望兒女平安長大。」母親身材嬌小，說這句話時卻挺直腰桿，俯視著我。或許我在她眼中又變回孩子。「兒女活得順遂，一輩子不要遇上困難或可怕的事情，是所有父母的心願。就算孩子成爲知名作家，這一點也不會改變。」

的確，在父親眼中，我只是他的孩子，不是作家。「不過，要一輩子活得平安並不容易。」

「是啊，所謂的人生，就是要嘗遍各種困境與恐懼的滋味。但其中最可怕的，莫過於死亡。」

「最可怕？」

「沒錯，死亡最可怕，偏偏每個人都得經歷一遍。你想想，這不可怕嗎？」

任何人都會死，這是絕對無法逃避的「規則」。不管是誰，不管是哪個孩子，都有迎接死亡的一天。不管度過怎樣的人生，不管成功或失敗，這個「最可怕的事情」都將降臨到自己身上。

「你爸盡力了。」

「盡力？盡什麼力？」

「盡力讓你明白死亡終究降臨，但絕不可怕。」

我感覺快被甩出去，趕緊坐正。「我從那天後不再害怕死亡。不，其實我還是害怕，可是……」我每說一句話，氣息就噴在千葉的西裝外套上。

「可是？」

「我不想辜負他們的教誨。」

給予我教誨的人，並非只有父親，後來母親也靜靜離開，非常自然地從世上消失。實際上，母親的死帶給我的意義甚至大過父親。母親在父親病逝後過得安詳恬適，努力「摘取」每一天，走得相當平淡。

「哦？」

「沒錯，千葉先生，直到現在，有時我依然會想，父親與母親只是早一步到另一個世界探路。」

「另一個世界？」

當他們回來，一定會告訴我：「果然一點也不可怕。」

「所以，我猜根本沒什麼好怕。」

「哦？」千葉應一聲。半晌，他忽然嚴肅地喊：「喂，山野邊。」

「幹嘛？」

「我們快追上了。」

黑色箱形車離我們剩十公尺，雨勢減弱不少。

我看見箱形車的後車窗。

隔著濡濕的後車窗，我甚至窺見駕駛座的椅背及開車的本城腦袋。不知他此刻是什麼表情。

兩個男人騎腳踏車從後頭追趕，就算是本城也會大吃一驚吧。我光想到這點就愉快。

腳踏車浮上空中。終於結束上坡，路面變得平坦，腳踏車因角度改變微微彈起。前後輪完全離開地面，接著重回地面，濺起不少水花。我感覺腳底一滑，兩腳登時懸空，趕緊重新將鞋子抵在橫框上。

「千葉先生，請騎到箱形車側邊，車門損壞，我可以嘗試跳進車裡。啊，對了，建議你上半身前傾，或許會騎得更快。」

我暗忖，這麼做應該能減少一點空氣阻力。

眞不知該不該說是個性耿直，千葉竟然立刻彎下腰，下巴幾乎貼在車頭。一瞬間，視野豁然開朗，但雨滴一顆顆墜擊，我差點跌下車，連忙用力倒向另一側，重新趴回千葉背上。

此時，腳踏車鑽入箱形車與路肩的縫隙。

終於追上了。

箱形車的後車門敞開，車內一覽無遺，彷彿部分區塊化爲半透明的模型。我望向車內，旅行袋好端端地放在後座。

「得把那袋子弄到手。」爲了躲避強大的風壓，我只能貼著千葉的背說話，藉由震動傳遞聲音。

「沒錯，快跳上去，把那玩意弄下來。」千葉粗魯地大聲附和，聽得出他只是想早早結束這檔麻煩事。不管毒藥、水壩，還是我們與那男人的恩怨，在千葉心中都是不足掛齒的瑣事。

我轉向右側，看著駕駛座。

那男人也看著我們。這是我第一次見他露出如此嚴肅的神情。道路彎彎曲曲，加上雨刷不時阻擋視線，他須隨時盯緊前方道路的狀況，又須在百忙中抽空觀察我們的動靜。

我弓起雙腿彎下腰，往下方一瞧，路面像失控的帶狀輸送機，不斷向後飛逝，不時夾帶水花。

能不能掌握跳進車內的時機、能不能順利跳進車內，我對此毫無信心。

「放心跳吧。」千葉說。這時，黑色箱形車突然擠過來衝撞我們。腳踏車要是遭汽車狠狠撞上，肯定驚險萬分。我嚇得頭皮發麻，一心以爲完蛋了。趁腦袋因恐懼停止思考的瞬間，我從腳踏車後座跳開。

「今天的你不會有事。」後頭傳來千葉的鼓勵。

不曉得他憑什麼這麼保證，但就在我精神一振時，腦袋狠狠撞上後車門的鍊結部邊角，眼前直冒金星。
不幸中的大幸是我摔進車內，並未跌出車外。
腦袋十分疼痛，好一會兒動彈不得，不過我深知此刻分秒必爭，於是抬起頭。
駕駛座上的本城回頭覷我一眼，依舊看不出半點情緒，但粗魯轉動脖子的動作多少洩漏他心中的狼狽。
「你好。」我打聲招呼。這有點蠢，卻能造成對手心理上的壓力。
「這怎麼可能……」本城有些焦急。
因紐特人口中的「昆蘭戈塔」一詞，再度閃過我的腦海。
「昆蘭戈塔」就是破壞團體秩序的人，或遭長老責罰卻不知悔改的人。
「你們怎麼與這樣的人相處？」學者曾如此提問。因紐特人回答：
「趁沒人看見時，將他推入冰河深淵。」
只要出現一個精神病態者，集團的秩序就會被打亂。解決之道就是將他推落冰河，簡單明快，卻也駭人聽聞。
我不敢說這是正確的。但一個精神病態者，就能讓對立狀態由二十四對一，變成十對十五，甚至變成五對二十。因紐特人這種做法，或許是維持和平的一種智慧結晶。
我又想起另一段話，來自渡邊老師的書中，主旨在探討：「寬容的人爲了保護自己，是否該對不寬容的人採取不寬容的態度？」
渡邊老師的結論是否定的。寬容的人，不該爲了不寬容的人變得不寬容。

不過，那並非正義必勝、人性本善之類太過理想化的高調。渡邊老師的理由更悲觀、更實際。他說，「寬容」或許會因「不寬容」失去寶貴生命。畢竟「寬容」的武器只有「說服」及「自我反省」。但是，「寬容」擁有逐漸削弱「不寬容」的力量。「不寬容」最後就算沒滅亡，也會漸漸變得虛弱。渡邊老師這番話像是在闡述道理，又像單純的祈禱。

我不討厭這種不知算樂觀或悲觀的理想，至少渡邊老師不以高姿態強迫他人接受。事實上，我認爲渡邊老師這番道理是正確的。

但這一刻，我明白自己做不到。

「人類與猛獸最大的不同，在於人類可能被說服。」

渡邊老師也說過這麼一句話。

然而，我眼前有一個不可能被說服，不懂自我反省的男人。

面對這個男人，「寬容」派不上用場。

此外，還有一個重點。

如今我與美樹面對的問題，不是「人類」怎麼做，是「山野邊家」怎麼做。這是一個只屬於我、美樹及菜摘的問題。我們怎麼做，由我們決定。

道路右側出現一棟建築物，看起來像水壩的管理處。左側是一大片遼闊的湖泊。

湖泊彷彿在吸引我，我忍不住向外眺望。由於沒有車門，宛如汪洋大海般的寬廣湖泊近在眼前。

一座巨大的湖靜靜佇立前方，任憑雨滴灑出點點斑紋，看上去就像一面映照出天空的鏡子。

這座湖彷彿擁有無窮無盡的包容力，足以吸納所有聲音、欲望，及情感。我看到的是一個沉默而威嚴肅穆的生命。頓時，我察覺自己多麼卑微、齷齪。

湖的另一頭，山巒連綿。白茫茫一片，朦朦朧朧，不知是雨還是霧氣。

隨著車子的移動，巨大湖泊逐漸改變角度，山巒的方向隨之變化。道路左側出現停車場，旋即消失在道路後方。我痴痴望著眼前的景色，久久不能自己。

道路環繞在湖的周圍。我抓住旅行袋，本城立刻察覺。他此時的選擇不多，一是停車另作打算，二是讓我跟著車子摔進湖內。

我無法判斷跳下疾馳的車子多危險。除了受傷，我還擔心袋內的瓶子破裂，造成氰化鉀外流。

瞬間，我的腦海浮現一句話：「人類從出生就須互助合作。」沒錯，人類在成年之前，光靠自己的力量活不下去。

如今我能出現在這個地方，可說是美樹、菜摘、美樹的雙親及祖父母、我的母親等所有親人互助合作的成果。

我在眾人的幫助下來到此地，沒必要太害怕。

於是，我自後座探出車外。護欄另一側是一大片草皮。

就在我算準時機，準備跳出去之際，車外傳來聲響。

抬頭一看，騎腳踏車追趕的千葉出現不尋常的變化。他的姿勢沒有任何改變，腳踏車卻開始抖動，不停上下左右搖擺。若不是爆胎，就是某個零件脫落。路面因下雨積水，腳踏車隨時可能翻覆。

看來，那輛腳踏車再也無法負荷。

本城忽然左轉方向盤。絕不是要靠邊停車，而是要衝撞千葉。

爲了阻撓本城，我沒細想就抓住繫在旅行袋上的布偶，用力一拉，扯斷鍊條。接著，我把布偶擲向本城。

本城頭一偏，躲過布偶。他噗哧一笑，諷刺道：「這可是菜摘的遺物。」

聽到這句話，我怒火直冒，頓時失去理智，撲向駕駛座。

此時，本城發出驚呼。我第一次聽他發出這樣的叫聲。

定睛一瞧，本城焦急地晃動雙腳。

我上前觀察，發現布偶卡在煞車踏板底下，本城無法踩動煞車。

「你現在知道菜摘的厲害了。」

本城透過後視鏡瞪我一眼。

「對了，我一直想問你。」我不給本城喘息的機會。「你是誰？」

本城似乎想轉頭看我，卻沒這麼做。

「你叫什麼名字？」我追問。

隔著後視鏡，我似乎在本城的雙眸中窺見動搖的情感。

緊接著我閉上眼，往地板一蹬，帶著旅行袋跳車。我越過護欄，兩手在地上一撐，任憑身體在草地上翻滾。我分不清天南地北，濕潤的草葉不斷拂過全身。

我感到強烈的震動，然後聽見撞擊聲。我知道本城的車子撞上護欄。

我倒在草地上，睜開雙眼，望向湖面。

驀地，一片鴉雀無聲，眼前的景象彷彿以慢動作播放。

黑色箱形車即將落入湖中。腳踏車或許是遭撞擊的關係，竟跟著摔下去。

千葉從座墊上彈起，畫出一道拋物線，往水面落下。那簡直像一枚小型火箭，實在不像是人力辦得到的事。但湖面激起的水花，又充滿眞實感。

我說不出半個字，掙扎著起身。

湖面裂開一個大孔，吞噬汽車、腳踏車及千葉後再度回歸平靜，好似什麼事也沒發生。我拖著傷腿緩緩前進，走到車子撞斷的護欄旁，湖面已無聲無息，只剩無數雨滴彈跳的痕跡。

湖面就像冷酷的哲學家，試圖開導我：「放棄吧。」

一切都結束了。

我淡淡想著，心中沒特別的感觸。

愣愣望著靜寂的湖面。

片刻，我默默想著「沒什麼好怕的」，以心中的一雙手溫柔包覆從心靈深處萌生的念頭。起初像是微弱的火苗，後來逐漸膨脹，最後轉化爲語言。

我察覺湖水隱隱顫動，像布一樣出現波紋。

回來吧。

我的心情化成言語。

快回來吧。我再次深深祈禱，快回來吧。

湖面濺起水花，出現不起眼的裂痕。

水花中，冒出千葉的惱袋。

「啊啊……」我發出驚嘆。

千葉左右張望，以奇妙的姿勢游向岸邊。他的頭髮濕透，衣褲吸飽水，此外表情一如往常，連呼吸速度都沒變。

千葉朝排列著一顆顆浮標的方向游一會兒便抵達岸邊，接著爬上階梯到水壩外側。

千葉一副理所當然的姿態走回來，像是剛離開泳池的游泳選手。

我步向千葉，肩膀疼痛不已，但關節還能動。頭頂傳來陣陣抽痛，伸手一摸才發現腫了大包。回想起來，跳向箱形車時確實撞了一下。

「山野邊，原來你在這裡。不要緊吧？」千葉問。水滴不斷從他頭上滑落，濡濕地面。他抹抹臉，將頭髮往後撥，頓時水花飛濺。

「千葉先生，我才想問你要不要緊。」其實，我心中有著無數疑惑，卻不知從何問起。何況，我根本無法保持冷靜，只能天真地爲自湖心生還的千葉欣慰不已。「沒想到你竟然能平安回來。」

「事實上……我什麼也沒做。」千葉有些無奈，彷彿我剛剛說的只是瑣事。他的認眞與嚴肅中帶著三分不耐煩。

「沒那回事，你做得眞是太好了。」

「那叫什麼來著……變輕多少只看我的體積，而不是重量……」千葉嘴裡嘀嘀咕咕，又講起牛頭不對馬嘴的話。我皺眉略一思索，很快猜到答案：「你指的是浮力？」

「啊，對。我什麼也沒做，是浮力盡了職責。」

我強忍笑意，只想趕快把這段插曲告訴妻子。不知爲何，身體輕飄飄的，像是終於卸下一直綁在身上的重石。

「對了，哪裡有收音機？」千葉問。

21

Day 7

第七天

天一亮，山野邊就起床了。我一整晚都待在窗邊用智慧型手機聽音樂，但一見到他，我立刻揉揉眼睛，裝出睡眼惺忪的樣子。

要是他知道我一夜未眠，又會把我當成怪人。

如今我們住在一間小旅館內，位於奧多摩湖往東京方向移動一小段路程的青梅街道旁。事實上，我搞不清楚這裡該稱爲飯店、旅館還是民宿，只知道這是一棟矮小的建築物，有兩間相連的和式房間，還算寬敞舒適。

這是箕輪爲我們安排的住處。

昨天歷經水壩事件後，我與山野邊沿著原路折返，但「那個」愈來愈強。所謂的「那個」，自然是指一天到晚纏著我，只能以陰魂不散形容的雨。當時忽然轉爲滂沱大雨，彷彿天上的烏雲將吸飽的水分全擠出來，瞬間把我們淋成落湯雞。「湖內湖外倒也沒什麼分別。」我這麼對山野邊說，他笑了起來。

不久，美樹趕來與我們會合。

迎面駛來的車子有點眼熟，仔細一瞧，開車的正是美樹。從方向盤彈出的那個防止意外的白汽球，她似乎以剪刀之類的工具處理掉。然後，她在車身上亂踢一陣，一轉鑰匙，引擎竟然發動。我無法判斷她的話是眞是假，不過山野邊很開心，直說終於不用再淋雨。

此時，箕輪打來關心：「事情處理得順利嗎？」

山野邊坐在副駕駛座上，將我們在蕎麥麵店遇到本城後的遭遇原原本本敘述一遍。開車的美樹聽山野邊說出「那男人摔進湖裡淹死」時，似乎相當驚訝，差點沒跳起。她直到這時才曉得本城的下場。

我原本想反駁「是生是死還是未知數」，最後沒開口。

山野邊一臉倦意地說完，告訴箕輪：「如你所料，那男人的車裡確實有個塞滿瓶子的旅行袋，裡頭裝的恐怕就是氰化鉀。」

「山野邊，你現在有何打算？」

「一切都結束了，還能有什麼打算？我想上警察局說明一切，一定很多人在找我們。」

沒錯，自從佐古家事件後，不僅警方，連新聞媒體都在搜尋山野邊夫婦的下落。

「我認為你應該先休息一陣子，不必急於一時。」

「咦？」

「山野邊，你們並沒有犯罪，不必急著露臉。不如由我代為說明。」

「向誰？」

「向世人。你們今天好好休息吧。那附近有間口風很緊的旅館，我不久前為了採訪工作才住過一次。」

「可是……這樣不會招來非議嗎？」山野邊不安地問。

「招來誰的非議？」電話另一頭的箕輪笑著問。

「呃……世人。」山野邊說到這裡，不禁笑出來，似乎認爲眼下還在意世人目光有些愚蠢。

「沒什麼好擔心的。山野邊，你們做的事情，只是救了我的性命，還有阻止本城在水壩裡下毒。」

「也對……啊，不過……」

「難道你們做過犯法的事？」

「偷過一輛腳踏車。」山野邊故意轉向另一邊，不想讓我聽見。

箕輪愣愣應一句「喔」。我不明白他爲何出現這種反應，也無法分辨這種反應是鬆口氣還是提高戒心。「總之，腳踏車的事情要好好道歉。不過，既然是要阻止壞人在水裡下毒，也算情有可原。」

「啊！」山野邊忽然驚呼，而後望向我。那表情簡直像害怕遭父母責罵的孩子。

「怎麼？」我問。

「千葉先生，我忘記取回那個袋子。」

「本城那個袋子嗎？」我轉向後方的玻璃，但雨勢太大，什麼也看不見。「要回去拿嗎？」

「山野邊，這件事也交給我處理吧。」箕輪斬釘截鐵地說。「與其由你們拿著到處走，不如放在現場等警察處理，反而安全。」

「這樣妥當嗎？」

「山野邊，雨下得這麼大，今天不可能進行搜索或調查，你不必心急。」

箕輪相當鎮定。他雖然遭到本城監禁，嘗到生死交關的恐懼，卻很努力善後。

然而，山野邊放心不下，認爲應該趕緊到警察局說明案情。「箕輪，我不是不讓你採訪。」他對箕輪聲明。

我看著前方的擋風玻璃。雨刷急速翻轉，不停抹除玻璃上的雨滴。

「你要是去警局，接下來可有得忙。雖然你受到冤枉，但媒體不會輕易放過你。所以，你聽我的話……」

「先休息一陣子？這麼做好像在逃避問題，我覺得壓力很大。」

山野邊說完，車子前進不到一百公尺，他忽然改口：「算了，我休息一天吧。」理由很簡單，他發現開車的美樹不太對勁。伸手往美樹的額頭一摸，他驚呼：「好燙！」

美樹也察覺身體出問題，卻只是淡淡說道：「八成是太累。」

於是，山野邊決定接受箕輪的提議，到旅館住一晚。「箕輪，接下來的事情麻煩你。」

「沒問題，我會在一天之內漂白世人對你們的印象，讓你知道我的能耐。」

「爲什麼？」

「什麼爲什麼？」

「要是你這麼有能耐，爲什麼不在當我的責編時發揮一下？」

聽山野邊這麼說，箕輪呵呵笑。

我們很快找到旅館。約莫是箕輪事先聯絡過，老闆二話不說就答應讓我們入住。看到櫃檯上歪歪斜斜地擱著一台隨身聽，我忍不住問：「這是誰的？」老闆回答：「那是很久以前客人忘記帶走的東西。」於是，我向老闆商借，老闆爽快答應。那一刻起，這間旅館成爲我眼中第一流的住宿設施。

「我打算找箕輪商量，等美樹病情好轉，就去警局。」剛起床的山野邊不等我發問，就主動談起今天的計畫。「如今新聞媒體不知怎麼看待我們夫婦。搞不好箕輪說服失敗，我們都會被當成罪魁禍首。」

「原來如此。」

「原來如此？千葉先生，怎麼講得好像沒你的事一樣。」山野邊的表情十分開朗。過去這一星期來，他從未如此輕鬆自在。

我不禁暗想，若告訴他「本城仍活著」，不曉得他有何反應？這不是謊言。事實上，本城的確還沒死。

昨天，我隨腳踏車一起墜入湖中，看見本城拚命想從車裡掙脫。由於後座的門大開，湖水立刻灌入車內，浮力根本派不上用場，整輛車轉眼沉沒。本城不斷掙扎，想逃出車外。

大部分人類遇上存活希望渺茫的災難時，都會認爲再掙扎也是死路一條。我不禁對本城強韌的求生意志及克服萬難的判斷力有些佩服。

然而，就在本城從後座之間探出上半身時，車子劇烈搖晃，重量加快下沉速度。本城臉色大變。

本城不斷被車身往下拉。他幾乎吐出所有憋住的空氣，身體在水裡翻半圈，變成俯視湖底的姿勢。此時，某樣東西從本城的腰際漂出，是塊透明的碎片。仔細一瞧，原來是塊碎玻璃。想必是車子撞斷護欄時，某扇窗戶破裂。那塊碎片相當大，在本城的腰部割出一道極深的傷口。

本城不斷下沉。速度之快，我不禁懷疑湖底有一隻手，或一根藤蔓，不停將本城往下拖。隨後我回到湖面。本城是死是活，我並未親眼證實。

然而，數小時前，我得知本城活著。因爲香川來到旅館的窗外。我的房間位於一樓，聽見傳來輕敲玻璃的聲響，打開隔板一瞧，香川站在雨中。山野邊夫婦早已熟睡，而我原本正在聽音樂。於是，我輕輕拉開窗戶，香川無聲無息鑽進來。「千葉，你說得沒錯。忽然改變規則，往往會出問題。」香川聳聳肩。

「妳指的是回饋大方送活動？」

「本城多了二十年壽命，卻卡在湖底動彈不得。」

「他後來怎樣？」我先說明目擊本城想逃出車外，卻隨車子沉入湖底。

「就維持那個狀態。」

「維持那個狀態？」

「湖底有條生鏽的鎖鏈，不知是垃圾還是水壩的配備，緊緊纏住本城。此外，他的腰遭玻璃碎片切斷將近一半。還有，他的車子和你的腳踏車相撞墜入湖裡時，手因撞擊力道太猛骨折。所以完全動彈不得，只能維持那個狀態。」

「這樣還沒死掉？」

「二十年內死不了，這是規定好的事情。」

「難道不會痛？」

「大概會吧。」

「大概會？」我聽香川說得理所當然，忍不住反問：「他成爲不死之身，還是會痛？」

「條文裡只寫二十年內保證存活，沒寫不會受傷或不會感到疼痛。」

「哪來的條文？」

「回饋大方送的活動細則。」香川答道，但多半是在開玩笑。「總之，這活動好像失去原本的意義。」

「所以我打從一開始就反對這種做法。」

「活動會中止吧。高層大概會主動宣布『回饋大方送活動停止』。眞受不了這些傢伙，擅自修改規則，又擅自恢復原狀。就像製作交通標誌又拆掉重做，而且沒事先告知。一查之下，才知道標誌的位置根本是錯的。」

「要是人類搜索湖底，發現本城那副德性，恐怕有點不妙吧？」我有些疑慮。有人在遭受致命傷且無法呼吸的情況下存活，一定會引起軒然大波。「不過，就算鬧得再大，也與我無關。」

「本城不會被找到。」

「妳憑什麼這麼斷定？」

「鱷魚不也沒被找到嗎？」

「鱷魚？」我愣一下，不明白跟鱷魚有何關係。

「不久前有條鱷魚從飼主身邊逃走。」

「這我好像聽過。那條鱷魚逃進湖裡？」

「這是同事告訴我的傳聞。既然鱷魚沒被找到，本城應該也不會被找到。何況，上層知道不能讓人類發現本城，一定會將他藏在隱密的地方。」

「上層做得到這種事？」

「事關他們的威嚴，有什麼是他們做不出來的？」香川笑道。

「跟人類沒兩樣。」我嘆口氣。

「對了，千葉。既然湖裡有鱷魚……」

「怎麼？」

「會不會一直被咬？」

「妳說本城嗎？」

「你曉得野生鱷魚的壽命有多長嗎？」

「從來沒思考過這個問題。」

「據說是二十到三十年。聽聽，這是不是很巧？」

我不知道香川的「很巧」是什麼意思，但我試著想像本城的肉體遭巨大爬蟲類啃食的景象。

「花二十年被慢慢吃掉，聽起來就毛骨悚然。」

「鱷魚吃東西應該不會這麼斯文。」

「怎麼咬都不會死，本城一定想不到吧。」

「想不到？」

「想不到日子這麼難熬。」

我對這話題毫無興趣，淡淡回答：「這我就不清楚了。」

此時，香川看見我身旁的隨身聽，伸手想搶奪，被我一把撥開。

「對了，千葉。你還是會呈報『認可』嗎？」香川臨走前問道。

我不假思索地點頭，「沒錯。」

「這麼說來，山野邊明天就會死？」

「大概吧，反正幾時死都一樣。」

「喔。」香川應一聲，我聽不出那是尊重，還是揶揄的語氣。

「千葉先生。」山野邊喊道。他背後有道白色紙拉門，整個人宛如泛著白光。

「今天也是雨天。」不用看也知道。我不清楚雨勢是否轉弱，但從聲響判斷，至少比昨晚小了些。

「我想談的不是天氣。」

「不然你想談什麼？」

「我想跟你道謝。昨天若不是你，我無法阻止本城的詭計。」

「不是昨天，而是整個星期。」另一頭傳來話聲，我轉頭一瞧，發現美樹也在。她的氣色好很多，看來睡一覺後，高燒已退。「這一星期，千葉先生幫我們太多忙。」

「沒錯。」山野邊撫摸嘴巴周圍，瞇起眼笑著說：「而且帶來不少樂趣。」

「發生那麼多要命的事情，你還覺得有趣？」美樹取笑道。

「正因太過要命，腦袋無法好好判斷。總覺得多虧千葉先生，我這幾天過得很快樂。」

「千葉先生，你呢？這幾天快樂嗎？」美樹望著我。

這星期隨著他們一起行動，只是我的工作。問我快不快樂，實在有些困擾。「我也說不上來。」我給了個模稜兩可的答案。

「對了，千葉先生。你昨天騎腳踏車眞厲害，我沒想到你追得上。」美樹讚嘆。

「很厲害嗎？那不過是輛普通的腳踏車。」

「普通的腳踏車怎能騎得那麼快？我到現在仍不敢相信。」山野邊搖搖頭。

「別信不就得了？」

「就是你這種說話方式，更讓我摸不著頭緒。」

回想起來，我昨天只是碰巧看見旁邊有輛腳踏車。載著山野邊追趕本城，只是想盡快了結事情，好回來聽收音機。「雖然確實有些麻煩……」

我正想接「不過工作就是這麼回事」，美樹卻指著我，轉頭看著山野邊，驚呼道：「這不是帕斯卡的名言嗎？」

我跟著回想，前幾天山野邊確實提過類似的名言。那句話怎麼說？

轉頭一看，山野邊對著我眉開眼笑。

「你在笑什麼？」我問。

「千葉先生，你爲我們做了麻煩事，我們心滿意足。」山野邊輕輕點頭。

美樹跟著瞇起雙眼，點點頭。

21 *Epilogue*

站起來了。雖然沒從駕駛座回頭看，我仍曉得身後的山野邊站起身，算是職業病吧。這三年來，我每天生活在孩童的話聲及輕微的喧嘩聲中，變得對聲音及他人舉動相當敏感。

我將巴士停在公寓附近，打開側面的車門，看見一排站在人行道上的幼稚園孩童。

這是每天早上的例行公事，但每次的狀況都不盡相同。天氣不一樣，道路壅塞程度不一樣，連乘坐的孩童人數也會因感冒是否流行而增減。當然，每個孩童的表情也不一樣。

三年前，經由伯父的介紹，我接下幼稚園巴士司機的工作。當時我年近三十，辭掉前一份工作，處於失業。伯父問我願不願意當司機，我根本無法拒絕。原本我有些鄙視這份工作，認爲開車載幼稚園小鬼實在窩囊。不過，現在我心裡多了些責任感，對園童也漸漸有了感情。

「牧田老師早。」園童向我打招呼，靦腆回一句「我不是老師」，有種飄飄然的感覺。

「早安！」大班的義信開朗地呼喊，爬上階梯，走進車內。這孩子讀小班時是個愛哭鬼，如今已像個小大人。

「來，直哉，上去吧。」車門外傳來精神奕奕的話聲。

我透過後視鏡觀察車門，看見人行道上有個孩童說什麼也不肯放開母親。那是最近剛搬來附近的小班園童，他緊緊抱住嬌小的母親。

母親努力想拉開孩子，表情充滿無奈。沒辦法迅速送孩子上車令她難堪，但勉強孩子做不想做的事又感到心痛。這三年來，我見過無數次類似的場面。

我常想，自己小時候是否也是這樣？

「上來吧，直哉。」山野邊張開雙臂。

山野邊年約五十五，做這份工作超過十年，比現任園長資深。平常負責打掃園區，還要爲各種活動做事前準備，一手包辦大小雜事。她爲人處世向來低調，卻很得家長信賴，更深受園童喜愛。哭鬧不休的孩童給山野邊一哄一抱，馬上變得乖巧聽話，像這樣的例子屢見不鮮。

「牧田，我們出發吧。」背後傳來山野邊的話聲。

轉頭一看，直哉坐在座位上，不安地向窗外的母親揮手道別。我甚至不曉得他何時安靜下來。

「山野邊女士，妳是不是會散發什麼東西？」我在幼稚園停車場停好巴士，下車後和山野邊攀談。我一邊問，一邊忙著調整掛在制服口袋上的名牌。

「散發什麼東西？」山野邊錯愕地反問。

「像是讓孩童感到安心的費洛蒙之類的。不然孩童怎麼遇上妳就不哭？」

「哎，大概看我是沒什麼危險性的歐巴桑，才卸下心防吧。牧田，我不像你，長得有點凶。」

「別小看我，我可是擁有粉絲團。」我苦笑著，與山野邊並肩走向幼稚園的園舍。

「粉絲團？孩子們組的嗎？」

「沒錯，目前的成員是兩個大班女生。」我擔心遭誤會有戀童癖，趕緊補一句：「山野邊女士，妳也可以加入。」

「哎喲……」山野邊瞇起雙眼，笑道：「我一加入，可能會大幅提高粉絲團的平均年齡。」

據說山野邊的丈夫是個作家，如今已不在人世。此外，山野邊還曾失去一個女兒。這都是兩年前從畢業園童的母親口中聽到的傳聞。「當時鬧得沸沸揚揚的。」那母親說。

回想起來，我確實對作家山野邊遼女兒遭殺害一案有所耳聞。新聞上還報導，那個凶手在水壩鬧出一些事情。但那就跟非洲人糧食不足或歐洲人食物中毒一樣，離我實在太過遙遠，一點也不覺得是發生在身邊的事情，沒多久便忘得一乾二淨。

「山野邊女士真的很了不起。」那個母親愛嚼舌根，接著聊起一大串不知真假的八卦，簡直像不把電影劇情從頭到尾說完不肯罷休。「牧田，你真應該接納她，跟她結婚才對。」那母親以如此荒唐的結論收尾。聽到「接納她」這句話，我差點沒笑出來。

山野邊風韻猶存，一點也不像超過五十歲，但她的年紀足以當我的母親，何況我有個交往四年的女友。除了「這可能有點困難」之外，我實在想不出更好的回答。山野邊本人似乎也沒有再婚的打算，我猜她甚至沒想過一個人生活有什麼不對。

山野邊的丈夫死於車禍。一個孩童騎腳踏車在斑馬線上摔倒，他撲上去救人卻送了命。剛聽到這則傳聞，我不由得嘖嘖稱奇，感嘆：「沒想到眞有這種事。」

「眞有這種事？什麼意思？」

「聽起來像是電影或連續劇的橋段。」

「是啊，但眞的在現實生活裡發生。」

山野邊平常並未表現得格外開朗，亦不曾露出陰鬱神情，只是和其他人一樣盡本分。她對孩童不特別關愛，也不刻意拉近距離。例如在巴士裡，孩童經常拋出一些天馬行空的話，這邊嚷嚷「山野邊老師聽我講」，那邊喊一句「我昨天遇到有趣的事」，山野邊往往笑嘻嘻地回答：「我聽不太懂，不要急，好好說清楚吧。」語氣中帶點好奇心，又帶點不耐煩。或許是這種自然的態度，孩童相處起來沒壓力吧。

唯有那麼一次，我目睹山野邊流下眼淚。當天是畢業典禮，一群母親組成合唱團，在台上表演。四名盛裝打扮的母親以輕快高亢的歌聲演唱〈雪莉〉，實在有些滑稽。但她們歌喉不錯，不止是孩童，連大人也讚不絕口。看到她們扯起嗓子高歌「Sherry Baby……」時，我忍不住笑出來，不經意回頭，竟發現山野邊臉上掛著兩行淚水。她帶著笑意，擠出不少皺紋，雙眸卻泛著淚光，我一時有些不知所措。

我與山野邊並肩踏進職員休息室，副園長忽然走近。這個人長得虎背熊腰，理著平頭，看起來威風八面。他告訴我：「牧田，門口掉了一個塑膠袋，你去撿起來。」

「塑膠袋？」

「要是孩童套在頭上玩，可能會出意外。」

我不認爲孩童會做那麼愚蠢的事，但想不出拒絕的理由，只好重新穿上鞋子，回到幼稚園門口，撿起掉落在人行道上的塑膠袋，放進垃圾袋。事實上，我覺得自己挺適合這種單純的勞動工作。

「抱歉，我想問個路。」耳邊傳來話聲。我抬頭一瞧，眼前站著一個穿西裝的男子。對方一頭短髮，眉毛很濃，雙唇緊閉。看不出年紀多大，但應該跟我差不多。

「問路？」

「這附近有沒有空手道館？」

「你想學空手道？」

「不，只是處理公務。」

「喔。」

對方忽然望向我的手。看他默默盯著我的手，擔心他誤會我是形跡可疑的人物，不等他發問，我趕緊解釋：「我在撿垃圾。把這個垃圾塑膠袋，放進這個塑膠垃圾袋。」

「把塑膠袋放進塑膠袋？」

「或許你覺得很沒意義，但這就是我的工作。」

「沒錯，工作就是要認眞做好。」男子深深點頭。

「嗯，是啊。」我瞥見掉落路旁的菸蒂，走過去拾起放進垃圾袋。彎下腰的瞬間，放在西裝內袋的書掉出來，我連忙撿起。此時，我發現地面是濕的，抬頭一看，天空布滿烏雲，還飄著細雨。這一分心，害我差點將書塞進垃圾袋，幸好及時回神。我驚呼一聲，手一縮，一個沒抓穩，書又掉在地上。

這次是男子彎下腰，替我撿起書。還給我時，他有意無意地瞥封面一眼。倏地，他停止動作。

「怎麼？」我問。

「這個作者……」他將書還給我。

「你聽過？」

「現在想起來了。」

「這作家果然有點名氣。」

認識山野邊算是一種緣分，所以我前往平常從不涉足的書店，買了一本山野邊遼的著作。剛開始，我上小書店找，竟然沒找到。後來改去位於都心的大型書店，終於買到一本。不同於架上其他作家，山野邊遼的書幾乎沒有庫存。原以爲這種賣不出去的書內容不怎麼樣，沒想到挺有意思。我打算讀完後，告訴山野邊感想。

「他有不有名，我不清楚，不過他曾是我負責的對象。」

「原來你是個編輯？」我忍不住驚呼。

我暗暗想，這個人尋找空手道館，也是要爲編輯工作進行採訪吧。轉念一想，又覺得不太對勁。假如是山野邊遼的編輯，年紀應該相當大，眼前的男子卻頗年輕。

「這本書有趣嗎？」

「啊，這本嗎？」眼前的男子曾與山野邊遼共事，或許是在測試我的文學素養，我慌忙解釋：「這個嘛……我才讀一半……」

「原來如此。」男子面無表情地應道。我一顆心七上八下，深怕講錯話。

忽然間，身後有人呼喊我的名字。回頭一看，山野邊走出幼稚園，緩步靠近。大概是副園長交代其他雜務，她負責來傳達命令吧。此時下著雨，她撐一把塑膠傘。

我想起有句話很好用，趕緊說道：「初期的作品比較有趣。」

山野邊當初確實是這麼告訴我的。

「啊，似乎是這樣。」男子彷彿沉浸在回憶中，多半在緬懷與山野邊遼一同創作的時光吧。

於是，我束起垃圾袋，靜靜等著他開口。半晌，他迸出一句「不過……」。

「不過什麼？」我問。

「晚年也不差。」

「咦？」

轉頭一看，穿西裝的男子面無表情地凝視走來的山野邊。

（全文完）

【參考・引用文獻】

《4%的人毫無良知，我該怎麼辦?》（*The Sociopath Next Door*）Martha Staut著 木村博江譯 草思社

《精神病態者——冷酷的大腦》（*The Psychopath: Emotion And The Brain*）James Blair、Derek Mitchell、Karina Blair著 福井裕輝譯 星和書店

《大名行列的祕密》（大名行列の秘密）安藤優一郎著 NHK出版 生活人新書

《參勤交代》（参勤交代）山本博文著 講談社現代新書

《論永久和平/何謂啓蒙 及其他三篇》（永遠平和のために／啓蒙とは何か 他三編）Immanuel Kant著 中山元譯 光文社古典新譯文庫

《討伐敵人 復仇的方法》（かたき討ち 復讐の作法）氏家幹人著 中公新書

《鬼屋裡的科學!》（お化け屋敷で科学する!）日本科學未來館協力 扶桑社

《販賣恐懼：脫軌的風險判斷》（*Risk: the science and politics of fear*）Dan Gardner著 田淵健太譯 早川書房

《人物叢書 江川坦庵》（人物叢書 江川坦庵）仲田正之著 吉川弘文館

《隱藏的大腦 操控嗜好、道德、市場與集團的潛意識科學》（*The Hidden Brain: How Our Unconscious Minds Elect Presidents, Control Markets, Wage Wars, and Save Our Lives*）Shankar

Vedantam著　渡會圭子譯　intershift出版

《好想知道的科學！・奇妙的毒、可怕的毒——不能說得太大聲的毒學入門》（知りたい！サイエンス　はんな毒すごい毒—こっそり打ち明ける毒学入門）田中眞知著　技術評論社

《邪惡植物博覽會》（*Wicked Plants: The Weed That Killed Lincoln's Mother and Other Botanical Atrocities*）Amy Stewart著　山形浩生監譯　守岡櫻譯　朝日出版社

《日經科學》（日経サイエンス）二〇一三年二月號　日經科學社

《「安寧死」的選擇》（「平穏死」という選択）石飛幸三著　幻冬社Renaissance新書

《胃插管、抗癌劑、延命治療法何時該停止？「安寧死」的十項條件》（胃ろう、抗がん剤、延命治療いつやめますか？・「平穏死」10の条件）長尾和宏著　BOOKMAN社

《別冊歷史ＲＥＡＬ　走・看・學　參勤交代與大名行列》（別冊歴史ＲＥＡＬ　歩く・観る・学ぶ　参勤交代と大名行列）永井博編著　洋泉社ＭＯＯＫ

《HUMAN　人何以爲人？・》（ヒューマン　なぜヒトは人間になれたのか）ＮＨＫ特別採訪班　角川書店

《關於瘋狂——渡邊一夫評論集》（狂気について——渡辺一夫評論選）渡邊一夫著　岩波文庫

《思想錄》（*Pensées*）Blaise Pascal著　前田陽一、由木康譯　中公文庫

此外，還參考了「全國理容生活衛生同業工會聯合會」（全国理容生活衛生同業組合連合

会）的官方網站。關於取締交通違規的部分，則是參照各大報紙內容。

關於「精神病態者」（Psychopath）的說明皆源自參考文獻，但「每二十五人就有一人」之類的統計數字及「精神病態者」的定義，各文獻說法不盡相同。故事中的相關敘述，是我配合情節需要改編的版本。

另外，故事中的角色對「死亡」各有一番見解，但我本身對「死亡」可說是一無所知，除了害怕還是害怕，根本提不出什麼精闢的高見。作品裡的人物對「死亡」的探討，若各位讀者能當成虛構情節的一部分來看待，我會非常感激。

解說

死亡不是終點，遺忘才是

因爲死亡有溫柔小手，安慰生的各種創傷。

——黃碧雲

運動場上，總是充滿不確定性，選手能掌握的部分少之又少，也因此，許多運動員都有著自己的一套儀式以維持身心安定（甚至有著祈禱的成分在內）。台灣職棒選手陳金鋒，在比賽前總會爲自己倒好三杯茶擱著，長此復往，引來了記者的注意，好奇地問他這是不是什麼特別的儀式。據說，陳金鋒這麼回答：「一次倒三杯比較快涼啦。」

這或許是個笑話，對我而言卻成爲某種創作過程的隱喻。創作過程與競賽同樣神祕，做爲一個外於作者心智結構的人，總希望透過各種微小事物拆解創作的本質，好奇那些寫作的習慣，窺見其中堂奧，瞭解創作的幽微之處。

例如，夢枕獏寫作的姿勢極爲特別，需要在地上鋪床墊，將稿紙放在身前趴著寫作；西村京太郎只用一種非常便宜的原子筆，總是一次買一大把，隨便擺在家中各處，以方便創作；京極夏彥總愛開著電視，不論播放的是什麼節目都無所謂，還是NHK晨間連續劇的愛好者。

相較於這些作家的怪異習慣，伊坂幸太郎顯得簡單許多。儘管是稿量繁重的暢銷作家，仍維持白天帶小孩去上學後，在仙台車站附近的連鎖咖啡廳寫作，直到小孩放學才回家的習慣。雖然音樂在小說中扮演著重要的地位，但寫作時不聽音樂，需要適當程度的人聲嘈雜當背景才有辦法寫下去。不論是架構多複雜的小說，從不寫大綱，就算在雜誌或報紙連載，也多半是先完稿再拆成數部分放上媒體。

換句話說，明明從事的是不太尋常的工作，伊坂卻把自己當成公務員般的上班族；他需要接觸人群，又不希望離自己太近。除了沒那麼強烈渴求音樂，幾乎跟他筆下的死神這個族群一樣。我不覺得他是有意識地將自己的形象投射到死神身上，而是意圖要通過「全然的旁觀者」介入他人的故事時，直覺採取一種與自身的生命經驗最爲相契的姿態。正因保持這樣的觀察距離，伊坂的小說無法先寫好大綱，而是必須秉持開放的態度，跟他的生活相呼應，讓日常逐步滲入小說。

於是，我們會發現，即使洋溢著天馬行空的設定或情節，伊坂的小說總與現實維持「貼地飛行」的距離，和這個世界保持一定的疏離關係，所以能藉冷靜的態度召喚出我們內心深藏的感覺與情緒，對他的作品產生共鳴。

只是，《死神的浮力》不太一樣，這次，他放入了大量的自己。

伊坂的小說中不常出現「作家」。在此之前，讓人印象深刻的，或許是《摩登時代》中的「井坂好太郎」。這個人物和伊坂的名字同音，好色又自戀，看不出一丁點作者的痕跡；但在《死神的浮力》中，主角山野邊遼很難不讓人想到作者。並非是故事設定有所雷同（不僅創作文體不同，也很難想像出道至今只辦過四場簽書會——其中三場在台灣——的伊坂會上電視節目侃侃而談），而是在讀到山野邊遼對逝去女兒的思念與憤怒時，可鮮明地看見那個無法直視讀者的羞澀好青年。

曾經說過「想像力是我的武器」的伊坂，一定是在構思小說情節時，移情地將自己與兒子的可能性放入作品了。

這也讓這本小說有著與前作不太一樣的質地。

在《死神的精確度》中，身爲主述者的死神千葉，總是對人類保持距離，小心翼翼地觀察，所以我們很難進入登場角色的內心，只能從動作猜測他們的情緒或想法。故事雖然以一種冷淡的態度推進，不過藉著死神的特殊身分，我們不知不覺學會用不同的眼光看待死亡。

這次，《死神的浮力》中，多了一個主述者——體內充滿澎湃怒氣的山野邊遼。他的痛苦、困惑、掙扎、無力、悲傷、寂寞，如實傳遞到讀者的心裡。他的存在干擾千葉的冷淡處世，甚至，讀者可能會過於認同這個無計可施的父親，對千葉有些怨懟。不過，正因千葉介入山野邊家的復仇，故事不至於變成好萊塢式的廉價正義，而有餘裕思考暴力及死亡。

熟悉伊坂的讀者應該很容易就會發現，基本上，《死神的浮力》與《家鴨與野鴨的投幣式置物櫃》共享一個主題，都是關於「毫無理由的惡意」與「復仇」的故事。

回溯恐怖電影傳統，過去的恐怖電影，總需要一個與人類迥異的「怪物」（吸血鬼、狼人或八公尺大蜘蛛）來製造恐懼，好獲得觀賞的愉悅感（這個愉悅感卻是建立在情感的不適上）。不過，隨著時代的轉變，在恐怖敘事中施加暴力、創造令人不舒服畫面的，變成那些無法從外表判斷非我族類的「人」。

之所以會有這樣的改變，當然與現代社會中，我們逐漸喪失與土地、身邊的人的聯結力有關。同樣生活在城市，每個人卻都是孤島，沒有人眞正能夠理解誰。因此，人際關係開始虛無化，徹底取消對象的可能，喪失目的性的暴力便蔓延開來。

本城崇就是最好的例子。

他無法建立正常的人際關係，只能靠權力關係與人往來，視道德如草芥，藉玩弄他人命運獲得成就感。値得注意的是，小說中的山野邊夫婦，不斷用「精神病態者」稱呼本城崇。在我看來，這像是一種命名，靠著將本城崇劃歸爲二十五分之一的族群中，完成怪物化的準備。對山野邊夫婦而言，唯有先將本城怪物化，才能理所當然地進行復仇。

或者，可稱之爲獵捕。只是他們的獵物很聰明、冷靜、理性，深知兩個獵人的脆弱與不堪一擊，巧妙布下陷阱，等著誘捕天眞的獵人入網。完成這個動作時，牠才眞正取得勝利。

如果沒有死神就好了。

所以，千葉在小說中的位置非常耐人尋味。他理應是個旁觀者，只需觀察、研究人類的行爲，並做出判斷，然後就有時間聽更多音樂。但在諸多重要環節中，他成爲關鍵的樞紐，沒有他的行動，整齣復仇戲碼根本演不下去。於是，我們不免聯想到復仇與死亡的關係。

很多時候，面對罪大惡極的人，「死亡」往往是民眾的最大公約數。我們總期待藉由剝奪窮凶極惡之人的性命，將其排除在我們的行列外，以維持群體內的平衡與安定，並召喚正義的再現。不過，如果將這種情節放到個人層次，可能會發現，其中的情感依附複雜許多。對復仇者而言，他們要的或許不是一種絕對的排除，而是暴力的反饋。我們相信，施加對方曾施加於摯愛身上的暴力，便能完成復仇，但這樣的力的交匯，只是變成一條銜尾蛇，暴力相生相噬，終至交相毀滅。還記得山野邊夫婦的報復計畫嗎？他們打算囚禁、虐待他，耗盡餘生看著本城受苦。然而，身爲熟悉伊坂的讀者，我們知道因爲千葉的習慣，死亡可能發生在山野邊遼身上。千葉的存在提醒我們，在死亡面前，一切暴力只能完結，復仇計畫可能無法達成。

關於本城崇的結局，有個值得玩味的部分。在山野邊夫婦心中，本城崇如同被判處死刑，排除在他們的人生之外，從此便能懷著對女兒的思念，繼續自己的人生（或者爲了拯救另一個孩童，犧牲餘命）。但對讀者來說，我們曉得本城崇的一生尚未完結，他的肉體與靈魂困在水壩底部，得承受水壓及鱷魚無止境的折磨。對山野邊夫婦而言，他們的復仇已完成；對我們而言，他們的復仇則透過死神的介入完成了。

「死不是生的對極，而是潛存在我們的生之中」，村上春樹在《挪威的森林》中的名言，恰恰提示我們對死亡的想像。死亡無所不在，生命卻在死亡的缺席下才得以成立，於是面對他人的死亡，猶如面對自己的一部分死去；但他們的死亡，又在我們生的見證下得以成爲永恆，於是憑藉回憶做爲浮力，死亡不會沉入生的泥淖，遭人忘卻。

只是，倘使孤單一人死去，就如本城崇一般呢？

幸好，我們還有死神。

作者簡介

曲辰，中興大學中文系博士候選人，以推理小說評論家身分闖蕩中。認爲死亡是推理小說的開端，但正因爲我們靠著追索死亡，因此更了解生命。

伊坂幸太郎作品集21

死神的浮力

死神の浮力

作　　者　伊坂幸太郎
翻　　譯　李彥樺
原出版社　文藝春秋
責任編輯　陳亭妤、陳盈竹
行銷業務部　陳亭妤、陳玫潾
版權部　吳玲緯
編輯總監　劉麗眞
總經理　陳逸瑛
榮譽社長　詹宏志
發行人　涂玉雲
出　　版　獨步文化
城邦文化事業股份有限公司
104台北市中山區民生東路二段141號5樓
電話：(02) 2500-7696　傳眞：(02) 2500-1967
發　　行　英屬蓋曼群島商家庭傳媒股份有限公司城邦分公司
104台北市中山區民生東路二段141號2樓
讀者服務專線：(02)2500-7718；2500-7719
24小時傳眞服務：(02)2500-1990；2500-1991
服務時間：週一至週五　上午09:00～12:00　下午13:00～17:00
讀者服務信箱E-mail：service@readingclub.com.tw
劃撥帳號：19863813　戶名：書虫股份有限公司
香港發行所　城邦（香港）出版集團有限公司
新址：香港灣仔駱克道193號東超商業中心1樓
電話：(852) 25086231　傳眞：(852) 25789337
E-mail：hkcite@biznetvigator.com
馬新發行所　城邦（馬新）出版集團　Cite(M)Sdn Bhd
41, Jalan Radin Anum, Bandar Baru Sri Petaling,
57000 Kuala Lumpur, Malaysia.
電話：(603) 90578822　傳眞：(603) 90576622
email:cite@cite.com.my

城邦讀書花園
www.cite.com.tw

美術設計　蔡南昇
封面攝影　藤里一郎
排　　版　浩瀚電腦排版股份有限公司
印　　刷　中原造像股份有限公司

初　　版　2014年（民103）8月初版
再　　版　2019年（民108）8月23日初版12刷
定價　450元
ISBN 978-986-6043-90-1

國家圖書館出版品預行編目資料

死神的浮力／伊坂幸太郎著，李彥樺譯．初版．-- 台北市：
獨步文化：家庭傳媒城邦分公司發行，2014〔民103〕8
月
面；　公分．--（伊坂幸太郎作品集：21）
譯自：死神の浮力

ISBN 978-986-6043-90-1（平裝）

861.57　　103008707

獨步文化
APEX PRESS

廣　告　回　函
北區郵政管理登記證
台北廣字第000791號
郵資已付，免貼郵票

104台北市民生東路二段 141 號 2 樓

英屬蓋曼群島商家庭傳媒股份有限公司

城邦分公司

請沿虛線對摺，謝謝！

獨步文化
APEX PRESS

書號：1UF019	書名：死神的浮力	編碼：

請於此處用膠水黏貼

獨步文化 APEX PRESS

讀者回函卡

謝謝您購買我們出版的書籍！
請費心填寫此回函卡，我們將不定期寄上城邦集團最新的出版訊息。

姓名：________________　性別：□男　□女

生日：西元________年________月________日

地址：________________________________

聯絡電話：________________　傳真：________________

E-mail：________________________________

學歷：□1.小學　□2.國中　□3.高中　□4.大專　□5.研究所以上

職業：□1.學生　□2.軍公教　□3.服務　□4.金融　□5.製造　□6.資訊

□7.傳播　□8.自由業　□9.農漁牧　□10.家管　□11.退休

□12.其他________________

您從何種方式得知本書消息？

□1.書店　□2.網路　□3.報紙　□4.雜誌　□5.廣播　□6.電視

□7.親友推薦　□8.其他________________

您通常以何種方式購書？

□1.書店　□2.網路　□3.傳真訂購　□4.郵局劃撥　□5.其他

您喜歡閱讀哪些類別的書籍？

□1.財經商業　□2.自然科學　□3.歷史　□4.法律　□5.文學

□6.休閒旅遊　□7.小說　□8.人物傳記　□9.生活、勵志　□10.其他

對我們的建議：________________________________

____

____

為提供訂購、行銷、客戶管理或其他合於營業登記項目或章程所定業務需要之目的，家庭傳媒集團（即英屬蓋曼群島商家庭傳媒股份有限公司城邦分公司、城邦文化事業股份有限公司、書虫股份有限公司、墨刻出版股份有限公司、城邦原創股份有限公司），於本集團之營運期間及地區內，將以mail、傳真、電話、簡訊、郵寄或其他公告方式利用您提供之資料（資料類別：C001、C002、C003、C011等）。利用對象除本集團外，亦可能包括相關服務的協力機構。如您有依個資法第三條或其他需服務之處，得洽詢本公司服務信箱cite_apexpress@cite.com.tw請求協助。相關資料不提供亦不影響您的權益。

□我已詳讀權利義務之相關條款，並同意遵守。

請於此處用膠水黏貼